JN060178

謝罪

―Partial Apology―

学生運動に明け暮れた、無鉄砲過ぎた若き日の私に、
そして両親、妹に捧ぐ

三浦智之
MIURA Tomoyuki

文芸社

To all the persons I have met
with gratitude and respect.

Special thanks to Hideto-san and you.

はじめに

罪と恥の意識を抱えて生きてきた。同行は「情けなさ」と「申し訳なさ」である。

私は父の寿命を縮めた。苦労を重ねてきた父に、更に追いうちをかけるように精神的、経済的負担をかけ続けてきた。

祖父は戦時中ビルマに送られ、インパール戦で被弾。奇跡的に一命を取り止め、あの地獄の中を生きて帰ってきた。父は女子しかいなかった三浦の家に養子として入り、三浦の家は何とか維持されることとなったが、私という身勝手かつ放蕩な息子が、長く続いてきた三浦の家を消滅させることになってしまった。

何故、このようなことになってしまったのか？

理由の全ては自分の中にあった。教訓は残った。しかし、それに気づきながら軌道修正することができず、もはや取り返しがつかない段階へと至ってしまったのである。

これほどひどい息子がいるだろうか。強い罪の意識。もはや償える術は無きに等しい。

大学卒業にこれほどまで時間がかかった理由は何か？

答えは簡単である。授業に行かなかったからである。寮を含め、様々な活動に携わる中で、大学へ通うことを拒んだとまで言いうる。今でも出席したかったと思う大学の講義はあった。しかし、忙しさの中で、最も優先すべき学業から限りなく遠ざかることになってしまった。

「自助努力」、「自力更生」、「自己負担」、自分の経済は自分で成り立たせる。社会の原則や人が生きていく上での基本的姿勢に照らし合わせれば、自分が過ごした若かりし時期は全てこれに反している。社会がではない。自分がである。つまり、自分の日常は経済的に全くもって自立していない。成り立っていないのである。

誰が学費を出してくれたか？　誰が支えてくれたか？

親である。自分の甘さや誇大妄想にも似た気分によって、多額の余分な経済的負担をかけてしまった。家に金銭的余裕があったわけではない。なかった。毎年、大学から送られてくる散々な成績表。この息子は京都で一体何をやっているのか？学習能力がないのか？　親の立場からすれば当然の疑問である。私はいっさい口をつぐんでいた。何も話さなかった。話すことができなかった。

金銭面では、軽率にも、親に対していつか返せると思っていた。しかし、それから30年経った2022年に至っても返済の目途は立っていない（申し訳ないことです。必ずお返しします）。

沈鬱な意識。時折さいなまれるどうしようもない無力感。自ら選んだ道とはいえ、この情けなさはいかんともし難く、何とか脱出できないかと思い、両親が自分に与えてくれた学びの場、教育に少しでも報いることができれば、そして、人の倍以上の経済的、精神的な負担をかけて、その間、何を考え、何をしていたのか？　少なくともそれぐらいのことは伝えておく義務がある。30年経った今なら伝えることができる。

こう考えて、しまい込んでいた昔のノートを取り出し、当時の自分を思い起こしつつ、その時の自分と対話しながら、コロナワクチン1回目接種の翌日、少し朦朧（もうろう）とした意識の中でこれを記し始めた。

自分がノートに書いていた、時として支離滅裂で意味不明、背伸びし過ぎているとしか言いようのない乱雑かつ空虚な言葉や文章に、あらためて強烈に落ち込みながら、PCへの入力作業を進めた。

同級生や先輩、後輩たち含め、進学することができた以上、環境的には大半の人がかなり恵まれていたはずだ。それぞれの学生生活の中で、嬉しいことや楽しいこともあっただろうけれど、生きている以上、人知れず悩んだり、苦しんだりすることも多々あっただろうと推測する。

そんな中、自分は少し異質なしんどさを抱えていた。大したことではないのに、強制されたわけでもないのに、自ら進んでタコ壺(つぼ)に入り、どうすれば出ることができるか、そんなことを考え続けていただけだとも言える。

親なら誰しも我が子に対して——人生に級分けができるわけではないが——特級やＡ級の人生を望むだろう。それが難しければ、人並みにＢ級ぐらいは。

しかし、自分は、今に至ってもＣ級、あるいはＤ級の人生に甘んじている。浮上の可能性はかなり低い。

情けなく、切なく、時としてやはり自分は馬鹿なのではないかと思いながら記した。思いがけず、目頭が熱くなる瞬間もあった。50代も奥深く、いい年をした人間がである。

ただ、そんな若かりし愚か者を根底のところで擁護してやれるのは自分しかいない。為(な)すべきことを為さなかった成れの果て。向き合わねばならぬ。立ち上がる強さを持たねばならぬ。

1984年度の同志社大学「FRESHMAN HANDBOOK」にこのような記載がある。
「我が校の門をくぐりたるものは、政治家になるもよし、宗教家になるもよし、実業家になるもよし、教育家になるもよし、文学者になるもよし、且つ少々角あるも可、奇骨あるも可、ただかの優柔不断にして安逸を貪り、苟(いやし)くも姑息の計を為すが如き軟骨漢には決してならぬこと、これ予の切に望み、ひとえに希うところである」(校祖・新島襄『片鱗集』より　ルビ筆者)。

新島先生の言葉に照らし合わせてみると、自分が「優柔不断にして安逸を貪り、苟くも姑息の計を為すが如き軟骨漢」であったとは思わないが、胸を張って誇れるようなことは何一つない。

走り書き含め、当時のノートに書いていたこと、諸活動の中でビラや学習会のレジュメとして自分が作成したもの(もちろん文責は全て自分にある)、新聞記事含め、経緯を明らかにするために補助となる文書をここに記した。

自分が書いたものは、内容が軽率のそしりを免れ得ないものであったとしても、基本的に、誤字や脱字、明らかに説明不足で誤解を生む恐れありと思われる部分、引用が不正確な箇所以外は手を加えていない。その頃の自分の稚拙さにそのまま向き合いたかったからである。

時期としては、1984年から1993年までの約9年間、終章含め7章から成り立っている。もちろん、80年代の学生のそのような類の活動全体を網羅しているわけではない。自分が関わった限りでの、ごくごく小さく狭い一断面を記したに過ぎない。

当時の見解の対立や相違ゆえの批判的言説はあるにせよ、今となっては出会った人たちへの心からの感謝の気持ちしかない。

なお、文中に現在は差別的としてあまり使用しない言葉を使用している箇所もあるが、当時の記録としてあえてそのまま掲載した。ご了解願いたい。

もくじ

家の宗派である浄土真宗。南無阿弥陀仏。阿弥陀如来のお声「必ず救う。我にまかせよ」。自分勝手に生きてきた自分もまた救われるのか？　周囲の期待を裏切り続け、迷惑をかけ続けてきたこの存在も救われるのか？　救われていいのか？　自問自答しながら1984年の記憶を辿(たど)ることにする。

第1章

入学式での事件、
迷いに迷いながらの
寮での生活

▶1984.4.5 壇上占拠

「相互討論・相互批判による真理探究・主体形成」、そんな文言に魅(ひ)かれて大学入学とともに学生寮に入った。

当時の学生寮は「自治寮」と呼ばれるもので、寮生自らが寮の在り方、運営の仕方を話し合い、寮会での決定に基づいて維持、管理されていた。

大学厚生課の職員である寮母職には、寮自治寮運営をともに担っていくことができる人が望ましいとの認識のもと、寮生が選んだ人が就労していた。

この自治寮は、大学の上層部が求める学生寮の姿とは大きく異なるものであった。

自分が入ったのは「此春(ししゅん)寮」である。寮名は、校祖・新島襄の遺言とも言うべき七言絶句「尚抱壮図迎此春」からとられたもの。寮ができた当時の同志社総長事務取扱・牧野虎次の着想によるものらしい。牧野は1941年7月に総長に就任する。

聞くところによると、寮OBの中には、著名なキリスト者、社会運動で名の知れた人物も多数いたのだとか。歌手の加藤登紀子さんとの獄中結婚で話題となった藤本敏夫氏は寮のOBだとよく聞いた。

寮では半期ごとに執行委員会が組織された。その主軸となる寮長・渉外・庶務・会計を中心に運営方針が提示され、大学との間に抱える様々な問題が全寮生参加の寮会で話し合われた。

これに加え、各回生会があり、更には個別テーマを研究し、活動する「朝鮮問題研究会」や「部落解放研究会」、「寮問題研究会」も存在していた。

当時の同志社大学は、田辺町への移転問題で大きく揺れていたが、この問題にほとんど関心がない大多数の学生には、当然のことながら、大学が揺れているなどという感覚は全くなかったものと思われる。

ただ、自治寮、あるいは、自治寮の寮生を中心に成り立っていた学生自治組織である学友会（ノンセクト）や各学部自治会（ノンセクト）は、大学の田辺町移転を学生の自治活動に大きなダメージを与えるものとして反対の立場をとっていた。私が入った寮でも移転反対の立場から、大学当局との交渉や学内情宣活動を展開していた。

ここで触れておかなければならないことがある。それは、当時、学生の自治活動を尊重し、学生の自治組織を大学が公認していたのは同志社大学ぐらいしか見当たらないということである。自分が知らなかっただけで他にもそのような大学はあったのかもしれない。ただ、校祖・新島襄の精神、「新島リベラリズム」の伝統を持つ同志社は、学生の自治活動の尊重度において群を抜いていた。

1984年4月5日入学式の日、事件は起きた。

私はお決まりのスーツ姿で同志社女子大学栄光館の式場に入った。会場は新入生や保護者、大学職員の方たちでいっぱいであった。

間もなく式が始まろうとしていたその時だった。突然、赤いヘルメットをかぶり、タオルで顔を覆った学生数名が式場の壇上に上がり、ハンドマイクでアジテーションを始めた。

必死でやめさせようとする職員の人たち。押し問答の中、何かを懸命に訴えようとする赤ヘルメットの学生たち。会場は騒然となり、やがて「帰れ！　帰れ！」のコールとともに壇上に向かって物が投げつけられた。

それでもひたすらハンドマイクで何かを訴えている学生たち。何を言っているのか、全く聞き取れない。式場からのヤジのせいか、しゃべっている本人が早口だからなのか、顔を隠すためのタオルが声を遮断してしまっているためなのか。

いたたまれなくなった。会場の人たちは、大事なハレの日の儀式を台なしにされていると感じたと思う。当然の感覚である。

でも、不思議なことに私は全くそのように思わなかった。入学式は神聖な場。厳かな雰囲気の中、整然とプログラムに沿って進んでいくのが常であり、また、そうでなければならない。これが大切なことだとわかってはいるものの、目の前で今起こっていることが自分にとって何かとても貴重な体験であるように思えてきた。そして、そう思った時には、すでに私は座っていた椅子から立ち上がり、身体は壇上へ向かっていた。周囲の目は全く気にならなかった。

正面から壇上に上がり、職員と押し問答になっている赤ヘルメットの学生に何を訴えているのか尋ねた。

「田辺町移転を巡って、大学側が学生との話し合いに応じないので、本意ではないがこのような手段をとった。求めているのはあくまでも大学側と学生側との話し合いの場であり、要求が受け入れられればすぐにこの会場から出て行く。入学式を妨害することが目的ではない」ということだった。

この時、背中にカメラのフラッシュの光を感じ気になったが、その言葉だけ聞いて私は壇上から下り、もとの席へは戻らずにそのまま出口へ向かい栄光館を後にした。

烏丸（からすま）今出川の大学付近はサークルや同好会、体育会等による新入生勧誘でごったがえしていた。私はコーラス・サークルの誘いに乗って夜はその人たちと過ごし、寮に帰ったのは翌日だった。

寮では先輩たちが私のことを心配していた。聞くところによると、その後、大学が警察に赤ヘルメット学生の実力排除を要請。入学式場に突入した機動隊が学生たちを逮捕したとのこと。寮に戻らなかった私も一緒に逮捕されたのではないかと気が気でなかったらしい。

おまけに4月5日の京都新聞夕刊に「同大入学式大荒れ 壇上占拠、11人逮捕 田辺移転反対の学生乱入」の見出しとともに壇上の赤ヘルメットの学生、大学職員、そしてあろうことか私までもが写った写真が掲載されている。

京都新聞（夕刊）記事　昭和59年（1984年）4月5日木曜日

「同志社大学の入学式が五日、文学部を皮切りに同女子大栄光館で行われた。晴れの大学生となった約一千人が式場にのぞんだが、式開始前から大学の田辺移転に反対するヘルメット姿の学生十数人が壇上を占拠。このトラブルで府警機動隊が学内に導入され、学生十一人が建造物侵入の現行犯などで逮捕され、大荒れの幕開けとなった。

式は文学部が午前十時から、法、神学部が午後零時半から開かれる予定だったが、文学部の入学式が始まる直前、赤ヘルメット姿の一部学友会系学生が押しかけ、十七人が壇上を占拠し、大学の田辺移転方針に反対するアジ演説を壇上のマイクで延々四十分間繰り返した。このため大学側職員ともみ合うなど会場は一時騒然とした。
大学側は午前十時半機動隊の出動を要請、機動隊員五十人が壇上を占拠した学生のうち十一人をとりおさえ排除したため、式は約五十分遅れで始まった。
式場には新入学生と保護者ら千三百人が参列していたが、けが人はなかった。
京都の大学入学式のトラブルで逮捕者が出たのは初めて（府警警備部の話）という。
式は讃美歌斉唱などの後、木枝燦学長が壇上に立ち『新島襄の教育理想の源は青少年時代に誠の目と心を海外に開いたことにある。新島が希望した品性と精神の陶冶（とうや）を実践し、真理探究の徒としての礎を宇宙的視野をよりどころにして固めてほしい』と述べた」

高校時代（福岡県立城南高等学校）や浪人時代（城南学館）に『二十歳の原点』（高野悦子 新潮文庫）、『青春の墓標』（奥浩平 文春文庫）などの本を読んでいた私にとって、それらの本が書かれた時とは時代背景が大きく異なるものの、大学の中に赤いヘルメットをかぶった学生がいることには違和感がなかった。その古風かつ旧態依然としたスタイルの良し悪しは置くとして、人に訴えたい、アピールしたいと思うくらい真剣に考えていることがあるのは悪いことではないと思っていた。

ほどなくして、逮捕後、起訴された学生たちの公判が京都地方裁判所で始まった。京都御所をはさんで北側の今出川通りに、事件の舞台となった同志社女子大学栄光館、南側の丸太町通りに地方裁判所。「建造物侵入・威力業務妨害」――どう考えても、この裁判（逮捕された学生を支援する側からすれば公判闘争）に勝ち目はないように思われた。

この裁判を通して自らの主張を広く学内、世間にアピールする。無罪獲得を目標としつつも、主眼はそこにあったように思う（この裁判は1985年3月18日判決公判。被告団全員に執行猶予付有罪判決が下された。1名自死）。

大学の授業は難しすぎてさっぱりわからなかった。ただし、一般教養科目は面白かった。

1回生の時、「政治学」の講義中、60年安保闘争に参加したというＴ野先生に聞いたことがある。

「先日、入学式が荒れましたが、先生は田辺町移転についてどのようにお考えですか？」

先生は「壇上占拠などというやり方が下手くそ」と言われた後、このように続けられた。

「街中にあってこそ大学。田辺に移転すれば同志社の学力は下がる」

世間の「常識」からはみ出して活動した人の言葉として素直に聞けた。

寮は、話ができる先輩や同輩がたくさんいることが魅力だった。先にも記したが「朝鮮問題研究会」、「部落解放研究会」や「寮問題研究会」があり、それぞれに活動していた。

「朝鮮問題研究会」は、当時の韓国大統領全斗煥による軍事独裁と日本政府の問題に、「部落解放研究会」は狭山裁判闘争を軸に、根強く残っている部落差別問題に真剣に取り組んでいた。

大学の科目についての勉強はどれほどしていたかわからない

が、社会が抱える問題や矛盾については、明け方までその種の本を熱心に読み、自分の問題として考えている人が多かった。そのような方面については自分の考えをはっきり表明することができる人たちだった。

ただし、自分たちがまだ20歳そこそこの青二才で理屈ばかりが先行しがちとの自覚や、それに基づく謙虚さがあったかどうかは疑問である。

自治寮であるがゆえに、寮会、回生会、執行委員会と、やたら会議が多かった。寮長ともなれば、運営方針案や会議に提出するレジュメ、情宣活動で配布するビラの原稿作成など膨大な作業をこなさなければならず、慌ただしいスケジュールに追われた。自治寮間の横のつながりである全寮会議もあり、いやがおうでも、寮のことを考えざるをえない状況になっていった。

同時に、大学の在り方や政治に対して疑問を持ち、批判的見解を口にしている自分が、批判の対象である大学の授業に出て教室の座席に座っている。しかも、専門科目である英語に関しては自分に全く理解力がない。この矛盾とばつの悪さにさいなまれた。

つじつまが合わないという感覚が終始つきまとい、これではだめだと自分に繰り返し言い聞かせはするものの、おのずと授業参加は二の次になっていった。

「食」についても懐かしく思い出す。

寮の先輩が連れて行ってくれたラーメン屋。九州のとんこつラーメンとは全く違う。それが烏丸今出川にあった、こってりラーメンで有名な『天下一品』。この時は、正直、美味(おい)しいとは思わなかったが、その後、関西で暮らすうち、どうしても食べたくなるラーメンになった。

お酒は『カジマヤ』と決まっていた。行けば「10円おまけしとこ」。店主のサービスと愛想の良さが魅力であった。

あとは『なか卯(う)』。“はいからうどん”をよく買いに行ったものだ。しかし臨済宗大本山相国寺の中を通っていかなければならず、深夜の買い出しは暗闇の中の道。肝試しの感もあった。

平日は朝晩、破格値の寮食があったが、日曜日はない。寺町にある『王将』が人気であった。校門前で時折、配布されていた餃子(ギョーザ)の無料券を手に、ライスのみを注文する強者(つわもの)も。“回転鍋定食”がとても美味しかった。無愛想で“ストイック”な2人が店を仕切る『十八番』も忘れられない。

深夜の会議は24時間営業の喫茶店『からふね屋』にて。こんなところで、長時間にわたって政治論議。店に迷惑をかけていなかったことだけを願う。

そんなこんなで始まった京都での生活。自治寮という、ある意味「特殊な」場であることから、また、大学との間に継続審議中の問題を抱えていたことから、寮の在り方に拒絶反応を示す新入寮生も少なくはなかった。入学早々、退寮する者もいた。

私の場合は、先に述べたように、このような場や主張にそれほどまでの違和感がなかったため、むしろ学びの場として前向きに捉えようとしていた。当然のことながら同じ寮生であっても、寮自治への意識には濃淡が生じる。少しそのような方向への傾きをもっていた私は、徐々に濃の方へ進んで行く。

長々と記してきたが、ここからが、自分が当時、日記のつもりでノートに書いていた内容である。辞書を引いた際に言葉の意味を記したもの、自分の行動や考えを記したもの（店の名前、書名、論説は『　』で記した)、本で読んだ内容を書き写したもの（これには「　」を付している)、新聞記事からの引用（これにも場合により「　」を付している）など、内容はまちまち。最初は、文学部だけに“背伸び”をして言葉を覚えようとしていたものと思われる。

ノートに書いていた、あるいは切り抜いて残していた新聞記事からの引用の一部については、当時の時代背景を思い出す意味でも有効と考え、これも記すことにした。

その時々に取り組んだ課題、スローガンはもろもろあれど、今思えば、自分の心の中にあったのは、困っている人、苦しんでいる人の力になりたい、平たく言えばそのようなことであったと思う。

1984.5.3

（学習のためのメモ）

- 教条主義…権威者の書いたものを丸のみにして、すべてを杓子定規に処理する態度。
- 原理…①すべての物事の成立の基礎となる本質的なもの ②根本の真理、基本的原則 ③多くの事実に共通の普遍的法則、他のすべての真理の基礎となる根本的真理。

狭山事件・狭山裁判とは

1963年（昭和38年）5月1日埼玉県狭山市で発生

差別捜査、別件逮捕、「犯人」にデッチ上げ

1964.3.11浦和地裁 死刑判決、1974.10.31東京高裁 無期懲役判決

1980.2.7東京高裁 再審請求棄却、1981.3.30最高裁へ特別抗告

1984.5.12

6年半ぶりの上京。様々な考え。彼らは闘っていると感じた。東京の街。巨大な企業。資本の象徴たる高層ビルディング。大きいはずのデモがちっぽけに見える。しかし、美しかった。懐かしかった。

1984.5.13

自分を確立しながら話そう。考えなしに同意するな。無責任な発言はするな。何故、大学へ来たか考えよう。

1984.7.18

寮は運動体である。自己の内部要求、疑問が全てである。私はゆっくり生きたい。一日中、机に向かっていていいと思う。一日中、椅子に座って思考してよいと思う。現在、私が一番欲しているものは深い思考の時間である。思考は創造につながる。現在、寮にいるのは、寮に魅かれるものがあるからだ。

1984.7.19

それぞれの立場で、できる範囲で全力を尽くすしかない。自分を固めるには、厳しい状況に自らを投じることが必要だ。「昨日の友は今日の敵」。お互いの緊張関係の上に交渉は成り立つ。Going My Way、信念を持って、自らが責任ある選択をしながら前進するのだ。他人の目を気にすることなく、10代最後の夏を、19歳の数ヶ月を焦ることなく私は進む。

批判する主体には愛情がなければならぬ。人は逆境に陥った時に潜在力を発揮する。その潜在力こそ、今までその人を支えてきた見えざる力、神である。

4月5日の事態は、正当性を持ち、共感を得るとするならば、あくまでも、学長のそれまでの言動に対する抗議、ただそのことの中にしかない。しっかり理論化しなければならない。ふわふわした気持ちはなるべく捨てたほうが良い。行動する主体は、あくまで深さを要求されるからである。私は留年はしない。自分は誰にも負けない英語力を持つべく努力するエネルギーを持っている。浅い思考に基づいて、つらつらと書いてしまった。

ノートの表紙にFOR NEW CREATION '84　I AM IN THE

FOG.（新しい創造へ向けて、我は霧の中にあり）と記した。自分の今は、無関心な他学生、三無主義と言われる学生に対する反動としてもある。甘えを許さぬ環境から逃避することなく生きなければならない。積極的に活動する自分に、何の引け目を感じる必要があろうか。大胆にかつ繊細に、厳しくかつ優しく、一見、相反すると思われる概念の混合の中にこそ自分の人としての在り方がある。

1984.7.20

決して他人を真似てはならない。真似る必要はない。何故なら、人は、他の人には持ち得ない良さをそれぞれ持っているものだから。

1984.7.21

自由主義社会で生きる人間は皆、仕事に関してプロフェッショナルでなければならぬ。誇りを持たねばならぬ。

1984.7.22

正々堂々。

1984.7.24

総括。読書。すらすら進むのはおかしい。じっくり進むのが本当である。Slow and Steady、初期の段階では、深く考える癖をつける。総括には深い分析と方向性を!!

1984夏

現在を知るためには過去を知らなければならない。歴史の中には、同志社大学も含まれ、田辺町移転反対闘争も含まれ、自分自身の過去も含まれている。会ったことも見たこともない人たちが、この歴史の中に眠っているのである。時は止まることを知らない。若さは永劫のものではない。つまり、我々は刻一刻と老いに向かっているのである。

1945年8月15日、戦いは終わった。日本帝国主義は、自らが選んだ道の中で完全なまでに打ちのめされたのである。巷には廃墟が並び、今日一日の生活にも困っている人たちが食物を求めてさまよっていた。

終戦から39年。この間の日本の復興から繁栄への道のりは、様々な問題を表出させながらも他国に例を見ない速度で進んだ。

日本は国内の経済を発達させながら、国際社会における地位を高め、世界で有力な経済大国にのし上がった。しかし我々は、海を挟み、この繁栄した国の隣には、同じ民族が銃剣を向け合う国が、軍部の独裁により苦しめられている人々が武器を持って立ち上がっている国が、そしてはるか彼方には、一日数千人もの人々が餓死している地域があるということをしっかり見てゆく必要がある。

今に生きる我々は幸福である。幸福と書いたものの、実は、心中穏やかではない、物質的に恵まれている我々の使命とは？かつての日本の施政により、今も尚苦しんでいる人々に対して我々はいかなる態度をとるのか？　他国、とりわけアジアの国々は、我々のことをどのように見ているのか？　日本の歴史を跡づけることにより、今後の自分の生き方を模索してゆこう。

「読む」という作業は、作者の書いた文字に沿って進められるものであり、理解しようという姿勢が求められる。この意味で、この作業は受け身的なものであると言えるだろう。

一方、「書く」という作業は、自分が他人に理解してもらうという姿勢が要求され、文章は主体的能力なしには生まれようがない。つまり書けなければ、真に理解したとは言えず、本当に理解していれば、何かしらは書けるものなのである。

外国語習得は、ある目的のための一つの手段であって、それ自体が目的なのではない。これを勘違いしないように気をつけておこう。

1984.9.10

（学習のためのメモ）

「数学は、適切な見方をすれば、真理ばかりでなく、崇高な美しさをもっている。その美は彫刻のように冷たく厳かで、人間の訴えるものでなく、また絵画や音楽のように華やかな飾りも持たない。しかも、荘厳なほどに純粋で、最上の芸術のみが示しうる厳格な完璧さに到達することができる」（バートランド・ラッセル　イギリス・数学者）

1984.9.11

（学習のためのメモ）

「政治体制の基本原理としてのデモクラシー、その基本的枠組としての憲法、さらに運営の基本法則としての政党政治」（『日本の政治風土』篠原一 岩波新書 P73）

「個人にはつねに大企業ないし国家機関と直結しようとする性向があり、平等な横の関係はこの風土の下では容易に定着しない。日本の『私』のもつ矛盾はこの面にもある。だから大企業のもたらす公害に対して、労働組合は企業主義に埋没して、生活者としての市民の立場に立てないのである」（同書 P33）

「古来、社会改革、政治改革は絶対的窮乏よりも、『期待感』と現実とのズレからおこることが多かった」（同書 P45）

「外国に旅行した社会主義者が、これまでの日本資本主義体制への批判を忘れたかのように、日本の美点を強調する例は枚挙にいとまがない」（同書 P61）

1984.9.12

（学習のためのメモ）

「日本社会党を中心とする社会主義運動は、普通選挙によって社会主義を実現するという議会主義の路線を歩んでいたが、アナルコ・サンジカリズム的な直接行動論の思いがけぬ台頭によって、社会主義運動の状況は急激に変化していった」（『明治社会主義史論』辻野功 法律文化社 P13）

- アナルコ・サンジカリズム…革命的労働組合主義。無政府組合主義。労働組合が生産と分配を行う社会を目指した。

「出獄後幸徳は、アメリカのアナーキストであるアルバート・ジョンソンにあてた手紙の中で「私は初め『マルクス』派の社会主義者として監獄に参りましたが、其の出獄するに際しては、過激なる無政府主義者となって娑婆に立戻りました」と述べているほどである」（同書 P14）

「彼の普通選挙や議会政策では真個の社会的革命を成遂げることは到底出来ぬ、社会主義の目的を達するには、一に団結せる労働者の直接行動（ヂレクト・アクション）に依るの外はない」（同書 P16　幸徳秋水が「平民新聞」に発表した『余が思想の変化』の中の一文）

1984.9.14
（学習のためのメモ）
「しかも直接行動論の台頭によって、もはや社会主義者は普選運動に対して熱意をもたなくなったばかりか、否定的にすらなったのである」（『明治社会主義史論』辻野功 法律文化社 P21）

「日本社会党の結社禁止後僅か二カ月で、日刊『平民新聞』もまた発行停止になったが、これによって幸徳秋水・堺利彦・森近運平・山川均・荒畑寒村ら直接行動派と、片山潜・田添鉄二・西川光次郎ら議会政策派との分裂は決定的なものとなった」（同書 P22）

「日清戦争後の資本主義の急激な発展期に誕生した明治社会主義運動は、その前途に大きな可能性を孕みながらも大逆事件によって挫折し、長い『冬の時代』を迎えなければならなかった。このような状況にいたらざるを得なかった理由は、既に述べたように、明治社会主義運動がブルジョア・デモクラシーの発展を自らの実践的課題とすることに徹しきれず、直接行動論をその指導理論として受け容れたところにある」（同書 P27）

「非戦論者として戦った秋水は、日本における反戦・平和の原点である。朝鮮と中国の侵略に反対したばかりでなく、世界にさきがけて、ロシア革命の勝利、それにつづく中国革命の成功とインドの独立を予言した最初の日本人であった」（『実録 幸徳秋水』神崎清 読売新聞社 P1）

1984.9.18

（学習のためのメモ）

「日本の産業革命は、松方デフレのもとで進展した資本の原始的蓄積を歴史的前提として、一八八六年（明治一九）以後の企業勃興をもって開始され、日清・日露戦争と戦後経営に支えられて進展し、ほぼ一九一〇年頃に完了し、日本資本主義はその再生産軌道を定置するにいたる」（『日本近代史要説』高橋幸八郎・永原慶二・大石嘉一郎編 東京大学出版会 P156 大石嘉一郎論文）

「日本の産業革命―資本主義確立過程の特徴は、次の点にある。第一に、在来産業の自生的な発展としてではなく、国際的契機に促迫されて他律的に展開したこと、しかも、日本の先進国からの軍事的＝経済的自立化と朝鮮・中国への軍事的＝政治的進出を企図する天皇制国家の主導または保護の下に展開されたことである」（同書 P156 大石嘉一郎論文）

「第二の特徴は、地主制下の零細農民経営から析出される低賃金労働力（とくに若年女子の出稼ぎ労働）が、工業発展の不可欠の条件であったことである」（同書 P158 大石嘉一郎論文）

「第三の特徴は、右の二つの特徴のため、いろいろな産業部門の発展が極端に不均等な形で、しかも産業部門間の社会的関連が分断された形で展開したことである」（同書 P158 大石嘉一郎論文）

「日本の対外的関連は、先進帝国主義諸国が支配する世界市場においては後進国的＝従属国的性格をもつが、東アジア市場においては先進国的＝帝国主義国的性格をもつという二面をもった」（同書 P158 大石嘉一郎論文）

「英・独・仏・米の四大国が支配する世界帝国主義体制のもとで、それらに金融的に従属する二流の帝国主義国としての地位にあった日本は、第一次世界大戦を契機にして一流の帝国主義国にのし上っていった」（同書 P159 大石嘉一郎論文）

1984.9.19

（学習のためのメモ）

「岩倉使節団は廃藩置県のわずかに四ヵ月後に日本をあとにし

た」（『日本近代史要説』高橋幸八郎・永原慶二・大石嘉一郎編 東京大学出版会 P179 田中彰論文）

「一行は米欧一二ヵ国を一年一〇ヵ月（当初予定は一〇ヵ月半）にわたって回覧した」（同書 P179 田中彰論文）

「そのプロシアで当時威名をはたせていたビスマルクやモルトケに会い、プロシアがいかに小国から大国への道を歩んだかをじかに聞いたのである。そこでは弱肉強食の国際政治に処するには力の政策が必要であり、力とは軍事力にほかならないことを一行は思い知らされた」（同書 P179 田中彰論文）

「もうひとつ、使節団はその帰途、アジア・アフリカの植民地化・半植民地化の実体をみた。かれらはそれを文明の暴虐、文明の裏面とみるかわりに、文明からはみ出したヨーロッパ世界の棄民のしわざとみた。使節団にはあくことなき近代文明への信仰があったのである。だから、アジア・アフリカの実体から近代文明批判へと自己洞察を深めるかわりに、一行をして、アジア・アフリカの野蛮、近代文明に対するアジア・アフリカの劣位を痛感せしめた」（同書 P180 田中彰論文）

「小国から大国への道は、力の論理の上に、ヨーロッパ世界に似せてみずからを文明化させることにあったから、その文明化する日本が、アジアの野蛮をうち破り、支配するのは当然だ、とする考え方がそこには生まれていったのである」（同書 P180 田中彰論文）

「明治維新は、一九世紀後半という世界史のなかにおける、近代国家成立のひとつの型を示す。そして、それが東アジアにおいて、侵略性と民衆への専制を烙印づけた近代天皇制とよばれる日本資本主義国家成立の起点となったところに、その最大の特質があった、といえるのである」（同書 P182 田中彰論文）

「民権思想には、女性解放論、部落差別廃止論、車夫などの前期的プロレタリアート組織論など貴重な論点を見出すことができるが、全般的には萌芽の状態にとどまり、アジアとりわけ朝鮮に対しては、日本は灯台であるという指導者意識が底流にあったし、少数民族のアイヌ問題にも目はとどいていなかった」（同書 P194 江村栄一論文）

「近代天皇制は一八六八年の明治維新によって成立し、第二次大戦における一九四五年の敗戦によって崩壊した。この近代天皇制は、その軍事的・警察的＝絶対専制的な性格によって、しばしばプロシア＝ドイツのカイザートゥム、ロシアのツァーリズムと対比される。だが近代天皇制は歴史上もっとも遅れて成立・確立し、後二者が第一次大戦と革命によって廃絶されたにもかかわらず、二〇世紀の中葉まで生きながらえた」（同書 P197 芝原拓自論文）

「日本は主要な資本主義国の中では最後に産業革命を行ない、自立的な国民経済を形成した国である」（同書 P216 浅井良夫論文）

「日本においては、産業革命の主導的産業は絹業と綿業であった。この二つの産業はまた日本の二大輸出産業でもあり、海外市場の発展によって支えられていた。生糸は一八五九年の横浜開港と同時に世界市場へ急速な勢いで進出を開始した。綿業の場合、国内綿糸市場は、産業革命の開始時にはいまだ外国商品の圧倒的支配下にあったが、わずか一〇年後の一八九七年には綿糸輸出高は輸入高を越え、綿業は輸出産業に転じた」（同書P218 浅井良夫論文）

「産業革命終了頃の貿易構造をごく大雑把にとらえるならば、生糸をアメリカへ、綿糸と綿布を中国へ輸出して獲得した外貨で、機械・鉄鋼などの生産手段をイギリスから、棉花をインドから輸入するという構造であった」（同書 P218 浅井良夫論文）

「単身の女子労働者は紡績労働者の七七％までを占めていた（一九〇〇年現在）。年齢は一五～二〇歳が最も多く、なかには七、八歳の子供を使う工場さえあった。女工たちは、一日平均一一～一一・五時間の長時間労働を強いられていたにもかかわらず、その賃金水準は植民地インド以下といわれる水準であった」（同書 P221 浅井良夫論文）

「農村は資本制的工業に対して、（1）労働者の食糧である米と生糸の原料である繭、（2）安価な労働力、（3）豊富な資本、を供給したのであり、農村は確かに産業革命期の日本資本主義を支える基盤であった」（同書 P229 浅井良夫論文）

1984.9.28

（学習のためのメモ）

「ねらいは異質の文化圏をへめぐり、日本の文明史的な位置を考えてみること、さまざまの違った鏡に『明治百年』の日本の姿を写しだしてみること、要は日本の正確な座と像をつかみたいということであった」（『明治の精神』色川大吉 筑摩書房 P10）

1984.10.1

（学習のためのメモ）
「彼らは上手に書くが、しかし何も言うことがないんだ」（ウィリアム・フォークナー　アメリカ・小説家）

「あらゆる人間の魂は、その中にすでにあらゆることの知識を持っているのであり、問題は、どうやって“それを引き出す”かだけである」（ソクラテス　古代ギリシア・哲学者）

「書き物というのは、いかにも容易に見えるが、実際には世界中で一番難しい仕事なのだ」（アーネスト・ヘミングウェイ　アメリカ・小説家）

「芸術は目に見えない夢を目に見える姿の中に映し出させる魔法の鏡である。人は己の顔を見るためにガラスの鏡を用い、己の魂を見るために芸術作品を用いるのである」（バーナード・ショー　アイルランド・劇作家）

1984.10.5

　大学と寮との間に横たわる「舎費・名簿」問題に関する経緯（文責：三浦）
※優秀かつ尊敬に値する寮の先輩が記述した寮の共通認識、定

番ともいえる文面に手を加えた。

1981年夏以降、同志社大学当局―厚生課は「舎費・名簿」を提出されたい旨、此春寮寮生に表明。此春寮寮生は「舎費の存在根拠は何か？」「同志社大学当局による寮生の権力売り渡しに対する自己批判がなされていない」「名簿がどうして必要とされるのか？」と反論。これに対し、当時の西M厚生課長は「社会通念一般」のみで答えた。

1981年12月、西M厚生課長は「寮生と当局との間に『舎費・名簿』に関する合意が成立しない以上、一方的に請求することはない」との確約を此春寮と交わす。

1982年3月、大学の田辺町移転基本計画が決定される。同年7月2日、81年12月の確約を一切無視したかたちで、学生部は同志社大学10寮に対し、「舎費・名簿」の一方的な提出要求を行う。これに対し、10寮はその提出を拒否し、7月19日、「『舎費・名簿』提出請求白紙撤回」を掲げた「全寮緊急抗議集会」を開催。秋以降、学生部は「寮は不正常である」という、いわゆる「反寮キャンペーン」を、学内公示、公報記載というかたちで展開。寮生は公開質問状を提出。「それらは、寮と大学当局との歴史的経緯、関係を捏造したものに他ならない」と批判。厚生課は公開質問状の責任主体にアーモスト寮が入っていることを理由に受け取り拒否。寮生は「アーモスト寮も同志社大学の学生によって運営されている自治寮であり、大学による公示、広報がアーモスト寮の寮自治にも重大な影響を与えると判断し、その主体に名を連ねたのであって、厚生課の受け取り拒否の理由は何ら正当性のないものである」と反論。厚生課はあくまで受け取り拒否。寮生は学生部長に直接手渡すべく行動をとる。

H学生部長了承の上、寮生と学生部長が論議していたところ、I上学生課長が「監禁罪だ。告訴するぞ」と発言。その数日後、今度は、H学生部長が寮生に対し「いつでも告訴する準備はできている。君、名前を言いたまえ」と発言。これらの発言を西M厚生課長も支持。

寮生は、此春寮を中心に「舎費の存在根拠は何か？」「名簿は何故、必要なのか？」「話し合いの場で、警察権力をちらつかせながら『告訴するぞ』と恫喝をかける当局に、何故、名簿が出せるのか？」など、質問、批判を行うが、西M厚生課長は「『舎費・名簿』を出すのは当然であり、社会通念上、常識である」と繰り返す。

11月下旬、厚生課は「『舎費・名簿』と他の確約等は別問題であって、文化活動費、入選保障費、『寮への誘い』等は従来通り行う」と表明。12月上旬、厚生課は前言を翻し、それら一切を拒否。それどころか、悪質な「反寮パンフレット」を全学生、教職員に送付。寮生はこれに対する抗議行動として「全寮緊急抗議集会」を行った。

1983年2月4日、大学当局と別途、交渉を行っていた布哇（ハワイ）寮は、他寮生の批判の中、「舎費・名簿」を当局に提出。同年2月17日、学内最高意思決定機関である評議会にて学生部の寮政策が承認される。2月23日、24日の全寮統一交渉の場で、I上学生課長は、「『舎費・名簿』を出すことが学生部長と会う条件だ」と述べる。

1983年4月、学長が、松山学長から木枝学長へと代わると、学生部長もH学生部長からT高学生部長に代わった。更に、4月中旬、西M厚生課長からT口厚生課長に人事交代。T口厚生課長は寮のことは熟知しておらず、寮生と大学当局との「紛争」の中に放り込まれたようなかたち。T口厚生課長は5月19日、6月2日に寮生と交わした確認書の中で、1982年7月2日以降の大学当局の寮政策に対し、批判的見解を示し、原状回復への努力の意向を見せた。しかしその後、彼は体調を崩し、7月上旬異動、T川厚生課長に交代した。

5月27日、「対学生部長全学大衆討論集会」が行われ、T高学生部長は見解書を残した。寮生は、T川新厚生課長就任直後の7月12日、「全寮総決起集会」を行った。T川新厚生課長との交渉は7月中旬に行われたが、新課長の寮問題に関する見解を聞くにとどまった。秋以降の交渉の展開が予定されていたが、交渉の場はほとんどなかった。彼は「舎費・名簿」は出すべきである、との基本路線を堅持し、その提出を引き続き求めている。

その後11月に、推薦入試合格者向け文書に関する交渉を行ったが、厚生課との交渉で合意された文書内容が、学生部内の論議で一方的に反故にされた。また、寮案内文書や「Student Guide」の記載内容などに関する交渉を行ったが、寮生の主張を認めつつも、「1983.2.17 評議会決定」があるので、という理由で、譲歩を求められた。これに関しては双方の一致を見ず、最終的に大学当局が作成した文章が掲載されることとなった。

(学習のためのメモ — 1)
「歴史家はあったことを述べるが、詩人はありうることを述べる」(アリストテレス　古代ギリシア・哲学者)

「マルクスは、世界史を階級闘争の歴史だとして、資本主義社会においては、資本家階級と労働者階級の対立をあげる。資本家階級は支配階級であり、労働者階級から剰余価値を搾取するだけでなく、また、権力をも独占する。労働者階級は、生産手段を私有せず、自己の労働力しか売るべきものを持たず、社会から疎外された存在でもあるといった」(『ソビエト帝国の崩壊 瀕死のクマが世界であがく』小室直樹 光文社 P87)

「一九五三年春三月、多くの人びとに神のごとく崇拝され、そして、いっそう多くの人びとに恐れられていたスターリンは死んだ。ソ連をはじめとする各国の共産党およびその同調者は、彼の“偉大なる生涯に敬意を表し、スターリンは、永遠に万国プロレタリアートの胸中に生きるであろう”と結んだ」(同書 P105)

「マルクス主義には、幾多の解釈があるが、従来のソ連におけるマルクス主義は、レーニンによって解釈され、スターリンによって公認されたものであることを特色としてきた」(同書 P105)

「スターリン主義を一言で要約するとこうなる。“改良主義への反撃と暴力革命主義”がレーニン主義の特色であったが、さらにスターリンは、“帝国主義のもとでは戦争はさけられず（「レーニン主義の基礎」・一九二四年）”“世界市場の崩壊にともなう世界資本主義の全面的危機は深化（「ソ連邦における社会主義の経済問題」・一九五一年）”しているという点にある」（同書 P106）

「ドイツ陸軍や日本陸軍にくらべても、ソ連陸軍はさらに巨大である。たんに巨大であるだけでなく、独特の歴史をもっている。独特の歴史とは、組織論的にいえば、次の三つに要約されるだろう。(1) それは、世界革命の前進基地たるソ連防衛のために、トロツキーによって設立された。(2) それは、当初から本格的な機械化部隊を中心にして編成された。(3) それは、ラッパロ協定に基づいて、ドイツ軍の指導のもとに近代化された。この三つの組織的特徴を有する」（同書 P135）

（学習のためのメモ ― 2）
1945年8月6日広島、8月9日長崎、約60万人被爆、30万人以上が犠牲に
ヒロシマ原爆13キロトン、ナガサキ原爆22キロトン
1949年8月　ソ連原爆実験
1952年11月　アメリカ水爆実験
1955年11月　ソ連水爆実験
1954年3月1日　アメリカによるビキニ環礁水爆実験、17メガトン
ミクロネシア住民、日本漁船員（久保山愛吉さん）が犠牲となる。

- アメリカ巡航ミサイル・トマホークの核弾頭は重さ122キロ

グラム、威力200キロトン。

- 核兵器体系は、核弾頭と運搬手段、指揮、支援システム及びこれらの基地からなる。
- 核爆発には核分裂性物質の原子核の核分裂によるもの（原子爆弾）と核融合反応によるもの（水素爆弾）がある。
- 核爆発が起きると強烈な爆風と熱線、放射線が発生する。
- 戦略核兵器とは、相手の戦略目標の破壊を目的とする核兵器をいう。戦略目標とは敵の戦争遂行基盤をなす都市、工業中心地及び重要な軍事、交通、通信の中枢などをいう。戦略核兵器には、ICBM、SLBM、戦略爆撃機、ABMなどがある。
- 戦術核とは戦術目標、つまり戦場における軍事目標を破壊するために使用される核兵器をいう。
- 戦域核とは、ヨーロッパやアジアのような戦域で使用する核兵器をいう。

1984.11.19

（一般教育科目「宗教学」の授業にて）

1939年　国―靖国神社　府県の招魂社―護国神社　市町村―忠霊塔、忠魂碑

憲法20条　政教分離

ヨーロッパ文化

ヘレニズム Hellenism 客観的本質論 人間とは？　ギリシア人特有の習慣

ヘブライズム Hebraism 主観的実在論 自己とは？　ヘブライ人の風俗習慣 ユダヤ教

1984.11.21

マル学同中核派、学内登場。何だこいつらは！　何を考えているのか？

（学習のためのメモ）

- 俳優の演技力、カメラの美しさ、監督の才能、映画の意図
- 作者がどんな深い意図でそれを書いたか
- 登場人物の性格描写
- 何を訴えようとしているのか

1984.12.3

劇団昴『ハムレット』（W・シェイクスピア作 福田恆存訳・演出）観劇

大阪・毎日ホール（母からの誕生日プレゼント）

1984.12.12

本を読んだ後は、自分の感想なりを記し、整理することにしよう。

（新聞報道より）

「ジョンソン氏は、佐藤首相がエンタープライズ寄港を日本国民の核アレルギー退治のテコにしようとしていたことを『はっきり感じた』と書いている」

「米海軍の最新鋭原子力空母カールビンソン横須賀寄港。原子力空母が首都圏に入るのははじめて」

- 原子力空母カールビンソン…世界で最強・完全独立の戦闘基地
- 非核三原則の空洞化
- ソ連の太平洋艦隊増強

「防衛費のGNP1%枠について与党全議員アンケートの結果、60%弱の議員が枠撤廃を主張した。その理由としては ①GNP1%以内という現在の歯止めに論理的根拠がない ②日本の国際的責任は大きい が多くを占めた。しかし、GNP1%に代わる歯止めは必要と野放しの防衛費膨張には警戒的である」

（学習のためのメモ）

- 中国の経済政策は今、大きく変わりつつある。
  国内的…農業の生産責任制。工業における企業自主権の拡大に競争原理、市場メカニズムといった資本主義的手法を取り入れ、対外的には開放体制の下、西側先進諸国の資本技術を大胆に導入している。一国家二制度。鄧小平主任「社会主義の根本任務は生産を発展させることだ」「白猫でも黒猫でもネズミをとる猫はいい猫だ」。

- 法務省入国管理局の調べによると昨年の総出国者数は約423万人。このうち、男性は65%を占めている。ところが、東南アジアへの旅行者の比率は、韓国89.6%、台湾84%、フィリピン77.6%と男性の占める割合が異常に多い。

- 中央教育審議会…1952.6.6「文部大臣の諮問に応じて教育、学術又は文化に関する基本的な重要施策について調査審議し、及びこれらの事項に関して文部大臣に建議する」機関として設置された。教育における資本の論理の貫徹、資本の立場よりする合理化の要求。

1984.12.23

第4回プーマカップ　大学同好会東西対抗戦
同志社大学0－3中央大学（東京・小石川グラウンド）

1985.2.19

（学習のためのメモ）

- ニュージーランド（ロンギ首相）、核積載艦船の寄港　反対56％、賛成29％

- 胡耀邦中国共産党総書記「わが国国境の安全に対するベトナムの脅威を取り除き、東南アジア地区の平和と安全を維持することは、わが国の重要な政策であり、われわれのこの立場はいかなる時でも揺らぐことはない」。

- 中国が穀物輸出国へ

- 1,200億ドルを超える大幅な貿易赤字（米商務省統計）→ 輸入課徴金導入の動き、効果・影響の検討
  輸入課徴金…輸入を抑制するために輸入品に関税以外の特別の付加金をかける制度

- アメリカの労組組織率18％台に低下　厳冬の時代へ
  自動化、レイオフ（一時解雇）、経営者の労組つぶし、労組

組織率の低いサービス業の増大、失業率の低下

- 日米間の経済摩擦問題4分野、①通信機器分野 ②エレクトロニクス分野 ③医薬品・医療機器分野 ④木材製品分野

- 自動車問題が自動車産業固有の問題としてではなく、大きく日米経済問題全体の枠組みの中で論じられる場面が多い。

- 経営不振と失業者の大量発生という自動車摩擦の背景にあった主な要因はすでに取り除かれている。

- 1990年には、農林漁業など第1次産業就業者は全体の1割を大幅に割る。サービス業など第3次産業就業者は6割を超える。又、労働力の高齢化も予想される。工業化社会の成熟化 → 脱工業化社会＝情報化社会、経済のソフト化・サービス化、技術革新による新産業革命の進行。

- 日本貿易振興会（ジェトロ）によると、1月に欧州に進出している日系企業は189社。
  西ドイツ34　英32　仏30　進出業種…カラーテレビ、VTR、集積回路（IC）など

- 1989年「ファッション万博」関西誘致へ向け「ワールド・ファッション・フェア推進協議会」発足。

- 関西で一番多く外国人が来るのは大阪府。問題はサービスの不充分性。

- 神戸ビーフ、神戸ウォーター、神戸ワイン、神戸チーズ
  87年「開港120年祭」、89年「市制100周年記念」

- 全国160万企業　赤字企業…約55％　法人税・事業税免除
  「赤字企業でも道路、下水道など公共サービスの恩恵を受けている以上、何らかの税負担を求めるべきである」。大蔵省は税制抜本改革として86年度から新たに赤字企業にも一種の法人税を課税する方針を固めた。

- 政府税制調査会…首相の諮問機関・小倉武一会長。不公平税制是正。

- 稲山経団連会長「物価上昇に合わせて賃上げすることは経済的には間違った考え方であり、働く人の幸福にならない。実質生活費に合わせてベースアップするのは贅沢な考え方で、そんなことをしているのは日本だけだ。ベアの時代は過ぎた。賃金を増やしたいのなら定昇とボーナスでやったらよい」。

- 単産…産業別単一労働組合
- フラクション…細胞。左翼政党が労働組合などの大衆団体の内部につくる党員組織。略してフラク。

1985.2.22

- 森閑…ひっそりとしているさま。
- 残照…日没後も空に残っている入り日の光。夕焼け。
- 叫喚…わめき叫ぶこと。
- 跳梁…かけまわること。

- 無聊…たいくつ。心が楽しまないこと。
- 逡巡…思い切って断行しないでぐずぐずすること。

1985.2.23

- 光彩陸離…光が散乱して美しいこと。
- 名刹…有名な寺院。
- 細緻…細かく綿密なこと。
- 自若…物事にあたって落ち着いていて少しもあわてないさま。
- 清冽…（川の水などが）清く冷やかなこと。
- 金科玉条…最も大事な法律または規定。

「心象の金閣と現実の金閣」（『金閣寺』三島由紀夫 新潮文庫）

B29の爆撃による金閣の破壊、これと対をなす投石による鏡湖池に映った金閣の破壊。

1985.2.25

（学習のためのメモ）

- 世界の武力紛争で戦後2,100万人死亡。1983年には75ヶ国で約400万人の兵士が戦闘に従事。1945年以来の武力紛争に起因する月間死亡者数平均33,000人から41,000人に上り、死者の5人に3人は民間人。

- 1986年度あるいは87年度、大型間接税の導入。所得税、法人税減税。

- 法務省による刑法全面改正作業はすでに10年以上経過しているが、実現の目途は全くたっていない。

- ラウンド…多角的貿易交渉
- 風俗適正化法…新風営法

「服装に対する無関心は精神的な自殺に等しい」（オノレ・ド・バルザック　フランス・小説家）

「結婚は鳥かごのようなものだ。外の鳥はやたらと中へ入りたがり、中の鳥はむやみに外に出たがる」（フランスの諺）

- 化粧…①呪術的な意味 ②身体保護の意味 ③社会地位の表示
- 百鬼夜行…いろいろの化物が夜歩くこと。多くの怪しい者や悪人が時を得てわがもの顔にふるまうこと。

1985.2.27

（学習のためのメモ）

- 自衛隊の海外派遣を求めた日米諮問委報告についてレーガン大統領は「両国関係の将来を開く上で素晴らしい出発点になるとの意見で一致した」と述べている。

- 刻苦…おおいに努力すること。心身を苦しめて務めること。
- 奮励…奮い立って励むこと。
- 峻烈…厳しく激しいさま。
- 紆余曲折…事情が込み入って何度も変わること。
- 彷彿…思い浮かぶさま。よく似ているさま。

- 端境期…前の年にとれた米が少なくなり、ぼつぼつ新米が出回ろうとする頃。9月、10月頃。

1985.2.28

- ブランキズム…フランス革命当時の革命家ブランキに由来する。大衆の力を組織せず、少数者の直接行動によって政権を打倒しようとする思想、やり方。

1985.3.1

- 不朽の言…後世にまで伝わる言葉。

「かくて人は文によって伝えられ、文は人によって伝えられる」（『阿Q正伝』魯迅 丸山昇訳 新日本文庫）

「朦朧とした中で、眼の前に海岸一面に緑の砂地がひろがった。その上の深い藍色の空には金色の丸い月がかかっている。私は思った、希望とは元来あるともいえぬし、ないともいえぬものだ。それはちょうど地上の道のようなものだ。じつは地上にはもともと道はない、歩く人が多くなれば、道もできるのだ」（『故郷』魯迅 丸山昇訳 新日本文庫）

1985.3.7

- 悔悛…前に行ったことを後悔して改めること。
- 飛沫…しぶき。
- 気泡…あわ。

1985.3.8

- 卑怯…勇気のないこと。おくびょう。
- 遍歴…諸国を回って歩くこと。
- 不条理…物事の筋が通らないこと。

1985.3.11

「絶望をくぐらないところに、ほんとうの優しさはない」(林竹二　教育哲学者)

「古くからの沖縄の言葉には、“かわいそう”といった同情的な表現はない。沖縄では他人の苦しみにたいして、それを分かち合うニュアンスをもつ「肝苦(ちむぐ)りさ」(胸がいたい)という表現をつかう。沖縄には「他人(ちゆ)に殺(くる)さってん寝(ね)んだりしが、他人(ちゆ)殺(くる)ちえ寝(ね)んだらん」(他人にいためつけられても寝ることはできるが、他人を痛めつけては寝ることはできない)という言伝えがある」(『沖縄のこころ―沖縄戦と私―』大田昌秀 岩波新書 P7)

- 不遜…たかぶること。けんそんでないこと。
- 恣意的…自分かってな考え。
- 混沌…物事の区別がはっきりしないさま。天地開闢の初めに物事の判然としなかった状態。
- 横溢…みなぎりあふれること。また、あふれるほどさかんなこと。

1985.3.12

「わが一生に於て多く忘るべからざる年なりしかな」(『田舎教

師』田山花袋 新潮文庫）

- 嬌態…なまめかしくこびる姿。
- 矜持…自分の行い・能力を信じて誇ること。
- 静謐…世の中が穏やかに治まること。天下泰平であること。
- 蝸牛角上の争闘…いうに足りぬほどの狭い世の中で、こせこせとつまらぬことに争うことをいう。つまらない争いのたとえ。

1985.3.14

「お前たちは、そんな大人たちには鎖されている、お前たちだけのその領分の中で遊べるだけ遊んでいるがいい」（『美しい村』堀辰雄 新潮文庫）

「あなたはいつか私にこう仰しゃったでしょう、—私達のいまの生活、ずっとあとになって思い出したらどんなに美しいだろうって……」（『風立ちぬ』堀辰雄 新潮文庫）

「罰がなければ、逃げるたのしみもない」（『砂の女』安部公房 新潮文庫）

1985.3.17

　自分の意志の範囲でコントロールできないものは、それを精神の拠り所としない。

1985.3.23

生き抜くことが大切なことであると思う。学生時代にしかできないことは“動く”ということではないだろうか。“動く”ということはいったいどんなことを指すのかと問われれば、実行することだと答える。実行とは、頭に描いていることを身体で実践することで、壁に対しようと、障害に出くわそうと、ぐっとこらえて突き進むことが必要である。このことは現在の自分の打破を必然的に伴う。自らの意志に基づいて動くことである。では、“動く”際に留意しなければならないのはどのようなことだろうか？

1985.4.2

寂しさを痛感している。もし彼女が一層のしんどさを味わったとすれば……。もうあの日々は戻らない。彼女と「過ごした」日々は、時の向こうに去ってしまった。自分が放棄したあの日々。戻りたい、戻れない。

1985.4.25

- 自由貿易地域…関税免除。一定期間の免税、軽減。政府の積極的誘致。ストライキ禁止。

1985.4.28

- 丸腰…武士が腰に刀を帯びていないこと。全く軍備のないこと。

1985.5.4

- 峻別…きわめて厳しく区別すること。

1985.5.6

- 阿鼻叫喚…①「阿鼻」も「叫喚」も八大焦熱地獄の一つで、その苦しみを受けて亡者が泣き叫ぶ様子。②事故災害などの悲惨な状況の中で多数の人々が救いを呼び求めている様子を形容する語。

1985.5.21

- エントロピー…①熱力学的状態からみて物質が変化する際に、出入りする熱量の状態を表す関数。②情報理論の分野で、情報の不確かさを示す量。

1985.5.29

I和Mさんの「第一詩集」購入

〈第１章の終わりに　今になって思うこと〉

「あまねく地より集い来て 神を見上ぐる若人の……」

此春寮の寮歌の一節である。「神を見上ぐる」というところにかつての神学寮の名残を見ることができる。寮会が行われる少し広い部屋を会議室とは言わず、“チャペル”と呼んでいたのもこれゆえである。新入寮生の歓迎会も新歓コンパとは言わず、“愛餐会（あいさんかい）”と言っていた。

標語として掲げられていた、あるいは掲げていた「相互討論・相互批判による真理探究・主体形成」。これを実現すべくとられていた１部屋２人の相部屋制。寮会への参加は絶対的義務であったが、門限など些細（ささい）な規則はなく、玄関は常に開放されていた。

その歴史は長く、此春寮としての創設は1940年（あるいは1939年）にさかのぼる。その前史まで含めるとその歩みは更に長いものとなる。

しかし、自治寮とは何故、これほどまでに“ややこしい”のか？　ある意味、楽をさせてくれないのか？　当時の素朴な疑問であった。長くなるが、知り得る範囲で寮の歴史の一部を記そうと思う。

1940年１月竣工（しゅんこう）の寮は、同志社構内の一角、アーモスト館本館の東側にあった。時を経て1962年、アーモスト館ゲスト・ハウスを建てるとのことで、此春寮の移転・新築問題が持ち上がる。

『同志社百年史 通史編二』（学校法人同志社 1979年）に、次のような記載がある。

「一九六二年にはアーモスト大学からの八万五〇〇〇ドルの寄附金によって建築中であったアーモスト館ゲスト・ハウスが完成する。同志社は秦孝治郎理事長を中心にアーモスト館の隣接地の購入をはかったのであったが、これは成功しなかった。次善の策として神学寮たる此春寮を塔之段藪ノ下町に新築して神学生を移し、旧寮の建物は北小松の地に移築した。こうして此春寮あととテニスコートあとを用いて、北側にゲスト・ハウスをつくり、南側を芝生の庭園とした」（P1345）

　また、他寮を含めた記述の中でも、

「一九六二年から二年間に塔之段藪下町（※ママ）に新しい此春寮、岩倉の地に大成（たいせい）寮、寺町通に女子学生のためのデラックスな松蔭（しょういん）寮が完成して、寮の設備も充実を見た。そして下鴨に第二部学生のための寮が購入され、上野学長によって暁夕（ぎょうせき）寮と命名された」（P1351）とある。

　しかし、これだけの記述では、寮の移転に全く問題がなかったかのようで、その実体がわからない。もう一方の視点、つまり寮生側からすれば次のようになる。『プロテスト群像—此春寮三〇年史』（同志社此春寮史編纂委員会 1977年）から引用する。

「一九六一年一月二六日、昼休み、神学部長山崎享氏の来寮によって移転問題が提起された。氏によって伝えられた移転理由は以下の五点であった。一、此春寮の老朽化　二、寮が女子大に接近しすぎていること　三、ゲストハウスの建設を大学が必要としていること　四、今出川校地の綜合的利用計画のため　五、神学寮の将来のため寮の統合化が必要であること　これらの理由から、提案は岩倉へ移転して欲しいということであっ

た。特に、ここで強調された理由は、寮の老朽化であった」（P43）

木造モルタル二階建の寮の老朽化は、かねてより寮生から学校当局へ補修要請をたびたび行わなければならないほど極度に深刻なものであったようである。

間髪をいれず、寮内に移転問題委員会がつくられたそうだが、その後の理事長、学長、学生部長との会談や調査などから、老朽化は表向きの理由に過ぎず、これを口実とした学校側の一方的な都合による岩倉への移転であることが明らかになったらしい。

寮生たちは移転を受け入れる場合の条件を、「一、現寮と同条件の生活がおくれること　二、学校より五分以内のところ　三、建物は永久的なものとすること」（P44）と決め、学校側からの唐突な移転命令に抗したとある。

この移転を巡る交渉は、最終的に新寮に移転（岩倉ではなく塔之段藪ノ下町）することになる1962年4月25日までの1年3ヶ月に及んだ旨、同書に記されているが、この過程で、約束をたびたび反故にする大学側の態度と、その代弁者として立ち現れる神学部教授会に対する不信感が芽生えていったようである。

引き続き『プロテスト群像―此春寮三〇年史』から引用する。

「学校側がこの移転交渉下で与えた約束不履行の最大のものは、新寮完成も近づいた一九六二年一月の新寮舎費値上げの提案であった。『現寮と同条件の生活を』という寮生の移転条件は、『学校から五分以内』という条件とともに、アルバイトで生活のほとんどを立てていた寮生の生活的要求であったが、学校側は新寮建設のための経費を理由に、また寮改革として独立採算制を理由に、当時四〇〇円の舎費を四倍の一六〇〇円に値上げすると通告してきた」(P45)。また、「たび重なる約束不履行の末、四月二〇日ようやく完成したが、学校側は舎費値上げをのまないかぎり入寮を許可しないという方針を通告している」(P46）との記述もある。

これに納得がいかない寮生たちは舎費問題と闘う覚悟を決めた。これに対し、学校側は舎費値上げ姿勢を崩さず、全寮生の退寮、退学処分の噂（うわさ）が流れたとのことである。

その後、神学部が舎費の値上げに関しては1人当たり月額300円の補助を出すという妥協案を出し、寮生たちはこの案含め、新寮移転後に検討することを大学側に約束して新寮への入寮が許可されたようである。最終的に、神学部の補助を差し引いた月額1,300円×10ヶ月（休暇中の2ヶ月は舎費を徴収しない）との妥協案で一旦、「決着」を見ることとなる。

この此春寮移転については、同書に、

「表面上は、此春寮の建物が老朽化したので改修すべきだ、またアーモストのゲストハウスの敷地として必要だということであったが、その背後では、此春寮が、学生運動の拠点であるので不都合であり、何とか学内から『追放』しようという意図があったことは、後日あきらかにされたところである」(P34）とも記されている。

此春寮の寮生は、1960年の安保闘争に、神学徒として各人様々な思いや考えがある中、寮会にて、「共産主義者同盟（略称ブント＝同盟、連邦を意味するドイツ語＝union,federation)」

が指導する「全学連（全日本学生自治会総連合）」支持を決議し、寮をあげて参加したらしい。蛇足ながら『同志社百年史 通史編二』に、
「盛り上った学生運動は、安保騒動の終わったあと全学連が深刻に分裂し、その後ついに再統一できないままセクト間の分裂、抗争を繰り返してきた。同志社の学生運動の主流はその後社会主義学生同盟（社学同・関西ブンド）となった」（P1343）とある。

しかし、これで大学当局や神学部との和解、解決の方向へ向かったわけではない。むしろこれ以降の、大学側からすれば「学寮問題」、寮生側からすれば「寮闘争」の本格的な開始を告げるものであった。『プロテスト群像—此春寮三〇年史』には、
「この問題は、いわゆる『此春寮開放闘争』で引きつがれ更に、神学部闘争、学園闘争につながっているといえよう。これらの闘争と重なりつつ、他方では、舎費問題、光熱用水問題、寮の自治権の問題などが、全寮協議会というかたちでその後、問題が共有され、いわゆる『寮闘争』として、大学の寮政策への批判が展開されることになる」（P48）と記されている。

そして、「学寮問題」、「此春寮開放闘争」について、『同志社百年史 通史編二』では「此春寮および学寮問題」として、次のような記載がある。
「同志社大学の紛争がピークを迎える一九六九年までには、学外における学生運動の状況や、他大学の紛争の影響も大なり小なり手伝って、同志社でも紛争に発展しかねないと思われるような問題が、連続して起こっていた。そのひとつが、学寮問題、なかんずく此春寮の一般寮化の問題であった」（P1476）
「此春寮が新寮になって間もないころから、問題が起こりはじ

めた。問題というのは、神学部の学生数が少なかったので、同学部の学生のみを収容するだけでは、かなり空室を生じること。第二は、他の学寮にくらべて寮費の納入状態がよくなかったこと。第三は、神学部学生の退寮者が増加したことなどである。工事に難があったためか、竣工早々から雨漏がするなどのため、寮生の間に不満があったこともあげておく必要があるだろう」(P1477)

「以下主として『学生部年報』（一九六五年度版）の記録によって、此春寮問題の経過をたどることにしたい。寮生は、一九六四年六月の寮会で、（一）神学部以外の学生の入寮も認める、（二）キリスト者か否かを選考基準とはしない、ほか一項目を決定し、いわゆる入寮者の自主募集を開始した。神学寮の伝統を大胆に変革しようとしたのである。

これに対して神学部教授会は、（一）入寮許可は神学部長がおこなう、（二）クリスチャンを入寮有資格者とする、（三）他の選考基準は一般寮と同じにする、など五項目の方針を決め、此春寮生に通知した。神学部以外の学生でも、クリスチャンであれば入寮を認めるという線まで譲歩したのである。いわゆる一般寮の入寮者選考基準は、自宅からの距離、家庭の経済事情などを重視するものであった」(P1477)

初期の段階では、神学部以外の学生を受け入れることに関する、つまり“此春寮の門戸を開放する”ことに対する寮生側の見解はまとまらなかったようである。

神学部教授会とほぼ同じ見解を有する寮生がいた一方で、次のような考え方もまた存在していた。長くなるが、『プロテスト群像―此春寮三〇年史』から引用する。

「神学部は神学寮を本来的に放棄することを拒否しながらも、

客観的事実としてがら空きの寮を保持することのエゴイズムを指摘されることを恐れ、他学部生を『客』として迎えよと要請しているのであり、大学における寮施設の貧困状況を考えるとき、神学部のいうように『客』として迎え、それに、諸々の条件を加え、神学生が増えた時点にあっては勝手に追い出すというようなことは、明らかに欺瞞としてしか考えられない。そこでは、単なる自己中心的・閉鎖的生活は徹底的に否定されなければならない。なぜなら、それは寮の下宿化、アパート化につながるものだからである。共同体とは他者の問題を自己の問題として捉え、ともに考え、ともに生き方を追求するなかで生まれる連帯のうえに成立するものであり、その共同体の成立のための最も根本的な条件は、偽りなく自分の意見を吐露しあう場に寮がなければ（※ママ）ならないだろう。それは確かに人間関係の厳しさであり、このような寮共同体の生活を通じて、我々の人間形成が可能となるのではないか。とすれば、他学部生にさまざまな資格制限をつけ『客』として迎え、寮共同体の空洞化、崩壊を招くよりも、他学部生を『寮生』として入れ、新しい共同体を成す以外に方法はないのではないか」（P53）

　そして、既出1964年6月の寮会で、

「一般学生の入寮に関しては、一、一般学生の入寮を認める　二、キリスト者などの条件はいっさいつけない　三、新寮生に関しては、現寮生との差別はいっさいつけない等の決定を行ない、ただちに選考、入寮を実施したのである」（P54）

　この「新しい寮の在り方」についても言及がある。

「この『新しい寮共同体』とは、今までの神学部寮から此春寮を全学友に開放し、そのなかで新しい寮を創出することであった。この『新しい寮共同体』は、総合寮理念として理論的に確立されていったのである。これは、六〇年安保、大管法、憲法、原潜、学費、水光熱費と一連の大学内外の闘争を闘った神学生としての総括であった。そして神と人間、宗教と政治、マルクス主義とキリスト教―これらの断層の間から、既成キリスト教神学というせまい枠をこえて、真実なる人間の自由とは何かをさまざまな分野の学問をしている学生たちとともに、探究していくことであった」（P54）

この辺りの経緯について、大学側の記述『同志社百年史 通史編二』は以下の内容にとどまっている。

「話合いの最中であった一九六四年七月に、寮生たちは彼らの方針で六名を入寮させ、さらに一〇月には他学部学生をも含む一〇名を、神学部長に無断で入寮させた」（P1477）

「神学部長は、学部長が許可していない一〇月に入寮した一〇名の学生とその保証人に対して、入寮を差控えるよう通知し、神学部教授会代表三名が、寮生との話合いを続けた。だが寮生は、教授会の態度は寮生の自治に対する干渉だと主張して、話合いによる合意をえることができず、教授会はついに、寮生の自治の限界なども考慮して、此春寮の閉寮について検討をはじめた。一方寮生たちは、翌一九六五年一月の寮会で、此春寮の一般寮化を決定し、その旨を神学部教授会に通告してきた。一般寮になれば、入寮者を大学生全体に拡げることが可能になり、管理責任は神学部教授会から大学つまり学生部長へ移ることになる」（P1478）

再び『プロテスト群像―此春寮三〇年史』から引用する。

「この七月第一回他学部生入寮を前後して、神学部の此春寮に対する干渉はますますひどくなってきた。七月寮会を前にして、神学部は寮務主任を通して次の三点にわたって申し入れを行なってきた。一、神学部との関係を寮則に明記すること、その内容は、寮会の決議を寮務主任に報告する義務を明記すること、寮務主任の権限を寮則に明記することなどを含むものであった。二、新入寮生の選考権を神学部長に移すこと。此春寮は従来新入寮生の選考を完全に寮務委員会の権限のなかで行なっていた。しかるに、神学部は、神学部外の学生にかぎり、部長の権限下にあるとし、従来の権利に対して、寮自治は教育方針の元に限界づけられねばならないとの主張をしてきた。三、舎費協定にある神学部補助金の廃止

これに対し、此春寮は、『学寮に対する破壊的干渉に抗議する』との声明を出し、次の三点の反論を行なった。一、神学部との関係は、寮則に明記されることによって進展しない。むしろ、正しい大学理念の実践と、学問に対する責任の自覚をするなかで正しい連帯は形成される　二、自治体の構成員に関して他権力が代行することはできない　三、一方的な契約の歪曲に対して抗議する」（P54）

この後も、寮自治を軽視、あるいは無視し、介入を繰り返す神学部に対し、此春寮は寮共同体を発展させるため、第2回寮生募集を準備し、

「一〇月一日、神学部教授会との間に、第二回募集の干渉を排除するために話合いをもった。その席上、寮務主任は、『部長命令として、第二回の入寮選考は、話合い中は中止せよ』と発言した。此春寮は、部長命令のかたちで何事もなされるならば、今後いっさいの話合いはできないと主張した。それに対して教授会は、此春寮の決めた入寮基準を聞かせて欲しいとのことであったので、これを了解し、次回の話合いを持った。ここで、此春寮の側から提出した基準について、意見が交わされ話合いは終了した。従って、此春寮は、予定通り、一〇月一〇日

に入寮選考会を行ない、新しく一〇名の入寮を許した。その後、その決定を知った神学部教授会は、寮に対して、入寮を認められないとの宣言を出し、それが拒絶されたと知るや、全く無原則的に、各個人へ入寮を認めない等の通知をなした」(P56)

年が明けて65年1月、神学部が寮生個人に事情聴取を行った一方で、寮生たちは1月19日の此春寮寮会において、自治寮を守るためには、他学部の学生も入寮できる一般寮として自立の方向を目指し、寮則を変更すべきであるとの発議を行ったようである。この決定に対し、
「神学部教授会は非公式の事情聴取の後、一般寮としての方針が決定されたものとして、一月二三日の教授会において、二月二五日をもって閉寮を決定した。そして閉寮決定の翌日には、学内各機関への事情説明ビラ、神学部学生へのビラ等が出された。そのなかで、退寮を拒否するものには、退学処分にするという、寮自治を全く踏みにじる態度に出たのである」(P57)

一方、『同志社百年史 通史編二』にも、
「一九六五年一月二三日に開かれた神学部教授会はついに、一月二五日（※ママ）をもって閉寮することを決定し、閉寮当日、神学部学生全員に、次のような文書を配布した。

此春寮は一九三九年神学部における神学教育の一環として設置され、その後種々の過程を経ましたが、その間神学部の学生寮であることは自明の事柄でした。このような神学寮の基本理念を変革しようとする寮会の方針は、寮生にゆだねられた寮自治の権限をこえ、大学における教授会の教育の権利と責任を侵害するものであって、神学部教授会はこれを承認することは出来ません」(P1478) また、

「寮生の自治が尊重されてきたのも、学校の教育方針によることであった」(P1479)

「同志社に限らず、寮生ひいては学生の自治は、大学、ことにその実質的な部分を形成する教授会の責任と権限、もしくは自治に内包されるものと信じられてきた。教育する者の自治や責任、権限が重視され、教育される者のそれが問題になることは、従来あまりなかったのである」(P1479) とも記されている。

この後、此春寮の一般寮へ向けた取り組みは、

「寮生自身の理論化、情宣活動に全力をあげるなかで、此春寮OB、基団連がまず『此春寮を守る会』を組織し、『開放』をスローガンに、此春寮との連帯の上に、独自の闘いを開始した。それに全寮協の全力投入に加えて、学友会、学術団、文連が参加し、『此春寮を守る会』は『此春寮開放闘争委員会』に発展し、闘いは有機的結合をそこに呈しながらそれぞれの場に拡大され、まさに全学的規模にまで高められていった」(『プロテスト群像—此春寮三〇年史』P58)

此春寮寮生による閉寮撤回要求のハンガーストライキ、神学部教授会との団体交渉の後、神学部教授会は此春寮の主張の正当性を認め、2月24日、次の3点で合意に至ったとのことである。

「一、二月二五日予定されていた閉寮処置は撤回する
二、神学部教授会は此春寮に関するあらゆる管理権を放棄し、学生部にそれを返す
三、神学生を含め、キリスト教精神に基づき、これまでの此春寮の伝統を生かした新しい一般寮として再出発する」(同書 P58)

合意後も神学部との確執は続いたものの、此春寮は、
「全学的規模で闘ってきた開放闘争の全学友に対する義務として、二・二四確認の実体化＝寮生募集に踏みきったのである。それは四月二二日のことであった。この寮生募集は、おりからの下宿難にあって、たちまち百余名の応募をみた」（同書 P58）

しかし、これでも問題は決着をみず、問題を振りだしに戻そうとする学生部や神学部に対し、2度目の、3名の寮生によるハンガーストライキ、神学部自治会による無期限ストライキなどにより、
「五月二七日、部長会はこれ以上の闘争が全学的に拡大することを恐れ、次のような決定をなし」（同書 P59)、その内容が公表された。

「一、此春寮にかぎり神学生の入寮を認める
二、管理運営は大成寮方式を採用
三、これまで（※ママ）寮内での諸問題について反省の意志を明らかにする」（同書 P59）

「これによって一月一九日寮会に端を発した『此春寮開放闘争』は、一定の終焉をみたのである」（同書 P60）

思いのほか長くなってしまった。同時並行で他の問題も顕在化しており、詳細を記せば、更に数百ページを費やすことになってしまう。

つまるところ、「学寮問題」を通して、大学は大学として、
「自治の名においてなされる学生団体ないしは組織の意思決定

や行動が、しばしば教授会の自治あるいは責任や権限を超えたり、そごをきたすといった現実に直面せざるを得なくなった」(『同志社百年史 通史編二』P1479) のであり、
「起居寝食を共にして学ぶ学友を選ぶに当って、なぜ教授会もしくは大学の干渉を受けねばならぬかという寮生の抗議は、大学の自治と学生の自治の問題に発展する重要な課題を孕んでいた」(同書 P1479) ゆえ、この問いに何らかの回答を準備しなければならなかったのである。

寮生は寮生で、大学による除籍処分を覚悟せざるを得ない中、ハンガーストライキ闘争含め、その信じた道を突き進んだ。寮生からしても、大学側からしても、生半可ではすまされない、強烈な熱を帯びた闘いであったと思われる。
「お互い本当に大変でした」などということは、当時の現場の双方の苦労や苦悩を直接的には知らず、その後に生きる私などが言える言葉ではない。

いやいや、主眼はこのような過去の経緯の掘り起こしにあるのではないのだ。言いたいのは、私が生まれたのは1964年だが、その頃の寮生たちが、寮生活を送る中で感じ、考えたことをただ内に秘めておくのではなく、寮会での決議に基づき、大学当局との交渉を経ながら、矛盾解消、要求実現へ向けて実際に行動したこと。意識を向ける先を、寮を巡る諸問題から、寮を「規定」する神学部、神学部を「規定」する大学、大学を「規定」する教育行政、そして教育行政を「規定」する国家へと、いわば近景から遠景へと拡げ、そして、遠景から近景へ、既成のキリスト教神学に対する疑念含め、自己の内面へと再び戻ってくるような思考のinとoutの循環を繰り返す中で諸々の「寮としての権利」が「獲得」されたこと。そして70年代に運

動の方向性の違いから寮と寮の間に険しく激しい対立関係を生じながらも、その「権利」が80年代にそのまま残された、引き継がれたということなのである。

もちろん、大学側と寮生側が完全に納得し合って合意に至ったわけではないことは容易に想像できる。私がここに記した経緯だけではないと思うし、継続審議扱いの「権利」もあったはずだ。「舎費」については、70年代初頭に払っていた時期があったが、済し崩し的に不払い闘争へ突入したものと私は理解している。

1984年に入学、入寮した私にとって、その20年も前の確約に基づいた「権利」とはいえ、ただその上に安住することは許されないように思えた。大学からいつ何時、確約の無効性、一方的な破棄を記した通達が送られてきてもおかしくない状況ではあった。

それゆえ、何故、60年代の寮生はそのように考えたのか？　70年代はどうだったのか？　寮にはどのような歴史があるのか？　気乗りはしなかったし、嫌ですらあったのだが、寮にいる限り、これを考えていかざるを得ないと、自分自身は覚悟を決めた。同期の寮生たちがどのように思っていたかは、また別である。

最後に、『プロテスト群像—此春寮三〇年史』、『同志社百年史 通史編二』双方の文面に記されていた「全寮協」について、更に60年代の闘争を通じて「獲得された諸権利」についても概観しておきたい。

「同志社大学全寮協議会（略して全寮協）」は1957年に結成され、結成当初から5年間ほどは、同志社大学に複数ある寮の各寮委員の親睦会、茶話会のような場として存在していた。

具体的に行われたことは、生花講習会や料理講習会、ソフトボール大会などであったようである。当時、既に問題化していたらしいが、寄宿舎勘定の是正などの寮問題の解決については、せいぜい厚生課職員と飲食を共にするのが限界であったと『寮斗争史』(全寮協発行1965年)に記されている。つまり、寮生が寮問題について大学に対して交渉を行うという雰囲気はほとんど無かったと言ってよいと思う。

このような場であった全寮協であるが、1962年のいわゆる「大学管理法粉砕闘争」以後、ひとつの組織体として活動するようになる。

この年の状況について『寮斗争史』から引用する。

「1962年、大管法反対闘争が全国的に盛り上がり、同志社においても学生の要求で、初の全学教授会が開催され、大管法反対が決議されるという(この時、上野学長は大管法反対全学ストライキに対して反対声明を出す)状況の中で全寮協はそれとは別の観点ではあったが、本質的には同質の大闘争の口火を切ったのである」

『同志社百年史 通史編二』には、

「(前略) 翌一九六六年には、アーモスト館、ハワイ寮など二、三の寮を除き、大成、此春、暁夕(以上男子寮)、一粒(ひとつぶ)、鴨東(おうとう)、松蔭(以上女子寮)の六寮で組織した全寮協の問題に発展した。全寮協は、入退寮の権限は寮自治に属するとか、学寮は教育施設であるからその光熱水費は大学が負担すべきだといった要求を大学に突きつけ、入寮生募集や選考、寮費納入、入寮者名簿の提出拒否などをめぐるトラブルが断続的にくり返された。ただ、寮問題に対する学生全体の関心は比較的うすく、また、寮生の数も少ないせいもあって、寮問題が全大学規模の紛争に発展することは、それ以後もなかった。ただ、その後の学生運動あるいは紛争の重要な契機のひとつになったことは確かであり、先にふれたように、学生の自治権という紛争中の論争点のひとつを先取りし、実質的な先例をつくったと言わねばならない側面をもっていた」（P1481）と記されている。

戻って、全寮協側の主張であるが、彼らは、もともとの運動の発端について『寮斗争史』の中で次のように記している。
「我々の運動、全ての闘いは『寮』という共同体の中における共同思考を基盤として出てきた。生活の中の実感を基盤とし、現実への不平と不満を媒介として我々の思考は開始されたのであった」

その発端は、繰り返しになるが1962年にある。この年、此春寮の移転新築、それに伴う舎費値上げが問題となったのは既にみてきたところだが、問題が浮上していたのは他寮も同様であった。

同年、大成寮の新館が完成し、これにともなって舎費が800円から1,600円に値上げされるという動きがあった。当時の寮生は舎費、水光熱費とも払っていた。そしてこの舎費値上げの理由として、大学当局は新築された寮を全館スチーム暖房にする、寮内には図書室を完備する、ステレオ・テレビを設置するなどを大成寮に対して持ちかけたそうである。しかし、舎費が一旦値上げされた後もこの約束は一向に実現されず、問題は深刻化してゆくことになる。

また、松蔭寮についても、その老朽化を理由に新築の動きが表面化し、これもまた同様に、舎費を倍額以上値上げするという大学当局の意向が明らかにされた。

これらの舎費値上げに反発した寮生は、連帯・団結の必要性から、全寮協を通じて闘争を繰り広げるのである。しかし、大学当局の寮政策の前に値上げは実行されてしまう。

この闘争の総括について全寮協は同冊子に次のように記している。

「(1) 舎費問題が大問題として我々の前に横たわっていること。そしてそれは寄宿舎勘定のカラクリを追及しなければならないことを教えた。
(2) 舎費1ヶ月払制が此春寮闘争によって年間16,000円とされたこと。（此春寮は闘争の過程で神学部から一寮生あたり、年間3,000円が援助されることになった）そしてそれは女子新寮建築闘争（松蔭寮の問題）に継承された。
(3) 極めて重大な問題、即ち闘いの連帯の必要性を実感として我々に教え、当局の戦術を白日の下に曝し出したこと。」

この総括の中に、舎費値上げ反対闘争から光熱水費全額大学負担要求闘争への、そしてまた、様々な闘争へと至るその萌芽（ほうが）を見ることができると思う。

全寮協が組織した闘争をざっとあげると次のようになる。

- 光熱水費全額大学負担要求闘争
- 新寮増設闘争
- 寮食堂人件費獲得闘争
- 入寮選考権獲得闘争
- 此春寮開放闘争

- 授業料値上げ反対闘争
- 学生会館管理運営権獲得闘争

では、全寮協はいかなる志向性をもって闘争を組織したのだろうか？

前の部分で述べた経緯を端緒にもつ60年代寮闘争は、寮の在り方自体が大学当局による寮政策に「規定」されることから、「学寮とは何か？」「大学とは何か？」という問題設定から学寮政策、厚生政策、大学行政全般の在り方を追求してゆくという重層的かつ発展的な深化を遂げていった。

具体的には、舎費値上げの問題から光熱水費の問題へと焦点は拡大し、更に入寮選考権、寮食堂の人件費の問題等が浮かび上がってきたわけである。つまり即物的な要求（例えば舎費値上げの問題や光熱水費問題等）が満たされないという次元から寮の在り方、即ち寮自治の在り方そのもの、総体を問い始めたのである。

このトータルな志向性の一つの成果としてあらわれたのが、1968年の確約と1969年の確約である。

しかも、寮自治総体の在り方を模索する過程で、単に大学行政の枠にとどまる思考領域から大学を「規定」する社会を見つめる視点が確立されてゆく。そのような視点についての記述を『寮斗争史』から引用する。

「我々の前に展開される学園の矛盾は『氷山の一角』であるけれども、それを追求する事は現在の『大学』が背負っている根源的な矛盾に迫る歴史的な行為なのである。資本主義社会という階級支配の体制の中で、『創造』をそのまま生命とする『大学』は、本来的に反体制的方向を志向してきた。それは歴史の証明するところである」

「資本の収奪は、最大利潤を求めて『合理化』＝解雇から物価値上げ＝賃金の値下げ等を通じ、常に展開されている。その過程で独占資本家と思考方法を同じくする現代私学の経営者は、私学経営の困難さが本質的に何処に起因するのか知っていながら、その本質的解決方法を追求するのではなく、進学ムードに便乗し、安易な方法に求めて、私学を『大学』から『養成所』に追いやろうとしているのである。授業料値上げは『大学』たることを否定し、支配階級の『付属施設』とする道を開き、学内における『受益者負担制度』（実質的授業料値上げ）の貫徹とそれに伴う『負担区分制』の押しつけは、その『危険な道』を更に突っ走るものである」

「現在の反動文教政策を簡単に述べるならば、①大学を、高度に分業化した現代社会の機能に対応し得る能力を持つ『職業人』を養成する教育機関として設定し、②研究機関は大学院とする事から始まって、③『大学は社会的要請にこたえなければならない』ゆえ、大学に『民意を反映』するために『大学管理法案』を提起し、④経費節約のため『受益者負担制度』（それは『負担区分制』—公共の場、私用の場に分け、私用の場の費用をそれを利用するものが支払う—によって裏付けられる）を徹底させ、⑤研究費用は実質的に独占資本の要請に応える方向において保障する等々といったものである」

以下、60年代に大学当局と寮生との間で交わされた主要な確約、確認を記す。

• 1964年確認書（昭和39年5月25日）

大学当局は生活協同組合が学生、教職員の厚生福利の為に努力している点を認め、旧施設（学館食堂、明徳館地下食堂）の改装費は大学当局が当然負担すべきものであり、さらに生協の寮食堂運営に対する援助をなし、寮生が寮食堂人件費を負担することがないようにする。

（署名：同志社大学学長・1部学友会中央委員長・全寮協委員長・厚生施設改善要求委員会・生活協同組合理事長）

• 1965年確認書（昭和40年2月15日）

私達は左記（下記）の点において意見の一致をみたので確認致します。

寄宿舎勘定の内に含まれている人件費と建設勘定は舎費の算定基準とはしない。

（署名：同志社大学学生部長・同志社大学全寮協議会議長）

付記：建設勘定とは新寮建設に伴う諸費用及び返済金を言う。

• 1968年確約書（昭和43年11月11日）

私達は下記の点において意見の一致をみたので確約致します。

昭和43年後期新入寮生募集に関し、次のとおり行う。

一、募集は寮長で行い、入寮願書は寮長とする。

一、一切の事務的な経費の負担は当局がなし、受付は厚生課および寮を窓口として寮委員（選考委員）が行う。

一、選考過程に於ける一切の責任は寮委員（選考委員）が負う。

一、発表は寮長が大学（学長）の認証のもとに行う。

一、対象　一回生40名、二回生20名。
一、昭和42年9月、および昭和43年5月のいわゆる自主募集の選考結果に関しては、関係書類を提出し、大学（学長）の認証を受ける。
（署名：同志社大学学生部長・同志社大学大成寮寮長）

- 別紙確約書（昭和43年11月11日）

一、寮における様々な諸問題を主体的に解決し、処理するのは寮の構成体たる寮生であり、寮生の手によって選ばれた寮委員会がこれを行う。
　よって使用管理運営権は寮生の手に帰属する。
（署名：同志社大学学生部長・同志社大学大成寮寮長）

- 1969年確約書（昭和44年1月12日）

　全寮協議会と大学評議会との間における確約
一、寄宿舎についての一般内規を白紙撤回する。
一、但し、入舎金・寮費は私学の財政上の事情から収められたい。
　以上の点について全寮協議会と大学評議会との間で合意に達しましたので、ここに確約いたします。
（署名：全寮協議会委員長・大学評議会議長）

- 「寄宿舎についての一般内規」について『同志社百年史 通史編二』より

「『寄宿舎についての一般内規』とは、学費未納者で延分納手続きをしなかった者は学年度末で除籍するという『一般内規』の条項を、入舎金や舎費にも適用する旨『一般内規』に付記したことを指す。それが付け加えられたのは一九六五年一月で、その年度末には除籍されるものもあった。寮生は、話合いの過程で一方的に『内規』を改正したのは寮生に対する弾圧だと強調し、その問題が一月一一日の話合いの争点になった。評議会はその条項の削除と、光熱水費の大学負担について確約したのである。おそらく紛争の火の手を消そうとする配慮からであった。だが、寮の管理運営が、大学と寮生の相互理解のもとに円滑に行われる途は、それ以後も依然として開けなかったのである。大学あるいは教授会の自治を、学生活動家は学生自治を圧殺する権力として位置づけるようになり、自らを『全学闘』と名乗るに至っていた」（P1491）

• 1968年度版学生部年報記述（P24）

「42年度未納分の光熱水費は全寮協委員長の責任において処理することで合意に達し、2月6日大学の承認を得た。ここに光熱水費をめぐる6年の長きにおよんだ紛争に終止符が打たれたのであるが、一般内規の白紙撤回に関連して話し合いの途上問題になった舎費、入舎金の問題については今後大学代表と全寮協代表との間で大学財政を中心に話し合ってゆくこととなり、明年度以降の大きな問題としてもちこされた」

意識するしないにかかわらず、寮は60年代の先達寮生が獲得したこれらの「権利」の上に存在していた。確約の文面や内容に疑問符がつくところはあるが、この既得「権利」を行使する寮生は、この歴史の背景を見る、考えることなしにこの「権利」を語ることはできないし、寮自治の中味をかみ砕くことはできない、と私は考えていた。

しかし、これは確かに困難な作業なのである。何故なら、60年代の理論的背景には資本主義批判があったと思われるが、70

年代を経て、国の文教政策の「優秀さ」のためか、あるいは大学行政の「勝利の証」なのか、大学の雰囲気は大きく変わり、あくまで一般的にではあるが、そのような運動や闘争は“過去の1ページ”、“小さな記憶”の中にしか存在していなかったからである。

表面的ではあるが、これほどまでに物質的に恵まれた「豊かで楽しめる」80年代を現出させた資本主義を理屈では批判することができても、実感として批判する強固な観点を84年時点の自分は持ちえていなかった。自分にとってソビエト連邦に対する羨望や人民中国に対する親しみは、はるか昔のものとなっており、もはやそのかけらさえも残っていなかった。

もちろん、この歴史の検証作業を放棄すれば、あるいは無視してしまえば、ある意味、楽なのである。自分のやりたいことや勉学に集中できる。それゆえ、「自主管理運営権」、「入寮選考権」などの先達寮生が残した「大いなる遺産」であるはずの「権利」が、寮生にとって、徐々にではあるが将来的に、逆に負担や重荷となって行使できなくなってゆき、形骸化するであろうことは、80年代半ばの在寮生の自治意識の低下、寮の雰囲気からして容易に想像することができた。

在日韓国人「政治犯」救援活動に真剣に取り組んだり、『帝国主義論』（レーニン）や『ゴータ綱領批判』（マルクス）の読書会を開いたり、「金日成主義・チュチェ思想」を批判的であれ、肯定的であれ研究しているような上回生がいる一方で、同期の84年度生ぐらいから“テニスサークルに入って大学生活をエンジョイ！”といった寮生が出てきたのである。寮としては“遅れてきた端境期（はざかいき）”のような時期に突入していたのだと思う。

第2章

85年度前期執行委員会
未熟極まりない寮長として

▶寮自治寮運動への取り組み
▶大学の田辺町移転反対闘争

大学入学後1年2ヶ月が過ぎ、85年度前期執行委員会にて寮長の立場に就いた。様々な問題が浮上、存在する中、自分の知識や経験のなさをひしひしと感じながら寮の自治活動に取り組んだ。

先に触れたように、大学には学生自治組織である学友会や各学部自治会が存在しており、彼らもまた、田辺町移転反対を掲げ闘争を展開していた。

ただし、過去の歴史的経緯から、学友会と此春寮は一筋縄ではいかない関係を引きずっており、1984年11月9日に行われた学友会主催の田辺町移転粉砕を掲げた全学総決起集会で、此春寮のアピール枠だけが外された。学友会は自らが主催する集会に「全寮会議」という枠内でなら此春寮の参加を認めるが、此春寮単独で参加することは認めないとの構えをとっていた。

どう考えても移転阻止は不可能、学内の複雑な「政治状況」、上回生からの「突き上げ」(突き下げと言うべきか)、自治活動に無関心な新入生(当然と言えば当然なのだが)、そのような中で寮長としてどうやって寮を自治寮として存続させてゆくのか、単に寝起きするだけのいわゆる大学の管理寮とは異なる自治寮運営の困難さを痛感しながら過ごしていた。

寮の水道光熱費については、大学「合意」の上で、かねてより大学が負担していた。いわゆる「受益者負担」制度への問いかけは、現在の社会の考え方からすればずれている、そんなこともよく分かっていた。だからこそ、先にも記したが、先達が「大学との交渉を繰り返す中で克ち取った権利」として、つまりは「大いなる遺産」として軽々に扱うべきではなく、深く検証する必要があると思っていた。

このようなことばかり考えていたため、1回生の時の大学の成績は散々なもので、取得できなかった単位も気になっていた。寮を出たいと思ったことは2度や3度ではない。

確か85年の夏だったが、突然、寮のOBで今は九州で酪農をやっているという男性が訪ねてきた。

私の部屋へ来て、「寮長は誰だ？」と聞く。仕方がないので正直に「寮長は自分です」と答えると、「お前のようなやつが寮長をやっているのか」と落胆気味に言う。何とも間が持たずにいると、近くにあった雑誌を手に取り、たまたま載っていた昔の「連合赤軍」の記事を見て「彼を知っている。この人も知っている」などと言う。つまるところ、この人はかつて「赤軍派」にいたようなのだ。時は夕方近く、晩飯でも食いに行こうということになった。

寮から出て相国寺付近を一緒に歩いていると、偶然、帰省先から寮に戻る途中の先輩寮生に会った。「お前も一緒に行こう」ということになり、三条だったか四条だったか忘れたが、飲食店に入り、食べた後の支払いの段になって、思いのほか高かったのだと思う。家に帰り、生活費の足しにと貰ったわずかな額の小遣いを先輩寮生は全て放出する羽目になってしまった。

なるほど、先にたびたび引用した『同志社百年史 通史編二』（P1502）には1969年のこととして、「封鎖解除（明徳館前）」の説明書きとともに、ジュラルミンの盾をもった機動隊員の姿といわゆる「ゲバ字」で「10.4 京都赤軍派集会 前段階武装蜂起貫

徹 世界革命戦争勝利」などと書かれた立て看板が写った写真が掲載されている。

また、同書から同じ流れで引用させてもらうと、

「(前略) あの長期間におよんだ紛争の過程において、新島襄の良心碑だけは無傷であり、ステッカー一枚はった形跡がなかったという事実である。それが単なる偶然ではなかったであろうということは、あの廃墟同然の、いや廃墟以上にとげとげしく荒寥としていた封鎖解除直後のキャンパスにたたずんだ者にしか、理解しがたいかも知れない。同志社大学の学生運動家と紛争には、やはり、それなりの独自性が、多少なりともあったに相違ないのである」(P1507) と記されている。

ちなみに「良心碑」は今出川校地・正門前に建てられており、「良心之全身ニ充満シタル丈夫(マスラオ)ノ起リ来ラン事ヲ」(新島襄が同志社英学校の一生徒に与えた手紙の中の一節) と刻まれている。

手紙全文は『新島襄書簡集』(同志社編 岩波文庫) に見ることができる。

「たかが学生の分際で」との批判は当然あると思う。しかし、理不尽なこと、あるいは理不尽であると考えることに対して、意見をもってそれを明らかにし、行動することは大切なことだと思う。黙して受忍する義務はない。

ただし、自分がしたことに対する責任は一人一人が必ず負わなければならない。その覚悟もない、ただ批判するのみで創造性のかけらもないということになれば、もはや救いようがない。

寮長の立場にあったこの年 (1985年)、本格的な冬を前に、11月14日から田辺移転粉砕を掲げ、同志社大学の歴史上

（ひょっとすると全国の大学の歴史の上でも）最後となるであろうと言われた「全学バリケードストライキ」が学友会主導のもと決行され、此春寮は、寮としてこれを支持した。

11月14日（木）16時から16日（土）16時までの48時間という時限付きではあったが、以前のように機動隊が導入される恐れはあった。仮に無期限で徹底抗戦した場合、逮捕者が続出する可能性は100％。その後のフォロー体制がとれるだけの力量が学生側にはない、それゆえ、時限付きで行うとの学友会の判断は妥当なものであったと思う。

この時期に島田雅彦の『優しいサヨクのための嬉遊曲』（福武文庫）を読んだ。「パロディ精神で80年代の青春を初めて描破」との宣伝文句にたがわず、明るく軽く、自分にとって少しほっとするような面白みはあったが、自分の活動との接点はなかった。自分がいるこの場は、良くも悪くも「優しいサヨク」という軽くて淡い色調ではなく「厳しい左翼」に近い、重くて濃い色合いなのだとあらためて思った。

曲としては「嬉遊曲」というより「ラプソディ」。いわゆる本格的な「革命的左翼」は、60年代から分派を繰り返しながらも、細々とではあるがその命脈を保っており、寮ではその雰囲気がありありと感じられたのである。

そんな中、世の中で起きていることが「客観的に」書かれた新聞記事を読むことによって、自分の主張がどの程度傾いているのかを自覚しながら、必死に心のバランスをとっていたように思う。

1985年8月15日、中曽根首相は首相として戦後初の靖国神社公式参拝。少々、きな臭い感じがしていた。そして、1985年

9月の「プラザ合意」により円が急騰。いわゆるバブル景気へ突入したのはこの時期である。阪神タイガースが1964年以来、21年ぶりのリーグ優勝、日本一に輝いた年でもあった。阪神ファンの寮生の中には会議そっちのけで浮かれまくる人もいた。無理もない話であった。

同回生から紹介されて「障害」者の自立生活を支援する「介護活動」に加わったのもこの年である。知りあったI清Mさん、I和Mさん、W谷から学んだことは多く、一生の財産となった。

1985.6.16

- ミーイズム…自分中心主義。
- 子無し税…ソ連。18歳以上の独身者や子供のいない夫婦に義務づけられている税金。男性のみ適用。

（新聞報道より　6.16京都新聞）
「米側は、海上交通路（シーレーン）防衛を軸とする59中業の策定で日本の防衛力が自国の防衛のみに限定した『戦術戦力』から極東地域で信頼しうる対ソ抑止力としての『戦略的戦力』へと質的変換をするよう求めているのは明らか」

1985.6.18

- ナショナル・コンセンサス…国民の合意。
- 里程標…道路・鉄道線路のわきなどに立て、里数をしるした標識。

1985.6.21

- インドクトリネーション（indoctrination）…教化。
- 文部省と日教組の対立。

1985.6.27

- 窮鼠猫をかむ…追いつめられて逃げ場のない場合に、必死の抵抗をすれば、弱いものがかえって強いものを打ち負かすことがある。

• 内政の二枚看板「教育改革」と「国鉄改革」。

1985.8.4

「墓石が西日にきらっと光った。無残にも名もなく異国の土になった朝鮮の娘たちの無念さが、西日の光をあびつつ音をたてて小さな墓石から立ちのぼっているような気がした」（『朝鮮人女工のうた―1930年・岸和田紡績争議―』金賛汀 岩波新書 P5）

「これらの記録と、かつて岸和田紡績で働いていた朝鮮の婦人たちを訪ね歩き、聞き書きを採り、それをつき合せ、岸和田紡績の朝鮮人女工の状況を明らかにすることで、日本資本主義の最低辺で、虐（しいた）げられ搾取されながら、なおかつ雑草のようにたくましく生き抜いた私たちのオモニ（母）の記録を明らかにしてみたいと思った。

『紡績の朝鮮ブタ』と罵（ののし）られ、『紡績女工が人間ならば蝶々やトンボも鳥のうち』と蔑（さげす）まれた女工として、この地にはてた無数のわがオモニたちの鎮魂の譜として、岸和田紡績の朝鮮人女工の日々を調べ、書き残してみたいと思った」（同書 P11）

• 明治政府「殖産興業」の三本柱：銀行・紡績・鉄道

1985.8.6

その書物の著者が反動的思想の持ち主であっても、その書物を批判的に読むことにより、自分自身の立場、見解を明確にすることができる。自分の考えが鮮明になるというメリットを引き出すことになるのである。

日本の現社会の繁栄は資本主義の発展ゆえに築き上げられたものである。しかし、その過程には「女工哀史」に象徴されるような過酷な歴史があったのだ。そして更に言うならば、現在も韓国において、またフィリピンにおいて、暗躍する日系企業の現実の姿は、かつて日本軍が東（南）アジア民衆に対して銃剣を突きつけていったその歴史とオーバーラップする。戦後40年、日本民衆は終戦をもって抑圧民族としての存在から抜け出せたか？　断じて否であると言わざるを得ない。

1985.8.7

寮内外に難題多し。僕の周囲にとてつもなく大きな波が音を立てて押し寄せてきている。これに抗すべく毅然としながらも、心中は不安に覆い尽くされている。これを乗り切ることに全力を注ぐ。全力を注いだその暁にはきっと何かがある。そう思わなければやっていけない。今、『ティファニー』という喫茶店にいる。目の前に、大学厚生課の文書と一杯のミルク。僕は負けない。内外から批判や文句を受けながらも、超然とした態度で目を輝かせ、視線を遠くに投げかけながら闘ってゆく。幼稚な自分を解体し、強固な自分を作り上げるまで。

隣国の韓国では、今なお、民衆が強権的暴政の下で闘っている。今年に入って「新韓民主党」の野党第一党への大躍進、5月のアメリカ文化院占拠闘争は、彼らの全存在と全精神、魂をかけた偉大なる金字塔であった。民主化は間近か？　あの80年5月、忘れもしない光州を血の海に沈め、地獄の絵図と化した張本人、全斗煥大統領は、金大中氏の自宅軟禁、そして現在、大学の反政府デモ、集会を禁止し、学生活動家の思想教育を中心とする「学園安定法」なるものを制定せんとしている。先述の占拠闘争で逮捕された学生は約60人に及ぶ（「学園安定法」①デモなど左傾活動、反国家思想の流布を禁止する。②転向の可能性がある学生に対して最高6ヶ月の思想教育を行う。③3年の時限立法とする）。

国内に目を向けてみよう。この間、労働組合の右翼的統一、「全民労協」更に「全民労連」の立ち上げが目論まれている。戦闘的労働組合は、警察権力と手を結んだ資本家によって解体攻撃をかけられている。

8月15日、終戦記念日を迎える。あの原爆投下から40年。最近明らかになったことであるが、アメリカは原子爆弾を日本のみならずソ連にも投下する計画があったとのこと。飽くことのないアメリカの世界戦略。

中南米、そこは暑い国、カリブ海などに象徴されるイメージとしての“青”。しかし、今そこは、“赤”に染まっている。アメリカの侵略に抗すべく反帝民族解放闘争を展開し、自国を守るべく立ち上がった人々の体内から流された血が中南米の国々の大地を染めているのだ。ここで流された血は、次なるニカラグアを創建してゆくその潜在的なエネルギーへと変わり、大地の木々は祖国を愛する人々の血と汗を肥やしにアメリカをはじめとするあらゆる帝国主義による侵略から自国を守り、抗する守護神として成長してゆくだろう。ニカラグア革命は6周年を迎えた。

1985.8.8

大日本帝国憲法（1890年11月29日施行）の一部

第一章 天皇

- 第一条　大日本帝国ハ万世一系ノ天皇之ヲ統治ス
- 第二条　皇位ハ皇室典範ノ定ムル所ニ依リ皇男子孫之ヲ継承ス
- 第三条　天皇ハ神聖ニシテ侵スヘカラス
- 第一一条　天皇ハ陸海軍ヲ統帥ス
- 第一三条　天皇ハ戦ヲ宣シ和ヲ講シ及諸般ノ条約ヲ締結ス

第二章 臣民権利義務

- 第二〇条　日本臣民ハ法律ノ定ムル所ニ従ヒ兵役ノ義務ヲ有ス
- 第二一条　日本臣民ハ法律ノ定ムル所ニ従ヒ納税ノ義務ヲ有ス

1941年12月8日開戦

「大本営陸海軍部発表（昭和16年12月8日午前6時）帝国陸海軍は本八日未明、西太平洋に於て米英軍と戦闘状態に入れり」

我々がのんびりできていればそれでいいのか？　ドイツの東西分断、ゆえに西欧諸国は安眠できる。朝鮮半島は南北に分断されている。だから日本は安心だ。その原因に日本が関わっていたとしても、今の我々さえ良ければそれでいいのか？

1985.8.9

（新聞報道より）

「清水寺、金閣寺など有力寺院が拝観停止に入るなど全国に波紋を呼んでいる京都市の古都保存協力税問題で、『古都税問題斡旋者会議』がその円満解決へ向け、斡旋について市、京都仏教会からその任を受け、これをもって拝観は即時再開された」

「通産省・資源エネルギー庁は、庁内の『石油流通ビジョン研究会』の制度弾力化の提案を受け検討した結果、ガソリンスタンドの日曜休業制度を廃止する方針を固めた。判断内容は、①エネルギー事情の安定 ②省エネ時代の定着 ③自動車の燃費向上、である。しかし、同庁では従業員の休日確保の必要性から全店が日曜開業とはならないとしている」

「個」の時代だ。競争社会の中で「個」としての人間が動き回っている。自らの欲求のおもむくままに、自らの名誉を求めて。「個」の氾濫だ。

広島の被爆。そして長崎。本日、長崎の原爆記念日。熱と渇きと痛み……。生身の人間が、一瞬のうちに石の上に焼きつけられた。人は、相手からの距離があればあるほどその相手を殺しやすくなる。人たるもの、なにゆえ、人を殺せるか。人を愛するのは人しかいないではないか。聞くがいい。そして肝に銘じるがいい。今なお、戦争は世界の至るところで起こっているということ。そして、実際に戦争の場にいなくとも、日々が闘い、己の全存在をかけた闘争の渦中にいる人が数多く存在していることを。日本もこれと無関係ではないということを。

1985.8.10

（新聞報道より）

「首相、閣僚による靖国神社公式参拝の是非を審議してきた『閣僚の靖国神社参拝に関する懇談会』は９日午後、１年間の審議結果をまとめた報告書を藤波官房長官に提出した」

「報告書は、憲法の政教分離に反せず、国民の多数に支持される形式であれば、公式参拝を認めるとの意見が懇談会の大勢であったとし、靖国神社公式参拝を容認する内容となっている」

報告書は、①はじめに ②閣僚の靖国神社公式参拝の経緯 ③戦没者追悼の在り方 ④閣僚の靖国神社公式参拝の意味 ⑤閣僚の靖国神社公式参拝の憲法適合性 ⑥閣僚の靖国神社公式参拝に関して配慮すべき事項 ⑦新たな施設の設置 ⑧おわりに、からなる。戦没者追悼について「宗教・宗派・民族・国家を超えた人間自然の普遍的な情感である」とし、国、公的機関がこれを行うのは当然のことと判断している。

1985.8.16

ただ勉強し、その余力をもってことにあたる、というやり方ではとうてい対処し得ない。１人がその代表として突っ走る。ただこのことのみでこと足れりということではない。消費的関係から生産的関係への転換努力が必要である。消費的関係とは、お互いが精神面、時間面、金銭面で無為な過ごし方、使い方に終始する。結果的に非生産的である。生産的関係はこの反対である。寮自治の根幹たる相互討論、相互批判は生産的関係でなければならない。消費的な関係や時間があったとしても、それは次なる生産への布石として活かされるべきである。その際、心に留めるべき言葉とそうではない言葉の区別を考えなければならない。

個別に想起される事象は美しくとも、全てに貫かれているものを抽出してみれば何と黒いことか。頭の中で渦巻くものを整理しなければならないが、それをする気力が湧かないのはどうしてだろう。

1985.8.18

来し方行く末、日々の営為は新たな明日を拓くけれども、心に舞うは季節外れの枯れ葉ばかり……。私の全てであなたを抱きしめよう。あなたを優しく包むオブラートとして、時としてあなたに降りかかる不幸を防ぐバリケードとして。この気持ちをじっとしているあなたに捧げよう。

1985.8.19

過去のふがいなさは、今後の自分自身の行為によって止揚されなければならぬ。苦悩と煩悶の時。思い出蘇る季節。刻み込まれた傷はなかなか癒えない。

1985.8.20

非人間的行為の連続体が戦争である。原爆投下はその最たるもの。そして同時に、我々日本人は自らが「加害者」であったことも忘れてはならない。その上で、現在のアジア諸国との関係を捉え返さなければならない。

1985.8.21

戦中キーワード

- 1933年　挙国一致
- 1936年　国体明徴
- 1941年　ぜいたくは敵だ
- 1942年　八紘一宇

中曽根首相の謳い文句は「戦後政治の総決算」。本年7月27日に「(防衛問題は) 堂々と王道を踏んで、勇気をもって私たちは進んでいかなければならない」との発言。

(新聞報道より)
「防衛費の対国民総生産（GNP）比1%枠撤廃問題と59中期業務見積もり（主要装備調達計画）の政府計画格上げ問題の9月決着を首相指示」
「1%枠突破は必至であり、新たな歯止め（「総額明示方式」）が予定されている」

1985.8.22

(新聞報道より)
「厚生省は70歳以上を対象とした老人保健制度の老人本人の一部負担の見直しを検討していたが、病院窓口で支払う一部負担について①外来（通院）は現行400円（月）を1,000円に、入院は同300円（日）を500円にそれぞれ引き上げる。②入院の場合、現行では何カ月入院しても負担（支払い）期間を2カ月に限定していたが、今後は2カ月の限度を撤廃し、入院日数に応じて徴収すると改定を決定した。来年6月実施へ」

1985.8.23

（新聞報道より）

「中曽根首相は、防衛費の国民総生産（GNP）1％枠問題について『GNPと（公務員給与引き上げの）人事院勧告の処理の趨勢から、1％以内の維持はかなり困難になった』と述べるとともに、GNP計算基準の改定結果が出る12月まで処理を待つべきだとの自民党内の慎重論についても『愚直にやったらいい』『先回りして要領のいいやり方はしない方がよい』と明確に否定するとともに、秋の臨時国会で人事院勧告の実施を決める前に、1％枠撤廃に踏み切る考えを強く示唆した」

「中曽根首相は、国連創設40周年記念の特別総会に出席するのを主な目的として10月18日ごろから、約1週間、米、カナダ両国を訪問、滞米中にレーガン米大統領との首脳会談に臨む意向を固めた」

「米海軍の太平洋配備のロサンゼルス級攻撃型原潜は、一昨年の6隻から一挙に13隻に増強された。このうち核巡航ミサイル・トマホークを搭載済みとして名を出しているのは5隻である」

「南アフリカにおいては、7月以降、非常事態宣言、外出禁止令が発令され、令状もなしに数千人の黒人運動家を逮捕、身柄を拘束している」

「文部省の『情報化社会に対応する初等中等教育の調査研究協力者会議』は、22日、各学校段階でのコンピューター利用や教育の基本的考えなどを示した『中間報告』をまとめ、公表した。この中で、小学校段階においては『教具』としてのコンピューター利用を導入し、慣れ親しむ、中学校段階においては基本操作や原理などの教育を部活動にとり入れることを内容としている。更に、やがては高校において専門科目としてコンピューターについての基礎教育を教えるなどの方向を提言している。この報告を受けた文部省では、来月に発足する教育課程審議会に具体的な教育内容や課程編成の検討を求め、一方でコンピューターを重点配置したモデル研究校10校を発足させ、効果的な利用法などを探る方針」

1985.9.6

帰省、サークル合宿、援農と、この間、寮を空けることが多かった。この中で、私に対する批判の声は高まっていると思われる。私はその言葉を忘れない。歯をくいしばり笑って対応する。私は活動する。9月、10月、11月、私は突っ走るだろう。自分を見つめ直すのはその後でよい。寮の歴史は、内部的思想構築の歴史であり、「共産主義者同盟（共産同）」の理論抜きには語りえないと聞く。ならば、寮の最高責任者たる寮長が共産同理論を知らなければ寮を運営してゆけないという結論に達する。ねばならない、ねばならない。3ヶ月間頑張らなければならない。貫徹しなければならない。

まず、客観的事実を、“第三世界に対する経済侵略”とよばれる現実を冷静に把握する必要がある。私はここに声高に宣言しよう。寮長職を留年の危機と闘いながら、批判を甘受しながらやり通すことを。三里塚の小川さんの言葉を思い起こせ。「根性と信念だ」。

（新聞報道より）
「日の丸掲揚、君が代斉唱、文部省が小・中・高の入学式、卒業式での徹底を通知」
「日教組は反発。『掲揚、斉唱が望ましいとしてきた従来の姿勢を大きく踏み越え、義務付けようとしたもので、国の教育への不当な介入』」

「防衛費の対国民総生産（GNP）比1％枠『撤廃』見送り。玉虫色の決着」

「南米チリ・ピノチェト軍政に抗議デモ。発砲で3人死亡、1,400人逮捕」

彼に対抗する方針が打ち出せない。何故、共産同なのか。過去の歴史から必要なのだ。それはわかっているのだが。人はある人からは賛同され、ある人からは批判されながら生きるものだ。賛同者を全く得られず、批判される中でのみ生きなくてはならない時もある。その際、明確な自己が存在していれば、決してうつむく必要はない。進みたまえ。進みたまえ。一歩を、まず一歩を踏み出すのだ。

1985.9.8

朝、アルバイトの後、田辺キャンパス（現在施工中）を視察に行く。これほどまでに進んでいるこの計画をいかにして阻止するか、もはやこの問いに対する回答は決まっているのだ。このような状況下、自分はいかなる方針を提起すべきなのか？
寮自治をどのように展開すべきか？

駅から徒歩15〜20分。田圃の中を流れる川には小魚がちらほら。入ってはいけない工事現場に足を踏み入れ、散歩する。買ってきたジュースを1本飲む。バッタが跳ぶ。セミの声。

とにかく方針を考えなければならない。まずすべきこと。
•新聞切り抜きの整理　•田辺、学研都市を巡る経緯の整理　•教授回りの計画　•学内状況の把握
私は負けない!!　しかし、困難な道を歩いているとの強烈な実感あり。

1985.9.9

（新聞報道より）
「関西学術研究都市 11省庁の局長級連絡調整会議設置」

「臨教審合宿総会：教員の資質向上では教員採用の早期化や現職教師の研修強化のほか、新人教師の研修を徹底的に行うため『長期初任者研修制度』の導入で認識一致。問題教師排除を目的とした新機関設置については『問題教師排除と同時に立派な教師を顕彰した方がよい』という指摘から、今後、教育に対する苦情処理機関と併せ『教職適格審査会』（仮称）などの新機関創設を検討してゆくこととなった」

「日本共産党 9年ぶり綱領改正へ」

「問題教師」とは何のことだ？　社会不適応者のことか？　現社会体制への不適応者とは？
私は、他人からの批判の中にあっても毅然として、我が道を

マイペースで進むべし。

1985.9.10

（新聞報道より）

「文部省は、幼稚園から小・中・高校まで一貫した新しい教育課程を編成し、学習指導要領の全面改定に取り組むため、教育課程審議会を発足させることにし、9日、委員27人と諮問事項を決めた。幼稚園・保育所、高校が準義務化していることを前提に、義務教育の小・中学校をワンセットにして完結させている従来の教育課程を改め、幼稚園から高校を通じて調和と統一のとれた教育内容とするのが眼目。例えば、現在中学で学習する事項を高校に移すなどして“ゆとり”を持たせるとともに、児童・生徒の能力、適性に応じた教育の在り方を検討する。具体的な課題としては臨教審が答申した6年制中等学校のカリキュラム、家庭科の男女共習、コンピューター教育などで、学校の週休2日制（土曜休日）も初めて正式な検討テーマとして取り上げられる」

「労働戦線統一問題は、全民労協の連合体移行のあと、総評や同盟など既存ナショナルセンターは解体するのか、併存するのかに争点が絞られているが、9日、都内のホテルで開かれたシンポジウムで宇佐美同盟会長、中村鉄鋼労連委員長はそれぞれ『原則としてナショナルセンターは解散するが、一定期間、残務整理のために既存ナショナルセンターの一部を併置する』との具体的な構想を明らかにした」

「大阪湾泉州沖の関西新国際空港が今年度末着工、67年度開港を目指している」

「関西文化学術研究都市となる綴喜郡田辺、相楽郡精華、木津三町の町長と町議会議長は９日、国鉄片町線複線化促進期成同盟会と京奈バイパス建設促進協議会の要望をも兼ね、学研都市のナショナルプロジェクト化と関連公共施設の整備を要求し、国土庁、建設省、郵政省など11省庁と国鉄、日本道路公団に陳情した」

「タイで起こったクーデターは、指導者のサーム・ナナコーン元国軍司令官らが投降、鎮圧された」

「銃口の下での平和と静けさは長くは続かないものだ」（ツツ主教　南アフリカ）

1985.9.12

明日の執行委員会で「布哇（ハワイ）寮問題」についてどう対処するのか、見解を述べなければならない。布哇（ハワイ）寮は「全寮会議の中で今後やってゆきたい。最大公約数的部分で共闘したい」と言っている。他の寮は「全寮会議は連絡会議であって、各寮の自治の中身を問い合う場ではない。『舎費・名簿』提出、不提出の違いは問題とはならない」との見解。此春寮としては、「舎費・名簿」提出寮に対する批判、自治の中身への批判は当然あるべし、との立場でこの問題に臨む。

1985.9.15

I清Mさん、T谷さんの自立パーティ（向島愛隣館）

1985.9.21

自分のふがいなさを痛感し、情けなくなる。今、『ミルク』という喫茶店にいる。松蔭寮と暁夕寮に電話をした。今日は18時から全寮会議、続いて22時から2回生会がある。この間に松蔭寮と話し合いの場を設定した。更に、暁夕寮に報告も行わなければならない。

担当しているレジュメは、9月25日の全学集会へ向けたビラの原稿、「舎費・名簿」提出批判、後期執行委員会方針、朝鮮問題研究会学習会レジュメである。ビラ原は、本日中に仕上げてしまおう。昨日、一旦、執行委員会に提起したのだが、修正を要求されたものである。主張すべきことをもっと明確に打ち出す。そのためには、もっと内容を展開して説明を加えるべき、ということであった。私自身は、表層的な思考しかなしえていないのではないかという問いを自分に発し、急所を突かれた思いをしている。更なる分析が自分にとって必要であるということだ。社会科学、このような言葉も浮かんでくる。科学的思考、自分は感情の揺れが激しい人間なのかもしれぬ。冷静な判断能力をもたないのだ。心を落ち着けることが近頃少なくなった。いや、これまでもそうだったと思う。卒業はしなければならない。寮を運営しなければならない。この全てを自分の生活として捉えなければならない。自分が自分である故に、この活動を自己史の中で為している。このように考えるべきである。そろそろ時間だ。今日もまた、思考の発展は得られそうにない。論理的思考能力の欠如が著しい。

さあ、アイスコーヒー代の300円を払って、いざ松蔭寮へ。人は生きている限り闘うものである。人とは本来、そのようなものだ。

自分の納得がゆくことを納得がゆく方法で行うことを肝に銘じよ!!　自分で責任がとれないことは絶対にするな!!　惑わされるな!!　思索せよ!!

〈レジュメ作成順序〉
•9月25日の全学集会へ向けたビラの原稿　•9月24日寮会へ向けて　•後期執行委員会方針　•「舎費・名簿」提出批判（寮内向け・全寮会議向け）　•朝鮮問題研究会学習会レジュメ

〈1つの問題に対するレジュメ作成に向けて〉
•自分としてどのような見解を持つのか？
•寮としてはどのような見解を持つべきか？
•全寮会議に提起する際、何を考慮すべきか？

〈現在流行している歌〉
•「悲しみにさよなら」（安全地帯）
•「メロディ」（サザンオールスターズ）

1985.9.23

私は「個」を尊重する。「自分」を尊重する。自分の行為の連続が自己史を形成するのだが、より積極的に形づくるという意味で学習会に参加する。ただ単に一つの集会に参加すること、これを闘争とは考えていない。集会に参加しても闘ったという気はしない。では、真の闘いとは何か？　自分の生活を基盤とした根をはった運動であろう。

〈気になるポイント〉

- “党”と“寮”の関係
- 臨教審「愛国心」教育の重視
- 日の丸掲揚、君が代斉唱の小・中・高の入学式・卒業式での徹底
- 靖国神社への公式参拝

9.25全学集会（13時から明徳館前にて）へ向けたビラ原稿（文責：三浦）

現在、田辺校地の校舎建設が着々と進んでいる。83年11月に提出された「移転実施計画案」は学内教職員、学生の批判の声を無視したまま、84年2月には評議会へ上程され、3月15日に神学部長、学生部長不在のまま、学外の某ホテルにて強行決定されるに至った。王道を行くがごとく田辺町移転を推進する木枝学長は、84年4月5日の文学部入学式において、3月15日の決定の不当性を訴え、学長との大衆団交の設定を求めに行った学友11名を国家権力―機動隊を導入して逮捕させていったのである。更にはうち10名が起訴されるに至った。84年度の田辺移転阻止闘争は、この4月5日の闘争に始まり、学内における闘いと学外での法廷における闘いが同時並行的、かつ相乗的に組まれることになる。

我々此春寮では公判闘争支援の一方で、大衆的陣型構築をなさんと全寮会議に結集する他寮とともに、・移転計画の白紙撤回と移転推進の即時中止・4月5日機動隊導入自己批判・団交要求を掲げた学内署名活動を展開し、千数百名の署名を獲得するも、大学当局からは何らの回答もなされなかったのである。以

後、秋には公開質問状を提出したが、誠実な対応は得られなかった。

大学当局は11月に府に対して建築確認申請を行い、更に常套手段である学生の拡散期を狙って85年1月9日には起工式が150名の機動隊が見守る中、学生を排除しつつ強行された。更に12月には関西文化学術研究都市の起工式が行われようとしており、学内では11月下旬のEVE期（大学創立記念行事週間）を狙って移転財源確保のために学費値上げが画策されている。

1985.9.24

朝6:00起床。7:00から10:00までアルバイト。帰りのバスの中、眠っていた。今、『ミルク』にいる。昨夜の2回生会は22:30ごろから深夜1:00過ぎまで、25日の集会参加についてやビラの原稿検討などが議題であった。クリスチャンとしての立場から活発な意見を出し、なかなかの論理を展開する同回生もいた。ビラの前半部分の担当は私だが、後半部分担当の上回生の文章が流暢なので、自分の文章が稚拙に思われてならない。私も自分なりの“イズム（主義）”を形成したいと思う。誰か1人の全集を読破すれば何か得られるものがあるだろう。ヘーゲル、ルソー、マルクス、レーニン、三木清、吉本隆明、埴谷雄高、加藤周一などの名前が浮かぶが、あまり魅力を感じない。自分にこの巨人たちが書いたものを理解できる知的能力があるとも思えない。

〈気になるポイント〉

- 国民と民衆、及び大衆の違い
- 「　」の使用基準

・“日本”と“日帝（日本帝国主義）”の使い分け

1985.9.27
（新聞報道より）
「ニューヨークに滞在中の安倍外相は、シュルツ米国務長官と会談し、日米経済摩擦問題について保護貿易主義の防止を確認した」

「米下院歳入委員会は26日、繊維・衣料品の輸入抑制を目的とする『1985年繊維貿易強化法案』を賛成多数で可決」

「建設省は、来年1月に開催予定の国土開発幹線自動車道建設審議会（国幹審）―会長・中曽根首相で決定される次期高速道路整備計画昇格区間に19区間、計528キロを選定した」

5講時に集中して英語の勉強をする。終了後、学生会館に寄って「部落解放研究会」の学習会に出るか、学習会がなければ喫茶店に行く。頭の中を整理し、明日に備える。

1985.10.2
「9.25全学集会」が後期の起爆剤となった（???）。引き続き、11.8学生大会、11.12大衆団交（要求）。大学当局の対応次第で全学バリケードストライキ突入。

後期闘争として最後まで移転粉砕を掲げよう。この中で、廃寮化に抗するため、自主入寮選考、ビラ情宣活動を行い、移転の不当性を訴えよう。

我々自身は、この移転の持つ問題性、その本質を再度捉え返すため学習会を積もう。これは必然的に現社会の矛盾暴露につながる。そして来年度以降の学内治安管理強化と闘おう。と同時に、移転阻止が困難な状況下、その「敗北」をどう乗り越えるか？　どう「総括」するかを考えなければならない。

【方針1】移転阻止へ向け全力で決起する（？）
圧倒的なビラ情宣、クラス入り、授業時に各人訴える、討論を組織する
学生大会 → 大衆団交 → 全学バリケードストライキ

【方針2】移転阻止を掲げつつ内実深化をはかる
田辺に通うつもりで入学してきた1回生が移転に疑問を持つ、移転阻止に決起する、その“きっかけ”や“はずみ”は何だろうか？　そのようなものがあるだろうか？

彼らが入学した時点で学内は平静を保ち、闘う部分すらその火を弱めていた。学内に大きな流動はない。しかも、田辺校地における校舎建設は着々と進み、大学当局のメディアはその動きを宣伝している。そんな彼らの意識を田辺移転阻止へ「変革」することができなかった。同時に2回生にもそのような気運はないのである。何故か？　それは84年度生にとっても移転はされるものとしてしか存在していないからである。しかも、実際の阻止闘争は刑事弾圧を覚悟せねばならぬ。

移転される、されないという視点を超えた総括が必要。次なる基軸は、学内治安管理強化と闘おう、自然廃寮化と闘おう、

資産処分と闘おう、ということになる。最大限の阻止闘争を展開し、この一つ一つの取り組み、同時並行で行う学習会により内実を深化させよう。

1985.10.5

（新聞報道より）

「社会党の石橋委員長は、来日中の金泳三・韓国民主化推進協議会共同議長と都内のホテルで会談し、来年1月にも石橋委員長が訪韓する見通しとなった。一致点、①新韓民主党の招待により社会党代表団が来年1月に韓国を訪問する ②その前に、年内に新韓民主党の代表団が訪日する。今回の石橋・金会談の合意は社会党の外交政策を大幅に軌道修正し、現実的な対韓政策に一歩踏み出したものとして極めて注目される」

「日本政府は4日、アパルトヘイト（人種隔離）政策を続けている南アフリカ政府に対して、①南ア政府機関向けコンピューターの輸出禁止、②クルーガーランドなど南ア製金貨の輸入禁止、③南アに進出している日本企業に対し人種差別撤廃のための倫理規範（ジャパン・コード）を作成するよう求める―を柱とした制裁措置をとることに決めた。①は警察、軍隊など政府機関に向けての輸出に限る」

「北京大学構内にはり出されていた中曽根首相批判、靖国神社公式参拝などを非難した壁新聞やポスターは4日までに全て撤去され、代わりに『9.18運動（柳条湖事件を記念する対日抗議行動）は既に終わった』という書き出しの闘争“終結”を意味する呼びかけがはり出された」

「フランス公式訪問中のゴルバチョフ・ソ連共産党書記長は4日、ミッテラン大統領との第3回首脳会談後、同大統領と記者会見した。同書記長は冒頭声明のなかで、ソ連は欧州から既に撤去または今後撤去するSS20ミサイルをアジアに再配置するようなことはしないと強調した。これはアジアでは、ソ連が米国のミサイルに対抗するのに必要な数のミサイルを既に保有しているからだと語った」

「イル・ド・フランス地域。この南部の4万haという地域に科学都市が息づいている。全面積の50％は濃い緑。この土地に研究所、工業地帯、教育機関などとエブリー、サン・カンタン・アン・イブリンの二大新興都市。自家用機の飛行場、原子力研究所……とスケールはヨーロッパ学研都市のトップクラス。科学都市の機能として2大学、グランゼコール（高等専門大学）公立試験場、研究機関、8,000社の最先端企業と層は厚く、空港、鉄道の都市基盤も整備され人口160万人とパリ近郊（25キロ）では最大の都市である」

1985.10.8

寮会へ向けた準備（文責：三浦）

寮内の情況…寮の最高決議機関たる寮会は、形式的な「決議」の場としてしか機能しておらず、実体（皆で確認・決定したことを順守すること）を伴ったものではなくなっている。このあらわれとして、寮総体で取り組んだ「9.25全学集会」における1回生2名の「逃亡」という事態が起こった。彼らの行動は、前日の寮会時の確認反故という観点から批判されなければならない。しかし、この事態は、単なる確認反故というより更に深いところまでつきつめなければならない問題をはらんでいる。一体、どこにその因を求めることができるだろうか？　相部屋での討論不足、あるいは皆無、確かにこれは現在の寮の姿を示してはいる。しかし、問題をそれ一般に解消してしまうつもりはない。何故なら、今、我々に求められているのは、その討論の前提たる個人の意見表明、疑問の提示といった基本的姿勢が全く失われているという実情の中に見出されるからである。討論不足は、寮内状況把握や共有化の不充分性としてあらわれ、それは執行委員会メンバーと執行委外の寮生との「二極分解」という情況を生み出し、極めて抽象的ではあるが、生き生きとした討論を為す基盤が全くと言っていいほどないのである。寮運動は、ある一つの目的を持っているものではない。寮生の信任による執行委がその中心任務を遂行するが、大前提として、個々の寮生の責任ある討論によって成り立っているのである。故に、寮の構成員たる寮生がそのことに無関心であると、単なる消費的運動に陥ってしまう。田辺移転阻止は大きな課題だ。しかし、寮自治貫徹はそれとは比べものにならないくらい大きな問題だ。

寮自治の発展とは、「二極分解」状況の中での一方の極の先鋭化ではなく、寮生総意のもとでの活動を一つ一つ積み上げることである。自らの発言に、そして自らの任務に責任を持てない者は寮自治の主体者たりえない。

今、私は自分の闘う場、現社会に楔を打ち込む場は、ここ此春寮であると考えている。他の集会などへの参加や読書は社会状況を見るためと位置づけている。自分が運動の当事者としてリアルさをもって闘うことができるのはここしかない。今、まさに自分が立っている“この場”なのである。

［検討順序］ 事象から → 現れた現実 → 何故か？ → ではどうすればいいのか？
「9.25全学集会」からの１回生２名の「逃亡」。→ その感想にあらわれた寮の取り組みに対する第三者的立場。回生会からのつき上げなし。→ 現在がどのような状況であるかが不明確な中では、方向性など見えるはずがなく、寮内での認識共有などありえない。→ 執行委員会は、寮の方向性を鮮明にできるよう活動を展開せよ。その上で寮生に働きかけよ。

執行委員会とそれを選出（信任）した寮生との「二極分解」。寮の取り組みに対する無関心は、例えば、全寮会議報告などの遅れや不充分さ、情報収集のための新聞切り抜きの不徹底にあらわれている。それは、執行委メンバーへの作業集中へとつながり、執行委から寮生へ向けた提起は、寮生の無関心の中にあって何ら実体を伴わない表面的な「確認」に終始し、いざ蓋をあけてみると集会には出ないという結果となる。もちろん、自分の考えや意見を口にすることには努力を伴い、勇気がいることであるかもしれない。しかし、何故？　その部分については納得できない、だから参加しないと主張しないのか？　あるいは、主張できないのか？　思ったことを口にできない雰囲気を上回生がつくってしまっているのではないか？　それを執行委が打破できていないのではないか。つまり、これは、率直に言いたいことを言い合える人と人との関係をつくることができていないということのあらわれなのだ。

1985.10.27

（新聞報道より）

「ソ連共産党は、新綱領草案の内容を公表した。草案は『資本主義から共産主義への移行』『社会主義を発展させ、共産主義への緩やかな移行を実現するための党の役割』『平和と社会発展のための党の国際的課題』『ソ連社会の指導勢力としての党の課題』の4章から成り、『平和共存』と国際平和実現への努力、国民生活向上を前面に打ち出した“ゴルバチョフ色”の濃い内容となっている」

1985.10.30

1985年10月30日付　学友会から大学長への公開質問状

大学長
木枝 燦 殿

同志社大学学友会
中央委員長 賀川 真

公開質問状

学内意見を圧殺し、強行的に推し進めている移転計画は、カリキュラムもおぼつかず、田辺周辺の整備—駅や通学路も不十分であり、学生・地元住民への危険を大いにはらんでいるなど様々問題点がある。それに対し貴殿は「努力」と言う言葉でごまかし、'86年開講を為しきろうとしている。我々は、現在ある多くの問題を解決へと向けていく為、全学学生大会を前に、貴殿に以下の事を質問していきたい。

1. 学費について

前回の我々の質問に対して、稚拙なレトリックを使い自らは学費値上げはしたくないが、社会情況は厳しいので理解してもらいたいといった、値上げするとも、しないともどちらとも受けとれるような無責任極まりない回答をされていたが、再度貴殿に質問し責任ある真摯な回答を要求する。

⑴ '84年度は、黒字経営であり、'85年も黒字が予想されるが、今年度学費値上げを考えておられるか。
⑵ 学費値上げをするつもりがないのであるなら、その確約をしてもらいたい。
⑶ 確約できないのなら、その理由を述べてもらいたい。
⑷ 我々学生は一貫して田辺移転に対して反対しており、'84年3月15日には、学生の意見を「代弁」するはずの学生部長不在のまま、移転計画が評議会「決定」され、又、私学の厳しい状況にもかかわらず、アリバイ的に結成された財務計画検討委員会の答申に従う総事業費180億が238億に膨れあがっている。歴代の学長は、移転のための学費値上げはしないと明言されているが、貴殿は移転資金捻出の為に学費を上げることについていかに考えておられるか。
⑸ 現在、多くの大学でスライド制が導入され、あいまいな算定基準に従い毎年毎年、自動的に学費が上げられ、何故学費があがるのか等、基本的なことさえ話し合う機会が失われるなど様々な弊害がでているが、貴殿のスライド制に対する見解をおききしたい。

2. 学生大会について

我々学生は、大学の主体的構成者である。そして、学生大会は我々学生の最高決議機関であり、「決定権」をもつ大学当局の権力に拮抗するものであるが、

(1) 貴殿の学生の最高決議機関である学生大会に対する見解を伺いたい。
(2) 学生大会での決議について、貴殿はどのように扱われるおつもりか。

3. 大衆団交について

貴殿は我々の団交要求に対し、「理性的でない」「実りある話し合いの場ではない」とか、反団交デマゴギーを行っているが、大学の主体的構成者である学生1人1人が学長と討論する権利をもっており、我々学生が、大衆的な討論を求めるのは極く当然のことである。

また、当局の学生の意見は「聞くだけ」といった責任所在の曖昧な態度を許さず、討論の内容に対する責任を明確にするためにも学生大衆と話すべきである。歴史的に見ても学生の意見が大学運営に関与できたのは大衆団交という学長との大衆的な話し合いによってのみである。

加えて、貴殿の主張する代表者との話し合いについては'81年松山学長の時代に田辺移転問題について、代表者と学長が話し合い、結論が出なかったにもかかわらず、話し合いをしたというアリバイをもって、4日後に「実施計画方針案」を評議会へ提出するという「裏切り」を行っており、我々としては大衆的な話し合いという「レベル」をさげるわけにはいかない。大衆団交へ向けて、貴殿が拒否する理由とされている「理性的で

ない」について、その具体的事実をあげて理論的にその根拠を述べられたい。

4. 土地購入の問題について

(1) '81〜'83にかけて田辺の土地購入に際して、約10,000㎡の土地が、3筆に分等（※ママ）され、最終的に同志社に売られるという「土地ころがし」とも思われることが行われ貴殿も京都府当局に出頭させられ、厳重注意を受けたと聞くが、その真相を明らかにしてもらいたい。

(2) 大学が金融機関に対してある企業への融資を依頼したり、土地購入の際、経理規定法違反、背任行為とも思われる事が行われていたらしいが、その真相についても明らかにされたい。

5. 資産処分について

貴殿は、9月25日の回答に（資産処分に対し）どの施設を対象とするかなど具体的な計画や経過を明らかにする段階には至っていないと述べておられるが、臨時公報251によれば追加事業費26億に対し、追加財源を25億が限界としており明らかに資産処分の対象、値段を踏まえての決定としか思えない。

(1) 25億を追加増額の限度とされた根拠を伺いたい。

(2) 回答には、「売却には相手との交渉も必要である」と述べ、その施設の使用者を第2次的存在として位置づける様な文面があるが、貴殿は施設の使用者よりも土地ブローカーとの話し合いが先であると考えておられるのか。

(3) 資産処分について売却までどの様な手続を行うつもりか、具体的にその順序を述べてもらいたい。

6. 学術情報システムについて

前回の回答では学情システムの導入も、教育・研究の更なる向上を計る面から近い将来に検討の必要が生じるであろうと述べておられるが、教育・研究の向上の為であるならば同志社の教育・研究と産官学協同で推し進められている学情システムを用いての教育・研究とにおいて一致するところがなければならないはずである。この点について、貴殿の学情システム導入の目的、それがはらむ危険性等、内容に関する見解を具体的に述べられたい。

以上の点について、11月6日午後1時までに回答されるよう要求します。

1985.11.6

10月30日（水）第1部学友会から大学長あてに別掲の公開質問状が提出され、11月6日（水）大学長は次のように回答したが、第1部学友会は当該文書の受取を拒否し、その写しを持ち帰った。

1985年11月6日付　大学長から学友会への回答

1985年11月6日

第1部学友会中央委員長
賀川 真 殿

学長

木枝 燦

「公開質問状」について（回答）

1985年10月30日付貴学友会からの「公開質問状」に対し、
次のとおり回答します。

1. 学費について

(1)(2)(3) 1986年度学費の改訂は考えておりません。しかしながら、現状における本学の財政は国庫補助の増額も期待できず、きわめて厳しい状況に直面していることは事実であります。

(4) 田辺開校のための事業費238億円については、学費改訂を前提としたものではありません。しかし、教育・研究条件の整備・充実は大学に課せられた使命です。本来これには財政的基盤の確立は必要であり、学費の問題も避けて通れないものと考えます。

(5) 本学としては、現在スライド制について検討しておりません。

2. 学生大会について

学生大会は学生諸君の最高決議機関であり、その決議は全学生諸君の意思を表明したものと考えております。したがってその内容を真摯に受けとめ、可能なものについては反映させていく所存です。

3.「大衆団交」について

組織体における意思形成は、それぞれの各組織の議を経て一つにまとめられていくものです。学生諸君の意見についても一定のルールのもとに学生諸君を代表する学友会常任委員の諸君と話し合うことが組織構成員としての手順であると思います。過去の大衆的な話し合いが落ち着いた環境のもとに冷静な対話の場として実りある結果を得られたとは考えられませんし、大衆的な話し合いという形では、お互いの立場や意見を語りあえる場になるとは考えられません。

4. 土地購入の問題について

(1) ご質問の土地については1981年12月19日の理事会において同志社が購入の方針を決定したものであります。国土利用計画法では市街化区域を除く5,000㎡以上の都市計画区域内の土地売買をする場合は事前に届出をする必要がありました。しかし、3筆に分かれていましたので当時は届出を要しないものと判断して購入したものであります。その後京都府から一団の土地として理解されるので国土利用計画法違反であるとの見解が示され、再度繰り返さないよう厳重注意を受けました。今後このようなことのないよう充分注意していく所存です。

(2) これらのことについては、手続上の不備や遺漏と考えられる面がありましたが、今後このような疑義がもたれることのないよう注意いたします。

5. 資産処分について

(1) 追加事業費26億円に伴う追加財源の限度を25億円としたのは総事業費を少しでも節約するためであります。すなわち、総事業費239億円となるところを1億円吸収して238億円にとどめるという意味であり、直接資産転換の額との対応関係はありません。

(2)（3）基本財産の処分、運用財産中の不動産の処分等に関しては法人理事会の決定が必要であります。また、資産処分の対象は遊休施設と考えておりますが、仮に使用中の施設が処分の対象となる場合は、当然事前に関係者との協議が必要であると考えます。

6. 学術情報システムについて

学術情報システムは、利用者に高度の教育・研究サービスを行うことを目的とするものであります。情報管理一元化のもつ危険性に対しては、学問の自由・思想の自由・プライバシーの尊重を堅持する必要があり、慎重に検討し、十分な配慮をいたしたく考えています。

以上

1985.11.8

1985年11月8日付　学友会から大学長への要求書

要求書

我々はこの間、田辺移転計画に対しその無内容さ、自治・自主活動への影響、国家―文部省への従属、学研都市との関連、審議方法等、様々な側面より一貫して反対してきた。加えて、その審議過程に至るや我々の審議・資料公開の要求や話し合いの要求を無視し、評議会という機関によって強行「決定」していったものである。特に'84年3月15日には、学生部長欠席のまま、様々な要望書を圧殺し移転計画を強行「決定」していったことでも明らかな様に一部官僚層によってのみ進められた移転審議というものを、我々としては認めるわけにはいかない。

しかるに当局はとりあえずの移転を補修する為、学費値上げによってその資金を捻出しようとしている。

又、'86年開講以後の「教育・研究条件の整備・充実」といった名目による学費値上げも「移転」を整える為のものである。故に我々はその様な学費値上げを許すわけにはいかない。そして学費値上げを制度化させるスライド制の導入に対しても断固反対である。

この2点を中心として、11月8日の全学々生大会での、団交権・ストライキ権の確認及び団交要求の決議に基づき、左記の要領で貴殿に対し、我々学友会との大衆団交に応じられるよう要求する。

名称　• 対学長大衆団交
日時　• 11月12日 午後1時より
場所　• M前

形態　• 司会等運営にあたっては中央常任委員会が責任を持つ。
　　　• 全ての学生に発言を保証する。
　　　• 大学側の出席者や場所等については折衝に応じる。

尚、回答は11月12日12時30分までにされるよう要請する。

大学長 木枝 燦 殿

Ｉ部学友会中央委員長
賀川 真

1985.11.12

11月8日（金）第1部学友会から学長あてに別掲の「要求書」が提出され、11月12日（火）学長は次のように回答したが、第1部学友会は当該文書の受取を拒否し、その写しを持ち帰った。同日14時頃第1部学友会は有終館を封鎖した。

1985年11月12日付　大学長から学友会への回答

1985年11月12日

第1部学友会中央委員長
賀川 真 殿

学長
木枝 燦

「要求書」について（回答）

1985年11月8日付貴学友会からの「要求書」に対し、次のとおり回答します。

1986年度学費改訂は考えておりません。また、現在スライド制についても検討していないことは11月6日付でお答えしたとおりです。これまでいくたびかお答えしたように、いわゆる「大衆団交」は冷静にお互いの立場や意見を語り合う場になるとは考えられませんのでこれに応じることはできません。学生諸君の意見については、一定のルールのもとに学生諸君を代表する学友会常任委員の諸君と話し合うことが組織構成員としての手順であると考えますので、条件がととのえば学友会常任委員の諸君とは話し合いたいと考えます。

学生諸君の理性ある判断と行動を望んでおります。

以上

1985年11月12日付　学友会から大学長への勧告書

勧告書

貴殿は、我々学生の最高決議機関である全学々生大会での決議にもかかわらず団交要求をまたも拒否した。

貴殿の我々学生の存在を無視する態度をこれ以上許すほど、我々は寛容ではない。学生大会の決議により、再度貴殿に大衆団交を要求する。逃亡した場合、我々は即座に十四日午後四時より十六日午後四時までの全学バリケードストライキに入ることを宣言する。

貴殿が逃亡を続けるのであれば、我々の怒りは四十八時間のバリケードストライキにとどまらず、その後更に拡大していくことを肝に銘じて回答されるよう勧告する。

名称　• 対学長大衆団交
時　　• 十一月十四日 午後一時から四時まで
於　　• M前

形態　• 司会は中常委が行う。その他運営一切に関し中常委の責任のもと行う。
　　　• 大学側の出席者や時間、場所等については折衝に応じる用意はある。
　　　• 全学生に発言の場を保証する。

尚、回答は十一月十四日午後十二時三十分までにされるよう要求する。

大学長 木枝 燦 殿

Ⅰ部学友会中央委員長
賀川 真

1985.11.14

11月12日（火）第1部学友会から大学長あてに別掲の「勧告書」が提出され、11月14日（木）大学長は次のように回答したが、第1部学友会は当該文書の受取を拒否、同日16時から今出川校地および新町校地をバリケード封鎖した。

1985年11月14日付　大学長から学友会への回答

1985年11月14日

第1部学友会中央委員長
賀川 真 殿

大学長
木枝 燦

「勧告書」について（回答）

1985年11月12日付貴学友会からの「勧告書」に対し、次のとおり回答します。

これまでもたびたびお答えしたように、いわゆる「大衆団交」は冷静にお互いの立場や意見を語り合う場とは考えられませんのでこれに応ずることはできません。
有終館の封鎖やバリケード封鎖は、大学の教育・研究および業務遂行に重大な支障をきたします。
学生諸君の理性ある判断と行動を望みます。

以上

1985.11.25

自分が寮長として寮の運営にあたった今期。総括の時期を迎えた。今期の執行委員会は一体、何を総括すればいいのか？

停滞する寮内の意識の分散化状況をどのように捉えるのか？
そして何を訴えるのか？

1985.11.28

（新聞報道より）

「政府は28日未明、英国のチャールズ皇太子がダイアナ妃とともに来年5月、公賓として日本を初めて公式訪問することを発表する。5月初旬の先進国首脳会議（東京サミット）後の中旬になる見通し。チャールズ皇太子夫妻は、天皇と皇太子夫妻と懇談の予定である。今回の来日は、日英両皇室の長い友好的な関係を再確認するとともに、浩宮のオックスフォード大留学の際、英王室から温かい歓迎を受けたことに対する感謝の気持ちを表すものと位置づけている」

1985.12.6

寮長としての期を終え、あらたな期が始まる。私は寮長に次ぐ立場の「渉外」として、12、1、2、3、4、5月の半年を過ごそうとしている。とにもかくにも、「入寮選考委員会」を組織し、「12月・3月自主入寮選考」をしっかりとやり抜かなければならない。「朝鮮問題研究会」のメンバーでもあるので、日本と朝鮮との間にある問題についても考えてゆきたい。他団体から提起される取り組みや課題についてどのような態度をとるかも懸案である。つまるところ、自分自身の生き方の問題なのだ。

1986.1.21

（学習のためのメモ）

- 1922年（大正11年）10月、済州島・大阪間の定期航路「君ヶ代丸」運航開始。

「朝鮮の地で農民の土地の収奪を始めとする植民地農政のもとで、農民たちは耕地を奪われ微弱な家内手工業も工業商品の流入のもとで崩壊していった。しかも、当時朝鮮では近代的な工業は存在していず、都市プロレタリアートとして転出もできず、没落だけを強いられた朝鮮の農民たちは中国やシベリヤに流出するか、農村に封じ込められ、潜在失業者として極貧生活を余儀なくされていた。が、彼らは日本資本主義が低賃金労働力を必要とする時期、その規模に応じて、日本に引き出されるように渡って来た」（『異邦人は君ヶ代丸に乗って―朝鮮人街猪飼野の形成史―』金賛汀 岩波新書 P95）

1986.2.20

1986.3.22 此春寮自主入寮選考へ向けたビラ原稿（文責：三浦）

一つの組織を動かすという大義が、ある個人への忠誠、崇拝へとすりかわる時、指導者、すなわち、中心的存在としてあった人物は独裁者へと変わる。何も、民衆は独裁者の登場を待ち望んだわけではない。しかしながら、民衆が何ら主体的な判断をなすことなく、一つの声に従って右向け右をするならば、その時、その号令をかけた人物は、事実上の独裁者となるのである。

あのナチスのヒトラーはいかであったか。民族排外主義の下で、ユダヤ人を大量に虐殺していった。また、日本においても、天皇裕仁への忠誠を誓った年若き青年たちが「お国のため」という言葉によって戦争に駆りだされ、命を落としていった。

さて現在、あの太平洋戦争終結から40年、我々は過去の過ちを繰り返してはいないか？　いつか来た道を突き進んではいないか？　過去の教訓を教訓として活かしえているか？　残念ながら、明るい回答を出すことができないのである。突出する防衛費の一方で削られる福祉行政、天皇の神格化、日本国民の統合の動きとともに再びあの道を歩む音が我々には聞こえる。

母胎から生まれ出でた我々は、自らの生を貫徹することを至上のものとしている。しかしながら、諸君らは知っているか？フィリピンにおいて、又、韓国において、自らの生命を賭した闘いを展開しなければ、自らの自然発生的な発露を自由に表現したり、食物を得たりすることができない人たちがいることを。そして、そのような民衆の声を圧殺し続け、暴力によって体制に従順であることを強要する独裁者の存在を。そして、その政権に対し、日本政府は、経済的、政治的援助を行い、独裁政権を支えていることを。

「国民総中流時代」と言われている。しかし、その背景には、10と60で平均35という所得格差が見えなくなるような数字のトリックとともに、「第三世界」と呼ばれる国々に住む人たちの過酷労働の現状がある。今、我々が手にしている腕時計や着用しているシャツは、対馬海峡のはるか彼方で、日本列島のはるか南東で、同世代の人たちが「労働基準法」など有名無実な中、１日に十数時間も働いたその労働の結果としてあるのだ。

では、このような構造は、一体、どのようにして出来上がっていったのか。第二次世界大戦後、日本はアメリカの経済的援助と「朝鮮戦争特需」を基盤として蘇生し、1960年代には「高度経済成長」を遂げた。そして、「オイルショック」による一旦の挫折の後、日本政府は、国内において先端技術開発を中心とした知識集約型産業の形成を為す一方で、軽工業などに必要な安価な労働力を「第三世界」に求め、国際的な分業体制を敷いたのだ。

では、どうすればいいのか？　この問いに対する回答は、我々が自由な討論の後に用意すればよい。来る3月22日、諸君たちと此春寮で再会できることを我々は切に願っている。

入学試験時の情宣活動総括案（文責：三浦）

我々は、自らが生活する場での疑問から出発し、自らの体験の中で学んでゆく必要がある。同志社大学田辺町移転問題、その意味を考えるならば、現行教育がいかにあるのか？　また、それは現社会構造の中でいかに機能しているのか？　という問いが生じてくる。そして、このような問いに回答を準備し、それを自らの意見として述べるならば、また、実際に行動するならば、一体、どのようなことになるだろうか？　必ずや巨大な壁にぶつかる。大学の機構に、そして国家権力に。

大学当局は、今年も例年のように、入試期間中（正確には2月6日から）、学内の立て看板、ステッカーを「環境整備・整美」の名の下に全て排除してしまった。そして、連日、ロックアウト体制を敷き、我々の入構を物理的な力によって阻止し続けた。我々は、再三再四、門を閉じさせないための職員への追及、阻止行動をとった。しかしながら、職員の中には、知らぬ顔をする者、そっぽを向く者、中にはシニカルな笑みを浮かべる者もいた。我々の問いかけにはだんまりを決め込み、誠意ある対応を示そうとはしない。更に我々が身体を張って主張するならば、そこでは、現行法体系の下、国家権力との対峙が不可避なものとなる。大学自治の虚構が如実に現れる。国家権力と癒着した大学の姿が露呈する。

まずもって総括として挙げられるのは、ロックアウト解体へ向けた我々自身の運動を創りえていなかったことである。その中で、意志一致ができぬまま、安易に「2.6抗議行動」に参加するということになった。具体的には、日常的、継続的な寮への注目の喚起を促す運動を全学的に創りながら、厚生課交渉、更には学生部へと大学当局、中枢部を包囲する陣形を築き得なかったことである。ただ1度の学生課への抗議行動では何らの力ともなり得ない。また、情宣時においては、各門でのサークルを含めたところでの意志一致が不十分であったと言わなければならない。事前にサークルとの論議を十分に行い、立場を鮮明にさせる必要があろう。他寮の方針を把握し、共有化することも為されて然るべきである。付け足しとしてではあるが、他寮の参加人数の少なさを考えるならば、事前に牽制しておく必要もある。

《本日やること》

- 入学試験時の情宣活動総括案の検討
- ビラ原稿検討（決定後、カット、スット、ツブシ）
- 全寮会議（2月24日）向け入試情宣総括、地方情宣総括
- 85年、86年の会計
- 暁夕寮への全寮会議報告
- 寮案内パンフの送付
- オリエンテーション、入寮選考のイメージづくり

1986.3.3

根性出して学ばざる者よ！　去れ！　苦悩し、自らの限界を悟りつつ、それを越えんとする者。自分はそのような者にならなければならない。継承性、そのようなものはないほうが良い。自分たちの運動を一つ一つ積み上げよう。これまでも感じてきたし、考えもした。時として深い自己嫌悪に陥ったが、あらためて、自分の"しょうもなさ"を悟れ。

1986.3.10

執念。大胆にして繊細に。

1986.3.16

- 独立した精神の構築を！　独り立たざるところに何が生まれるか？
- 一つ一つの動きに対する執着とこだわりを！
- あらゆる事象に対して疑問を発せよ！
- 既存、既成の運動に疑いの目を！
- "思い"のこもった言葉を発せよ！
- 苦悩の中から自らの言葉を捻出せよ！
- 「甘え」を排せよ！
- 自らの拠って立つところを認識せよ！
- 一つ一つの取り組みに対する深い認識と本質の把握を！

自分たちには自分たちの場での闘いがあるはずだ。三里塚には三里塚の闘いがあるはずだ。自らの場での闘いを貫徹する中でしか連帯など見出し得ない。

では、自分たちの場での闘いとは何か？　これは、日常的、恒常的に寮自治寮運動を展開し、貫徹することである。細かな一つ一つに目を注ぎ、我々が住む、生活する、生きる場を、大学当局による管理に断乎として抗し、自主管理しぬくことである。

「全国学生共同闘争」に参加（1984.5.12、1985.11.18)、「三里塚闘争」に「決起」(1984.10.14)、援農（1985.9.3～4)。社会を見つめるという意味において意義はあった。但し、自分たちの闘いは日常の中にある。不断の自治の中にあるのだ。一方で思う。闘いは外圧に抗するという図式の中にしかないというのは真理だろうか？

自分にしか書けない文章を追求せよ！　これは自分の意見の表出であり、これなくして議論は成立せず、相互討論などありえない。現在の寮内状況はまさにこれ。自分の意見を述べるということがない、述べる場がない???　つまりは勉強していないということ、考えていないということ。

入学試験時の情宣活動について（文責：三浦）

人数的に少ない中、寮生全員が参加し得たことを確認する。事前の論議では「救対カード」の必要性の有無や入試ロックアウト批判を巡って話し合われた。「救対カード」の必要性については、万一、寮生の誰かが逮捕された場合、寮生全員で救対を組織することになる。その際、不可欠になるのが「救対カード」なのである。「救対カード」は、その項目を見ればわかるように、寮生が他と接触を図る場合の留意点含めて記入するようになっている。ほとんどこれのみを頼りに救対活動を行うのである。

全学自治組織学友会は、もっと精力的に動き回り、学内に流動をもたらさなければならないのではないか？　サークルと学友会は、入試情宣を見てもわかるように相互の真摯な討論を行ない、ともにロックアウト解体を勝ち取るということはない。団体間の討論がない。討論関係を築いてはいない。

ガサ対策…令状を門外で確認し、写しをとる。押収対象物、場所を指定する。押収品目録を出させ、確認する。

自主入寮選考関係

- 高校へ手紙送付
- 全寮寮案内パンフ作成―入試情宣（2.9～2.13）―此春寮ビラ配布
- 合格発表情宣（2.25）

- 3月22日 入寮選考当日の来寮者を把握する
- 宿泊者の把握（準備係）―部屋の掃除
- 作文用紙、ハガキの準備
- グループ分け―テーマ設定
- 入寮選考当日のスケジュール発表
- 入寮選考合格者への郵送（3.22以降）

卒業式にあたって

3月20日（木）

- 10:00 文学部 情宣時間 9:30～
- 12:30 法学部・神学部 情宣時間 12:00～

3月21日（金）
- 10:00 経済学部 情宣時間 9:30〜
- 12:30 商学部 情宣時間 12:00〜
- 14:30 工学部 情宣時間 14:00〜

諸連絡
- 鍵の回収
- 入寮選考日の設定（1回か2回か）※卒業式との関係
  私立大学合格発表後　国立大学合格発表後　2回に分けることにより対応しやすくなる
- 全寮会議報告 レジュメ配布
- 寮案内所の件（明日忘れるな）
- 厚生課交渉の件
- 風呂当番決め（庶務）

1986.3.28
（新聞報道より　3.28毎日新聞）
「同志社　“田辺時代”幕開き　新キャンパス完工式　移転反対行動の中

同志社田辺キャンパス（綴喜郡田辺町）の完工式が二十七日、同キャンパス内の同志社女子大体育館『恵真館』で行われ、松山義則総長、林田知事、校友ら約千人が、同志社創設以来の大事業完成を祝った。一方、同キャンパス移転に反対している『同大学友会』の約五十人が会場近くで昨年一月の起工式に続き反対行動。大学職員、警官隊とこぜり合いを繰り返しながらデモ、集会を行った。

完工式は、学生がデモで出席者の入場を阻止しようとしたことから予定より十分遅れ、午後一時十分に始まった。キリスト教思想を建学の精神とするだけに讃美歌の合唱、聖書の朗読があり、その後、松山総長が『創立百十一周年を迎えたが、私学同志社の歴史は苦渋に満ちていた。建設への二十年の経過を思い、完成したキャンパスに立つと大きな喜びに包まれる』とあいさつ。林田知事が『キャンパス南には関西文化学術研究都市のフラワーセンターが既に完成、国際高等研究所なども建設される。そこに同志社が出来、感慨無量』と祝いの言葉を述べ、同志社女子大音楽科交響楽団がブラームスの『大学祝典序曲』を演奏した。

静かな完工式会場に対し、同志社大正門前では、『学友会』の学生らが『移転闘争勝利』などとシュプレヒコール。この日、学生らは午前九時から近鉄新田辺駅前で移転反対を訴えるビラ千枚を配って正門前に集結。学生一人が公務執行妨害で逮捕されたこともあり周辺をジグザグデモ。会場へ向かう出席者の車を妨害しようとして大学職員約四十人ともみ合いになった。学生らは、集会の後、午後三時から同駅までデモ行進し、途中、田辺署前で、逮捕学生への差し入れをしようとする学生と警官隊がもみあう一幕も」

〈第 2 章の終わりに　今になって思うこと〉

田辺町移転あるいは田辺校地についての記述を『同志社百年史 通史編二』（学校法人同志社 1979 年）から拾ってみる。
「上野直蔵が大学長に当選したのは一九六〇年六月、彼の外遊中のことで、その電報を彼はアメリカで受取り、予定を切上げて帰国した。英文学者でチョーサー研究家である彼ははじめての英国訪問を、昔のカンタベリーもうでの巡礼にちなんで、ロンドンからカンタベリーまでの道を徒歩で旅することによって飾った」（P1344）そして上野学長は、
「今出川、新町の両キャンパスの狭隘を解消し、教育の実をあげるために広大な田辺校地の購入を理事会に献策した」（P1344）

さらに「すでに大下学長の時代に学長から依嘱された『大学基本問題対策委員会』（小松幸雄委員長）は一九回にわたる討議の末、一九六〇年六月に答申したのであったが、その中の一項目に『適正数の学生確保』があった。これは全学の立場から考えて、同志社大学が今少し規模を大きくすることを前提として、学部や学科の増設の方向を示唆したものであった。この答申が刺激剤となって種々の試案、私案が議論され、一時は『十一学部五万人構想』といった幻のような大構想までが、まことしやかにとりざたされたりした」（P1348）、「この問題は具体的には文学部の三分割案となってあらわれた。（中略）当時すでに田辺校地買収の方針は具体化しつつあったし、もし三分割案が通過していれば、新しい学部は田辺校地に設置される見込みであった」（P1348）とある。

そして、1966年元日から、病のため1968年3月末に辞任するまで学長の職にあった「星名学長の時期に同志社は将来の校地をめざして田辺の土地を近鉄から購入した。購入は二度にわけて行われ、約三〇万坪が同志社の所有となった」（P1354）、併せて「彼の二年間は全寮協議会の全盛時代であり、学生部はその対応に追われ続けた。星名は新学期に教室が不足することのないよう気を配り、そのためには学長室の面積を狭めることまで敢えてした」（P1354）との記載もある。

時を経て、70年代に入る。

「山本学長のあとを受けて、一九七三年五月から大学行政を五年一一ヵ月間担当したのは文学部の松山義則であった。心理学者である松山はまじめで温厚な性格であり、大学紛争の期間を通して傷ついた同志社のイメージを回復するために大いに力をつくし」（P1358）、その上で「それまで眠っていた田辺校地の利用計画を発表し、その準備にとりかかったのであった」（P1358）

大学運営上の資金について苦悩する大学当局の姿も見てとれる。

「同志社大学は一九七四年一月に大学としての募金と学債の発行に着手した。（中略）当時の経常費は年間三六億円の規模であり、そのうち収支不足の四億円を市中銀行にたより、収入の九〇パーセントを学費と入試手数料に依存していたのだった」（P1366）

「私立大学に対する国庫助成は日本学術会議の勧告によって一九五七年、研究設備を対象として実施されたのがその始まりである。しかし私学助成を憲法八九条違反とする見解が政府に根強くあったため、経常費補助はなかなか実現しなかった。（中略）一九七〇年に日本私学振興財団法が成立し、政府は人件費の二分の一補助を目標として一九七〇年度に一三二億円の助成を開始した。この助成額ははじめのうち毎年約五〇パーセントの伸びを示し、一九七四年には六四〇億円に達した。同志社大学に対する助成金も一九七〇年の一億一一〇〇万円から、一九七四年には六億四二〇〇万円にふえた。しかしこの金額は一九七四年度の経常勘定予算総額の一四・八パーセントにすぎないのである。一九七七年度の助成金は一四億六六五七万円であって、これは経常勘定収入の一七・九パーセント、経常勘定支出の一九・七パーセントであって、経常費の五〇パーセントの補助にはまだ相当のギャップがある。しかしながら同志社大学が主として中心校地面積の不足のために、計算上かなりの不利益を蒙っていることもまた事実なのである。この意味からしても、田辺校地を大学設置基準に定める中心校地化することは至上命令だといえるのである」（P1366）

注（三浦）
憲法八九条　公の財産の支出又は利用の制限
　公金その他の公の財産は、宗教上の組織若しくは団体の使用、便益若しくは維持のため、又は公の支配に属しない慈善、教育若しくは博愛の事業に対し、これを支出し、又はその利用に供してはならない。

　また、「政府は『期待される人間像』などを提示したが、それがリアリティをもつような社会的・精神的基盤は脆弱であった。たかだか、高度経済成長を支える人間像としてしか関心をよばなかった」（P1475）
「なるほど中央教育審議会などでは、高等教育の在り方について種々議論され、文部省への答申もなされはした。しかし、その答申に対する大学教員および学生たちからの批判はあっても、具体的現実的な代案は出されなかったし、ましてや大学が自主的に制度や体質を大幅に改善するといったことは、ほとんどみられなかった。大学としての最低の基準を示した『大学設置基準』に抵触しなければよい、制度や機構などを改変することによって学内の騒動をまねくようなことは避けたいというのが、多くの大学の管理行政の任にある人たちの本音であった」（P1475）と記されている。

「期待される人間像」は、1966年10月の中央教育審議会答申「後期中等教育の拡充整備について」に別記として付された文書である。その中で「正しい愛国心をもつこと」、「日本国の象徴たる天皇を敬愛することは、その実体たる日本国を敬愛することに通ずる」と、「国民として」期待される姿が記述されていた。中央教育審議会の設置自体が、「赤い学生お断り（つまり、学生運動に関わった者は思想行動をあらためない限り職はない）」を前面に出した財界からの要望によるものであり、政府は財界の要望に応えることで自らの保身、安定、強化を図ろうとした。

あらためて田辺町移転を巡る経緯をかいつまんで記すと、1965年8月「校地拡張委員会」設置。1966年「大同志社5万人構想」の浮上とともに理事会は田辺土地購入を決定。年を経て1974年、当時の松山学長は「田辺は必要である」旨を打ち出し、翌1975年にはその中味として「工学部と体育施設の移転」を持ち出す。これは基本計画として学内の形式上のコンセンサスを得ることになるが、スムーズに実現の運びとはならなかった。この計画が財政上の問題、田辺での研究や教育の中味の不鮮明さ、学内世論の反発をはらんでいたからである。

1979年9月、当時の大谷学長は計画の見直しを発表。一旦は見直しの対象となった基本計画ではあったが、1980年には展望が明らかにされないまま、済し崩し的に造成工事が強行された。1981年11月、松山学長から実施計画案が提出され、1982年3月、方針として決定。文系1・2年次の移転が決定されたのはこの方針に於いてである。その後、1984年3月、学外で開かれた評議会でこの実施計画は強行決定。1985年1月起工式、1986年3月竣工式、同年4月開校という運びであった。

ビラやアピールの中で「教育の帝国主義的再編」という言葉をよく用いた。自分の認識としては、平たく言えば、世界には依然として強国＝帝国主義国が支配する植民地主義がはびこっている。それは、かつてのように、商人や産業資本家、金融資本家が露骨に現地から資源や土地、労働力を収奪するという形態をとるのではなく、現代風の装飾をほどこした「援助」や「投資」といった、独立国間における同じ立場に立つ「契約」のようなものとして関係を結ぶことによって、実質的な「宗主国と植民地の関係」を構築しているというものであった。

それを先導してということではないにせよ、日本はアメリカを中心とする西側諸国の一員としてその一翼を担い、アジア諸国や「第三世界」に対して、主として経済面において抑圧的な立場にある。そしてこの体制を維持するために、つまりは政府や資本の側からする時代の要請に応えるために、教育制度や学問・研究体制はその質や中味を変えられて、再編されてゆく、これは危険なことだということなのである。

人はこの世に生きているかぎり、「今」、「この場」とは無縁ではいられない。ということは「この場」とつながっている他の国々の人々とも無縁ではありえない。知らず知らずのうちに、自らもまた抑圧者としての役割を果たしてしまっている。これを自分の感覚から払拭するためには、「今」、自分がいる「この場」で抗（あらが）い続けるしかない。抗う対象は「臨時教育審議会（臨教審）」による「教育改革」や「産学協同路線」、関西資本の復権をかけた「関西文化学術研究都市構想」、そこに包摂されるであろう「田辺町移転」、そしてそれに伴う「学生の管理強化」である。当時の自分は、浅学ながらこのように考えていた。

今にして思えば、自分が「探求」していたものは、この世の、あるいは人間の「真理」などではなく、むしろ生きていく上で心しておかなければならない「正義や倫理」とでも言うべきものであったと思う。

それは、日本国の象徴への「敬愛の念の押しつけ」や「上からの愛国心教育、道徳指導」とは真っ向から対立するものであった。失われてゆくものへの郷愁にも似た感情。奪われていく生命への愛しさと慈しみ。この探求作業は、何かをしなければならないのではないか？　さもなければ自分は、誰かに対する加害者になってしまっているのではないか？　という不安にも似た気持ちをベースにしていた。

最後に全学バリケードストライキについてふれておかなければならない。

闘争の「最終的手段」として学友会は方針を提示した。「無期限」ではなく「時限付き」であることに満足しない寮の上回生。田辺移転問題にほとんど興味を示さない下回生。自分はどのような立場で寮会に方針を出すべきか迷った。自分もわかっている。自分たちがどれほど動きまわろうとも、何をしたとしても、田辺町移転は必ず行われるものであることを。

ただ、寮長として、何もしない、傍観するという方向性を示すわけにはいかない。1984年4月5日を思い出し、大学に再び機動隊が入り、今度は、自分が捕らえられてゆく姿を想像していた。

アーネスト・ヘミングウェイの短編小説に『A Clean, Well-Lighted Place（清潔な明るい店）』がある。その中にたびたび登場する言葉「nada」（スペイン語＝nothing）。今になって思えば、全学バリケードストライキに対する感想はこの一言に尽きる。労力を払ってバリケードを築き、ただやってみただけ。もちろん、大学の方針を根底から覆すようなものではなかった。何も起こらなかった。警察権力や機動隊との緊張状態すら創り出せなかった。何もなかった。石のつぶてほどの影響力もなかった。

もはや為すすべなし。これ以降、移転反対へ向けた有効な取り組みはほとんどなかった。学友会も、もちろん寮生も。

nada...nada...nada...

第3章

86年4月29日、学友の逮捕
公判闘争開始

►教育再編に対する取り組み
►朝鮮問題への取り組み

数多くの学生の逮捕者を出しながら、そして駅などの周辺環境の問題を残しながら、田辺開校は現実のものとなった。これに伴う学費値上げと田辺町から遠く離れた京都市内にある自治寮が資産処分の対象となる可能性及び自然廃寮化、自治の精神と理念の希薄化による内部崩壊など、引き続き課題は山積していた。

ちなみに学費値上げに対しては次のような見解を持っていた。

(1) 学生の声を圧殺し続け、一方的に推進された田辺町移転のツケを学生に負わせるものである。

(2) 産業構造の転換に伴い、学研都市の中の同志社大学として教育・研究体制を再編成する資金を捻出し、学生を資本に従順な労働者に育成するためのものである。

(3) 教育の機会均等を更に奪い、経済的弱者から大学の門を遠ざけることになる。

幸いにも入寮選考には多数の応募があり、寮生数が減ることはなかったが、自治意識や自治活動を維持、継続してゆくことはこれまでもそうであったが、かなり難しいことであった。

新入寮生が「何故このように面倒なことをしなければならないのか？」こう思うのもごく当然である。執行委員会の一員になれば、レジュメ作成、会議への出席や準備、とにかくいろいろしなければならない。「これまでの寮」にこだわることなく、新たな寮の姿を創造すべき時期に至ったのだと思っていた。他の寮においても同様であったと思う。

そのような中、更に不測の事態は起こる。4月29日に京都・円山野外音楽堂で開催された「天皇在位六〇年式典反対！靖国公式参拝反対！京都集会」の後、学友が逮捕されたのである。

うち1名が起訴されたため、公判闘争が始まった。「朝鮮問題研究会」との絡みでこの集会に自分も参加していたこともあって、途中、証人として法廷に立つなど公判運営に携わるようになった。もちろん、この公判と寮自治とは、基本的に何らの関係もない。

この章の途中、新聞記事からの引用がかなり長く続く箇所があるが、新聞の切り抜き作業や情報の整理も、この時期の自分の活動の一部であった。当時の時代背景を示すもの、時代を感じるよすがとなればと思い、手元に残っている切り抜きの一部から、そのまま掲載している。

大手新聞のことを、左翼系党派の新聞と区別するために「ブルジョア新聞」と呼ぶこともあったが、この切り抜き作業は、何故か、心落ち着くひと時なのであった。今、当時の記事を読み返してみて、それが使命であるとはいえ、記者の方々の努力と新聞の価値をあらためて実感している次第である。

1986.4.30

（新聞報道より　4.30読売新聞）

デモ学生に手錠かけ　歩道サクにつなぐ　京都

【京都】二十九日午後四時半ごろ、京都市中京区の河原町御池交差点で、天皇ご在位六十年記念式典に反対するデモ中の学生グループと、警備の警官隊がこぜりあい。警官隊が公務執行妨害で逮捕した学生の手錠を、歩道の安全サクに約五分間つなぎ止め、通行人から「警察の行き過ぎではないか」の声も出た。

このグループは京都大、同志社大などを中心とした約五十人で、午後一時から円山公園で開かれた式典反対の集会に参加。デモ行進して同交差点横の市役所前広場に集合したところ、右翼団体の街宣車がスピーカーのボリュームを上げ集会を妨害。同グループの学生らが街宣車に石を投げ、さらに車後部に立てていた国旗を奪い広場で燃やした。

学生グループは、このあと解散し、帰ろうとしたが、デモ警戒していた京都府警中立売署の警官隊が、事情聴取しようと学生グループに近づいたところでもみ合いになり、警官隊は学生一人を逮捕、右手に手錠をかけた。連行しようとしたところ、付近の学生約二十人がこれに反対、警官隊とこぜりあいとなり、警官隊が手錠の片方を交差点東北角歩道の安全サク（高さ八十センチ）につないだ。

このため、学生グループと警官十人がこの学生を囲んで押し合いになった。手錠の学生は五分後にはずされたが、顔や右腕に、警官二名も顔などに軽いけが。他に学生二人が公務執行妨害で逮捕された。

1986.5月

救援会会議へ向けて（文責：三浦）

4月29日の弾圧は、反天皇制運動への攻撃、弾圧であった。我々は、今なお留置されている学友を早期に取り戻すべく、そして来る公判闘争に勝利すべく闘いを組織する必要がある。

我々が為さなければならないのは、まず、獄中にいる彼との連絡を絶やすことなく継続し、彼の孤立化を避けること。そして、精神的、物質的な支援を送ることである。そのためには資金（カンパ）の収集と広範な世論、注目を喚起することが求められる。

この一環として救援会の通信を発行する。これは救援会と運動に関心をもっている学友、そして未だ知らずにいる学友とのコミュニケーションの手段（メディア）であり、捕らわれている彼と我々をつなぐものとしてもある。

内容は、大枠、以下のようになろう。

(1)　反天皇制運動を闘っている団体からのアピール

(2)　獄中にいる学友からのアピール

(3)　救援会から　公判へ向けて（方針や状況）

(4)　同じく　公判を終えて（報告と総括）

(5)　会計報告（カンパ要請）　その他

1986.5.1

全寮会議へ向けて、4.15に引き続いての新歓企画提起（文責：三浦）

(1)　同志社大学田辺町移転批判

同志社大学当局は、第4工区の遅延や興戸駅の狭少さ等の交通機関の問題を孕んだまま、田辺町移転を強行した。3月27日には「竣工式」を施行し、その際、学友1名を不当逮捕させていった。更に4月5日には入学式を田辺校地にて行い、着々と既成事実化を為している。我々はこの移転―開校を糾弾しなければならない。

我々は同志社大学田辺町移転を以下の点から批判してきた。まず、この移転に関して学生、教職員の声が何ら聞かれていないこと。つまり、大学執行部によって強行的に推進されたことへの批判である。このことは、84年4月5日、又、86年3月27日の事態に如実に示されるであろう。次に、この移転が、1、2年―3、4年分断移転であり、サークル、自治会等の学生の自治活動への破壊攻撃であること。現在、サークル等の運営にともなう時間的、経済的弊害は端的に現れている。又、とりわけても、我々の住む自治寮にとっては、82年7月2日以降の攻撃(「舎費・名簿」不提出を口実とした権利剝奪)とあいまった寮潰し攻撃であること。

そして3点目に、この移転が関西文化学術研究都市に包摂されていることからも明白なように、侵略戦争へ向けた国内再編の中における教育の帝国主義的再編の具現化であり、「第三世界」からの経済的収奪の構造をより強固に打ち固め、これをもって更なる「繁栄」を追求するものであること、からである。

しかしながら我々は、この移転―開校を許してしまった。自らの力量のなさを真摯に捉えつつ、今後の来るべき学内管理強化に抗し、廃寮化攻撃を排さなければならない。更に、87年度学費値上げ策動、2部廃止の動向にも注目してゆく必要があろう。

(2) 新歓企画の提起

先述したように、この移転は全国的な大学再編の流れの中で位置づけられている。そして、他大学の例を見るまでもなく、この移転を契機とした学生の管理強化は必至であり、同志社大学においては、87年度学費値上げも画策されるだろう。

あの反寮パンフ送付の張本人原正氏の学長就任、松山総長―原学長体制の発足も忘れてはならない。

これらの前に、何と言っても空間的な分断による弊害は大きい。今出川から田辺までの移動時間が約1時間半、交通費が年額約8万円もかかることを考えれば容易にうなずくことができよう。我々は、今後、このような状況を越えて、今出川―田辺を貫く運動を創出しなければならないのである。

ｉ）何故、新歓を行うのか

我々は、万難を排して、3月自主入寮選考を行い、数多くの新入寮生を迎え入れた。そもそも寮とは、福利厚生、奨学援護としての属性を備えている。しかしながら、上述した通学にかかる交通費等のことを考えるならば、必ずしも首肯することができるとは思われない。つまり、寮の存在が1、2回生から遠ざけられるということは、同時に寮の属性が彼岸のものとなることを意味する。この中にあって、我々は寮の存在をこれまで以上に広範に訴え、此岸へと置く必要がある。

新入生に対して寮への注目を喚起する場として、併せて問題提起の場として位置づけ、新歓を行ってゆきたい。6月もしくは7月に入寮選考を行う寮は、それへ向けた情宣活動の一環としても位置づけられよう。

そして同時に、我々の寮自治の検証の場としても位置づけられなければならない。それは、移転を許してしまった我々の主体的力量の批判的検証としてのそれであり、相互に認識を深めながら、今後の方向性を模索する必要がある。併せて、新入生を我々の運動へと巻き込んでゆかなければならないだろう。

ⅱ）内容

具体的な内容としては、全国的な寮潰しの動向を教育再編とのからみで、スライド、講演を混ぜながら行おうと考えている。

安住への懐疑、そして相互の告発なしに運動の活性化はありえず、マンネリズムの再生産となる。スライド等と併せて交流の場を盛り込む方向で考えている。

そして、権利剝奪により我々につきつけられた情況を見る中から、自らを社会化するという作業の不充分性を踏まえつつ、社会の流れの中の教育再編を見ることにより、我々の拠って立つ場を見つめ直すという作業を行いたく思う。

a）　スライド上映

「今暴かれる管理大学の実態」

寮生からの問題提起

- 権利剝奪（7.2以降）批判
- 田辺町移転批判
- 更なる自治の発展を

b）　講演

O村T雄氏（関西大学教員）予定

内容「教育再編の歴史的経緯と学生管理」

〈骨子〉

敗戦により疲弊していた日本経済は、米国の経済援助と朝鮮特需を礎に蘇生した。そしてベトナム特需を背景に1960年代高度経済成長を遂げたのである。この過程の1965年には日韓基本条約を締結し、日本資本浸透のための“呼び水”としての経済援助を行うのである。つまり、韓国に対し経済的従属を強いるとともに、一部特権階級への経済的還流構造を打ち固めたのである。

このような日本の帝国主義的発展の中で、教育はどのような変遷を辿ってきたのか、又、時の為政者の側からどのように再編されてきたのか。

教育の再編は、産業資本の戦略の中に位置づけを求めることができる。最も注目すべきは、中央教育審議会答申である。1971年の答申では、高等教育機関の多様化、管理の強化、受益者負担主義の中教審路線が鮮明に打ち出され、この中教審答申を踏まえてつくられたのが筑波大学である。これと歩調を合わせて、全国の大学で学生への管理、自治圧殺の攻撃が行われている。同志社大学においては移転、そして自治寮への攻撃であるが、このことは全国的動向なのである。

更に、この中教審を踏まえて臨時教育審議会が審議を行っており、「愛国心」教育などが答申の中で謳われている。今後の具体的な動き等も併せて講演を行ってもらいたい。

1986.5月末

O村先生への手紙（文責：三浦）

拝啓

此の度は講演の依頼をお引き受け下さり感謝いたします。

この講演会は、「教育再編の歴史的経緯と学生管理」と題し、新入寮生をはじめとする新入生に対しての新歓企画として考えており、新しく大学に入ってきた彼らに対する問題提起の場として準備を進めています。

「教育改革」が声高に論ぜられるこのごろですが、現在行われている教育を通して我々が学ぶ大学、我々の住む自治寮を捉え返せたらと考えています。

当日のプログラムは、まず最初に主催（5月末の時点で此春寮、鴨東（おうとう）寮、一粒（ひとつぶ）寮有志）側から、準備したレジュメをもとに口頭で問題提起を行う予定です。このレジュメの内容は挨拶としての導入部分の次に、大まかな教育再編の流れについて記載し、その次に、現在、小学校、中学校、高校で行われている管理教育の実態、併せて大学に於ける管理強化、自治寮から大学管理寮への移行の実態を暴露するといったものです。

口頭での問題提起の後、「今暴かれる管理大学の実態」のスライド上映を行い、O村先生の講演を受けたいと考えています。講演の内容については、中教審、臨教審を中心として戦後の教育再編の流れとそのもつ意味、又、その中で、例えば大学に於いて実際にどういった形で具現化されてきたのかを話してもらえればと思います（できましたら、学生管理の実態を混ぜてもらえればと思いますが）。

これまで同志社大学の自治寮では、「舎費・名簿」の不提出を理由に、我々の把持していた権利を剝奪され、現在に至っても回復されてはいません。このことからもわかるように我々の住む自治寮も当然のことながら、学生管理強化の動きと無縁ではありません。

現行教育体制を見てゆくことにより、我々の住む自治寮を捉え返す、そして、教育をスリットとして社会を見つめてゆく契機としたく思っています。

以下、日時等について記載します。

新歓講演会「教育再編の歴史的経緯と学生管理」
- 日時　6月6日（金）16:30より
- 場所　同志社大学田辺校地（教室は未定です）

田辺校地までは、京都駅から近鉄「奈良」、「天理」、「西大寺」行、又は「橿原神宮」行急行で、「新田辺」乗り換え、普通で次駅「興戸（こうど）」下車、京都駅から約30～40分かかります。

当日は、興戸駅改札口を降りて左手に商店がありますので、その店の前に15時50分にお迎えに参ります。

全体を通して不明な点等がございましたら、075（×××）××××　同大此春寮 三浦までご連絡下されたく思います。

敬具

講演の骨子

以下、大枠ではありますが、講演の内容について希望します。

- 戦後、日本の産業構造の転換とそれに合わせた形で教育再編がどのように行われてきたのか
- その中で登場した中教審のもつ意味とこの中教審を具体化した筑波大学にみられる管理強化の実態
- 中教審以降、大学がどのように再編されてきたのか

・80年代、臨教審が産み出された資本の要求土壌と臨教審のもつ意味
・教育「改革」の今後の「展望」について

他は、先生のご経験等含めて話してもらえればと思います。

1986.5月〜6月

6月6日　講演会ビラ原稿（文責：三浦）
新入生歓迎講演会「教育再編の歴史的経緯と学生管理」
同時スライド上映「今暴かれる管理大学の実態」

講師：O村T雄氏（関西大学教員）
開催日時：6月6日（金）16時半ヨリ　場所：田辺TC1-110
主催：ベタニア寮有志、一粒寮有志、鴨東寮、此春寮

〈はじめに〉

何という小説であったろうか。

彼は紙を燃やし続けている。それが彼の使命である。支配者にとって負の意味をもつ文書をひたすら焼却し世の中から抹消するために彼は生きている。つまり、その社会では過去の歴史は支配者に従属し捏造される。支配者の誤りはその一切を消し去られ、支配者を賞賛する文字だけが残される。人々はこれを通してしか社会を識ることができず、体制に否を唱えるその判断材料すら持ち得なくなるのである。

体制の中で純粋培養された人々が等比級数的に増殖される中で彼は今日も文字を消し続けている……。

確かにこれはfictionであり、虚構の世界に他ならない。しかし、極端な構想であったとしても、教育というものを見る一つの切り口として考えるとき、我々はこれを「非現実的」として看過することができるだろうか。

先日報道された、日本史の教科書における南京大虐殺の記述についての歪曲、天皇色の全面化は、我々にとって何を意味するのだろうか。そして、小学校、中学校、高等学校における「日の丸」掲揚、「君が代」斉唱の強制圧力は何を示唆しているのだろうか。

〈学校をめぐる情況〉

昨今、いじめや校内暴力が社会的な問題となり、自殺の問題も顕在化している。新聞報道ではこれらの問題の原因を当人の「弱さ」や「甘え」に求め、その背景にある教育の在り方、学校の在り方、労働者としての教師の実態などへの本質的な問いかけが見られない。

現行教育体制は、差別・選別としての性格を内包している。ある基準を満たす者と満たさない者の分断、更に満たす者の中での序列化の構造は、学ぶ者に焦燥感とおびえを生ぜしめ、親は、子に対する愛情の裏返しとして「落ちこぼれ」「低落」への不安や恐れの念を抱いている。そして教師は、教育委員会を通じた管理統制により主体的意志を押し潰されているのである。

このような中で行われる授業は単に知識の詰め込みとなり、例えば、歴史の学習をとってみても、一つ一つの事象のもつ意味や背景を問い詰めることなく事件や紛争の暗記に終始するのみである。これらに見られるのは、国家の側からする学生や教師に対する統制であり、ある一つのレールの押しつけである。このレールとは、体制に従順な人材育成であり、これからはずれる者は、「秩序維持」の名目の下、排除されてしまう。

登校拒否や心身損傷、いじめ、校内暴力は、学校における管理、抑圧に対する不満の発露のひとつの形態として考えられる。

〈戦後教育再編をめぐって〉

中曽根首相は現在、臨教審を諮問機関に、「教育改革」を推進している。これは学校で表出しているいじめや校内暴力を「解消」し、併せて六・三・三制改革や偏差値を「追放」するというものであり、答申の中では「国際化」「多様化」そして「愛国心」教育や「徳育」の重視が謳われている。この臨教審は70年代の中教審路線をふまえて設置されたものであり、戦後の教育の変遷、つまり政府の側からの再編の中に位置づけられる。これから日本の社会の変化とそれに合わせた教育再編の流れを見てゆこう。

戦後、日本の経済はアメリカからの援助と「特需」により復興し、以後、大量生産—大量消費の耐久消費財を中心とする高度重工業を軸に発展するようになる。しかし、60年代の高度経済成長に代表される日本の社会の発展にはその裏とも言えるものが存在した。それは、国内的には、公害の氾濫、交通災害、労働の疎外という状況であり、国外的には資本の利潤追求のために東南アジアの国々へ安価な労働力を求めるべく日本の企業が進出していった事実である。

この中で大学は、資本の需要拡大に応じてその供給機関として学生数を急増しマンモス化の道を辿る。とりわけ業界と密接な関係にある学部、学科には集中的に国家資金が投入され委託研究の名の下に私企業の資金も流入するようになる。

つまり資本の側からする「従順な労働者」の育成機関として

大学が位置づけられたわけである。このことを如実に示すものが中教審答申の「期待される人間像」である。この中では、「天皇を日本の象徴として自国の上にいただいてきたところに、日本国の独自な姿がある」として、「天皇に対する敬愛」が謳われ、日本人はその中で「自己の仕事を愛し」、「社会秩序を重んじる」ことが大切であると述べられている。他国の民衆からの経済的収奪の現実を隠蔽し、国をそして天皇を愛せよと言うのである。

又、同じく中教審の1971年の答申では高等教育機関の多様化、管理強化、受益者負担主義の中教審路線が鮮明に打ち出され、筑波大学に代表されるような全国的学生管理、自治圧殺の攻撃がかけられるのである。中央大学においても移転後、学内にテレビカメラが設置され、他大学でも郊外への移転を契機に学生の自治圧殺が顕著である。この動きと同志社大学も無縁ではありえない。

この4月、田辺町移転が強行された。我々の住む自治寮においても「舎費・名簿」不提出を理由に、83年、入選保障費、文化活動費、新入生向け寮案内文書“誘い”の送付が打ち切られ、今尚、権利は回復されずにいる。

我々はこのような状況を打破してゆかなければならない。それは、日常不断の自治の中身の検証の中から見出せるものであろう。

〈新歓講演会へむけて〉

全ての皆さん、とりわけても新入生の皆さん、この度、同志社大学の自治寮である此春寮、鴨東寮、一粒寮有志、ベタニア寮有志が集まり、講演会を企画しました。現在行われている管理教育の実態を見る中から、そしてこれを巨視的な教育の再編という視野から捉えることによって、今、我々が学ぶ大学を、そして自治寮を捉え返せたらと考えています。

現行教育について考えてみませんか。是非、足を運んでみて下さい。全ての皆さんの参加と注目を訴えます。

1986.6.24

「教育再編の歴史的経緯と学生管理」講演会総括（文責：三浦）

我々は6月6日にO村T雄氏（関西大学教員）を講師に招き、講演会を行った。これは田辺町移転が強行的に為し切られたこの時期に、新入生に対し、自治寮に対する注目を喚起させ、問題提起を行うという主旨のものであった。

この講演会を企画する際の位置づけを再度まとめると以下のようになる。

(1) 新入生に対して、自治寮に対する注目を喚起させると同時に問題提起を行う。

(2) より多くの寮が主催となって講演会を行うことによって、田辺町移転後の、我々の側からする共同の反撃の契機とする。そして、寮に住む我々が、その基盤を見つめ直すと同時に、認識を深めあうものとする。

(3) 個別の寮ごとに変わるとは思うが、この講演会を、新入寮生に対するオリエンテーションの一環として位置付ける。その中味は、我々の住む自治寮を、学生管理強化の動き、新々寮への移行の現状を見る中から捉え返す、そして、大学を規定する教育行政を見てゆくことを通して今の社会を見つめてゆく、というものであった。

これらの点を記した上で、以下、総括点を提起してゆきたい。

〈準備段階において〉

事前の準備という面では、全体的に遅れ気味であった。とりわけても、情宣活動の遅れ、そうであるが故の不充分性が総括点として挙げられ、新入生に対しての問題提起という主旨が、結果的には、はなはだ希薄なものとならざるを得なかった。情宣の手段は、ビラ、立て看板、ステッカーであったが、より効果的な手段は、常に追求されてしかるべきであろう。

そして、今回の場合は、とりわけても新入生に対して、ということなので、事前に公開学習会などを催し、基本的な部分での論議と認識を深めることも追求すべきであったと思われる。

また、基調作成の際も、十分に時間をかけることにより、一体、我々が問題にすべき点はどこか？　問題の本質はどこにあるのか？　を模索すべきであり、その過程の論議の中から、お互いの認識を深めあう作業を行ってゆく必要があろう。

〈スライド・講演について〉

講演会当日については、スライドと講演という形式をとったが、スライドは“百聞は一見に如かず”の諺の通り、自治寮が潰され、新々寮へと移行されている現状をまざまざと示していた。とりわけ、北海道大学の寮は、管理棟を中心に放射線状に居室棟が伸び、まさに“監獄寮”の名の通りであった。更に、大学の管理する新々寮では、水道、ガスなどが自動販売機のようになっており、受益者負担が徹底された姿が映し出されていたと思う。

このようなスライドを見ると、我々の住む寮はどうだろうか？　と捉え返さざるを得ない。その際、何故、我々は水光熱費を払っていないのか？「舎費」を提出しないのか？　という問いは容易に発せられる。これに対する回答を準備するためには、寮とは何ぞや？　という問題設定が必要である。寮とは、そもそも、福利厚生、奨学援護の施設としてある。学費高騰の昨今、経済的弱者が教育を受ける機会は、より一層、彼岸のものとなっている。このような点から考えるならば、寮は営利追求の場であってはならず、アパートではないのである。

講演は、内容的には多岐にわたり、広範なものとなった。抽象的な話が前半を占めていたので、興味と関心を持っている人にとっては注目を呼ぶものであったかもしれないが、ある程度の予備知識のようなものがない中では理解しにくかったと思われる。また、基調作成の折、論点となった中教審（中央教育審議会）と臨教審（臨時教育審議会）の関係性や質的な違いなどについてはほとんど言及されなかった。講演の前半部分では、良い教育、悪い教育というような勧善懲悪的な判断ではなく、現行教育そのものを問う、つまり、一体、良い教育なるものが存在したのか？　という構えが必要であると述べられた。このことは産業資本の戦略と併せて打ち出されてくる教育行政方針に規定される現行教育への批判へとつながるものであり、更には、産業資本に従属させることへの批判が明らかにされて然るべきである。それは一つには、差別―選別の機能を果たす現行教育体制への批判であり、又、一つには資本戦略に沿った、企業に忠誠を誓う人間へと自己形成することが経済的抑圧構造に積極的に参与することになるという面での批判であろう。

次に現在の臨教審の持つ意味について若干触れておきたい。臨教審の打ち出している答申が中教審答申と決定的に異なる点は、臨教審が、教育を私企業に委託する、教育の産業化とでも言いうる点を明確にしていることである。そうすることによって、教育総体を、そして経済を流動化、活性化させようとする意図があるのである。そして、そうしながらも、つまり、教育を私企業に委託しながらも、私学助成金という“手段”によって各学校を統制下に敷くことができるというカラクリである。このことは、裏を返せば、日本経済がそれほどまでに行き詰まっていることを示し、更に言えば、このことは世界的動向なのである。

講演会では、スライド、講演を通して問題提起が為されたと思う。これを更なる学習、そして討論によって自らの場に引きつけて考えるという作業を行っていきたく思う。具体的には、寮内的に読書会を催す等を行っていきたい。他大学の現状（筑波大学など）を見る、また、田辺町移転のもつ意味を捉え返すなどがその内容とされよう。

〈今後の課題〉

さて、講演会という企画を一旦は終え、今後、我々は何を志向すべきかを簡単に提起して総括を終えたい。

冒頭で述べたが、田辺―今出川の分断移転、田辺開校後、約2ヶ月半が過ぎた。又、学長には、反寮パンフの張本人原正氏が就任している。83年に剝奪された入選保障費、文化活動費、「誘い」の送付も打ち切られたままである。このような中、全寮会議においては、自治寮に対する意識の希薄化という状況が露呈している。それは、例えば、出席者一人一人の寮の代表としての自覚の欠如であったり、欠席寮の固定化、欠席寮への連絡の不徹底という無責任な態度に如実に現れている。

この不充分点を総括しつつ、我々は日常的な寮自治の中味の検証の作業の中から、結果的に“廃寮化攻撃に抗するもの”を内包した寮自治を新たに築き上げなければならない。そのために、まず、当局の寮政策の動向に注目する必要があり、学内的な再編の動きにも注目しておかなければならないだろう。又、他大学の自治寮の動向も看過しえない。とりわけても京都大学の吉田寮を巡る状況はシビアなものがあり、我々にも決して無縁ではないことを自覚すべきである。その上で、新入生諸君とともに寮自治、自主管理の精神を共有しながら、お互いの“もっているもの”（例えば、それは音楽であったり、芸術であったり、スポーツであったりするかもしれない)、自然発生的発露のぶつけあいによって、自治を展開してゆくことであろう。このことなくして、寮外生への注意の喚起はありえず、この過程から寮自治の中味をどうやって訴えるのかは見えてくるものと思われる。「舎費・名簿」の問題に対する理論の整理も各寮の内部で行うべきことは言うまでもない。

今後、今回の講演会を契機に、田辺—今出川を貫く運動の構築をお互いが確認し合い、自治寮間の相互討論、相互批判関係と親密性を増し、ともに寮自治、自主管理を展開してゆくことを記し、総括を終えたい。

〈6.6実行委 寮内向け 講演会を終えて〉（文責：三浦）

オリエンテーションは、新入生に対して寮自治の中味をいかに伝えるかの追求であった。自治とは読んで字の如く「自ら治める」である。自分の生活する場を自分で管理し運営する。このことが、寮自治の根底の精神である。そのために寮会があり、執行委があり、回生会がある。更に、此春寮では相部屋制をとっており、これも寮生間の討論の基盤をそこに据えることにより、一人一人の主体性に基づく強固な自治の質を築き上げようとするものである。自治寮はそうであるが故に、その前提は寮生一人一人が寮に対して責任を負っている、ということは言うまでもないだろう。門限がない、女子入室可など、一般的には「不思議」に思われることも、その前提に、上記のことが横たわるわけである。

ここで、再度、スライドを想起してもらいたい。新々寮において寮生は、個人、個人に分かれており、隣は何をする人ぞ、という関係である。寮生同士が集い、談笑したり、討論したり、杯を酌み交わすことも物理的に不可能なのである。何と寂しいことであろう。同じ大学で学び、尚かつ、同じ場で生活する学生がともに集うことができないとは。

そして、今、此春寮に住む我々は、常に社会的関係性の中に生きていることも銘記しておきたい。例えば、それは、隣近所の人々や大学との諸関係、更に言うなら、今の日本の社会と無縁ではないのである。講演の中で述べられたように、我々の学ぶ大学は、現行教育と無縁ではありえず、教育は国家と無縁ではありえない。具体的には、筑波大学における学生管理の実態（集会をやろうとしても自由にやることができない）や、田辺町移転も、その本質、その背景を知ってゆく必要があるということである。

こう考える時、その中に居る我々がいかなるものの上に立っているのかを見る必要がある。これは、寮内各研究会との論議や、時々に直面する課題をともに考え、論議する中で更に鮮明になるだろう。

1986.6.27

• 劫火…〈仏教で〉人の住む世界を焼きつくして灰燼とすると

いう大火。世界壊滅のときに起こるという。

公判報告ビラ（文責：三浦）

全ての学友、教職員、並びに学内労働者の皆さん。「4.29被弾圧者を救援する会」より、去る6月25日に行われた第一回公判の報告を行いたいと思います。

第一回公判は、被告が勾留されたままで行われました。起訴状朗読の後、弁護側からの公訴事実に対しての求釈明が行われ、その中で、検察側の言う「学生らの違法行為」とは具体的にどのようなことを指すのか、また、警察の「検挙する等」の具体的内容を聞いてゆきましたが、前者については、警察官らに対しての暴行、脅迫、傷害、器物損壊などありもしない「事実」を並べたて、これをその内容とし、後者については、警告を発すること及び現場付近の警備任務全般として、警察官が行った、殴る、蹴るなど暴行の一切を隠蔽しているのです。更に、被告が行ったとされる「警察官に対する右手背部を引っかくなど」の行為の具体的内容を明らかにせよという釈明請求についても、「右手をつかむ行為」と述べられただけで、そのような行為を行っていない被告を何としてでも有罪にするという意図が見て取れます。

冒頭意見陳述では、検察側からの攻撃をもろともせずに、被告自らが、「これは反天皇制闘争総体への弾圧であり、全くのデッチ上げだ。今後も不退転の決意で闘う」と力強いアピールがありました。

この意見陳述の最中、検察は「彼の意見内容は、今日の法廷とは何ら関係がない」などと、被告の意見を押し潰そうとする一幕もありました。被告が自らの意見を自由に述べることは、法的な当然の権利としてあり、これの圧殺は、これまでの警察

—検察一体となった攻撃的姿勢を如実に示していると言えます。また、傍聴席からの彼を支持する声や、やむにやまれぬ怒りの声に対しても、裁判長自らが、退廷命令をふりかざして制止する場面もありました。

被告は今尚、勾留されており、これで4月29日から約2ヵ月もの間、とらわれていることになります。弁護士を通じての保釈請求も却下され続け、先日出した請求は、地裁にて、一旦は認められたものの、検察側は大阪高裁に抗告し、現在、高裁にて審理中です。これは、被告に対し、長期勾留を強いることにより、精神的、肉体的に苦痛を与えるものであり、「刑の先取り」であると考えます。又、我々の側の立証作業への妨害行為でもあり、我々は断乎、これを糾弾します。

次回の公判は7月11日、京都地裁15号法廷にて行われます。大阪高裁への抗告をはねのけ、被告を早期に奪還し、無罪を勝ち取るその日まで、全ての皆さんの物心両面での支援と注目をよろしくお願いします。

1986.7.22

此春寮朝鮮問題研究会通信（文責：三浦）

冒頭に寄せて

外国人登録法、指紋押捺問題をめぐる集会で、ある人はこのように語った。「指紋押捺問題は、日本人と朝鮮人の間に横たわる問題の氷山の一角に過ぎず、水面下には更に数倍も大きな塊が存在する」、この言葉に示されるように一口に朝鮮問題と言ってもその内包するものは広くまた大きい。在日朝鮮人の人権の問題や就職差別の問題、南北分断の現状、そして韓国で高揚する民主化の闘いなど枚挙に暇がない。これらは一体何に起因するか？　このことを朝鮮問題に関わる中から探っていきたい。

そして、冒頭の問題設定に「我々にとって」という文節を加えると、先述の問題と我々との関わりの中である程度の回答を準備することができるのではないか。

現在の民族分断の状況、更に民衆弾圧、日本国内に住む在日の人々の姿、これらは日本帝国主義による朝鮮植民地支配に象徴される日本と朝鮮の歴史的経緯にその因を持つ。このように考えると、日本と朝鮮の問題について考えていくことは、我々の住む日本という国を見つめ返すことに他ならない。これは何も朝鮮に限られるものではないにせよ、朝鮮以外の国と日本との関係を見るのとは異なった側面を見ることができると思われる。

つまり、我々にとって朝鮮問題とは、我々の住む日本を問い、「繁栄」の裏に存在する影の部分を見つめるものとしてあるのである。

今期の朝問研の大きな3つの柱

①個々人の日常的な学習をもとに寮内学習会を行ってゆく。

②情勢に沿った情宣活動を追求する。

③同志社大学日韓連帯連絡協議会に参加し、学内の朝鮮問題に対する関心を喚起する。

後期は、朝鮮の歴史学習会、オープン・ハウス企画を軸に活動していきたいと考えています。

（新聞報道より　7.15日本経済新聞）

いま マレーシアで　世界女性事情　慣れぬ工場生活に不満も

一九七〇年代に始まる急速な工業化は、マレーシアのカンポン（村）に住む若い女性を賃金労働者としてさまざまな工場に送り出した。彼女らにとってカンポンから工場への移動は、経済的な自立への道を開いた。と同時に、彼女たちを多くの問題に直面させることにもなった。

これらの工場の多くは外資系で、そのなかの花形産業が電子産業だ。工場内はBGMがながれ、清潔でエアコンがきいている。寮、食堂、医療施設、スポーツ施設などが完備している。

労務管理の方法は非常にたくみで、美人コンテスト、ダンスパーティー、料理教室、メーキャップ教室などがそろっている。いずれも“女性らしさ”を強調しているのが特徴だ。こうした外資系の工場で働く女性労働者は、たちまちジーンズとかダンスパーティーとかメーキャップという新しいライフスタイルを身につける。

彼女たちは八時間労働で、一日三回シフトで深夜業もまわってくる。仕事の内容は顕微鏡を見ながらの細かい手作業。極度の集中力、緊張を強いる。彼女らは化学薬品の臭気になやまされながら、ノルマをこなしていかなければならない。

健康問題のほかに、低賃金や、いつ一時帰休や解雇の対象にされるかわからないという不安がつきまとう。労働組合活動を禁止しているところもある。電子産業で働く女子労働者は離職率がかなり高い。このような状況の中で、どこにも訴えることのできないという不満、不安は、ある日突然爆発するケースが目立つ。

Ａ工場では一人の女子労働者が、顕微鏡の厚いレンズの中に母親の顔を錯覚して悲鳴をあげた。そしていすから転がり落ちて床をのたうちまわった。その悲鳴が工場中に波のように伝わり、女子労働者は一瞬にして集団ヒステリー、いわゆるアモックの状態に陥った。

工場は操業を中止せざるを得なくなり、医者、心理学者、はてはボモ（呪術師）が呼ばれる。アモックは伝統文化が強く残るマレーシア社会では昔からしばしば起こっている。これが電子工場だけでなく、他の工場でも起きている。カンポンという伝統的な環境から新しい環境へ適応する過程での、女子労働者の自己防衛か、あるいは劣悪な労働条件の中で管理された労働に対するマレーシア式の抗議行為なのであろうか。

（早稲田大学教授 N・M）

1986.7.26

（新聞報道より　7.26毎日新聞）

『戦後教育に“ゆがみ”』　首相と文相　改革へ認識一致

中曽根首相は二十五日午後、主要閣僚との“対話”の一環として藤尾文相と官邸で会談し、席上「占領以来四十年間の教育はゆがめられており、本来のものに据え直すことを考えるべきだ」との認識で一致した。また首相は文相に①教科書検定審議会に国際的視野をもった委員を増員する②国立大学の遊休資産を売却し、古い研究施設を更新するための財源に充当する③六十四年度入試から実施予定の大学新テストについては、できるだけ選択の幅を広くして自由化の方向で行う―の三点を指示、首相が中曽根政治の総仕上げとして選挙戦で公約した教育改革は新内閣のもとで新たなスタートを切ることになった。

首相と文相の会談は約二十五分間にわたり、冒頭、文相が「これからの教育改革で考えねばならぬのは国際化であり、世界に通用する教育でなければならない」との持論を強調。また戦後教育の評価について「ゆがめられているので、時期を失せず、本来のものに据え直す」との意見を述べたところ、首相は「大賛成だ。よろしくお願いします」と全面的に同意した。文相は、終了後の記者会見で「教育が回復すべき本来の姿とは何か」との質問に対して「一つは世界に開かれていること、もう一つは日本の二千年の伝統の中でよきものは子孫に伝えていかねばならないという基本的な認識だ」と強調。さらに「よきもの」の内容として「道徳教育」を挙げ、「道義が乱れている。親と子の秩序、しつけがみんな無視されている」との認識を示したが、具体的な政策については「憲法に合致するかどうかをイグザミン（検証）しながら細かく積み上げる」と慎重に答えた。

一方、教科書検定審議会の委員増員について文相は、背景に「日本を守る国民会議」編の高校日本史教科書問題があることを認め「首相は教科書検定審議会の中に国際的視野を反映できる委員はいないのではないかと言っていた。そうであれば直ちに補完するのは当然であり、さっそく事務次官に指示した」と述べた。

1986.7.29

（新聞報道より　7.29毎日新聞）

藤尾文相の教科書発言　靖国公式参拝にも波及　経過を近く韓国に説明　「誤解」で収拾の意向

藤尾文相の歴史教科書をめぐる発言が韓国で大きな反響を巻き起こした問題で政府は二十八日、文相自身が同日の記者会見などで「発言の趣旨が違う。（韓国の反応は）誤解に基づくものだ」と説明、また問題の発端となった二十六日付のサンケイ新聞の記事を同新聞社が削除するとの社告を掲載したことなどから、これらの事実経過を近く韓国政府に説明し、了解を得たい考えである。だが、同時に今回のてんまつは同日選圧勝後の中曽根政権の政策を注視する韓国国民のデリケートな感情を浮き彫りにしたものといえ、今年の終戦記念日に靖国神社を公式参拝するかどうかをめぐって苦慮する首相の判断に新たな材料を提供したとみることができそうだ。文相発言をめぐる今回の“事件”の経過をふり返ってみると。

◇真相◇

韓国側が問題としている二十五日の文部省記者クラブでの藤尾文相会見のうち、教科書問題に関する一問一答は次のようなものだった。

― あの問題（教科書問題）自体についてはどう思うか。

藤尾文相「だから、そりゃもう済んでるんでしょ？」

― 行政サイドとしてはね。

文相「そうでしょ？　済んでるんならですよ、これからもうそれ以上のことはないんですから、結末つけてんですから、それでいいじゃないですか」

― では、そのうち感想を聞かせて下さい。

文相「そんな大した感想のあるもんじゃないでしょう。そんなものは、大体わかる、それは、読まなくても。だからさっき申しあげたようにですよ。それでは文句言ってるヤツは世界史の中でそういったことをやったことはないのか、ということを考えてごらんなさい。だから、こっちも認めることはいいんですよ。相手にも認めてもらわにゃ困るじゃないですか。当たり前のことじゃないですか」

問題は「文句を言ってるヤツ」とは何を指すのかの点であり韓国、中国を指すというのが韓国側の認識であろう。

◇文相の説明◇

これに対し、藤尾文相は二十八日の記者会見で「世界史の中で一番端的な例としてはアヘン戦争がある。西欧の中国やアジアに対する侵略がある」などと述べ、二十五日の発言は第二次大戦以前の日本と韓国、中国との関係を念頭においたものではないとの見解を強調した。

これは一見苦しい言い訳のようにも聞こえるが、冒頭に紹介した二十五日の記者会見の本題が「中曽根首相が教科書検定審議会に国際的視野を反映できる委員を補充するよう指示し、文相も了承した」ことを公表する点にあったこと、また会見の中で文相は米国の占領政策の一環としての戦後日本の教育政策を批判、さらに東京裁判を批判しながら世界史上における一般的な意味での侵略の歴史などに言及したくだりがあり、問題の発言自体がこれに呼応するものと言えなくもないこと―などから、説得力はある。

◇訂正記事◇

一方、韓国の新聞が藤尾発言の根拠としたのは、「文句を言ってるヤツ」のくだりのみを報じた二十六日付のサンケイ新聞だが、同新聞社は二十七日付朝刊に「藤尾発言では中国、韓国の国名には言及していなかったので、見出しと記事のその部分を削除します」との社告を掲載した。

◇靖国問題◇

今年の終戦記念日に靖国神社を公式参拝すべきかどうかで苦慮している中曽根首相としてはこの経過を韓国政府に説明して事態を収拾したい意向と見られる。首相がそうだから、というわけではなかろうが、文相も二十八日の会見では強気一点張りとも見える主張を展開する一方で、「日本のアジア進出が侵略であるのは明らか」「言葉の上で正確に言わねばいけなかった」など説明をつけ加えている。

◇今後◇

韓国政府は、日本政府の公式説明を待って対応する構えだが、日本政府首脳は二十八日、この問題がこじれて両国関係をそこなう恐れは少ないとの見解を示した。これは日本政府の調査やサンケイ新聞が、記事を訂正したことにより、韓国の新聞などの反応が誤った情報に基づくものであったことが裏付けられたとの認識によるもの。この説明で韓国側が納得するかどうかはまだ予断を許さないが、文相の方は「記者会見での発言は慎重にしたい」ともらしており、少なくとも文相自身の言動で、これ以上に事態がこじれることはないと見てよさそうだ。

（新聞報道より　7.29京都新聞）

中国も藤尾発言非難　背景調査中　正式に抗議か

【北京二十八日共同】中国政府当局筋は二十八日、藤尾文相の教科書問題に関連する発言内容について「暴言であり、非常に遺憾である」と言明した。当局筋は藤尾発言の背景などを調査中であると述べ、近く正式に抗議する可能性を示唆した。

一方、別の対日関係筋は、藤尾発言は対中侵略の歴史をわい曲した今回の教科書問題を全く反省していないもので侮辱的である、と非難した。

中国は、問題になった「日本を守る国民会議」の教科書の修正結果に「満足できない」としつつも「日本政府の努力」を評価する外務省スポークスマン談話（十六日）を発表し、それ以降は日中友好を重視する立場から対日批判を抑制していた。
しかし「文句を言っているやつは、世界史の中でそういうこと（侵略）をしたことがないのか」という藤尾発言は政府の文教政策のトップが自ら「居直った発言」（中国筋）であり、日本側の対処の仕方いかんでは対日批判が再燃しかねない情勢となった。
中国は藤尾発言のうち「文句を言っているやつ」という部分だけでなく、極東国際軍事裁判を否定するかのような内容にも強く反発しており、教科書問題での対日批判抑制の方針を変更せざるを得ない局面もあるものとみられる。

1986.7.30

救援会会議へ向けて（文責：三浦）

「4.29通信第２号」の内容

通信は救援会、被告と支援会員（支援してくれる人全て）をつなぐものとしてあり、これにより公判への注目を喚起させるものである。その内容は大枠　①公判へのよびかけ（方針・展望）　②公判を終えて（まとめ）　③支援会員（団体）の声　④会計報告　⑤その他 になろう。

• 第２号の内容

(1)　冒頭に寄す（はじめに）
(2)　第１回、第２回公判のまとめ
(3)　第３回公判への展望（反対尋問に向けて）と呼びかけ
(4)　記者会見、8.1集会などのこの間の動き（声明文の転載など）
(5)　支援会員への加入のお願いと会計報告、お礼

(6) 他団体（個人）からの寄稿

• 通信の活用

基本的に公判前には他団体（自治会・サークル・寮・他大学）へ呼びかけを行うが、その際、ビラなどと併せて、提起の文書の一つとする。又、支援会員には会費徴収の引き換えとして配布する。署名してくれた教職員、活動家の人たちには定期的に郵送する。

• 発行の時期

月一回の発行を原則とする。尚、通信第3号は第4回公判(9.12)前までに、通信第4号は第5回公判（10.17）前までに作成する。

（新聞報道より　7.30朝日新聞）

政治犯の一部釈放 韓国 金氏の赦免ムリ？　与党代表委員野党に表明

【ソウル二十九日＝田中特派員】韓国の与党、民主正義党（民正党）の盧泰愚代表委員と野党第一党、新韓民主党（新民党）の李敏雨総裁は国会に設置された憲法改正特別委員会が初会合を開く三十日を前にした二十九日、国会内で会談し、「年内改憲」の実現に向けて与野党とも最善を尽くすことを約束した。盧代表委員は新民党が要求している政治犯の釈放問題について「八月十五日の光復節（独立記念日）に一部、仮釈放があると思う」と語った。

盧代表委員は釈放の規模については具体的に明らかにしなかったが、政府系の夕刊紙、京郷日報が二十九日、報道したところによると、新民党が釈放を要求している八百五十人の政治犯のうち百人前後になりそう。しかし、金大中民主化推進協議会（民推協）議長の赦免、復権問題については、民正党の鄭順徳事務総長が二十九日、「本人の反省、改悛（かいしゅん）の情が先」と語っており、今回の措置には含まれない見通しだ。

また、盧代表委員はこの日の会談で、①昨年十二月の定期国会での予算案の単独採決をめぐる混乱で暴行などの容疑で起訴された新民党の七議員については政府がまもなく公訴取り下げなどの措置をとる②今年九月、ソウルで開かれるアジア競技大会の期間中は政争をやめよう—などと語った。

1986.8.1

（新聞報道より　8.1朝日新聞）

金氏２人が首相に書簡　教科書是正を要求

【ソウル三十一日＝田中特派員】韓国の在野団体、民主化推進協議会（民推協）の金大中、金泳三共同議長は三十一日、日本の歴史教科書問題と在日韓国人に対する指紋押捺（おうなつ）問題に関する書簡を在韓日本大使館を通じて中曽根首相に送った。韓国の野党勢力の指導者である両氏が日本の首相に書簡を送るのはこれが初めて。

両氏は中曽根首相あての書簡の中で、教科書問題については「お互いに正しい歴史観に立って問題に対処すべきだ」と主張。誤った記述については是正するよう要求した。また、指紋押捺問題については「人権」の立場から制度自体の撤廃を求めた。

「外国の干渉排せ」靖国参拝や教科書問題　自民若手が同志会

靖国神社への公式参拝問題や教科書問題など、中国や韓国からの対日批判が続いている中で、自民党の若手を中心とする衆参両院議員十八人が三十一日、衆院第一議員会館に集まり、「国家の自主独立を守るため、外国からの不当な干渉を排すべきだ」として、「国家基本問題同志会」を結成した。自民党内にはこうした反発が前々から一部にくすぶっていたが、集団的な形で表面化したのは初めて。当面、政府や党三役に靖国公式参拝の断行を申し入れるほか、教科書問題では場合によって外国にも説明に出向くとしているが、藤尾文相発言問題に続く同会の結成は、両国の反発を一層強める可能性もありそうだ。

この同志会は亀井静香氏（安倍派）を座長に、衆院では当選三、四回生が中心で、各派から参加。設立趣意書は「真の国際協調のためには相互不可侵、自主独立の原則が前提だが、昨今の我が国に対し、外国から靖国神社公式参拝・教科書問題等、国家の存立に直接抵触する干渉が、継続的に執ように行われている」とし、政府に対し「長期的視野に立った的確な対応を求める」としている。

会合のあと記者会見した亀井氏は「国家主権に対して極端な干渉が起きているのに、政府はきちんと対応していない」と批判した。

1986.8.3

今のこの時が永劫のものであるかのような気がする。しかし、そんなことは決してありえず、人は時の変遷の中でその人生を送り、やがて去ってゆく。人はその足跡を刻み、人の心の中に宿り、それだけを残し、旅立ってゆく。

1986.8.11

（新聞報道より　8.11京都新聞）

押なつ1回限りに　法務省、改正案作り検討

法務省は次期通常国会への法案提出を目指し、外国人登録法の改正案作りを進めているが、十日までに検討内容が明らかになった。

それによると①指紋押なつは生涯一回限りとする②あるいは、外国人登録証の更新期間を現行五年から十年程度に延長する—というもの。今後、改正に伴う弊害など、あらゆる面から検討を加える予定だが、特に指紋押なつ一回限りが実現すれば、韓国政府などが主張する外国人登録制度の見直し要求にかなり配慮したものとなる。しかし、法改正に当たっては法務、外務、自治、警察の関係四省庁による協議が必要。このうち警察庁が、在日外国人の適正管理が治安維持に直結する—との立場から、大幅な法改正に反発するのは必至とみられることから、改正内容はなお流動的である。指紋押なつは、十六歳以上の在日外国人が新規外国人登録を初めて行う際に求められ、以後、登録証を五年ごとに切り替える度に義務付けられている。

指紋押なつの必要性について法務当局は、外国人の身分事項は日本人ほどはっきりしていないため、登録者と登録証携帯者が同一人物であるかどうかを確かめる最も科学的な方法だと主張。「指紋に代わる有効な確認方法が見つからない限り、押なつ制度の全廃はあり得ない」（法務省筋）として、部分的な手直しに含みを残してきた。

在日外国人の間には、せめて指紋採取を一回限りにできないか—という要望が強く、今回初めて正式な検討課題として浮上した。

法務省は、押なつ一回限りなどの大幅な法改正実施の前提として「外国人登録制度全体がぐらつくことのないよう、補強手段を講じなければならない」（同）としている。具体的には①指紋採取の時に使う無色薬液（現在使っている薬液の保証耐用年度は約十年）の開発②偽・変造防止のため、登録証のカード化③指紋読み取り装置の導入―などで、さらに本人かどうかを確認するため、登録証にサインを自己記入してもらうことも補強手段に挙げている。外国人登録法はこれまで計九回、改正された。前回は五十七年八月で登録証の切り替え時期を三年から五年に延長。また、昨年七月には指紋採取方式を回転式から固定式に改めた。

1986.8.24

（新聞報道より　8.24朝日新聞）

韓国与党が大幅人事　全斗煥氏の後継に盧泰愚氏浮上　改憲問題にらんだ布陣

【ソウル二十三日＝田中特派員】韓国の与党、民主正義党（民正党）は二十三日、大幅な役員刷新を行った。これは八八年二月に任期の切れる全斗煥大統領の後継者として同党の盧泰愚代表委員を大きく浮上させたといえる。今回の党人事はもともと盧代表委員の主導下で進められたうえ、党の要職はほぼ同氏の側近で固められた。民正党の沈明輔スポークスマンは発表にあたって、次期政権について「盧中心体制」と初めて具体的に言及した。しかし、今後、秋に向けて野党との間で改憲問題をめぐる話し合いは難航が予想され、「盧泰愚後継体制」の完全確立までにはまだいくつかの波乱がありそうだ。

　民正党の発表によると、今回の人事は民正党総裁を兼ねる全大統領に次ぐナンバー2の位置にある盧泰愚代表委員を留任させたうえ、その他の要職をほぼ全面的に刷新した。党三役のうち、日本の自民党の幹事長にあたる事務総長には李春九議員、国会対策委員長にあたる院内総務には李漢東議員（元事務総長）を新任、政調会長に相当する政策委議長には張聖万議員が留任した。

全斗煥大統領と陸士同期で、七九年の「一二・一二」クーデターを起こした盧泰愚氏が、全大統領の後継者として脚光を浴び出したのは今年四月、全大統領が欧州四カ国訪問を終えて帰国した後から。青瓦台（大統領官邸）を訪問した盧代表に対して全大統領は、今後の党主導の政局運営を強調するとともに、盧代表に党運営の幅広い裁量権を与えたといわれる。

新しく起用された党三役のうちでも李春九事務総長は、かつて盧泰愚内相—李内務次官でコンビを組んだ仲。また、院内総務に起用された李漢東・元事務総長は事務総長在任中から盧氏と親しく、今後の改憲の話し合いをにらんだ布陣とみられる。

1986.8.26

（新聞報道より　8.26毎日新聞）

指紋押なつ制、管理上必要　控訴審でも合憲　東京高裁判決

指紋押なつを拒否し、外国人登録法違反に問われた在日韓国人の団体役員、韓宋碩被告（五八）に対する控訴審判決公判が二十五日、東京高裁刑事九部で開かれ、内藤丈夫裁判長は「指紋押なつ制度は在留外国人の公正な管理のための必要かつ合理的な制度で、憲法には違反しない」として、罰金一万円の一審・有罪判決を支持、韓被告の控訴を棄却した。判決理由で同裁判長は指紋について「通常から人目に触れられるもので、人の人格・思想などとは結びついていない」と述べ“表層性”を強調、プライバシー保護の対象として扱うこと自体に否定的見解を示した。全国の指紋押なつ拒否裁判の中では初の控訴審の判断。韓被告は上告の方針。

内藤裁判長は「国家による個人の指紋の採取、保有及び使用は、それが正当な行政目的を達成するために必要かつ合理的である限り、憲法一三条に違反しない」と判断した。

そのうえで同裁判長は①指紋押なつ制度は在留外国人の居住関係・身分関係を明確にして、その公正な管理に資する（役立てる）のが目的。同一人性識別の手段として客観的、確実な手段で、必要かつ合理的といえる②指紋は通常人目に触れるもの。それが知られても、私生活のあり方、人格、思想、信条などが知られることにはならない—などの点を指摘した。

また、同裁判長は「外国人は国民と異なりわが国の構成員ではなく、外国人にだけ指紋押なつ制度を設けても法の下の平等を保証する憲法一四条などに違反しない」としたほか、一般の外国人とは歴史的背景が異なる在日韓国人・朝鮮人の法的地位についても「昭和二十七年の平和条約の発効によって日本国籍を喪失したと解しても憲法には違反しない」との判断を示した。

法務省によると、今月十一日現在の押なつ拒否者は全国で千三百九十人、このほか二百八十九人が押なつを留保し説得を受けている。これまでに三十六人が起訴（略式請求も含む）、十四人の罰金刑が確定、二十二人が裁判係属中。

1986.8.30

（新聞報道より　8.30京都新聞）

中曽根訪韓阻止を表明　延世大学総学生会

【ソウル二十九日共同】ソウルの延世大学総学生会は二十九日、来月二十日のアジア競技大会開会式出席のため中曽根首相が訪韓することに対し「日本保守主義の元凶、中曽根訪韓決死反対」と訴えた声明書を大学構内に掲示した。

今回の首相訪韓について、学生側が強硬な反対の態度を表明したのは延世大総学生会が初めて。

延世大総学生会関係者はこれについて「大学でデモなどを繰り広げていく計画だ」としている。

金大中氏を自宅軟禁

【ソウル三十日共同】韓国の反体制組織「民主化推進協議会」（民推協）の金大中共同議長は三十日午前七時から、警察当局により自宅軟禁された。

金大中氏の秘書によると、警察当局はこの日朝、金大中氏側に三十、三十一の両日「外出できない」と通告してきたという。

この両日には野党、新韓民主党（新民党）の釜山、水原各支部で大統領直接選挙制実現を目指す集会が開かれる予定。自宅軟禁措置は金大中氏がこれらの集会に参加するのを阻止するために取られた。

1986.9.3

（新聞報道より　9.3 京都新聞）

韓国学生運動活発化の兆し アジア大会阻止狙う

【ソウル二日共同】秋の新学期が始まったのに伴い、韓国の学生運動がアジア競技大会阻止や与野党による合意改憲反対を主要スローガンに掲げ、活発化する兆しを見せている。一部大学では「アジア競技大会阻止闘争委員会」を結成する動きもあり、政府側も学生らの競技場占拠など不測の事態に備えて警備を強化する一方、活動家学生らを軍隊に入営させるなどの隔離措置を検討している。

学生側は夏休み期間中も、大学内や街頭で再三デモを繰り広げてきた。特に学生運動が活発なソウル大、延世大、高麗大では「アジア競技大会阻止」のスローガンが「合意改憲阻止」や「米帝国主義は出て行け」などのこれまでのスローガンに交じって登場、漢陽大で先月十四日「アジア競技大会拒否」を決議するなど他の大学にも波及し始めている。

1986.9.6

（新聞報道より　9.6京都新聞）

復古調教科書　全国31高で採択　国公立含み、警戒の声

来春から使用される教科書の採択が全国的にほぼ終了したが、日本を守る国民会議（加瀬俊一議長）編集の高校日本史教科書「新編日本史」の採択状況が五日までに出版労連（愛知松之助委員長、一万人）の調査などで明らかになった。採択は国公立十二校を含め二十都道府県の高校、高専、養護学校三十一校で、総採択部数は約八千三百部となっている。

高校日本史の需要は全国で約百三十万部といわれ、採択率は一パーセント未満だったわけだが、これまでと全くトーンが異なる教科書が学校現場に登場することについて出版労連などは「社会科学的な歴史を否定する復古調の先取り的教科書としての意味合いは大きい」と警戒しており、文部省の教育課程審議会での歴史の「教科としての独立」の動きと絡み、波紋はまだ広がりそうだ。

高校教科書の採択は、小、中学校が採択地区に分かれて教科書を選ぶのに対して、事実上各学校ごとに採択する仕組みになっている。同労連などの調べによると、「新編日本史」の採択状況は、地域的な偏りはあまりなく全国的に広がり、採択部数は、国公立が千五百四十七、私立が六千七百七十四の計八千三百二十一部。

採択率がこの程度だったことについて、日本を守る国民会議では「文部省の異例の修正要求で検定作業が長引き、売り込み期間が短かった」と言っている。

『日韓合邦は正当』　藤尾文相雑誌発言 靖国で首相を批判

近く発売される月刊誌「文芸春秋」十月号で、藤尾文相が戦前の日本の朝鮮進出を「両国の合意に基づく日韓合邦である」と正当化しているのをはじめ、東京裁判の正当性に疑問を投げ掛け、さらに中曽根首相が今年八月十五日、靖国神社公式参拝を見送ったことを「外から文句をつけられたからといって、なぜやめなければならないのか」と批判していることが五日、明らかになった。

「文芸春秋」での文相発言は「“放言大臣”大いに吠（ほ）える」とのタイトルで、インタビューに応じる形で進められている。藤尾氏はまず問題となった先の教科書検定についての発言の真意を「侵略、侵略というが果たして日本だけが侵略という悪業をやり、戦争の惨禍を世界中にまき散らしたんだろうか。長い歴史のドラマの中の一点だけをつかまえてきて、それを歴史の基準だとする考え方は間違いじゃないか―」などと説明。

日本の犯した罪の一例である南京虐殺事件に対しては「日本の侵略の一番悪いところだと盛んに言われているのはいかがなものか」と反問し、その理由として殺りくの規模が不明であると指摘している。

さらに「日本の戦争行為は非常に悪質で、侵略の典型であると断罪を下すのは、あまりに結論を急ぎ過ぎていると思うし、とんでもない間違いを引き起こす危険をはらんでいる」と指摘している。

また教科書問題や靖国問題の「根っ子」には東京裁判があるとの認識に立ち、東京裁判を占領政策の一環として設置された「一種の暗黒裁判だ」と断じている。

また戦前の日本の朝鮮進出については「当時の日本を代表していた伊藤博文と、韓国を代表していた高宗との談判、合意といったものに基づく合邦」であるとして「侵略」との見方を否定している。

訪韓にも影？　首相ら影響を憂慮

藤尾文相の発言は、日韓および日中関係を根底から揺るがす内容を含んでおり、中曽根首相をはじめ政府首脳は外交問題にも発展しかねないと影響を憂慮している。特に日本の戦前の朝鮮植民地化を「歴史的背景があった」と正当化したことは韓国側を刺激するものとみられ、十日の日韓外相定期協議や二十日に予定される首相の訪韓にも暗い影を落としそうだ。

藤尾文相は五日、「発言には責任を持つ」と語っているが、十一日召集の臨時国会でも野党から責任を追及される見通しで、進退問題にも発展しかねない厳しい情勢だ。

政治家として述べた　日韓併合正当化で文相

藤尾文相は六日午前、月刊誌「文芸春秋」十月号の中で日韓併合を正当化するなど持論を展開したことについて「まだまだだ。これからどう（反応が）発展していくのか」と述べるとともに「（中曽根首相も）当然心配するだろうが、文相としてではなく政治家として述べた」と説明した。

1986.9.7

（新聞報道より　9.7京都新聞）

文相発言　事態を憂慮　外務省 首相訪韓に影響

藤尾文相の月刊誌での発言が日韓間の外交問題に発展したことについて、外務省はこのまま事態が放置されれば、十日に崔侊洙外相を東京に迎えて予定される第一回日韓外相定期協議の開催が難しくなるだけでなく、二十日からの中曽根首相の訪韓にも大きな影響を与える、として事態を憂慮している。

最近、日韓間では教科書問題とそれに絡んだ藤尾発言、皇太子ご夫妻の訪韓延期などが続いた。外務省は外相定期協議と、これに続く首相訪韓を関係修復への第一歩と位置付けていたが、その矢先の藤尾発言問題に、同省首脳は六日午後、「極めて政治的な事柄だけにコメントは差し控えたい」と述べ、事態収拾は中曽根首相はじめ、政府、自民党首脳による政治判断の段階にきたとの認識を示した。

藤尾発言に対し韓国側はソウルと東京で日本政府に事実関係の確認を求めてきた。東京では在日韓国大使館の李祺周公使が藤田外務省アジア局長と会談した席で、「国交正常化以来、最も重要な事件」と指摘した。

これについて政府筋は「韓国側は外相定期協議の見送りを示唆したものではないか」と受け止め、日本政府のトップが早急に解決策を打ち出さない限り、崔外相の来日は実現しない場合もある、としている。そうなれば、中曽根首相の訪韓への影響は必至。

特にそれほど表面化していなかったものの、韓国内には「中曽根訪韓反対」の動きがあっただけに政府は藤尾発言がそうした動きに火をつけかねないことを懸念している。

1986.9.8

（新聞報道より　9.8京都新聞）

藤尾文相が辞意「日韓併合」正当化発言　対外関係など配慮きょうにも首相に表明

日韓併合や南京虐殺をめぐる月刊誌インタビュー発言が問題となっていた藤尾正行文相は七日、所属する安倍派幹部との会談で、事態収拾のため辞任の意向を示した。文相は八日にも中曽根首相に対し、辞意を正式に伝える見通しだ。この結果、韓国、中国両国の反発から外交問題に発展、二十日からの中曽根首相訪韓にも悪影響を及ぼすことが懸念されていた文相発言問題は、文相辞任により一両日中に決着する公算が大きくなった。

藤尾文相は、これまで「大臣としてではなく一政治家として持論を述べたもの」と発言の正当性を主張、陳謝や自発的辞任を拒否する構えをとってきた。しかし七日、安倍派研修会の開かれている群馬県・水上高原で安倍自民党総務会長、福田元首相と協議した席上「自分のことであり自分で決めたい。（派に）迷惑を掛けるようなことはしない。日韓関係はよくしていきたい」と述べ、事態収拾のため自ら辞任することもあり得るとの姿勢を示した。

また中曽根派会長の桜内元外相も、同派研修会で「十一日までに善処されるだろう」との見通しを明らかにした。

文相発言について韓国政府は七日、盧信永首相を中心に緊急対策会議を開いた結果「発言は韓日併合を正当化しようとする歴史的わい曲」との認識で一致、外交ルートで強硬に対処していくことを決めた。東京六日発の中国新華社電も「文相は軍国主義者が犯した犯罪行為を否認した」と文相を非難した。

このため現状のままでは、日韓外相定期協議が予定通り開かれるかどうか危ぶまれ、さらに二十日からの中曽根首相訪韓にも影響が及ぶ見通しとなっていた。

また文相発言は、首相がことし八月、中韓両国への配慮から決断した靖国神社公式参拝見送りを公然と批判するなど、政府の方針と真っ向から対立している部分があり、十一日召集される臨時国会で野党側の攻撃を受けるのは必至だ。

こうした情勢から、政府・自民党内でも、文相が辞任しない限り事態収拾は困難との見方が一段と強まっていた。

安倍、福田氏と対応協議「自分で決断」

藤尾文相発言問題で、自民党安倍派の安倍総務会長と福田元首相は七日、群馬県・水上高原のホテルで開かれている同派の研修会会場で、藤尾氏から事実関係について説明を求める一方、藤尾氏も交え善後策を協議した。

この中で、藤尾氏は「今回の問題は自分から出たことであり、自分の事については自分で決めたい」との考えを表明、事態の推移によっては自ら辞任することもあり得ることを示唆した。

協議は研修会を挟んで午前、午後の二度にわたって行われた。藤尾氏はこの中で①今回の発言問題は自分から出た問題であり、自分のことについては自分で決めたい②安倍派や前外相の安倍総務会長、日韓議連の会長でもある福田元首相らに迷惑を掛けるようなことはしない③ただ、自分としてはこうした問題が起きたにせよ、日韓関係をさらに前進させなければならないとのこれまでの考えといささかも変わりがない―との考えを説明。安倍氏らも基本的に了承した。

強硬対処で一致　韓国が緊急対策会議

【ソウル七日共同】韓国の盧信永首相は七日、日韓併合に関する日本の藤尾文相発言につき緊急対策会議を開き、崔侊洙外相、孫製錫文相、李雄熙文化公報相らと協議した。

会議では、藤尾文相の発言を「韓日併合を正当化しようとする歴史的わい曲」とする点で一致、外交ルートを通じて強硬に対処していくことを決めた。

新華社も非難報道

【中国通信＝共同】東京六日発新華社電は、藤尾文相が「文芸春秋」十月号に談話を発表、日本軍国主義が起こした侵略戦争のために弁解し、軍国主義者が侵略戦争で犯した犯罪行為を否認した、と非難した。

1986.9.9

（新聞報道より　9.9京都新聞）

藤尾文相を罷免　発言問題　後任には塩川氏（安倍派）　首相対外修復に全力

中曽根首相は八日夜、藤尾文相を罷免した。月刊誌での日韓併合や南京虐殺をめぐる文相発言が韓国、中国の強い反発を招き、外交問題に発展したが、責任問題で文相が自らの辞任を固く拒否したため、異例の強硬措置をとったものだ。後任の文相には藤尾氏と同じ自民党安倍派から塩川正十郎元運輸相が起用された。認証式は九日、天皇陛下がご静養している栃木県・那須の御用邸で首相が侍立して行われる。政府は事態収拾に当たり、「韓国、中国に遺憾の意を表する。政府の外交の基本姿勢にいささかの変更もないことを明らかにし、今後とも近隣諸国との友好増進のため、一層の努力を維持していく」との後藤田官房長官談話を発表、韓国、中国との関係修復に全力を挙げる方針を示した。

これにより藤尾発言問題は一応の決着をみたが、首相が政権続投に入る矢先の事件でもあり、衆参同日選挙で大勝したとはいえ中曽根政権の前途多難ぶりをうかがわせた。戦後、罷免された現職閣僚は昭和二十二年の平野力三農相（片山内閣）、二十八年の広川弘禅農相（第四次吉田内閣）に次いで、藤尾氏で三人目。

首相は八日午後八時前、首相官邸に藤尾文相を呼び「これだけ国際的な問題になっているので辞表を出してほしい」と辞任を求めた。しかし、藤尾氏が「辞表を出せば自分の考えを否定することになるので出せない」とあくまで拒否したため、最終的に罷免を決断。

この後首相は金丸副総理、後藤田官房長官、自民党三役を招き、「文相罷免」の考えを伝えた。また、この席で対外的配慮から官房長官談話を出すことが決定した。

官房長官談話は、藤尾発言を「日本がさまざまな機会に表明してきた戦争への反省と、その上に立った平和への決意、近隣諸国との友好的かつ良好な関係の維持強化を図るとの日本外交の基本政策について無用の疑惑を生ぜしめたもので甚だ遺憾である」と戒め、文相罷免を内外に表明している。さらに従来の外交姿勢に変更がないことを明確にしており、政府はこの官房長官談話を韓国、中国政府に伝えることにより、理解を得ることにしている。

首相は罷免という強硬措置をとれば今後の政局運営に支障を来すとの考えから、藤尾氏が自ら辞任するよう促した。しかし、藤尾氏があくまで辞任に抵抗したため、罷免に踏み切ったもので、こうした決着は今後に尾を引くことは必至。首相は内外両面で厳しいかじ取りを迫られそうだ。

1986.9.11

（新聞報道より　9.11京都新聞）

韓国でアジア大会反対デモ

【ソウル十日共同】韓国の高麗大、釜山大など各地の十二大学で十日、計約二千四百五十人の学生が「アジア競技大会反対」や反米、反政府スローガンを叫びながらデモを繰り広げ、機動隊と激突した。

アジア競技大会を二十日に控えて「アジア競技大会反対」を中心スローガンに掲げる学生運動は激化する一方で、学生側は漢陽大、延世大に続き、この日も西江大、東国大で大会阻止闘争委員会を結成した。

1986.9.12

（新聞報道より　9.12京都新聞）

藤尾発言 首相、韓国に陳謝　崔外相と会談　関係修復を強調

第一回日韓外相定期協議のため来日した韓国の崔侊洙外相は十一日午後、首相官邸に中曽根首相を表敬訪問し、藤尾前文相発言問題を中心に約三十分間会談した。この席で中曽根首相は、藤尾発言について「藤尾文相の不始末があって申し訳ない、おわび申し上げる」と述べ、韓国に対し陳謝の意向を表明した。日韓両国間では日本側が藤尾前文相を罷免し、遺憾の意を表明した官房長官談話を発表したことで外交上の決着はみている。その中で、首相が「遺憾」から一歩踏み込んで「陳謝」したのは①藤尾発言が韓国の国民に根強い反日感情を呼んだ②二十日からの首相自らの訪韓が控えている―ことを配慮したためとみられる。

中曽根首相は藤尾問題の処理に当たっては自ら陣頭に立ったことを強調し「韓国の国民感情はいえていないと思う。今後とも誠心誠意友好・親善に努め、傷の回復に努めていきたい」と述べ、日韓関係の修復に臨む強い決意を表明した。

これに対し崔外相は、全斗煥大統領からの「総理が取られた措置は明快な政治的決断として受け止めている」とのメッセージを伝える一方、「韓国内には依然として傷が残されているので、日本は細心の注意を払いつつ、これを念頭に置きながら対処してもらいたい」と述べ、日本側に対し慎重な言動を取るよう重ねて要請した。

首相は「韓国側の気持ちはよく分かる。仮に自分たちが韓国の立場に立てば激高するだろう。残されている傷はわれわれの責任で修復していく」と強調した。

竹島領有権でまた対日批判　韓国与野党、一斉に

【ソウル十一日共同】ソウルの夕刊各紙は十一日、東京で十日開かれた日韓外相定期協議で、日本側が竹島（韓国では独島と呼ぶ）の領有権を主張してきたと一面トップなどで大きく報じた。これについて与野党三党は「日本が今後も独島の領有権を主張してくるのであれば政府は韓日外交関係断絶をも検討すべきだ」（野党新韓民主党＝新民党）などと一斉に強く反発している。

有力夕刊紙、東亜日報は「日、妄言に続き“独島領有権”主張」との見出しで一面トップで日韓外相定期協議を報じた。

同紙によると、韓国外務省筋が同協議結果を報道陣に説明した中で、日本側は竹島領有権問題を取り上げたと明らかにした。

1986.9.15

信ずるのは自分のみ、ではなく、自分を信じることはただ単に必要なことである。自分の経験から学んできたこと、自分の五感で感じてきたこと等を自分の判断の礎としながら、自分の思いを語りたいと思う。しかし、今、自分にはそのような判断の礎があるのかという焦りにも似た思いが走り抜ける。自分の目で見たいのに、自分の頭で考えたいのに、何も映りはしないし、何も考えられはしない。

一つ一つにこだわりを持ち、そのこだわりの中から、その物事の、その諸関係の本質を探る作業を行わなければならない。

サッカー、何故、今もやっているのか？　何故って？　心の底にやりたいという気持ちがあるからだ。これまでサッカーをやってきたことを後悔するか？　断じて否である。時に、サッカーが自分の勉強（狭義で）を怠らせたり、自分を時間的に制約させたこともあった。しかし、サッカーをやることによって、「部」という集団に属することになり、集団に属することによって学ぶことができた無形のものがある。これは他の何ものにも代えがたい。表面ではわからない無形のもの。素晴らしいもの。寮の作業の関係で苦しい時期となることは容易に想像できる。しかし、中学から続けてきたのである。サッカーとの格闘。残りあと3ヶ月……。

映画や文学は頭の体操になる。映画はある時間内に、文学は自分が読みたい時に。映画を観る時は、その映像の流れを止めることはできない。文学は読もうとする意志が必要とされる。

今やらなければならないこと、そのようなものがあるとすれば、それを今、頑張らなければ。今、やろうとしていること。刑事訴訟法の勉強。公判運営などを学び、「4.29被弾圧者を救援する会」の活動に活かしていく。「朝鮮問題研究会」を内容豊かなものにする。そのためには一人一人の勉強が必要。英語、仏語、聞ける、読める、話せるべく努力しよう。

今、大学3回生であるが、音楽は「安全地帯」が好きである。彼らの曲は演歌だ、という意見があるが、もしそうなら、それ故に、彼らの歌が好きなのだ。寮内に屈託のない笑い声が響くのは、たぶん、いいことだろう。

ただ単に、見た、聞いた、だけでは何にもならない。それを見て、それを聞いて、何を感じたか、何を思ったか、このことが最も大切なのである。この時に発せられる言葉は、他の人には発することができない言葉となる。他人の言葉の受け売りほど人を無味にするものはない。文学、芸術、映画、サッカー……。この社会に魅力あるものは多々ある。勉強もしたい。自分なりに選択しながら頑張ってゆこう。これらの中から、自分の判断や感性で考えたこと、思ったことを一つ一つ蓄積してゆきたい。それをもって、寮内の相互討論、相互批判の第一歩としてゆこう。

寮という場は、自治への関わりにおいて、寮生一人一人、深浅があり、十人十色の断面で切ることができる。その切り口は、当然、各人の考えや思いを反映したものとなる。これこそが相互の討論の材料であり、前提としての条件となる。これをどう生ぜしめるか、が問題である。考える端緒は、すぐそこに転がっている。ほんの些細なことから一大事まで自分の頭で考える。重要なことだと思う。

1986.9.16

（新聞報道より　9.16京都新聞）

戦後日韓関係の年表

1945年　（昭和二十年）8月15日　第二次世界大戦終結。日本の朝鮮支配終わる。

48. 8.15　大韓民国樹立。

9. 9　朝鮮民主主義人民共和国（北朝鮮）樹立。

50. 6.25　朝鮮戦争ぼっ発。

65. 6.22　日韓基本条約調印、国交正常化。

69.11.21　佐藤・ニクソン共同声明、「韓国の安全は日本の安全にとって緊要」との韓国条項盛り込む。

71. 7. 1　佐藤首相、朴大統領就任式に出席。

73. 8. 8　金大中・前新民党大統領候補ら致事件。

11. 2　金鐘泌首相来日（金大中事件第一次政治決着）。

74. 8.15　朴大統領狙撃事件で陸英修夫人死亡。犯人は在日韓国人の文世光。国民葬に田中首相参列（8.18）。

75. 7.23　宮沢外相訪韓（金大中事件第二次政治決着）。

79.10.26　朴大統領暗殺。

80. 9. 1　全斗煥・前国軍保安司令官、大統領就任。
82. 8.26　外交問題に発展した教科書問題について、政府の責任による教科書是正を盛り込んだ宮沢官房長官談話発表。
83. 1.11　中曽根首相、現職首相として初めて韓国を公式訪問。全斗煥大統領との会談で対韓経済協力問題決着し、「日韓新時代」を樹立。
9. 1　大韓航空機撃墜事件。
10. 9　ラングーン爆弾テロ事件。
84. 9. 6　全斗煥大統領、国賓として来日。天皇陛下、戦前の植民地支配について「誠に遺憾」とお言葉。
85. 5.14　指紋押なつ、回転指紋方式から平面方式に変更。
8.15　中曽根首相、戦後の首相として初めて靖国神社公式参拝。
8.29　第十三回日韓定期閣僚会議で、韓国側は在日韓国人への指紋押なつ制度改善を重ねて要請。
86. 3.11　安倍外相、記者会見で、皇太子ご夫妻訪韓検討を表明。
5. 6　第十二回先進国首脳会議（東京サミット）で、朝鮮半島南北対話推進を盛り込んだ議長総括発表。
8.20　日韓両政府、皇太子ご夫妻訪韓延期を発表。
9. 5　藤尾文相、月刊誌で日韓併合について「韓国側にも責任がある」と発言していたことが判明。
9. 6　韓国、日本に対し「発言が事実なら国交正常化以来最も重要な事件」と警告。
9. 8　中曽根首相、辞任を拒否した文相を罷免。
9.10　第一回日韓外相定期協議。
9.11　中曽根首相、崔侊洙韓国外相に対し、藤尾発言について「不始末であり、申し訳ない」と陳謝。

1986.9.20

4.29救援会へ向けて（文責：三浦）

• 弁護側冒頭意見陳述骨子

(1) 政治的予断―デモ解散地点（河原町御池）での警備―に基づいた弾圧

「公務」を超える「公務」

(2) 第一事件「窃盗」のデッチ上げ

これに対する抗議活動　第二事件、第三事件

(3) 抗議行動の渦中で起きたA君のデッチ上げ逮捕

• 準備

(1) 政治的予断に満ちた過剰な警備、公務の内容に行き過ぎ

N警部補とC君という関係は別として、当日の全体的な過剰警備を暴露する

併せて、学生に対する暴行を暴露する

a) 4.29以前の意志一致の内容

どのレベルでどのような意志一致、確認を行ったのか

b) 現場ではどのような指示を行ったのか

c) 本部との送受信の内容

d) カメラ、ビデオなどの提出を請求する

(2) 第一事件「窃盗」のデッチ上げ

第一事件の全貌を明確にさせ、不当なデッチ上げであることを立証する

a)「報告書」の請求、調書
b) 逮捕を行ったT巡査部長への尋問
c) N警部補はこの事件をどう把握したのか（当日、後日）
d) A君の証言（他に第一事件に関して目撃、認知している人はいないか）
e) 人権擁護委員会への申し立て

(3) B君の「公務執行妨害」
第一事件への抗議行動であり、「公妨」逮捕は不当なものである

a) N警部補はこの事件をどう把握したのか
b) B君の証言
c) 人権擁護委員会への申し立て

(4) C君の「公務執行妨害・傷害」
C君とN警部補の位置関係などからN警部補の誤認による不当な逮捕であることを立証する

a) C君の隊列時の位置を鮮明にする
b) 隊列の移動（抗議行動・自己防衛）に伴ってC君がどのように移動したか、N警部補との位置関係を鮮明にし、「犯行」不可能を立証する
c) ビデオ、写真などによる立証（彼の証言との相違点を探る）
C君を目撃した人の証言を集める（隊列、その後）
写真などで位置関係を探る

(5) 当日の暴行などの警備、検挙の実態を広範に暴露

a) 逮捕時のC君に対する暴行

b) 学生に対する暴行の数々を訴える(人権擁護委員会)

- 反証のための必要事項

当日の事実を細かく把握し、共有化した上で、第一事件、第三事件に関して目撃している人を探す

写真に写っているC君の姿や人を確定する

併せてどの時点のものかを特定する

1986.9.30

朝鮮問題研究会へ向けて(文責:三浦)

藤尾発言を巡って

藤尾(前)文部大臣の発言が、この夏、論議をよんだのは記憶に新しい。7月25日の大臣就任早々の記者会見において、教科書検定問題に触れ、「文句を言っているヤツは世界史の中でそういうことをやっていることがないのかを考えてごらんなさい」と述べ、続いて、「文芸春秋 十月号」においても、日韓併合は、日韓両国の合意に基づく日韓合邦であった旨の発言を行っている。

19世紀後半の江華島条約や日韓併合、植民地支配は日本の武力を背景に為されたのであり、上記の発言は開き直りに他ならない。

彼は誌上において一政治家・藤尾正行の言と断った上で、持

論を展開している。その内容は、「正当性がない東京裁判」「日韓合邦の背景」「A級戦犯とは何ぞや」「日の丸と君が代」「大学の自治が何だ」「京都の泥棒坊主」「自民党は2つに割れる」（誌上に掲載された文章の章題より）など多岐にわたっている。
その前文の中で、彼は侵略ということに触れ、「侵略、侵略というが果たして日本だけが侵略という悪業をやり、戦争の惨禍を世界中にまき散らしたんだろうか。長い歴史のドラマの中の一点だけをつかまえてきて、それを歴史の基準だとする考え方は間違いじゃないか」と述べている。そして他国の侵略の例として、阿片戦争、インドの侵略や米西戦争、アフリカの侵略、今で言うなら、ソビエトのアフガン侵攻をあげている。確かに侵略という行為は、世界史の中で数々行われてきたであろう。その中で消されていった“もう一つの歴史”の事実は、もはや知られることがない。そして、今なお、外圧に抗して闘っている人々の存在も忘れてはなるまい。

世界史の中で日本が行った侵略は、消すことのできない事実である。そして、このことは、彼の言う、他国もやっているではないかという主張とは別個のものとして設定されなければならない課題なのである。彼は言う。「長い歴史のドラマの中の一点だけをつかまえてきて、それを歴史の基準だとする考え方は間違いじゃないか」と。主旨としては、日本の侵略行為のみが批判されることへの反発ということになるのだろうが、このことについても、上述のことから筋違いであると言えよう。
つまり、我々が考えなければならないのは、「長い歴史のドラマの中の一点」日韓併合というひとつの事件が一体どのようなものであったのか、そしてそれは現在の両国の関係に引きつけてみてどのような影響をもつのか、という問題設定であり、この意味で「ドラマの中の一点」として捉えてはならないのである。

更に彼は、「戦争において人を殺すこと、これは国際法上から言って殺人ではない」と述べた上で「殺した人の数によって侵略の激しさを云々するのは論理的妥当性がないのではないか」と言及している。このつながりから考えるなら、この発言は、国際法によると戦争において人を殺すことは殺人ではないから、ここで人を何人殺したかは問題としても仕方がない、と言っていることになる。数字のことを言うのであれば、我々は、人間ならば、表に現れない、つまり、数という概念では計り知れない傷や痛みを知るべきであり、この意味から考える必要がある。

これらの彼の発言を支持する声が数多く存在したこと、このことは、単なる一人の人間の"特殊な"発言としてのみ捉えられるべきではないことを示している。罷免という決着は、何ら深層部にメスを入れることのない儀式的なものでしかない。

両民族の関係の中に存在する課題の数々……。我々はこれらの課題を自らの五感でどう捉えることができるか？　この作業の中から我々なりの日韓連帯を探り、築いてゆきたいと思う。

韓国の独裁政権全斗煥大統領にとって、アジア大会、続くソウル五輪はどのような意味を持つのだろうか？

華々しい開会式の裏には同世代の人間が拷問に苦しみ、労働者が苦悶に喘ぐ姿がある。更にこの祭典は民族分断を固定化し、「北の脅威」を煽る作用をも果たしている。日本がいくつメダルを取るか、よりももっと大きい"何か"を我々は見つめよう。

1986.10.2
人権侵犯救済申立書

京都市上京区相国寺東門前町×××　三浦智之
一九八六年十月二日

京都弁護士会
人権擁護委員会御中

記

一、申立の趣旨
一九八六年四月二九日は、天皇誕生日ということで全国的に賛否両論をもって数多くの集会が開催されました。ここ京都に於いても、円山野外音楽堂にて部落解放同盟京都府連合会、社会党京都府本部をはじめ労働団体、民主団体主催の「天皇在位六〇年式典反対！靖国公式参拝反対！京都集会」がとり行われました。
私は（一）何故、天皇なるものが存在し、尊崇されるのかという素朴な疑問（二）現代社会に存在する差別の構造は天皇制と表裏一体のものとしてあること（三）まぎれもなく天皇はあの戦争の最高責任者であり、彼の名の下に計り知れないほど多くの人々の命が奪われていったことなどの理由からこの集会に参加しました。集会後は河原町御池までデモンストレーションを展開し、市役所前広場において集約集会を行いました。

さて、この集約集会を行っていたところ、右翼の宣伝カーが我々の集会へ妨害を為し、それに対して抗議を行ったところ、付近にいた数名の警察官が、我々に向かって写真撮影などの挑発行為を行ってきました。我々はこの不当な写真撮影に対して怒りの声をあげましたが警察側はやめようとはせず、そのためその場に混乱が生じました。この混乱の渦中で一名が「窃盗」、更に一名が「公務執行妨害・傷害」、更にもう一名が同じく「公務執行妨害・傷害」という理由で逮捕されました。私はこの二人目の学生が逮捕される際、ガードレールに手錠でつながれているのを発見、余りにも人権を無視し、常軌を逸した行為、処置であると判断し、彼の背後に取り巻くように立っていた警察官に口頭で抗議しました。しかし彼はその声に耳を貸そうとはせず、直に手錠を一旦外し、彼を連行しようとしました。私は更に逮捕理由について詰問しましたが、あろうことか私に対して彼らのとった行動は力による制圧であったのです。警察官三〜四名が私に対して左腕をつかんで目隠しをし（手の平で目を押さえる）更に拳で私の左頬を押すことにより右方を向かせた上、腕をねじり上げました。こちらは目隠しをされているので、一体、何のことか理解できぬまま激痛のため、その場にうずくまりました。

暫くして学生の一名が私を助け起こしてくれ、即座に病院へ行きました。病院では全治三週間と診断されましたが、約二ヵ月間は痛みがとれず、今に至っても尚、激しい動きをするのに若干の不自由さを感じます。（九月末日の時点で）

当日の警備状況については目に余るものがあり、私以外にも殴られたり蹴られたりした学生は数多くいたものと思われます。

　このような行為は警察官の公務を超えた公務と言わねばならず、人権という観点からしてもあってはならない行為であると考えます。

　故に、貴委員会に対し申立を行った次第です。

二、申立の理由

(一) 四月二九日の当日の警備は反天皇（制）を唱える人々に対する予断と偏見に満ちたものであり、思想・信条の自由、表現の自由を踏みにじるものであること。

(二) 当日の過剰な警備は、私に対する暴行に象徴されるように公務を超える公務と言わねばならず、警察の職務権限の濫用とみなされること。

(三) 私に対する物理的な力をもってしての弾圧、制圧は人権蹂躙であり、基本的人権尊重の精神に対しての真っ向からの否定であること。

　憲法にも保障されている基本的人権とは、西欧の市民革命を経ながら人間の血の歴史の中で克ちとられてきたものであります。「人間の歴史は権利獲得の歴史である」との先哲の言葉にも容易に首肯しえましょう。

　しかし、この獲得された権利は我々の日常不断の検証と行使なくしては実質的に風化してしまう可能性を孕んでおり、この諸権利を圧し潰す動きを看過することは単に一個人の人権侵犯と言うにとどまらず、日本を更に暗い“いつか来た道”へと追いやることに他なりません。

　つきましては、貴人権擁護委員会に申し立て、調査を行われたく切に希望するものです。

1986.10月

10.17第5回公判への呼びかけ（文責：三浦）

同志社大学4.29被弾圧者を救援する会

• はじめに

今年の4月29日に行われた「天皇在位六〇年式典反対！靖国公式参拝反対！京都集会」デモ後のデッチ上げ逮捕・起訴以後、我々は公判闘争を展開してきました。

6月25日の第1回公判（人定質問、冒頭意見陳述など）に始まり、第2回公判（7月11日 検察側証人Nの主尋問）、第3回公判（8月29日 検察側証人Nへの反対尋問）、第4回公判（9月12日 検察側証人Nへの補足尋問と検察側2人目の証人Iの主尋問）と公判は進行し、次回10月17日は第5回公判ということになります。

全ての皆さんの注目と支援を訴えるものです。

• 第5回公判のポイント

第5回公判は、検察側の2人目の証人であるI（巡査部長）に対する弁護側の反対尋問です。

Iは、N（警部補）—「（彼の）もっていたトランシーバーのアンテナが壊され、右手背部に引っかき傷を負わされた」とされている—による被告のデッチ上げ逮捕の支援活動を行った人物で、前回公判の主尋問に於いて「私は、最初N警部補が緑色の上衣の男の身体をつかんでからマイクロバスに乗せるまでの間、一度もこの男を見失っていません」と述べることによりN証言の「信憑性」を支えようとしました。しかしながら彼は、最も重要な点である「トランシーバーのアンテナを壊され、傷を負わされた」というその現場を見てはおらず、当然、「被告＝

犯人」の図式の裏付けとはなりえません。このことから、検察側立証に何らの有効な力にはならないと我々は考えています。

しかし彼に対して、彼の証言の不合理性、曖昧さを追及していくことは必要です。次回反対尋問に於いては、上記の点をふまえた上で彼の証言の矛盾追及を行ってゆきたいと思っています。

• 公判への結集を

第5回公判は10月17日午前10時より、京都地裁15号法廷にて行われます。前々回、前回と京都地裁は傍聴席の制限と退廷命令をちらつかせながら、支援の声圧殺の姿勢を堅持しています。これらの攻撃に屈することなく広範な傍聴体制を築き上げたいと思います。多くの皆さんの参集を呼びかけます。

支援カンパ会員への加入をお願いします!!

公判闘争に際しては多額の金銭を必要とします（弁護士費用など)。我々はこれらの多額の諸費用をカンパでまかなわなければならず、学内外の注目して下さる友人、仲間の皆さんに対し支援カンパ会員への加入を呼びかけています。(月 学生500円、労働者1,000円とし、カンパ会員の方へは公判の呼びかけなどを行います)

一人でも多くの人が加入されんことを願うものです。

1986.10.23

4.29救援会会議へ向けて

第5回公判報告ビラ原稿（文責：三浦）

• 全ての学友、教職員、学内労働者の皆さんに対し、同志社大学4.29被弾圧者を救援する会より第5回公判の報告を行ってゆきたいと思います。

第5回公判は去る10月17日京都地裁15号法廷にて開かれ、検察側2人目の証人I巡査部長に対する弁護側反対尋問が行われました。彼はN警部補の逮捕行為を援助したとされる人物であり、前回公判の主尋問に於いて「私は、最初N警部補が緑色の上衣の男の身体をつかんでからマイクロバスに乗せるまでの間、一度もこの男を見失っていません」と述べることにより、N証言の「信憑性」を支えようとしました。しかし彼は逮捕理由である「N警部補が持っていたトランシーバーのアンテナを折り、右手に引っかき傷を負わせた」その現場を見ておらず、当然「被告＝犯人」の裏付けとはなりえません。

この点を冒頭で明記したうえで、以下第5回公判の報告と今後の方針を述べてゆきます。

・第5回公判の報告

今回の公判に於いても、Iは「Nの持つトランシーバーのアンテナを折り、更に彼の右手を引っかく」という「犯行」現場を見ていない、とはっきりと証言しました。故に、この「事件」に関して、彼の証言は何らの立証能力もないことになり、「事件」を“立証するもの”はNの「証言」と彼の「証言」によって裏付けられた「折れたアンテナ」のみということになります。

更にIの証言は「事件」をめぐる状況について、これまでのNの証言と一致しない点が多くあります。

Nは、「(アンテナを握っている犯人の手を) Iに援護を頼んで突き放した」と述べましたが、Iは「アンテナをつかんでいる犯人」を見てはおらず、又、Nが「犯行を行った学生」を含むスクラムはNらに対して「どんとあたるようにぶちあたってきて」、この時にIは横にいたと証言しているにもかかわらず、Iは「スクラムを組んでいる学生を見た」と明言することができませんでした。

二人の証言に不一致、不整合性が生じるのは、検察も予期していなかったらしく、“弁護側の反対尋問”の法廷の場に於いて検察自らがIに詰問し、Iが返答に窮するという場面もしばしば見受けられました。二人の証言の不一致、不整合性はこの「事件」がデッチ上げであることから生じるものであり、このことを証人自ら露呈していることに他なりません。

次回公判からの反証に於いてデッチ上げ暴露、「被告≠犯人」を立証してゆきたいと思います。

• 弁護側反証―次回公判へ向けて

我々は次回以降、反証活動に入ります。

方針としては、以下の大きく四点を考えており、これに沿った形で法廷の内外で闘ってゆくつもりです。

1）「被告≠犯人」の立証　2）当日の混乱の誘因である「窃盗」事件のデッチ上げ暴露　3）予断と偏見に満ちた4月29日の過剰警備と学生に対する暴行の一切の暴露　4）運動の分断を狙った弾圧の政治性を撃つ

〔3）については人権擁護委員会への提訴も行っており、有効な武器としてゆきたいと考えています〕

次回公判は11月14日京都地裁15号法廷にて10時から開かれます。弁護側の反証へ向けた冒頭意見陳述、証人申請、証拠請求がメインであり、反天皇制運動への予断と偏見に満ちた過剰な警備の中で引き起こされた意図的なデッチ上げ逮捕、起訴を断乎としてはねのけ、被告の無罪を克ち取るべく闘ってゆきたいと思います。

「天皇在位60年式典」に続く「京都奉祝パレード」へ向けた一大キャンペーンが展開されている中、これに抗しうる運動を構築すべく全ての皆さんの注目と支援を訴えるものです。

1986.11.17

証人召喚状

右の者に対する公務執行妨害等被告事件について証人としてお尋ねしたいから、昭和六一年一二月一二日午前一〇時〇〇分当裁判所第一五号法廷に出頭してください。証人として出頭し、ほんとうのことを述べ、正しい裁判が行なわれるようにするのは、国民としてきわめて重要な義務であります。正当な理由がなくて出頭されないときは、そのために生じた費用の賠償を命ぜられたり、勾引されたり五千円以下の過料又は八千円以下の罰金若しくは拘留に処せられたりすることがあります。

京都地方裁判所　第二刑事部

住所 京都市上京区相国寺東門前町×××
証人 三浦智之殿

1986.11.20

寮会へ向けて（文責：三浦）

前回（更にそれ以前）の寮会のビラ原稿検討論議の1つに「第三世界諸国からの搾取・収奪構造」をめぐるものがあった。この語句自体、非常に抽象的な言葉であるので、内容を捉えにくく、何らかの思考材料を持ち得ないのではないかと思われる。

本日準備したこの文書は“アジア諸国（とりわけ韓国）の労働者の置かれている現状”についてごくごく簡単に資料などを載せたものである。後に記した参考文献などで、今後更に学習し、論議をしていく方向で考えるが、本日の寮会を1つの契機としていきたく思う。

(1) 第三世界—アジア諸国における労働者の置かれている現状
韓国の一労働者の焼身自殺から

1970年11月13日、韓国・ソウルの一労働者である全泰壹氏が焼身自殺を行った。あまりにも過酷な労働者の処遇に対しての抗議、死をもってした闘いであった。享年23歳。

彼が働いていた平和市場は繊維関係の零細企業が多く軒を連ね、韓国経済の底辺を支えている。その労働条件は劣悪を極め、現在も労働者たちの生存権はままならない状態である。全泰壹氏は「労働基本法を順守しろ」「私たちは機械ではない」などの叫びをあげ、「私の死を無駄にするな」という遺言を残して亡くなった。彼の魂は現在も、民主化要求を掲げて闘う人々に脈々と受け継がれている。

「ソウル市中区清渓川5・6街一帯に広がる雑居ビルの群—。一見巨大なビル街に見えるが、ビルの中に一歩足を踏み入れると、箱部屋のような無数の《工場》がギッシリ密集している。全泰壹青年が働いていた、〈平和〉〈東和〉〈統一〉商街と呼ばれるこの一帯は、南朝鮮の主力産業、被服製造業の中心地で、500余の零細企業に1万余名の縫裁女工たちが働いている」（『遺稿集　炎と青春の叫び』全泰壹 下宰洙訳 朝鮮青年社 P4）

「《工場》といっても、ほとんどが7坪ぐらいの屋根裏のようなせまい部屋に5・6台のミシン機をそなえつけた従業員20名以下で、工場のイメージにはほど遠い。ここは勤労基準法適用の疎外地帯でもある。1日15時間労働で日給わずか70ウォン。休日はほとんどなく厚生、娯楽施設などもちろんない。1万余名のうら若き乙女たちがこの劣悪な労働条件下で、青春を、肉体を蝕まれていく—」（同書 P5）

労働者はこのような環境の中で働かされている。しかし、労働者としての権利要求の闘いは、全氏の焼身抗議に続く形でこの平和市場で展開されている。下記は、1977年、故全泰壹氏の母親である李小仙女史らの逮捕への抗議声明「決死宣言」の中の「決議文」である。

「決議　一、われらの母親李小仙女史を即刻この場に連れ戻そう。
　　　　一、労働教室を無条件、即時われわれに返し、建物主に加えている圧力を中止して謝罪せよ。
　　　　一、今まで清渓被服支部がうけた弾圧による被害を補償せよ。
　　　　一、暴力をふるった警察官は処罰せよ。
　　　　一、労働運動の弾圧を中止し、労働三権を保障せよ。

以上の要求が貫徹されない限り、いかなる妥協も、対話もこれを拒否する。

1977年9月9日

平和市場労働者一同」
（『韓国労働者の叫び』
韓国民主回復統一促進国民会議パンフより）

労働者が生きていくための権利要求に対しても、時の朴政権は資本家、KCIA（韓国中央情報部）と結んで徹底的に弾圧を行った。現在の全斗煥政権も同様のことを行っている。

韓国の経済は発展したとよく言われる。しかし、この言葉はこれまで見たような部分を全く顧みない見解である。すなわち、この“発展”は一部資本家たちの富裕化を指すものであり、裏には生存権すら手元にない中で就労している労働者の存在と弾圧する権力の姿があるのである。

労働者を弾圧する資本家と政府、更に日本政府も間接的にこれに加担している。韓国の軍を背景とする政権に対し、経済的な援助、政治的な援助を行うことにより支えているのである。

我々が時々、スーパーなどで手にするMade in Koreaの商品はこのような中で製造されてきたものなのだ。

(2) 第三世界―アジア諸国における労働者の置かれている現状「輸出自由地域」において

戦後、1960年代は高度経済成長が遂げられた時期にあたる。この時期はGDPが驚異的に伸び、大量生産―大量消費へと国民の生活（消費の面など）上の経済に変化が持ち込まれた。しかし、65年以降、労働市場の逼迫という事態が生じ、大きく3つの方策で対応していくことになる。第1はインフレによる実質賃金の据え置き、第2に合理化による労働力の削減、そして第3に海外進出による低賃金労働力の利用である。この3点目について考えてみたい。

進出する際、日本の企業単独で事業を進めるケースと進出先の国の企業と共同で進めるケース（いわゆる多国籍企業）があり、いずれも日系企業と言われる。海外に生産拠点を作る、あるいは移すその理由とは？

	マレーシア	タイ	フィリピン	台湾	韓国	香港	日本
平均賃金（日当）買うために	¥635	¥805	¥566	¥1665	¥1302	¥1658	¥5794
米1キロ	1時間15分	55分	1時間10分	44分	1時間59分	55分	37分
卵1個	14分	10分	20分	5分	7分	5分	2分
コーラ1本	45分	23分	27分	23分	37分	11分	8分
ジーパン1本	43時間10分	28時間34分	50時間52分	5時間49分	11時間26分	5時間33分	5時間31分
Tシャツ1枚	14時間57分	11時間26分	10時間11分	2時間54分	5時間12分	3時間20分	3時間19分

アジアの女子労働者の賃金を比較してみると（1981年8月調べ）

日本の物価は次の基準で計算（米1キロ¥450、卵1個¥26、コーラ¥100、ジーパン¥4,000、Tシャツ¥2,500）。

（『メイド イン 東南アジア』塩沢美代子 岩波ジュニア新書 P109）

※上記表は、『メイド イン 東南アジア』の中の表から数字だけを抜いて簡略化したもの。

国によって通貨の単位が異なるので、まずドルに換算し、物価による価値基準の相違を除くため、共通の生活必需品の値段からそれを買うのに何時間働かなければならないかを比較してみた旨、同書本文に記されている。

「この表から、これらの国では、日本の賃金の三分の一から、国によっては一〇分の一という、けた外れに安い賃金で労働者を雇えることがわかります」（同書 P110）。何故、日本の企業が進出（侵略）していくのかは、ここにその理由が求められよう。

更に日本は「労働基準法」が存在するが、(1) で述べた状況が韓国には存在する。「多くの国で、労働者がストライキをする権利を外国から進出してきた会社で働く者には禁じています」と同書（P112）に記されていることも挙げておこう。

「また、東アジア・東南アジアの第三世界の国ぐにのなかに、政府が『自由貿易地域』あるいは『輸出加工地域』とよばれる特定の地域を設けて、外国企業の進出を積極的に誘致し、特典をあたえている国が多いのです。たとえば、新しくつくられる工場の機械・原材料を国外から運び込むさい、あるいは製品を輸出するさいに当然かけるべき関税を特例で免除しています。さらに、上がった利益にたいしても、一定期間の税金の免除・軽減のさまざまな措置がとられているばかりか、本国への送金が自由にできます」（同書 P112）

つまり、利益を追求するために、人件費を抑え、国内よりはるかに低いコストで生産できる海外に生産拠点をシフトするのである。

ごくごく簡単な事項の羅列になってしまったが、現状を見る材料としたい。

以下、参考文献を記しておくので、是非読んでみよう。

- 『メイド イン 東南アジア』（塩沢美代子 岩波ジュニア新書）
- 『遺稿集 炎と青春の叫び』（全泰壹 下宰洙訳 朝鮮青年社）
- 『バナナと日本人』（鶴見良行 岩波新書）
- 『アジアはなぜ貧しいのか』（鶴見良行 朝日選書）

1986.12月

12.12第7回公判への呼びかけ（文責：三浦）
同志社大学4.29被弾圧者を救援する会

寒い季節となりましたが、皆さん、日々奮闘しておられることと思います。同志社大学4.29被弾圧者を救援する会より次回公判（12.12 京都地裁10時より）の呼びかけを行いたいと思います。

• 本年4月29日集会後のデッチ上げ逮捕、長期勾留、起訴と不当極まりない警察・検察の攻撃により、公判の場を余儀なくされ、開始された我々のこの闘争も次回でいよいよ第7回を数えるに至りました。

前回第6回公判（11.14）から弁護側反証へ突入し、冒頭意見陳述が述べられました。第7回公判以降は弁護側証人に対しての主尋問、反対尋問が行われます。

• 弁護側証人は4名を申請しましたが、検察官の1名不必要の意志表示にもかかわらず裁判官は4名全てを採用しました。4名は全て4月29日の集会及びデモに参加した人物です。うち1名は“常識”では考えられない「窃盗」で逮捕された学生、又1名は警察官の暴行により怪我を負わされた学生で、当日の全体状況について証言する予定です。

更に、残りの2名のうちの1名は、Nの言う「事件」（トランシーバーのアンテナを折り、手に引っかき傷を負わせた）があったとされる時を前後して被告のC君が別の地点を歩いているのを見たという学生です。もう1名は、誰か学生のうちの1人がトランシーバーのアンテナらしきものを瞬間的に引っ張るのを見たという学生ですが、彼はこの引っ張った学生は被告ではなかったと断言しています。この証言については法廷の場で明らかにすべきか否か議論のあるところですが、上記3人目の証言との相互関連性の問題であり、申請するという結論を下しました。

被告の当日の行動（動きと位置）をはっきりさせるということではH（巡査）—被告は彼と口論しながら市役所前から京都ホテル側へ移動した—を証人として呼ぶということも考えています。

証拠の開示請求については警察官が写した写真—見分調書などに掲載されている写真の枚数は、当日のカメラの台数、フィルムの本数からすると圧倒的に少なく、我々にとって有利なもの（＝検察にとって不利なもの）を隠している—更にビデオの提出を求めましたが、その動向も次回公判で注目する必要があります。

法廷の場とは離れますが、4月29日の行動参加者のうち学生3名が警察官による「公務」を超える「公務」に対して人権擁護委員会への救済申立てを行っており、現在、委員会内部で審議中です。

• 全ての皆さん!!

いよいよ公判は“メイン”へと突入していきます。第1回公判（6.25）から半年、そして今後まだまだ公判闘争は続きますが、我々は必ず勝利する、このことを信じて疑いません。

心ある皆さんの注目と支援、傍聴への参加をよろしくお願いします。

• カンパもよろしく！

毎回のことで恐縮ですが、財政困難ゆえカンパについてもよろしくお願い致します。カンパを下さった方には通信をお渡ししております。個人、団体いずれでもかまいません。どうぞよろしく。

• 11月9日の「天皇在位60年京都奉祝式典・パレード反対！京都決起集会」後のデモに於いて逮捕された2名が11月20日、仲間のもとに奪還されました。不当な逮捕、勾留にも屈せず2人ともいたって元気な様子です。4.29救援会からも皆さんへ報告する次第です。

〈公判日程〉

第8回公判　1.30　京都地裁　13:00〜

第9回公判　 2.13　京都地裁　10:00〜
第10回公判　2.27　京都地裁　10:00〜

〈第３章の終わりに　今になって思うこと〉

日本はアジアの国々に対して大きな迷惑をかけたのだと思う。これについて、史実に基づく冷静な説明はできても、言い訳はできない。だから、数十年経った今でも、この章でふれた「藤尾発言」には大きな違和感がある。この種の発言をする政治家には、政治家としての矜持を感じない。

ただし、植民地化を推し進めていたヨーロッパ列強などの所業を振り返れば、更に、アメリカ軍による日本の主要都市への空襲、沖縄戦や原子爆弾投下は言うまでもなく、ベトナム戦争時の徹底的な破壊作戦などを見れば、これらの国々が行った行為もまた徹底的に非難されて然るべきだと思う。

つまり「藤尾発言」の矛先は、日本を顧みると同時に、明確にこれらの国々に向けられるべきだったのではないか、あるいは、真意はそこにあったと言うのであれば、誰もがそうとわかるように発言すべきだったと思う。

自分のことにも触れないわけにはいかない。私は、先に掲載した講演会の案内ビラに「先日報道された、日本史の教科書における南京大虐殺の記述についての歪曲」と書いており、その他の文書にもそのように記載した箇所がある。省察すべきは「南京大虐殺」という表現である。

当時の私は、あくまでも戦争や争いのないユートピアを夢想しており、そのような実際にはありえない幻想の社会を念頭に置けば、戦闘行為において１人でも敵国人を殺害したという事実があれば、それは「虐殺」なのであり、その規模が多少なりとも多くなれば「大虐殺」ということになるのである。「理想郷」なのであるから、そこには「国際法」も「戦時法」も存在しておらず、私のそもそもの発想が現実から遊離しており、“愚の骨頂”とでもいうべきものだったのである。

これは以下の点において批判されなければならない。第1に、「大虐殺」と表現する背景が私の中の情緒的な発想に基づくものであり、事実を検証するという基本的姿勢に欠けていること、故に、「南京大虐殺」あるいは「南京事件」とよばれている「出来事」について、それを逆に「空語」と化し、“一人歩き”させてしまっており、「現場」の証言の収集、資料の分析含め、その真相を見極めようと尽力されている方々の努力を軽視するものであること、第2に、やはり、「30万人とも言われた南京大虐殺」は、虚報とでもいいうる、敵愾心高揚、宣伝戦の言葉と考えざるを得ず、藤尾元文相が触れている「東京裁判」や、「南京軍事法廷」で、戦勝国からする敗戦国への見せしめとなる“格好の材料”として採り上げられた、言い換えれば、その真偽はきちんと検討されることなく安易に裁判に利用された、と考えるべきであること、第3に、戦後教育の中で“純粋培養”されてきた自分に、『邪宗門』や『わが解体』などを書いた高橋和巳の、文脈を無視して言葉だけを借りれば「自らを無垢な批評の高みに置いて、居丈高に論難する資格などはない」(『内ゲバの論理はこえられるか』河出文庫)のであり、それでも過去の歴史に言及するにはそれ相応の努力が要るということ、などである。

もちろん、戦時に日本軍が為した行為がトータルに擁護されるものではない。であるから、強調すべきは、歴史認識において“消すべき”は、為した行為ではなく、虚飾・捏造の要素や政治宣伝を背景にした言葉なのであり、「日本を守る国民会議」が行おうとしたことは、これにつながることだったのだと思う。

そしてまた、この意味において、その言い方は別にして、藤尾元文相の指摘した観点については、今に至っても我々が考えるべき課題としてあり、大いに意味があったと言えるのである。藤尾元文相は、2006年にお亡くなりになった。心からご冥福をお祈りする次第である。

年を重ねるにつれて、よく夜空を見上げるようになった。

木陰から見える月は、アジア・太平洋戦争中、遠い異国の地で生死の境をさまよい、極限状態にあったであろう兵士たちの姿を思い起こさせた。兵士たちが日本の家族や恋人を思いながら葉陰から見上げたであろう月。日本で父や夫、息子の帰還を願いながら家族や恋人が見上げたであろう月。その祈りを引き受け、遠く離れた者同士をつなぎ止めてきた月。それと同じ月を今、自分は見ている。両手の親指と人差し指で三角形をつくり、その中に月を閉じ込め、あたかも月を独占したような気分になりながら。

これは、戦後高度経済成長の真っ只中に生まれてきた自分にできる、戦地で亡くなられた方たちへのささやかな供養なのである。

余談ではあるが、1988年にリリースされた「安全地帯」の「月に濡れたふたり」は本当によく聴いた。

第4章

86年度後期執行委員会
2回目の寮長

►後輩諸君へ何を残すか?

ここで予め(あらかじ)記しておきたいことがある。

学費値上げをめぐって、この年の秋から冬にかけて学友会が要求した「学生部長大衆討論集会」(大学側からすれば学生への「説明会」)に勇気をもって2回にわたって出席し、職責を果たすことになるO野T治学生部長は、対立的な立場を越えて、寮生からの熱烈な要望に応じ、わざわざ此春寮を訪れて下さった。席を同じくしてお話をさせていただき、教育者、研究者としてのその誠実な人柄に触れることができた。お帰りの際、寮の玄関先、寮生全員で拍手喝采、万歳三唱にてお送りさせていただいた。O野学生部長は人事異動で大学を去ることになるのだが、その心中を察することはできても、本心に触れることはできなかった。今もなお、お元気でいらっしゃることを祈るのみである。

寮としては、学費値上げ問題に焦点をあて、自主入寮選考をきちんと行うこと、その中で自分含めて上回生は継承すべきことを適切に後輩諸君に伝えていくこと、寮の在り方として改めるべきは改めることが主眼となっていった。

なお、入学試験時の受験生に対する寮の案内活動(入試情宣)の表の中のアルファベットは寮生名を表している。対権力上の対策から、三浦ならMURというように記すのが常であった。

寮外の活動について言えば、4.29公判闘争は引き続き進行していた。「朝鮮問題研究会」の活動で特筆すべきは、87年11月

27日に行った「もうひとつのヒロシマ―アリランのうた―」上映会であるが、かなり広い学生会館ホールを借りたものの、見に来てくれた人は寮生の母親含め、わずか3～4人。学生たちの関心の無さ、自分たちの力の無さをあらためて知った。

その後、88年2月21日には、京都・円山公園ラジオ塔下で開催された「竹下訪韓阻止！韓国民衆連帯！緊急抗議集会」後のデモで指揮を担当することになった。デモ指揮は逮捕される可能性が相対的に高いため、その場合に備えて寮母さん、他の寮生と前日にもろもろ話をしたことを覚えている。

デモ指揮の途中、違法なデモ行為を行い、警察車両からマイクを通して「デモをやめさせなければ指揮者を逮捕することになる」との警告が聞こえたが、幸いにも逮捕は免れた。

朝鮮問題では、もう一つ触れておかなければならないことがある。この時期、吉田清治氏が書いた『私の戦争犯罪』（三一書房）という本を読んだ。しかし後に、吉田氏の女性を強制的に連行して慰安婦にしたという話は創作であったことが判明。彼の体験談の内容を深く確認しないまま報道した朝日新聞は、2014年（平成26年）に会見を開き、正式に謝罪することとなった。

私自身の認識の中にいわゆる「従軍慰安婦問題」は深く刻み込まれていたが、その真偽のほどはわからなくなってしまった。更に言うなら、彼の物語を歴史上の事実としてレジュメ作成の材料としていた自分は、つまるところ、その物語の片棒を担ぎ、偽りを宣伝していたことになる。これは、活動への信頼や信用にかかわることで、あってはならないことである。誠に申し訳なく思う。

後のページに出てくる、「かつて朝鮮人強制連行に携わった吉田清治氏が『ある手紙の問いかけ』という映像の中で語っていた言葉、『これからは日本人の側からは真の歴史は書かれなくなる』は、日本人一人一人が肝に銘ずべきもの」という内容自体は否定、撤回する気はないが、自分の吉田清治氏への信用は地に落ちてしまった。

1991年には、金学順さんが世界で初めて元「慰安婦」と名乗り出て日本を告発。日本国内で「法的責任論」、「道義的責任論」が飛び交う中、自民党・社会党・新党さきがけ連立の村山富市内閣で、95年に「女性のためのアジア平和国民基金」発足。翌96年には、村山内閣から橋本内閣へ政権交代。そして橋本内閣の下で、元「慰安婦」への「償い金」、「総理の手紙」、医療福祉支援などの事業実施を決定、開始。様々な動きがあったことは認識しているが、その後の流れを、私は追えていない。

いずれにしても、日本と朝鮮との関係は、可能な限り、相互の感情を排した検証作業による、歴史的事実に基づく話し合いが行われない限り、夜明けは来ないものと思われる。

また、「4.28 在日韓国人政治犯問題を考える」講演会基調に、「先の『大韓航空機事件』の際、幾多の情報が飛び交い、真相は不明であるにもかかわらず、犯行を『北のスパイ』の仕業と決めつけ」と私は記しているが、その段階では「犯人」は特定されていなかったものの、最終的に「北の工作員」の犯行であったことが明らかとなった。

真相が明らかとなっていない中では、予断と偏見に基づく決めつけは排すべきとの主張だったので、これも否定、訂正はしないが、補足としてここに記しておきたいと思う。

86 年秋以降の学費をめぐる経緯

• 1986.11.14 学友会から学生部長あて要求書出される。

1986 年 11 月 14 日

学生部長
O野 T治殿

I 部学友会中央委員長
金築 清

要求書

この間、貴殿の授業中での学費値上げをにおわせる様な発言や、神学部自治会の神学部長への質問状の回答での「検討は既になされている」等、学費値上げの可能性が極めて高いように思われます。また学生新聞のインタビューや、公開質問状の回答にも学長の発言として看過できないものが多々あります。これ以上学内を混乱させない為にも、我々との関係を悪化させない為にも、貴殿に職責を果たしてもらいたい。

ついては、下記の要領で貴殿との大衆討論集会を要求する。くれぐれも我々の信頼を裏切らないでもらいたい。貴殿の行為が今後の学内状況に多大なる影響を与えるであろうことを十分考慮して判断されたい。

名称：対学生部長大衆討論集会
日時：11 月 20 日
於　：田辺多目的ホール 12:30〜3:30（※15:30　三浦）迄
形態：中常委司会のもと、全学生・教職員・学内労働者の傍聴を認め行う。時間は厳守する。

内容：学費値上げとその他の学内問題

形態・名称等については事前に話し合う用意がある。

尚、回答については11月20日午前11時30分までにされたい。

以上

- 1986.11.20学生部長回答（討論集会には応じられない）。

これに対して田辺学生課にて抗議行動。続いて14時 田辺校地学生部長室、19時 今出川校地学生部長室、19時30分 有終館封鎖。

1986年11月20日

第1部学友会中央委員長
金築 清殿

学生部長
O野 T治

「要求書」について（回答）

1986年11月14日付「対学生部長大衆討論集会」の要求にたいしては、現段階ではこれをお受けすることはできません。しかし、条件が整えば学友会常任委員の諸君とはお会いいたします。

なお、学生部長会見については今後とも学友会と学生課で話し合いたいと思います。

以上

- 1986.11.22 学友会、学生部長研究室を封鎖。
- 1986.11.26 原学長から学友会へ"申し入れ"。学友会受け取り拒否。

1986年11月26日

第1部学友会中央委員長
金築 清殿

大学長
原 正

申し入れ

現在、学友会によって有終館、両校地学生部長室ならびにO野T治教授研究室が封鎖されています。そのため、大学、本部ならびに関係諸学校の業務に多大の影響をきたしております。また、研究室は大学の教育・研究の根幹をなすものであります。

つきましては、すみやかにこれらの封鎖を解除されるよう申し入れます。

以上

- 1986.11.27 学友会から学長に対し勧告文提出。

1986年11月27日

大学長
原 正殿

I 部学友会中央委員長
金築 清

勧告文

大学長や学生部長という責任の重い立場にある人物の発言とは思えない問題発言が、この間、貴殿やO野学生部長によりなされ、我々としても理解に苦しんでおります。更に学生部長は職責を放棄し、我々との話し合いの場からも逃亡しています。

しかしながら、この様な学内状況にもかかわらず24日に学費値上げ案が評議会に上程されました。いったい我々学生を大学にとってどの様な存在とお考えになられるのでしょうか。我々の心の痛みを少しでも感じられていますか。

どの様な理由をつけて学費値上げを目論まれてもそれは一方的に強行した田辺移転の「いい加減さ」の為であるのは明白であり、我々としては許すわけにはいきません。

このまま例のごとくEVE期に学費値上げを「決定」されないようここに勧告いたします。

貴殿の今後の動向が、学内により大きな混乱をもたらす原因になることを十分認識し、行動されるよう願います。

以上

• 1986.11.28 大学当局は大阪のホテルで評議会を開き、学費値上げ「決定」。17時、学生に対して発表（明徳館にて）。17時30分 記者会見（新島会館にて）。

学長から学友会に対し“このたびの学費改訂にあたって”が出される。学友会は受け取りを留保。

1986年11月28日

第１部学友会中央委員長
金築 清殿

大学長　原 正

このたびの学費改訂にあたって

同志社大学第１部学友会中央委員長であり、全学生を代表する貴殿に、このたびの学費改訂にあたって学長としてのわたくしの見解をお伝えしたいと思います。

かつて新島 襄先生は、一国の良心ともいうべき教育あり、知識あり、品行ある人民を養成する目的をもって同志社大学を創立されました。それ以来、私学同志社大学の歩んだ道は、実に苦難に満ちたものでありましたが、常に建学の精神に思いをはせ、伝統を重んじ同志社大学を愛する人達によって守り育てられ、今日に至っております。この間、同志社大学の特色ともいうべき自主・自立・自由の精神にとみ、かつ活力ある力強い人物を数多く世に送り社会に貢献してまいりました。そして今や同志社大学は、創立200年に向って私立大学の最高水準に到達することを目標として教育・研究の質的内容の充実に努力しております。

しかしながら、その教育・研究を支える本学の財政状態の現状は頗る厳しく、とくに経常収支の見通しは極めて憂慮すべき状況におかれております。このような状況に対し速やかに適切な処置をとらない限り、本学の教育・研究水準はもちろんのこと、その存立基盤さえも危殆に瀕することが、検討の結果明白となってまいりました。そこで、わたくしとしてはやむをえず学費の改訂を決意せざるをえなくなりました。

学費改訂にあたりましては、(1) 教育・研究内容の質的充実、(2) 財政内容の改善、(3) 将来に向けての財政基盤の強化の三点を主要目標として今後その達成に努力したいと考えております。また、改訂額の決定にあたりましては、学費支払者の急激な負担増や在学生と新入生との間の大きな学費格差をできるだけやわらげるとともに、他の私立大学の学費水準と比べ突出しないように配慮いたしました。そのため、改訂後4年目の1990年度においてはじめて経常収支が若干黒字となるものの、なお約30億円の累積赤字が残ってしまいます。

教育・研究内容の質的充実を目指す項目のうち、学生生活の充実に関するものとして、(1) 奨学金額の増額と奨学制度全般にわたる整備、(2)「学生教育研究災害傷害保険」への一括加入、(3) 課外活動全般にわたる補助の拡充などがあります。改訂の詳細につきましては、別冊「昭和62、63年度以降入学生の学費改訂について」を是非参照していただきたいと思います。

私学は、みずからの力によって収入をはかり、大学における人件費をはじめとする諸経費の自然増の他、必要な教学改善経費等をまかなわなければなりません。教育・研究の高い水準を維持するためには財源の確保は避けることのできない措置であると思います。このような観点から、また同志社大学のおかれた厳しい財政状況から、このたびの学費改訂がやむをえずとられた措置であることを是非ともご理解いただきたいと思います。

今やわが国の高等教育は21世紀に向って、新しい方向を摸索しております。その方向がいかなるものであるか、本学でも検討中でありますが、少なくとも学問研究の自由が保障されるとともに、「自治自立」の精神が大学の構成員全体にみなぎることは不可欠の条件であります。わたくしはもとより非力ではありますが、教職員各位ならびに学生諸君のご批判とご協力を得つつ、同志社大学の発展のために全力を尽くす覚悟でありますので、学生諸君も責任と自制ある行動をとられるようお願いいたします。

以上

- 1986.12.2　学友会から学生部長あて要求書出される。

1986年12月2日

学生部長
O野 T治殿

I部学友会中央委員長
金築 清

要求書

去る11月28日に学外へ逃亡して行われた評議会において、学生を全く無視した形で学費値上げが「決定」されました。我々は、この不当な「決定」と貴殿の職責放棄を満身の怒りをこめて糾弾します。この間の貴殿の放言に対する責任や、今回の「決定」に学生部長としてどのように関与したのかを学生大衆の前で明らかにし、貴殿が学生部長の任にふさわしいか否かを判断したいと思います。

ついては、下記の要領で貴殿との討論会を行いたいと思います。貴殿の職責をかけ12月9日午前11時までに回答をいただきたい。尚、出席の回答があり次第、有終館等の封鎖は自主的に解除します。又、欠席した場合、学内の混乱は更に拡大していくことを念頭におかれるように。

名称　•　対学生部長大衆討論集会
時間　•　12月9日（火曜日）午後12時30分から3時30分（※15時30分　三浦）まで。
場所　•　田辺多目的ホール
議題　•　学費値上げを含む学内諸問題について。
形態　•　中常委司会のもと全学生、教職員、参加を認め質疑応答を行う。

大学側の出席者等形態については事前に話し合う用意があります。

以上

• 1986.12.3　8時過ぎ、大学職員が有終館の封鎖解除のため集合するも、学生の抗議行動に断念。同時に田辺校地学生部長室封鎖解除するも13時再封鎖。

• 1986.12.4　討論集会に出席する旨、学生部長から回答。

1986年12月4日

第1部学友会中央委員長
金築 清殿

学生部長
O野 T治

「要求書」について（回答）

1986年12月2日付貴学友会からの要求については、下記の条件により出席し説明します。

記

日　　時　　　　1986年12月9日（火）
　　　　　　　　12：30 ～ 15：30
場　　所　　　　田辺校地多目的ホール

なお、当日の運営等については双方で事前に話し合うこととします。

以上

- 12月4日の回答の内容から、有終館と今出川校地学生部長室の封鎖解除。12月5日には、田辺校地学生部長室と学生部長研究室の封鎖解除。

- 1986.12.9　田辺校地多目的ホールにて対学生部長大衆討論集会。

• 1986.12.12　学友会から学生部長に対して要求書が出される。

1986年12月12日

学生部長
O野 T治殿

I部学友会中央委員長
金築 清

要求書

去る12月9日の討論集会への貴殿の出席は、前執行部からの学生と大学当局との深い溝を埋めていく為には、非常に大きな意味を持つものとして、我々は評価しているが、討論すべき問題が多い故、3時間では誠に不十分でありました。つきましては、12月9日の討論の場での貴殿との約束通り、再度の討論を要求したく思います。

名称　•　対学生部長大衆討論集会
時間　•　12月19日金曜日13時から16時まで
場所　•　田辺多目的ホール
議題　•　学費問題を含む学内諸問題について
形態　•　中常委司会のもと全学生、教職員、の参加を認め質疑応答を行う。

形態等については事前に話し合う用意があります。

以上

- 1986.12.15　ひきつづき出席し説明する旨、学生部長から回答。

1986年12月15日

第１部学友会中央委員長
金築 清殿

学生部長
O野 T治

「要求書」について（回答）

1986年12月12日付貴学友会からの要求について、下記のとおり回答いたします。

記

前回、私はいわゆる「大衆討論集会」なる名称をとらないことを言明しましたが、これを前提として出席し、ひきつづき説明します。

日　　時	1986年12月19日（金） 13：00 ～ 16：00
場　　所	田辺校地多目的ホール

以上

- 1986.12.19　田辺校地多目的ホールにて2回目の対学生部長大衆討論集会。
- 1986.12.20　学友会から学長あての要求書が出される。

1986年12月20日

大学長
原 正殿

Ⅰ部学友会中央委員長
金築 清

要求書

12月9・19日と2回にわたって学生部長との討論を行ってきましたが、貴殿の責任においてだされた学費改訂についてのパンフレットについては、十分な説明がなされず不明確なところが多々あり、特に2部にいたっては存続なのか、廃校なのかだけでなく教育理念さえも明らかにされていません。又、今出川の体育の授業については2年後には廃止され、田辺まで3・4回生が通わなければならなくなり、当局がいっていた「原則」である「学生は移動しない」ということからはずれ、学生にはかなりの負担がかかることになります。我々は学生部長のいうような「いい施設ができたからそれを使ってもらいたい」などというおせっかいな理由では納得できません。更に、それに呼応するかのように、第2従規館が育真館へ改悪移転しようとしています。第2従規館は現在「正課」体育のほか、サークル活動において重要な施設としてあり、育真館へ移ることによって大きく支障をきたすことになります。なによりも使用している施設を改悪移転することによって遊休施設をつくりだすことは許すことはできません。学費問題を始めこれらのことは極めて重大な問題であり貴殿をぬきには語れない状況です。ついては、下記の要領で貴殿との大衆的な場での討論を要求いたします。

名称　・　対学長大衆討論集会
時間　・　1987年1月13日　3時20分〜6時マデ（※15時20分〜18時までの意　三浦）
場所　・　今出川　明徳館1番教室
形態　・　学長・学生部長・教務部長・総務部長出席のうえ中常委司会のもと全学生・教職員の参加を認め討論を行う。

尚、大学側の出席者、名称、形態等については事前に話し合う用意があります。

回答は1月13日12時30分迄にいただきたい。

• 1987.1.13　出席拒否の旨、学長から回答。今出川学生課にて抗議行動。文面の再検討を要求。

1987年1月13日

第1部学友会中央委員長
金築 清殿

大学長　原 正

「要求書」について（回答）

1986年12月20日付貴学友会からの「要求書」に対し、次のとおり回答します。

1986年5月30日付回答書において私は、「学生諸君が自治、自律の精神をもって行う活動はこれを最大限尊重するとともに理性ある行動を期待すること、学友会代表との理性的な話し合いにはそれにふさわしい場が必要であること、およびそのような場を学生部を通じて模索する用意のあること」を回答いたしました。

もとより私は学生諸君との対話の積み重ねによって相互の信頼と理解を深めたい所存でありますが、ここでいう対話は当然大学の組織の代表者と学生諸君の自治組織である学友会の代表者との対話を意味するものであります。したがって「対学長大衆討論集会」に出席することはできません。

学費改訂については2回にわたる「学生部長説明会」において学生部長から説明がなされたものと理解しております。

なお、私の基本姿勢である学友会の代表との対話の実現を望むとともに、「要求書」にある諸項目についてはあらためて文書で説明する用意があります。

以上

• 1987.1.16　学生部長、13日付学長回答とともに「大学長の『回答』について」を学友会に提出。学友会受け取り留保。

1987年1月16日

第1部学友会中央委員長
金築 清殿

学生部長
O野 T治

大学長の「回答」について

1987年1月13日付大学長から貴学友会への「回答」の一部文面に関して学友会から再検討を求められましたが、大学長から以下の見解を得ましたので、伝えます。

今回の回答においても私の見解として表明しましたとおり私は就任以来、学生諸君との間で相互の信頼と理解を深めるために学友会の代表者との対話を基本姿勢としてまいりました。したがって1月13日付「回答」は、その趣旨にそって大学長としての私の責任において決断したものであります。

なお、学生部長は2回にわたる「説明会」に貴学友会の要求にこたえて、その職責上学費改訂について説明するために出席したものであると理解しております。

しかしながら、貴学友会として学費改訂についての説明がまだ内容的に不十分ということであれば、その他の諸項目とともに文書による説明、学友会の代表者との対話等によって十分こたえていきたいと考えております。

私は貴学友会が以上の私の基本姿勢を十分理解したうえ、全学の学生組織である学友会としてふさわしい見識をもって今後とも自重した行動をとるよう心から願っております。

以上

• 1987.1.31　O学生部長、部長職を離れる。

1986.12月

12.13〜14　此春寮オープン・ハウス（寮祭）へのお誘い（文責：三浦）

全ての寮生の皆さん！　太陽の光が恋しい今日このごろ、日々、自治活動に勤しんでおられることと思います。

さて、このたび此春寮ではオープン・ハウス（寮祭）を開催することとなりました。他寮の寮生の皆さんにも是非参加していただきたく挨拶申し上げる次第です。

今回のオープン・ハウスは、寮として一つのテーマを設定するのではなく、各回生会（此春寮には各回生ごとの集まりである回生会がある）、寮内研究会（部落解放研究会、朝鮮問題研究会）ごとのそれぞれの志向性にもとづく企画の集まりという形を採りました。

これにより、寮生１人１人おのおのがもっている“もの”を表に出そう、そしてこの中からお互いの討論関係の深化を獲得しようと考えたからです。

具体的なプログラムについては後に掲げます。それぞれの企画への注目をお願いします。

今年は田辺移転が強行され、更に先日、学費値上げの「決定」も発表されました。寮に関しても、原学長は「新しい寮をつくるとしたらアパート形式か別のスタイルに」（同志社学生新聞インタビューに於いて）という発言を行い、寮自治の否定、金のない者は大学へ来るな（教育の機会均等の彼岸化と大学の福利厚生業務の放棄）という姿勢を示しました。

私たちはこのような動向に敢然と立ち向かうべく、私たちの日々の歩みを不断に確かめながら、更なる寮自治、寮運動の深化発展を克ち取ってゆきたいと考えています。

12/13、14此春寮オープン・ハウスへ！　全ての寮生の皆さんの来寮を心からお待ちしています。

此春寮寮生一同

プログラム（若干の内容変更、時間変更があるかもしれません）

12月13日（Sat.）

15:00　開催宣言 ～ 今出川キャンパス明徳館前にて

16:30　自主入退寮権についての浪曲風講演会 ～ 寮内チャペル（主催：2回生会）

18:00　「在日１世の歩みに見る朝鮮人の姿と日本人」
金賛汀氏（フリーライター）講演会 ～ 寮内チャペル
（主催：朝問研）

（交流会）

深夜　オールナイト映画上映会（14日深夜も行う予定）
「怒りをうたえ」、「雪の断章」、チャップリン短編集（主催：4回生会）

12月14日（Sun.）

12:00　「『障害』者と健常者の“関わり”の中味を探る」～ 寮内チャペル（主催：3回生会）

14:30　映画「人間みな兄弟―部落差別の記録」上映会 ～ 寮

内チャペル（主催：解放研）
16:30　バンド演奏（大成・松蔭・此春寮の寮生と寮外生による）
18:30　挨拶 ～ 交流会（カラオケ、映画etc.）

（尚、2日間を通して食堂の壁に1回生会による「ザ・食べ歩記」が展示される）
※　食堂・喫茶もあります。

1986.12.4
此春寮オープン・ハウス（寮祭）朝鮮問題研究会より（文責：三浦）

此春寮朝鮮問題研究会企画
「在日1世の歩みに見る朝鮮人の姿と日本人」金賛汀氏（フリーライター）講演会

この夏は藤尾文相の発言に両国の首脳陣が揺れた。彼は日本の侵略行為の中味について深く洞察することなく、月刊誌上に於いてまさしく“吠えた”。
彼は「南京大虐殺」について殺された人の数字が不明である、又、他国の行った侵略と比べて、日本の侵略行為は特筆すべきものかという旨の発言を行い、侵略行為による傷跡を問うことなく、かつての“過ち”を彼岸のものとしている。
侵略（一口に侵略といってもこの言葉の包含するものは深く、限りなく広いと思う）は、虐殺という無惨な行為のみ解釈されるべきではなく、経済的な侵略により自らの生活する場を追われたり、生きる糧を奪われた人々の存在も忘れてはならない。

日本に居住する外国人の約70％を占める朝鮮の人々はまさにこういった人々である。強制連行は言うまでもなく、土地調査事業などによってやむなく生きる場を日本に求めなければならなかった人の数は計り知れない。

此春寮朝鮮問題研究会は、5月に「朝鮮問題とは何か？」という講演会を開き、更に朝鮮史の学習会を行ってきた。これにより両国、両民族の大枠の関係性はつかみえたと思われる。

今回の企画は、更にその中味を深く問うものとして設定した。在日１世の歩みに焦点をあてる中で“侵略”とは何かを問い、現在的な在日朝鮮人の人々が負っている課題を考えていきたく思う。

1987.1.9

自分自身、現在持っている見解に固執する気はありません。しかしながら、内容のない批判を甘受するほどの寛容性は持ちません。「原則的復権」などを掲げるのではなく、新たなものを創り出してゆく、このような発想が必要であると思います。楽しい中に厳しさあり、厳しい中に楽しさあり、といった寮運営を行いたいと思います。具体的には、3月自主入寮選考、これまでの議論の中心であった学費値上げ問題が、メインの課題として挙げられるでしょう。

- 寮会スケジュール 帰寮日など
- 入寮選考へ向けて オリエンテーション
- 入寮選考委員会の発足

- 入試情宣について 入学試験要項を調べる
- 学費値上げ問題について プロジェクトチームの今後
- 厚生課交渉

1987.2月

「同志社学生新聞局」へ提出した新入生向け寮案内文（文責：三浦）

丘の上にあがり、町を眺める。

人の建造物の大小や木々の中に“人の営み”が見える。

ぼんやりと川面を見つめる人がいれば、慌しく働いている人もいる。

ある人は苦悩の中で沈思し、ある人は歓喜に満ちて躍動する。

心の中に遠くを見る。

海を隔ててはるか彼方に飢餓に苦しむ人々。

一方であふれるほどの富裕の中で生活を送る人々……。

様々な思いが心の中に去来する。

私たちの足下は……。

眼前に広がる風景は……。

私たちは、自分の深層から時として湧き出づる“思い”を大切にしたいと思う。

“朝露”のように光り輝く“思い”をもっと磨きたいと思う。

新しい風、新入生諸君。集い来たれ、我と語らん。

同志社大学此春寮

1987.2.7

入試情宣中の連絡体制について（文責：三浦）

これまでも繰り返し報告、議論してきたように、今回の入学試験時の情宣活動は田辺、今出川両校地で行う。ローテーションについては2月5日の寮会で確認されたが、全体を通しての連絡体制等を更につめる必要があると思われる。

ここでは、再度のローテーション確認と責任者の確認、そして責任者間における留意点の確認を行いたい。

（今出川は11日の分担以外は西門）

<table>
<tr><td rowspan="2"></td><td colspan="2">2月8日（日）</td><td colspan="2">2月9日（月）</td><td colspan="2">2月10日（火）</td><td colspan="2">2月11日（水）</td><td colspan="2">2月12日（木）</td></tr>
<tr><td colspan="2">経済学部</td><td colspan="2">工学部</td><td colspan="2">商学部</td><td colspan="2">神・文学部</td><td colspan="2">法学部</td></tr>
<tr><td rowspan="2">田辺</td><td colspan="2">MUR,
OKD,
（SSY）,
TKYM,
SJK, YMD</td><td colspan="2">MUR, IMI,
KNS,
OGW③,
SJK, USO</td><td colspan="2">YMD,
MUR, SSY,
OKD, USO,
KNS,
TKYM,
SJK,
OGW②</td><td colspan="2"></td><td colspan="2">YMD,
MUR,
TKYM,
KNS,
OGW②,
USO</td></tr>
<tr><td>松蔭</td><td>ベタニア</td><td>アーモスト</td><td>暁夕</td><td>此春</td><td>大成</td><td>壮図</td><td>一粒</td><td>鴨東</td><td>一粒</td></tr>
</table>

<table>
<tr><td rowspan="2">今出川</td><td colspan="2">OGW②,
KNS, USO,
BB, OGW③</td><td colspan="2">YMD, OKD
（朝・夕),
KTN
（朝・昼),
SSY,
TKYM,
BB(朝・昼),
OGW③</td><td colspan="2">OGW③,
BB(朝)</td><td colspan="2">(西)MUR,
KNS,
TKYM,
SJK,
OGW③,
YMD
（朝・昼)
(正)OKD,
SSY,
OGW②,
USO</td><td colspan="2">OSG, OKD
（朝・夕),
SJK,
BB(朝),
SSY(朝),
HPJ(昼),
OGW③</td></tr>
<tr><td>北志</td><td>暁夕</td><td>ベタニア</td><td>大成</td><td>壮図</td><td>鴨東</td><td>此春</td><td>松蔭</td><td>アーモスト</td><td>北志</td></tr>
</table>

（太字は此春寮の責任者、全体の門の責任者は以下の表である）

田辺　　正門　～　大成、大成
今出川　西門　～　此春、大成
（尚、此春寮から出す西門の寮指揮はOGW③に
今出川　正門　～　アーモスト、壮図
依頼、了承を得た。ごくろうさま。よろしく）

尚、全日、夕方の情宣終了後、全体の指揮者会議（両校地とも）、その後、全寮の代表者の会議がある。此春寮からは当日の各校地の責任者（太字）が出席することとする。（両校地とも寮BOXで開かれる）時間未定のため、大成寮との連絡が必要である。

［集合時間］

	朝	昼	夕
田辺	7:00　学館ピロティ （6:30　寮食堂）	未定	15:30　別館集合 （此春寮としては別） 18:00　バス出発
今出川	8:00学館ピロティ	11:30　学館ピロティ （此春寮としては別）	15:30　学館ピロティ （此春寮としては別）

［責任者の留意点］

1）当日、情宣へ向けて参加者の把握と集合場所への誘導。

2）その時々の人員確認。

3）不慮の事態に備える。何らかのことが（弾圧等）あれば早急に寮に連絡。

4）情宣終了後、田辺の責任者は寮の本部へ報告。

5）各時間の情宣終了後、意見集約を行う。

6）尚、夜、責任者の報告の場をもちます。連日（8日～11日）22:30にMURの部屋に集まることとします。参加者はその日の責任者と翌日の責任者です。

［全体を通じて］

1）本名で呼びあわない。

2）責任者の指揮の下、まとまった行動を！

3）2月12日（木）22:00集約会議（「寮会」）

★ 参加者の変更があれば、その日の責任者へ連絡を！　又、MUR、YMDへも連絡されたいと思います。

★ 入試情宣全般の此春寮の責任者はMUR、YMDです。

★ 本部は全日、設定したいと思います。（8日～12日）

以上です。

1987.2.21
4.29公判闘争への“カンパ”のお願い（文責：三浦）

学部自治会各位 殿

昨年4月29日の「天皇在位六〇年式典反対！靖国公式参拝反対！京都集会」でのデッチ上げ逮捕、不当な起訴、70日間にもおよぶ長期勾留と、なりふりかまわぬ弾圧、攻撃の中で開始された“4.29公判闘争”もいよいよ山場から終盤へと向かっています。

2月13日の第9回公判では、弁護側4人目の証人に対しての主尋問が終了し、反対尋問の後は被告人質問ということになります。論告求刑、最終意見陳述と続き、5月を前後して判決公判が予想されます。

この公判闘争を我々は ①反天皇制運動総体にかけられた弾圧であり、学生がスケープゴートとされた ②そして権力の側からして運動の分断をはかるものである、という基本認識の下、被告の完全無罪を克ち取ることを前提に、分断攻撃を乗り越えるべく闘ってきました。

公判闘争を展開するために不可欠なことは、まず被告の孤立化を避け、圧倒的な支援の体制を築くことがあげられます。その上で現社会体制にあってはどうしても金銭（カンパ）が必要

になります。（弁護士費用、情宣のための更紙代など）

つきましては、貴自治会に対し、これまでの運動の経過をふまえ、団体としてのカンパをお願いしたく申し上げる次第です。カンパは全て今回の公判闘争勝利のために費やされます。何卒、よろしくお願いします。

同志社大学4.29被弾圧者を救援する会

1987.6.18

1986年度後期執行委員会総括（1987.6.18）（文責：三浦）

“人の歩みは時として道に迷いながらも進んでいるものである。人が10人集えば10人なりの生き方があるという極く当たり前の事実。そんな中で同じ時を、同じ場を過ごすことのとてつもなく低い確率にあらためて驚いてみたりする”

1. 総括提起にあたって

総括とは、今期の寮自治寮運動の不十分点を明らかにし、今後の寮自治寮運動を展望する、そのような意味を持つものである。そしてそうであるが故に、「不十分点を明らかにし、今後を展望する」と言っても、その総括自身は、対象としている活動の内容によって、又、それを行った後の寮内の状況によって変わらざるを得ない。このことを冒頭に記した上で総括提起に入ってゆきたい。尚、1回生にとっては入寮前の活動の総括については主体者たりえないだろう。故にそれらの領域については「こんなことを行ったのか」というレベルで議論に参加してもらいたい。

a）今期の外観

今期の寮の活動は・3月自主入寮選考（3.20）・それへ向けての情宣活動（中心として入試情宣）・我々を取り巻く“教育”を見てゆくための読書会、学習会・4〜5月期のオリエンテーション としてまとめられよう。今期の総括は以上の点とアーモスト寮に関する問題についてまとめてゆくことにしたい。

b）各項目の総括文の性格

総括のメインはオリエンテーションである。その上で3月自主入寮選考についてはその形態云々より、入選にあたっての基本的姿勢（とでも呼べるような点）を共有化したい。又、入試情宣については、一旦、2.26寮会で論議を行っているので、ここでは昨年と今年とで大きく異なっていた「入構許可証」について再度見解をまとめるにとどめたい。このことは2.26寮会又入試情宣前の論議の中で整理の仕方が不十分であったということによる（実際の情宣の際に「入構許可証」を職員から強く要求されるということはさほどなかったが……）。

学習会・オリエンテーションについては今期の総括の重点であると考え、不十分点を提示しつつ、それを実質的に補いうる文書として準備した。アーモスト寮の問題については現状と此春寮としての今後の方向性を若干ではあるが提示した。

以上が各項目の総括文の性格である。

2. 総括

a）3月自主入寮選考（3.20）

今期の3月自主入寮選考については学費の大幅な値上げ、そして田辺移転の関係から入寮希望者が此春寮、アーモスト寮に集中した傾向にある（逆に大成寮は減少の傾向である）。この中で、此春寮は17名の新入寮生を迎え入れた。多くの入寮希望者の中から半分を選ぶという行為は、限られた討論の時間からして判断するのに困難を伴った。

我々が入寮希望者から新入寮生を選ぶ“基準”といったものは、ともに寮自治を担ってゆける人物である（積極的な意味で）ということであり、自分がいかなる人物とどのような討論を行い、そしてその中からどのような寮自治寮運動を探ってゆくか、という視点からである。又、入寮選考にどのような姿勢で臨むかということは新入生が入寮してきて以降の討論に如実に反映する。

我々は再度このことを確認するとともに、今、一体何をなすべきかを１人１人が考えなければならないだろう。

b）入試情宣 ～「入構許可証」について～

「入構許可証」は大学当局の敷くロックアウト体制の中から産み出てきたものであり、我々はそれを“妥協の産物”でしかないと考える。この結論に至ったのは以下の点からである。

①まず、我々がロックアウト解体の志向性を共有化しつつも大学当局と学生の力関係の中にあっては、現実的に解体が困難であるという状況があること。

②更に、田辺校地には、別館（サークルBOX棟）が構内にあり、別館使用という学生のごく当然の既存の権利が、実際上ロックアウトと相対することとなった。つまり、別館を使用するために何らかの方途を講じる必要が生じたということ。

①、②の中から産み出された方途が「入構許可証」であると考える。つまりこれは、学友会が言うような積極的な意味を持

つ“ロックアウト解体への第1歩”ではなく極めて遺憾な“妥協の産物”でしかないのである。

この「入構許可証」については実際上、余り「活用」しなかった。しかしながらここで再度、「入構許可証」についての見解を整理したのは来年も同様の事態が予想されるためである。

c）オリエンテーション（4〜5月寮会と寮史オリテ）

オリエンテーションは新しく寮に入ってきた新入寮生諸君とともに寮自治寮運動を展開してゆく基盤をつくる場として位置づけられる。「自治寮とはいかなる場なのか？」、「上回生は寮をどのように運営しているのか？」、「そして何を考えているのか？」を提示する中で寮の在り方を（というよりむしろ自分の生き方を）探ってゆこうとするその端緒として考えている。

さて、今期のオリテをスケジュール的にまとめると次のようになる。

寮会の場で
4月16日「今暴かれる管理大学の実態」スライド上映
4月30日　学費値上げを巡って
5月14日　朝問研「指紋押捺拒否」上映
5月28日　解放研「真実は勝つ」上映
6月4日　4.30寮会をふまえて
先端技術と軍事技術について（SDI・戦略防衛構想から）、関西学研都市、同大田辺移転（とその後）

寮史オリテ、グループで
5月15日　水光熱費闘争

5月19日「舎費・名簿」問題、82年7月2日以降の経緯
5月23日　寮母闘争
5月27日　自主入退寮権、開放闘争
6月2日　原理研批判、日本共産党—民主青年同盟批判

全体のオリテを通して、不十分点を示し、1回生から出された意見、感想をふまえつつ実質的にフォローするものとして提示してゆきたい。
（尚、寮会と寮史オリテと2つに分けて記している）

ｉ）寮会の内容について
それぞれの寮会の主旨を再度整理したい。このことによって1回生からの「寮会はもっと生活に直結したもののみでよい」「解放研、朝問研、SDIなどはやりたい人がやればよいのであり寮会の場ですべきではない」「寮会で話し合うことがないのに伝統的にやっている」という感想、意見に答えようと思う。

• 4.16「今暴かれる管理大学の実態」スライド上映
これは最初のオリテということで、自治寮とはどのような場かを、全国的に自治寮がなくなってゆく状況を見る中から、寮生1人1人に問うものとしてあった。このスライドの中には、自治寮から新々寮へ移行されている姿が映されてあった（北海道大学、京都大学、大阪大学)。更に、受益者負担が貫徹されていることを示すガスの“自動販売機”、屈折した狭い廊下等が描かれていたと思う。
自治寮がこのような変化を遂げたのは、寮が学生の集い易い場であったことを文部省なりに総括してのことである。つまり、新々寮化は“従順な学生づくり”の意向から打ち出された施策

なのである。故に学生に対する管理強化は何も寮に対してだけではない。学生の配布するビラ、タテ看板等に対する管理の徹底を図ることを示唆する内容の通達は1978.4.20文部事務次官からの通達として全国私立大学へ送られた。これに沿って多くの大学では、学生に対する管理強化の道を辿ることになるのである。

このスライド上映は、新入生が入寮し、自治寮と言うが一体どのような場なのかをスライドを通して訴えるものとして行った。このスライドを見ることによって具体的にどうする、ああするというものとして提示したのではなく、自ラ治メルというその文字通り、1人1人が自覚を持って、責任ある行動と発言によって寮を運営してゆくとともに単に安く住む場としてではなく、お互いの切磋琢磨の中で人間を磨いてゆける場、お互いが学んでゆける場として、ともに自治を担ってゆくことを訴える、このようなものとして設定したのである。

しかし、現在の寮がそのような場として存在しているか？
回答は否定的である。物の貸し借りから食事の件まで“一般常識”上の問題まで存在する。日常レベルから1人1人が検証しあい、お互いの人格的発展を期そう。

1回生諸君も入寮して2ヶ月半、自分は寮をどうしてゆきたいかを自分なりに考えてもらいたい。

（1978.4.20 文部事務次官通達）

（iii）78.4.20文部事務次官通達

学長,学生部長,学生課長等の閲覧印
文大生第187号

昭和53年4月20日

各国公私立大学長　殿
文部事務次官
木田宏

学園における秩序の維持等について（依命通知）

学園における秩序の維持と暴力行為の排除については，従前から特段の御努力を願ってきたところであり，最近では学園はおおむね平穏な状態にあると承知しております。

しかしながら，大学によっては，授業妨害その他の暴力行為の発生をみ，あるいは施設の一部が不当に占拠される等の事態のなおあることは，まことに遺憾であります。

各大学におかれては，新学年を迎え，改めて下記事項に御留意の上，学園の管理と学生指導の在り方について再検討を加え，国民の信頼にこたえて，学園の秩序維持と暴力行為の根絶のため，厳正適切な措置をとられるよう，命により通知します。

記

1.　授業妨害その他学内における暴力行為や学内施設の本来の用途・目的を阻害する行為を許すことのないよう，全学の体制を整え，正常な秩序維持のために適切な措置をとること。
2.　学内掲示等（立看板，ビラの配布等を含む。）については，学内規則に従い管理の徹底を図ること。特に，犯罪行為をそそのかし，あるいは社会的秩序の暴力による破壊を呼びかけるような掲示物は，直ちに撤去すること。

3. 学籍にある者の修学の実態の掌握と指導管理をさらに適確に行い，また，教職員の服務規律の厳正な保持に努めるとともに，学園の内外を問わず非違を犯した者についてはその責任を明確にし，それに対し厳正適切な措置を迅速に講ずること。
4. 学園の秩序維持のために必要な警察当局との連絡については，「大学内における正常な秩序の維持について」(昭和44年4月21日文大生第267号）に留意し，遺憾なきを期すること。

• 4.30学費値上げを巡って

昨秋、同志社大学当局は大幅な学費値上げを発表した。今期の執行委も前執行委を受けつぎ学費問題について考えてゆかんとした。そしてこれにともなってオリテの中で新入寮生に対して問題提起を行うことになった。つまり、4.30の寮会は今期執行委が掲げている方針との関係でテーマを設定したということである。学費は、今となっては大学へ入学し、在籍するのに不可欠なものとしてあり、学ぶための絶対条件となっている。そもそも、私立大学で授業料をはじめて制度化したのは福沢諭吉の慶応義塾である。当時、慶応の教員は諸藩主から給与を受けていたが“明治維新”と呼ばれる“動乱”の時期にあって、その給付が停止されてしまった。そしてこれにどう対処するかということで協議した結果、授業料徴収の制度を立てることにしたという（「慶応義塾紀事」)。国立大学が授業料をとったのは1886年の帝国大学令からで、明治維新以後それまで官立の高等教育機関は給費制で授業料をとっていなかった。

以後、授業料徴収は他の学校でも行われてゆくのだが、時を経て1935年の授業料は東京帝大で年間120円、早稲田、慶応は

140円であった。

戦後の大学の大衆化で、国立と私立の学費の格差は増大する。施設の設備投資や教職員の人件費アップが学費へはね返り、学生数が増えない限り学費を更に上げざるを得なくなる。このサイクルからマスプロ化、マンモス化の道を辿ることになるのである。

さて、同志社大学の今回の値上げに話を戻そう。今回の値上げは同大の田辺移転に伴うものであることは言をまたない。値上げに至る経緯についても学生からの質問をたぶらかしつつ、EVE期間に大学の「総意」として発表、その後、学生に対して「説明」という運びであった。学費値上げに関する昨年4月当初からの学生からの質問には「財政上、困難な状態にある」との文言を繰り返し、あとは一方的に決定、発表というシナリオ……。

大学の規模が拡張されればされるほど学生へしわよせが生じるというこの矛盾。しかもその値上げを巡っては全く学生の声が反映されず、ただ一方的に「説明」を受けるだけで、その時には既に値上げ決定が行われているという現実。

今期執行委は、今期の方針に学費値上げを巡って考えてゆくことを提示した。これにともなって執行委では学習会、読書会等を行ったが、認識一般はある程度蓄積しえたと思われるが、上記の点のような根本的矛盾について、どのような角度でメスを入れるのか、については未だ鮮明にしえてはいない。今後、このことについて考えてゆく必要があるだろう。何故なら、88年度も値上げはなされるのだから。

• 5.14 朝問研「指紋押捺拒否」上映

• 5.28 解放研「真実は勝つ」上映

この寮会については「解放研、朝問研などはやりたい人がやればよいのであり、寮会の中ではすべきではない」という意見が出されている。5月の寮会について4月に提起した際、「此春寮は2つの研究会が活動している。2つの研究会からその活動紹介を行う場として寮会を設定したいと思う」という文章のみであったため、その主旨が伝わりにくかったのではないかと考えている。以下、寮内研究会の存在主旨等を記すことにしたい。

昨今、全国的な動向として自治寮が管理寮（新々寮）へと変質していることはこれまで述べた通りである。その中では、たとえ同じ屋根の下に暮らしていたとしても個人に全くもって分断され、住んでいる学生の主体的意思は反映されようがない。この点が自治寮と決定的に異なる点である。しかし、どこの自治寮でも無前提にそのような場として存在してきたわけではなく、幾多の紆余曲折を経る中で自治権を獲得してきたその結果として存在するのである（寮史オリテでもある程度認識しえたと思うが）。そしてこの過程はまた、寮生1人1人の「君はどう考えるか？」という、その時々に直面する問題についての問いの中で寮生が主体を形成してゆく、そういった過程であったろう。当然、そこには寮生相互の信頼関係、討論関係が必要とされ、自然に培われることになる。これらは、“自治の内実”という言葉で表わされる。

さて、5月期の寮会で各研究会が提起した現社会に存在する問題は、それぞれ“外国人登録法と指紋押捺制度”、“狭山事件”であった。このテーマは、それぞれの研究会が、現在、活動の中心に据えているものである。日本がかつて朝鮮を植民地支配したことは歴史的事実であり、今も尚、その関係が多くの問題を生ぜしめている（外国人登録法もその1つである）。又、被差別部落出身者に対する差別や在日朝鮮・韓国人、「障害」者差別も存在する。こういった問題をともに考えてゆける関係をつくろう、内実として寮内に蓄積してゆこうというのが寮内研究会の趣旨なのである。すなわち、寮内研究会は寮自治の一環として寮内に存在するのであり、それを新入寮生に紹介することはオリエンテーションの場として必要になってくると考えるのである。

- 6.4 先端技術と軍事技術について（SDI）、関西学研都市、同大田辺移転（とその後）、教育再編

そもそもこの寮会のテーマについては、従来、関西学研都市批判、教育再編、同大田辺町移転批判としてオリテ資料集の中の項目として編集していたが、今期は、これらのテーマについて寮会の場で論議するという形をとった。

同大の田辺町移転についてはここ数十年来、学内の最大の問題としてあり、この移転によって、寮はその存続含めて岐路に立たされるという認識から寮内的な課題として考えてきたものである。関西学研都市については、その性格からして「西の筑波」と呼ばれるもので、関西財界の復権をかけた国家的一大プロジェクトとして存在する。同大もその中に位置し、その関係性に注目してゆく必要があろうということから、又、教育再編という領域についてはトータルに言って政府が主導する形で進められる教育の改革といった問題は、学研都市に、そして、大学内に影響を与える。こういった観点から文書を作成してきた。

これらの点について、学研都市法案の成立、田辺開校という

情勢の移り変わりはあるものの、我々にとって意味するものは変わらない。このような認識と4.30寮会で出された意見 ①教育の再編、学内再編とは具体的にどのようなところに表れているのか？　カリキュラムの改悪とは？　②大学と企業の癒着はどのような点で批判されるのか？　大学での研究は軍事技術へと直結するか？　という点に何らかのメスを入れようとする意向から、6.4寮会を上記のようなテーマで設定したのである。

実際は、「一体、この寮会はどういう趣旨で設定したのか不明。SDIの学習会として設定したのか？」という感想が大半を占めた。事前に寮会の趣旨の普遍化、共有化を図るという作業の不十分性故であろう。

さて、準備した資料（文書）は、先端技術と軍事技術（SDIを例に)、関西学研都市の概略、田辺町移転批判であった（教育再編については3.18寮内学習会時に作成したものを配布した)。

先端技術と軍事技術については、アメリカのレーガン大統領が提唱したSDI構想を材料として採り上げ、日本の先端技術が必要とされること、そしてそのような中で既に日本は参加決定を為し、企業が調査に入っていること、を提起した。今月16日、M社が、米航空宇宙局（NASA）と米大手宇宙機器メーカーのTRW社との間で、宇宙通信用の高性能の半導体レーザーを共同開発することで合意した、という新たな動きもある。関西学研都市については、資料等に乏しいため、新聞等に掲載されたものから概略として輪郭をつかもうとした。その中味については今後更に鮮明になるだろう。

大学と民間企業との共同研究、受託研究制度についても、通産大臣官房企画室編「転換期の人材開発」の中に「人材開発の面でも、大学、国公立試験研究機関の有する研究機能を活用するために、産・官・学での共同研究の推進、研究者の交流等を行い相互に刺激しあって、創造的研究開発を推進する必要がある。このため、大学、国公立試験研究機関においては、民間企業との共同研究制度、研究生受け入れ制度の充実等制度面、運用面での改善を行う必要がある。特に、地域産業への貢献の観点から、中小企業の技術開発について当該地域の大学等の果たす役割が期待される」と述べられている。

今の段階で直接的に大学等での先端技術開発が軍事技術として活用されると一概には言い切れないが、K社等の技術は軍事技術として活用されているし、産・官・学共同路線の重要性が声高に叫ばれている中でその動向には注目してゆきたいと思う。

田辺移転後の学内再編については、1986年6月から9月にかけて学長から諮問を受けた5つの委員会から提出された答申を再度記し、今後、学内がこの答申に沿って統合、改廃を繰り返すだろうことを記すことにする。5つの答申の内容は、それぞれ“情報化時代に対応する教学体制強化についての具体的方策について”（2.26付 計算機センター委員会より）、“国際交流について”（2.28付 国際交流委員会）、“外国語教育の充実のための具体的方策について”（2.28付 外国語教育検討委員会）、“学際科目の設置と運営の具体的方策について”（2.28付 学際科目検討委員会）、“キリスト教主義教育について”（3.6付 キリスト教主義教育委員会）である。臨教審等で強調されている全体的なトーンを想起させる内容である。

カリキュラムの問題についてここで若干ではあるが指摘しておこう。カリキュラム自体の変化等についての検討は今期執行委内で行いきれなかった。しかし、移転にともなって単位修得上の弊害が生じているのは事実である。例えば、85年度生の体育実技の授業については、今出川では開講してはおらず、わざわざ田辺まで通わなければならない。又、他の科目についても学科によっては再履修するために両校地間を往復する必要が生じている。そしてこのため、例えば2講時に田辺で授業を受けるとなれば、1、3講時の今出川は登録できないことになり、その時間に必須科目があった場合は、どちらかを来年度登録するという結果となるのである。

移転前、大学当局は「基本的に学生が両校地間を往復することはない」と述べていたが、幾つかの点でこの原則は崩れている。

以上で各寮会についての総括を終えて、次に寮会の運営について述べてゆきたい。

ii）寮会の運営について

まず、寮会の開始時間について、21:00開始が早すぎるという意見があるが、もともと21:00開始は、田辺に通わざるをえない1、2回生諸君の事情を考慮した上でのことであった。何が何でも21:00開始ということで固執されるべきではないと考えるので、次期の寮会運営は、時間、曜日等含めて再考し決定したらよいと思う。

次に、寮会の円滑な進行については執行委が努力しなければならないだろう（ただし、同時に他寮生の協力が必要となる）。具体的には、寮会の趣旨や審議事項を早期の段階で提示する。文書は寮会前に配布しておく（寮生は配布されたレジュメに目を通しておく）。更に、その内容について相部屋で意見を交換しあうことによって論点を更に絞り込むことができるであろう。このような中で初めて寮会が円滑に進みうると思う。

この4、5月期、執行委はレジュメを事前に配布するということはほとんどなしえなかった。しかし、寮会のテーマについては不充分ながらも提示してきたつもりである。これらの点については今後とも全寮生の協力の下、追求してゆく必要があるだろう。

又、寮会等、会議の進行について見解をまとめたい。一般的に言って、いかなる会議であれ、その議事進行については圧倒的に司会の力量に拠る。4、5月期の寮会の進行については次のような判断があった。

まず、この間の寮会は、学習会的要素が濃く、何かを決議するという性格の寮会とは内容的に異なっていた。そしてそうであるが故に、執行委が準備するものに対してどれだけ質問含めて発言がなされるかは、その場を有意義な場とするか否かの重要なポイントとなる。従って、そのような場として寮会を運営するためできるだけ論議の時間をとろうとしたということによっている。しかし、一体どういう場として設定しているのかそしてそのための事前の議論と併せて総括しておく必要があるだろう。

iii）寮会をめぐっての総括の終わりに

この部分の冒頭の意見に直接的に見解を述べてこの章を締めくくりたいと思う。「寮会はもっと生活に直結したもののみでよい」「解放研、朝問研、SDIなどはやりたい人がやればよいのであり寮会の場ですべきではない」という意見については、「寮会はもっと生活に直結したもの（この言葉自体、内容が漠然としているが）」このことも当然話したらよいと思う。しかし、これまで述べた中でも触れてきたように寮という場を生活の場であると同時に学んでゆく場、意見交換を通して主体を形成してゆく場として位置付けている。であるからして、その趣旨等を鮮明にし全寮生で確認した上で学習会等も寮会で扱っていけばよいと考えるのである。

次に、「寮会で話し合うことがないのに伝統的にやっている」という意見についても「話し合うことがない」のではなく、執行委は話し合うものとして提示したのだが、その提示の仕方やその場の進行が不充分であったとして総括したいと思う。

iv）寮史オリテの形態について

まず、人数が多いという点からして一堂に会して行うより、グループに分け、議論を行いやすい形態を模索した。又、執行委は事前に集まり、その場の進め方やその日のポイントを共有化することによって、3つの場（3F客間、2F客間、会議室）の統一性を図ろうとした。

v）寮史オリテの時期について

今期のオリテは、その方針化の遅れ（上回生の主体的力量の問題と新入寮生の人数からしてどういう形態で行うのかの結論が遅かった）と資料編集の遅れからして5月中旬から下旬に集中せざるを得なくなった。このことによってスケジュール的に過密になったと言える。

その内容を自分なりにどう噛み砕くか、この作業を地道に1人1人が意識的に行う、そしてそれを持ち寄って編集し、新たに作成する、等を行っていかなければならないだろう。

それを中心に行ってゆくグループをつくることも考えられよう。

vi）資料集について

資料集は、ここ数年のオリテで活用したレジュメの中から各項目ごとにピックアップしまとめたものである。中の不備や印刷の悪さについてはその姿勢の表れとして厳しく総括しなければならない。又、内容的に新たに書き改めなければならない部分について今後どのような形にするか考えてゆく必要がある(上記の点も含めて)。

d）アーモスト寮をめぐって

周知の通り、現在、アーモスト寮は「国際交流センター化」という法人同志社の意向として、3月入選停止、それにともなって食事不供給という事態に至っている。このような現実の中で、これまで全寮会議では何らの支援をも行うことができなかった。此春寮としても方針を提示し得なかった。それは、①アーモスト寮をめぐる課題（それが他寮と無縁であるという意味ではなく）はその当事者たるアーモスト寮生の意向が第一に尊重されるべきであり、全寮に対して、又個別寮に対してアーモスト寮からの働きかけがないうちに（アーモスト寮内では方針をめぐって議論が詰め切れていないという現状があった）此春寮として何らかの行動を起こすことは避けるべきであると考えた。②更に此春寮の力量とあわせて、中長期的な方針を構想し得なかった。故に、アーモスト寮からの意見情報収集に重点を置いた、ということからである。

この間、全寮会議では、鴨東寮から、アーモスト寮への支援活動の提起があり、それを受けてアーモスト寮が寮回り（個別に寮を回って情況の共有を図る）を行ってゆくということである。此春寮としても、この寮回りの際に執行委が中心となって話に臨んでゆくべきであろう。

3. 終わりに

新入寮生が入寮して2ヶ月半が経過した。寮にも慣れ、いろいろな意見が出されている。

「寮内にビラを貼付しないでほしい」ということについて、一体、ビラを貼付するということはどういう行為かを考えてもらいたい。ビラ（ステッカー）は、そもそも、ある主張を広範に訴えるためのものである。むやみやたらと所かまわず貼りまくるとなれば問題も生じてこようが、他団体から提起のあったものや、寮生のかかわっている活動等を他の寮生に知らせる、訴える手段として貼付する分は、それをやめるに値しないだろう。

又、「寮生外からの寮に対する印象が悪い」という点についても、一体、寮外生の持つ印象は何によって裏付けされるのかを考えてみる必要があるのではないか。

寮の在り方、運営の仕方等を全学生で話し合うことはすばらしいことであると思う。しかし、予断や偏見にもとづいた印象で論ずるならば、それは同志社大学新聞（原理研究会）に載った松I名誉教授の発言「大成寮は過激派の拠点であり、新島精神にそぐわないから潰すべきだ」と同質であり、生産的な関係を結びえない。

では、我々はどうすべきか？まず、寮に住む我々は、我々がやろうとする一つ一つの行為にこだわる中から、寮外生に寮をどのような場として理解してもらうのか（させるのか）を考えてゆく必要があるだろう。このことから始めようではないか。

ずいぶん長い総括になった。以上、提起する。

1987年6月18日

86年度後期執行委員会

1987.7.2

7.10第13回公判への呼びかけ（文責：三浦）

全ての皆さん！　今、同志社大学の学友が何ら身に覚えのないことによって無実の罪を着せられようとしています。私たち同志社大学4.29被弾圧者を救援する会は、彼を不当にも逮捕した警察、そして起訴を行った検察に対して激しい怒りを覚え、これまで法廷内外を通じて被告の無罪を訴え続けてきました。

公判はすでに12回を数えました。これから、その事件の概略と公判での争点を示していきたいと思います。

• 4.29弾圧とは？

昨年の4月29日は天皇在位60周年にあたりました。天皇制はかつてはアジアなどへの侵略の元凶として存在し、今も尚、構造的に差別を生み出しつつ、国民統合の要として存在しています。このような中で、4月29日には記念式典が行われる一方、全国各地で天皇制に否を唱える集会が開催されました。

京都の地でも円山野外音楽堂に約2,000名が集い、部落解放同盟京都府連、社会党京都府本部の主催によって「天皇在位六〇年式典反対！靖国公式参拝反対！京都集会」が開催されました。この集会終了の後、デモに出発し、その解散地点である京都市役所前に到着。そして学生を中心に総括集会を行っていました。その途中、右翼の宣伝カーが河原町御池の交差点から集会を行っている学生に対してその妨害を行い、学生はこれに抗議しました。この後、付近で「警備」にあたっていた警察官が学生・市民と右翼との間の“トラブル”についての採証活動と称して学生の集団に接近し、写真撮影などのいやがらせ、挑発行為を行いました。学生数名がこれに抗議していた渦中、学生1名が突然、「窃盗や！」という警察官の声とともにつかみかかられ、それに抗議した学生も「公務執行妨害・傷害」で逮捕されてしまったのです。その後、学生は警察官によるなりふりかまわぬ逮捕行為を避けるために市役所前広場から移動し始め、東側の京都ホテルの方へ動いていきました。京都ホテル側へと横断した後、その学生集団の中の1名をNという警察官はいきなり、「警察官（自分）の持っていたトランシーバーのアンテナを掴んで折り、右手に引っかき傷を負わせた」として更に逮捕したのです。

そしてこの3人目の学生のみが起訴され、現在この事件をめぐって法廷で争われているのです。

• 公判での争点と報告

公判の争点は、まず、被告が「何ら身に覚えがないこと」と今回の逮捕について述べていることから、被告が「警察官の持っていたトランシーバーのアンテナを掴んで折り、右手に引っかき傷を負わせた」のか否かと言う点が最も大きなポイントとなっています。

被告は自分が逮捕された時の状況を次のように語っています。「京都ホテル前の歩道上を歩いていると『おっ、お前公妨や！』と警察官から言われ、一斉につかみかかられた」と。このことからすると全く何も行っていない人物がいきなり逮捕されたことになります。

更にこれまでの公判の中で次のことが明らかになっています。被告を逮捕した人物N警部補は「移動している学生の隊列の中で右端前から三列目にいた被告が、付近にいた自分が肩にかけていたトランシーバーのアンテナに手を伸ばし、それを摑んで折り、更にそれを制止しようとした自分の右手を引っかいた」とその際の状況を述べていますが、被告は前章で述べたような動きの中で、学生の集団の最後尾にいたのです。しかも隊列から1〜2メートル離れて。つまり、N警部補の証言する位置にはいなかった。そしてそうであるから「犯行」は物理的に不可能なのです。

又、当日の集会、デモに参加した学生で証人として法廷に立った人物は「アンテナらしきものを引っ張っている緑色の服の男を見た。しかし、その髪型、容貌からして被告ではなかった」と証言しました。別の証人も「『犯行』があったとされる時を前後して別の地点を歩いている被告を見た」と語りました。

ここまでくるともう明らかです。N警部補は、たとえ彼が言うような、それに似たような事実があったとしても、全くの別人を誤って逮捕したと我々は考えるのです。

法廷では同時に、4月29日当日、警備にあたっていた警察官による暴行（殴る蹴る）の数々が弁護側証人を通して明らかにされました。

この章の最後に触れておかなければならないことがもう一つあります。それは当日、警察官によって撮影されていたビデオの件です。このビデオは、公判の進行の中でその存在が明白になってきました。弁護側は、86年11月14日第6回公判に於いて、「このビデオを証拠として提出するよう」検察に対し要求したのです。ビデオは高い証拠能力を持ち、事実関係を鮮明にするのに貴重な役割を果たすと考えられていたのですが、その要求に対し検察は、87年6月12日第12回公判で「ビデオは撮影していたが、その内容については既に消去してしまっている」と回答したのです。検察はこれまでビデオの存在についてはっきりと答えてはいませんでした。その上、存在を認めた後は、処分してしまったという今回の回答です。弁護士ともども怒りを新たにしている次第ですが、今後、この警察・検察の「不手際」を追及していきたいと考えています。重要な証拠を消失してしまうとは、検察の今回の公訴自体疑わざるを得ません。このような「失態（あるいは意図的）」に対し、我々は公訴棄却を裁判所に要求しています。

• 反弾圧の陣形を構築しよう！

我々の周囲では日常的に権力からの様々な弾圧、監視が行われています。大阪の釜ヶ崎地域では街の隅々にテレビカメラが設置され、常時監視体制が敷かれており、権力が生み出す冤罪もすぐに想起しえましょう。

法制の面でも「代用監獄制度」の合法化など監獄体制の強化を狙う監獄二法が国会に上程されました。外国人登録法改「正」策動についても在日外国人に対しての日常監視の性格は否定しようがありません。

全ての皆さん、私たちも公判闘争を展開していく中で、広範な反弾圧の陣形を構築すべく、他の弾圧にも注目していきたいと考えています。公判は現在12回を終え、7月10日は第13回公判となります。全ての皆さんが4.29公判闘争へ注目され、法廷へ足を運ばれんことを訴えます。

“ビデオの件”についての新聞報道（1987.10.18 読売新聞）

証拠ビデオテープ“消えた”　府警「誤って処理」　弁護側、誤

認逮捕を主張　京都の学生デモ事件

六十一年四月、京都市内で行われたデモの際、警官の無線機を壊し、けがをさせたとして公務執行妨害、傷害罪に問われた学生の公判が京都地裁（河上元康裁判長）で開かれているが、誤認逮捕を主張する弁護側が提出を求めている府警撮影の現場のビデオテープが〈紛失〉するという事態が起きた。京都地検は「保管していた府警が誤って消してしまった」と説明、裁判は十六日の第十五回公判で事実審理が終結した。弁護側は「あまりにも不自然。都合の悪い内容だったため故意に隠したことも考えられる」と反発している。

事件は、四月二十九日夕の反天皇制デモのあと、解散地点の中京区河原町通御池交差点北側で学生数十人と警備の警官がもみ合った。この際、同市左京区、同志社大生が中立売署警備課の警部補の無線機アンテナを折り、右手をひっかいて一週間のけがをさせたというもの。

弁護側は ▷被告の犯行だと主張するのは警部補だけで、他の警官は暴行を目撃していない ▷アンテナが折られたのは車道上なのに、落ちていたのは歩道上 ▷被告は事件が起きたとされる時、歩道上にいた—として、誤認逮捕を主張。現場を再現する手段として、六十一年十一月の公判で、府警が撮影した未提出の写真とビデオの提出を申し立てた。

これに対し検察側は写真を提出。ビデオも「府警で保管しており、場合によっては検察側証拠として出す」と述べたが、今年六月になって「府警警備一課が参考資料として保管していたが、五月六日、見当たらないとの報告を受けた。収納庫の棚を間違えて入れたため、三月二十日ごろ、他の用途に再使用され、消えたらしい」と主張。

「ただし内容は断片的で、証拠開示申し立てのあと、公判検事二人が取り寄せて見たが、問題のシーンは写っておらず、立証には役立たないものだった」と弁明した。

しかし弁護側は「否認事件の場合、証拠の保管は特に慎重にするのが当然。しかも開示申し立てのあとでなくしたというのは、不自然。公訴を棄却すべきだ」といっている。

椎口正弘・京都府警警備部参事官の話「テープの取り扱いや結果について問題はなかったと確信している」

1987.7.21

此春寮朝鮮問題研究会 今期の方針（文責：三浦）

今期の方針は大きく分けると、①今年3月に国会上程された「外国人登録法改『正』案」を巡って、ひいては「外国人登録法」そのもの、また、一体となって入管体制を築いている「入管法」のもつ問題性について考えてゆくこと、②広く在日朝鮮・韓国人のもつ問題と、日本と韓国・朝鮮の歴史的、今日的関係を見てゆくこと、として考えられる。①の点については5月に「指紋押捺拒否」映画上映をオリオ企画として行ったことから、一体何故、問題とされるのかについては、ある程度、認識し得たのではないだろうか。以下、方針を箇条書きにして提示する。

①「外国人登録法—入管問題に取り組む同志社大学実行委員会」に今後とも参加して外登法—入管のもつ問題について考えてゆきたい。この実行委は、3月に国会上程された「外国人登録法改悪案」に反対する意図をもってつくられた「外国

人登録法改悪阻止同志社大学実行委員会」が発展的に改組した委員会である。現在は学習会を中心に活動している。

②「同志社大学日韓連帯協議会」へ今後とも参加し、広く日本と朝鮮・韓国の関係について考えてゆきたい。この「日韓協」は、在日の学友による呼びかけで昨年5月につくられた。今年は5月に「光州民衆蜂起7周年連帯集会」を同志社大学で行った。

③寮内で定期的に学習会や映画・スライド上映等を行ってゆく。（詳細は追って）

④朝問研通信を再開したい。第3号からということになる。寮生誰でも意見、感想を投稿できるようにしたい。

⑤オープン・ハウス企画を考えてゆきたい。昨年は、金賛汀氏（フリーライター）講演会「在日1世の歩みに見る朝鮮人の姿と日本人」を行った。

⑥寮の執行委の要請によって、寮内的な取り組みとしての学習会等を考えてゆきたい。

MEMO

◆「外国人登録法改『正』案」（3月国会上程）が、現在開かれている臨時国会で審議される見込みである。9月上旬に法務委員会で扱われるか否かがポイントになる。

◆大阪入管局京都出張所に対する申し入れ（要請）行動

要請内容　•在留資格を剝奪された拒否者に従来の在留資格を与えるよう法務省当局に働きかけること。
•在留資格を剝奪された拒否者への「違反調査」を中止すること。

要請日時　7月28日（火）14時〜　京都出張所（京阪伏見桃山駅下車徒歩5分）にて

◆映画「もうひとつのヒロシマ―アリランのうた―」上映

7月25日（土）京都会館別館ホール

① 18:30 〜 19:30　朴壽南さん（企画・構成・演出）講演

② 20:15 〜 21:15

8月1日（土）ルネサンスホール（京都駅前）

① 13:30 〜 14:30

② 14:45 〜 15:45

「この映画は、広島在住の韓国・朝鮮人被爆者、そして渡日治療中の在韓被爆者の証言によって全編が構成されています。日本人の加害責任に対する鋭い告発であるとともに、第一級のドキュメンタリー作品ともなっています」（「アリランのうた」京都上映実ビラより）。

尚、この上映実には「外登法―入管問題に取り組む同大実」も参加している。

1987.11.5

「もうひとつのヒロシマ―アリランのうた―」上映ビラ原稿（文責：三浦）

1. はじめに

1945年8月、広島と長崎に原爆が投下され日本は終戦を迎えた。今、多くの日本人はこのことを指し、「日本は唯一の被爆国である」という歴史認識をもっている。しかし、この認識は誤っている。何故なら、当時数多く日本に住んでいた朝鮮人被爆者が存在するからである。彼らは日本のアジア侵略の中で、強制連行や土地収奪によって日本に渡ってこざるを得ない状況に追い込まれていた人たちであった。日本が侵略戦争を遂行する過程で受けた原爆は他の民族にも大きな傷跡を残したのである。

2. 朝鮮人被爆者をめぐる状況

日本政府は在韓被爆者（日本で被爆し、終戦後、祖国へ帰っていった人々）2万人に対して、戦後35年たった1980年になってようやく重い腰を上げ、韓国政府との合意の下、「渡日治療」という制度を創設した。これは内容的には年間わずか数十名、重症者排除、診療期間2ヶ月、アフターケアなし（しかも、渡日する被爆者の日本までの旅費は日本国内の新幹線代含めて全て韓国政府に肩代わりさせた）という甚だ不充分なものであり、とても誠意ある対応とは言えないものであった。しかし、こうした不充分な制度であっても在韓被爆者にとっては、原爆後障害の専門治療を受けることができる唯一の機会となっていたのである。この「渡日治療」は1986年11月、349名の被爆者を部分的に治療したのみで打ち切られてしまった。日本政府はもともと被爆者に対しての国家補償を行わなければならない立場にありながら、この問題に対して“第三者面”を決めこんでいるのである。このように在韓被爆者をめぐる状況には極めて厳しいものがある。

3.「もうひとつのヒロシマ―アリランのうた―」上映へ！

私たちはこのEVE期間に、映画「もうひとつのヒロシマ―アリランのうた―」を上映する。この映画は広島在住の韓国・朝鮮人被爆者、そして渡日治療中の在韓被爆者の証言によって全編が構成されており、制作者である朴壽南さんは「老いた被爆者達が亡くなってしまう前になんとかして彼らの姿と声を残しておかねば」との思いを語っている。

私たちはこの映画上映によって、厳然として存在し、現在では“陰の部分”としてあまり知られてはいない“もう一つのヒロシマ”を広く訴えていきたいと思う。

11月19日（木）17:30から学館会議室（未定）にて“在韓被爆者をめぐって”の学習会を行います。是非、参加を！

日時）11月27日（金）①13:30 ～ 15:00　②16:00 ～ 17:30　③18:30 ～ 20:00
場所）同志社大 学館ホール
主催）外国人登録法-入管問題に取り組む同志社大学実行委員会

1988.2.5

「日韓新時代」を考える　学習会レジュメ（文責：三浦）

―はじめに―

「日韓新時代」、「日韓新次元」という言葉が、政府、マスコミによって宣伝、報道されている。この言葉は文字通り“日本と韓国の関係は新しい時代を迎えている”と受け取って間違いあるまい。しかし、この言葉はあくまで政府、マスコミによって作られた言葉、概念であって、民衆の中から生み出されてきたものではない。“必要は発明の母である”という語句が、逆説的に“発明があるところに必要がともなっている”という意味を含むのを考えるならば、「日韓新時代」、「日韓新次元」が声高に宣伝される背景には政府の意図（必要性）が存在する。それは、例えば歴史の歪曲であったり、在日朝鮮・韓国人に対する抑圧等の隠蔽であろう。

本日の学習会の主旨は、この「日韓新時代」の裏の部分を探り、ともに考えることである。

1. 全斗煥大統領訪日（1984.9）の意図

「日韓新時代」がうたわれるのは、1984年9月の全斗煥大統領訪日にともなってである。日本では“韓国ブーム”が起こり、書店の店頭に“韓国”をテーマに扱った書物が並んだ。この章では、全斗煥大統領の訪日に焦点をあてて考えてみたい。

韓国大統領の史上初の公式日本訪問が1984年9月に行われた。この訪問は、次の3つの会談により成り立っていた。

1）全大統領―天皇会談

2）首脳会談（全大統領―中曽根首相）

3）各閣僚個別会談

又、全斗煥大統領は、訪日に先立って前田駐韓大使と会見し、次の4項目を両国間に横たわる懸案としていた。

①指紋押捺問題をはじめとする在日韓国人の処遇

②貿易不均衡の是正

③日本の東北アジア政策

④先端技術の移転問題

以下、具体的に問題点を指摘してゆきたい。

a）全大統領—天皇会談

全斗煥大統領と天皇の会談は9月6日に行われた。この会談で天皇は、「今世紀の一時期において両国の間に不幸な過去が存したことは誠に遺憾であり、再び繰り返されてはならないと思います」と述べた。これに対して全斗煥大統領は、「陛下が過ぐる日の両国関係史における不幸だった過去について述べられるのを、私はわが国民とともに厳粛な気持ちで傾聴しました」とこたえた。このセレモニーは、天皇の「お言葉」により、日本帝国主義による36年にも及ぶ朝鮮植民地支配の歴史を一旦は「清算」するという意図の下に行われたものであり、これを認めることはできないだろう。このセレモニーについて、韓国の野党国会議員である許景九氏の次の言葉が印象的である。「もう再び日本に公式にお詫びを求めることはできない。歴史は終わった」

b）首脳会談（含 各閣僚個別会談）

全斗煥大統領—中曽根首相会談では、先述の4項目のうち、2度の会談とも日本の東北アジア政策、朝鮮半島問題に話が集中し、他の懸案については各閣僚の個別会談に回されることになった。以下、共同声明をみながら、全斗煥訪日の意味をみてゆきたい。

共同声明には、5項として次のように記されている。

「朝鮮半島における平和と安定の維持が日本を含む東アジアの

平和と安定にとって緊要であることにつき見解も共にし、この地域の平和と安定及び繁栄のために今後とも互いに努力していくとの決意を再確認した」
「朝鮮半島をとりまく引き続き厳しい情勢下で韓国政府の防衛努力がこのような対話努力とあいまって朝鮮半島の平和維持に寄与していることを高く評価した」

これは、日本と韓国の軍事面での結びつきの強化を宣言するものである。と同時に北朝鮮に対する敵視の姿勢が見てとれると思う。そしてこの項は、次の事実と関連させて見ると更に意図が鮮明になる。

「これと関連して見落としてはならない事実は、全斗煥来日直前の八月三十一日、韓国大統領府と日本の首相官邸との間に、ホットラインが開通したことである。すでにことし（※一九八四年　三浦）の三月三十一日、東京・赤坂の防衛庁構内に、『中央指揮所』が完成した。これは、有事になると各地の軍事情報が収集され、各部隊へ作戦指令が出される所で、『現代の大本営』ともいうべきものである。ここから、首相官邸と在日米軍司令部にホットラインが通じている。この両者を結びつければ、完全な軍事情報と作戦司令の一体化が出来あがっているのである」（「インパクション32」桑原重夫論文より）

又、9月29日から4日間、防衛庁の渡部統幕議長が韓国を訪問した。表向きは10月１日の韓国「国軍の日」の行事への参加ということになっているが、やはり、実際的な軍事協力関係を強めようとするものであろう。

次に7項について触れる。7項には以下の記述がある。

「両国首脳は、両国間の貿易を拡大均衡の方向で発展させることが望ましいことに意見を共にし、定期閣僚会議と貿易会議等を通じて今後の貿易関係の健全な発展のために緊密な協議を継続していくことに合意した」

「日本の輸入等促進ミッションが韓国に派遣されることになったことを評価した」

これは経済面に於ける声明であるが、累積されている韓国の対日赤字是正への進展とはなっていない（65年から83年末までの累計額約280億ドル）。何故なら両国の経済的親密さの深まりは、構造上、今後の世界経済の動向にもよるが、つまりは韓国側からする対日赤字拡大へとつながっているからである。韓国輸出・日本輸入促進ミッションの派遣は7月に訪韓した安倍外相と李外相との会談で確認されたものである。これは、韓国の輸出産業にとっては“朗報”であろうが、労働者総体にとってどのような影響があるか疑問である。

他に技術移転問題では、ブーメラン効果を懸念する民間の消極姿勢により進展がなかった。また、大きな焦点の一つであった在日韓国人の待遇改善問題の指紋押捺制度と外国人登録証の常時携帯義務について、日本の住法相は「在留外国人の公正な管理を行う上で必要な制度」と述べ、頑なな姿勢を見せていた。（「外国人登録法」は1987年9月「改正」された）

2. 全斗煥大統領訪日にともなう警備

全斗煥大統領が日本に滞在した3日間、首都を“警備”した機動隊は23,000人と言われている。車の検問や所持品検査は言うまでもなく、在日朝鮮・韓国人に対する執拗な尾行監視が行われた。そして次のような事例も報告されている。

「すでに今回の全斗煥警備のさなか、公安刑事が、ある区の出張所に二百数十人分のブラックリストをもってあらわれ、そのリストに関する住民票の閲覧を要求するというような事態もおきている。その出張所での閲覧要求は斥けられたが、刑事は、ほかの区ではもう千何百人分もの住民票をみたぞ、とすてぜりふをのこして帰ったという」(「インパクション32」菅孝行論文より)

このような厳戒体制を敷いてまで、全斗煥大統領―天皇会談や全斗煥大統領―中曽根首相会談を強行しなければならないということは、言うならば両国政府のまさしく威信をかけた一大セレモニーであったということである。全斗煥大統領にとっては、「錦南路を血で染めた光州の民主義挙をあからさまに踏みにじって成立した」政権であるからこそ、天皇からの「謝罪」の「お言葉」は韓国民衆に対しての自分のイメージアップにつながるという意図があっただろうし、中曽根首相にとっても、「戦後政治の総決算」を遂行するにあたって日韓関係は避けては通れない課題であったと言える。しかも、天皇の政治の場への登場というお札つきである。そしてそうであるからこそ弾圧に弾圧を重ねて、会談を“完遂”したのである。「日韓新時代」とは虚飾だけの（真の意味で）何ら実体をともなわない宣伝なのである。

3. 近年の日韓関係の諸断面：教科書検定、藤尾発言

この章から、幾章かにわたって、日韓関係をめぐって80年代

に問題化した事柄について記そうと思う。この3.の章では教科書検定と藤尾発言について触れる。

日本史や世界史の朝鮮、中国などをめぐる記述での歪曲化が問題となったのは1982年の検定の時であった。その際は「侵略」を「進出」とし、「三・一独立運動」を「三・一暴挙」にする等の改ざんが行われ、国際的な問題として扱われた。1984年にも「日本語教育が徹底され、創氏改名が強制されるなど、その地域住民の民族性を否定する皇民化政策が実行された」との皇民化政策の記述に対し、「日本語教育、創氏改名などの措置は民族性を否定すること自体が目的であったのではなく、日本に同化させようとするものであった」との理由で、強制力を持つ修正意見をつけている。（朝日新聞1984.7.1）

かつての日本帝国主義支配が世界に類例がないのは、「皇国臣民化」、「内鮮一体」などのスローガンのもとに朝鮮語の否定、朝鮮の歴史の否定、創氏改名による日本式姓名の強制を行い、完全に日本人化し、朝鮮民族の実体を亡きものにしようとしたことである。こういった歴史の歪曲は教科書検定の場だけではなく、閣僚からの無責任な発言等にもみてとれる。

1986年7月、時の藤尾文部大臣は、記者会見の場に於いて、「日本を守る国民会議」編集の高校日本史教科書問題に関連して「文句を言っているやつは世界史の中でそういうことをしたことがないのかを、考えてごらんなさい」と述べ、日本の植民地支配という歴史的事実からして“開き直り”としか言いようのない態度を示した。これに対して、韓国、北朝鮮、中国、台湾が抗議の意を表し、藤尾文相の罷免という形で「決着」がついた。

かつて朝鮮人強制連行に携わった吉田清治氏が「ある手紙の問いかけ」という映像の中で語っていた言葉「これからは日本

人の側からは真の歴史は書かれなくなる」は、日本人一人一人が肝に銘ずべきものであると思う。

4. 近年の日韓関係の諸断面：外国人登録法

「外国人登録法」は、在日外国人を適用対象とした法律である。在日外国人のうち、8割が在日朝鮮・韓国人であることから現実的にはその適用は彼らに向けられると言える。そしてこの法律は、その条文に指紋押捺制度、外国人登録証の常時携帯義務、法律違反の場合の刑事罰等を記している。又、この法律と「出入国管理及び難民認定法」とで、日本の入管体制を形成している。

「外国人登録法」に対する抜本的改正を求める声は、指紋押捺拒否者を中心に全国的に巻き起こっているが、1987年9月の“改正”は、それらの声に何ら応えるものとなってはおらず、逆に、一層の在日外国人に対しての管理強化が打ち出されている。

　この法律の存在と、実際の運用にあたっての官憲の姿勢などが、在日外国人にとって抑圧以外の何ものでもないということが今の日本の社会意識を如実に反映していると思う。

5. 近年の日韓関係の諸断面：キーセン観光

　この章については、「民主化運動青年連合 女性部」が製作したビラの訳出（「インパクション32」『韓国民衆は糾弾する』仁科健一編訳）から引用することにする。

「『キーセンのサービス満点、男性の天国』―ある旅行社の面はゆい文句のように、セックスを求めて飛び込んでくる日本の男性観光客は今、年間六〇万に達し、彼らが投げてよこすはした金に身を売る韓国女性が十万、彼女たちを中間搾取して暮らす抱主、料亭、旅行社などヒルどもが数十万に達するという。（中略）キーセン観光は『もとでのかからぬ外貨かせぎ』として、年ごとに拡大する対日貿易逆調を埋め合わせる最もよい方法であり、維新政権以来、積極的に奨励されてきた。政府は旅行社のキーセン観光客の誘致実績に応じて特恵金融の支援を行ない、キーセン教育をさせながら合法的キーセン制度として『キーセン証』まで発給するなど、事実上のキーセン観光の抱主の役割をしてきたのである」

〈結局日本は私たちにとって何なのか〉

	植民地時代	今日
日本の本質	日本帝国主義＝天皇制ファシズム	新軍国主義＝自衛隊増強＋平和憲法廃棄
日本の対アジアおよび韓国侵略	大東亜共栄圏―天皇はアジア人の父母であるから日本人と朝鮮人は兄弟だ	アジアの円経済圏化―韓国は日本防衛に必須であるから日本の保護が必要だ
日本の支配方式	武力的支配―大規模虐殺と七三万韓国人の徴兵・徴用	経済的支配―借款と直接投資、技術協力による経済的従属
韓国女性の苦難	挺身隊（二〇万）―韓国女性は天皇軍隊の補給品	キーセン観光（一〇万）―経済建設に寄与する韓国キーセン

（「インパクション32」『韓国民衆は糾弾する』より）

日本人と韓国人の間にはこのような現実が存在するのである。

―おわりに―

「日韓新時代」とは、過去の悲惨な歴史は「清算」された、これからは手に手を取り合って共存共栄、末長く仲良くやってゆきましょうということなのである。そして、不思議なことに、その宣伝を受ける側は、「日韓新時代」「日韓新時代」と繰り返されると、過去が歴史の中に葬り去られ、傷痕は全て解消されたかのような錯覚に陥ってしまう。しかし私たちはこれを否定する。何故なら、以上見てきたように、現実は何ら変革されてはいないからである。真の日本と韓国の新時代は、これらの根本的解決の上に存在するものであろう。そしてその時こそ民衆の口から新時代の幕開けの声が発せられるに違いない。

参考文献・資料

- 『現代朝・日関係史』（高峻石 社会評論社）
- 「インパクション 32『日韓新次元』と象徴天皇制の変容」（インパクト出版会　イザラ書房）
  うち、桑原重夫論文、天野恵一論文、菅孝行論文、朴哲錫論文、『韓国民衆は糾弾する』（仁科健一編訳）
- 『現代天皇制の統合原理』（菅孝行 明石書店）
- 「世界 1984 年 9 月号 金石範論文」（岩波書店）

1988.4.28

「4.28 在日韓国人『政治犯』問題を考える」講演会基調（文責：三浦）

はじめに

　現在、韓国には「政治犯」として獄中に拘束されている人々が約2,000名以上存在する。うち、四十数名が在日韓国人「政治犯」であり、中には同志社大学出身の金炳柱（キムピョンジュ）氏（1983.11.28逮捕　死刑→無期）、金哲顕（キムチョルヒョン）氏（1975.10.15逮捕　20年）、姜鐘健（カンジョンゴン）氏（1975.11.22事件発表　保安監護処分）がいる。彼らは日本で生まれ育った在日韓国人である。そして祖国である韓国へ留学や商用という目的で渡り、「北のスパイ」としてデッチ上げられたのである。

在日韓国人「政治犯」が生みだされる背景

在日韓国人「政治犯」は韓国と日本の政府・警察権力による意図的なデッチ上げによってつくり出されたものであり、これには朝鮮民族の南北分断という現実が密接に関連している。

(1) 南北分断へ至る経緯

朝鮮は、1945年、日本の侵略戦争敗北によって解放を迎えた。日本帝国主義による朝鮮植民地支配の“くさび”からの解放である。そして朝鮮民衆の独立国家建設へ向けた動きは着々と進んでいたのである。しかし、大戦が終わるや即座にアメリカが朝鮮半島の38度線以南に軍政を敷き、3年後にはこの地域に朝鮮民衆の意志とはうらはらに大韓民国の成立を強行したのである。これによって朝鮮は38度線をはさんで北に朝鮮民主主義人民共和国政府、南に大韓民国政府と2つの政府が存在することになった。これには、アメリカの朝鮮半島に於ける戦略が背景としてあった。つまりアメリカは“反共の砦”として38度線以南を位置づけ韓国を成立させたのである。以来、韓国ではアメリカの意志を代弁する傀儡政権が成立しつづける。しかも、軍部が政権の中枢を占め、民衆の政治的権利・民主的権利を剝奪し、それによって巻き起こる民主化要求の声や民族統一へ向けた闘いを圧し潰してきたのである。

(2) 在日韓国人「政治犯」デッチ上げの意図

在日韓国人「政治犯」デッチ上げは歴代韓国の政府が行ってきた“常套手段”であった。自らの政権の存続が危うくなると在日韓国人留学生らを「スパイ事件」の「首謀者」としてデッチ上げた。それは、そうすることによって「北の脅威」を韓国内に宣伝し、軍部独裁反対の闘いを「北の不穏分子によってもたらされた混乱」としておとしめるためであった。例えば1971年に発表された「学園スパイ団」事件の背景には、当時の大統領朴正熙（パクチョンヒ）の三選反対闘争の盛り上がりがあったし、1975年の「11.22学園浸透スパイ団」事件捏造は、ベトナム戦争に於いてこの年の5月に南ベトナムのサイゴンが陥落し、革命の波が韓国に及ぶことを政権が恐れたからであった。

かつて日本が朝鮮を植民地支配し、朝鮮人を日本へ強制連行したが故に日本に居住する朝鮮・韓国人の祖国への思いを逆手に取り、「スパイ」にデッチ上げた上で、投獄、拷問を繰り返す。このような蛮行を我々は許すことができない。

(3) 日本政府の対応と日本に於ける在日韓国人「政治犯」デッチ上げの土壌

このようにしてデッチ上げられた在日韓国人「政治犯」に対して日本政府―法務省は人権救済措置を韓国政府に要請しないばかりか、これまで「スパイ事件」デッチ上げに加担しつづけてきた。

又、「スパイ事件」デッチ上げを支えているのは、日本社会のもつ在日朝鮮人に対する偏見（蔑視やスパイ視）である。先の「大韓航空機事件」の際、幾多の情報が飛び交い、真相は不明であるにもかかわらず、犯行を「北のスパイ」の仕業と決めつけ、日本人による朝鮮人への脅迫や暴行が相次いだのはそれを端的に示すものである。このような社会意識を土壌に、というよりこのような意識を醸成させ、韓国政府、日本政府一体となって「スパイ事件」を捏造するのである。

在日韓国人「政治犯」問題を語る際、我々はこの点を見落としてはならない。つまりは、在日韓国人「政治犯」問題は日本人の朝鮮人に対する差別意識・蔑視・スパイ視の産物であると言いうる。我々は日本人の意識を捉え返し、変革し、全ての「政治犯」を一刻も早く取り戻さなければならないのである。

まとめ

韓国では昨年12月、大統領選挙が16年ぶりに行われ、盧泰愚が新大統領に就任した。これは、これまでの政権交代がクーデターをともなっていたことからして異例のことであった（しかし、この選挙が不正選挙であったということは忘れてはならない）。これにともなって韓国内に民主的な社会が到来したという宣伝が政府によって行われている。しかしこれがいかに虚構であり、欺瞞であるかということは「政治犯」の処遇を見れば明らかである。昨年から本年3月にかけて在日韓国人「政治犯」は「8.15特赦」によって鄭仁植（チョンインシク）氏が釈放されたのみである。つまり選別釈放であって、全「政治犯」の釈放とはほど遠いものである。

我々は全「政治犯」の釈放こそが民主化への第一歩であると考えている。そして、全「政治犯」の即時釈放を克ち取ってゆくことを通して韓国民衆の民族統一と民主化の闘いに応えてゆきたいと思う。

（1988年4月28日 同志社大学朝鮮問題研究会）

1988.秋

原理研究会（原理研）が配布した「同志社大学新聞（同大新）」の記事（「知られざる学生寮の実態」）について（文責：三浦）

原理研が発行する「同志社大学新聞」の誌上に、現在まで2回にわたって「知られざる学生寮の実態」と銘うった特集が組まれた。これに対する対抗措置が求められている。

この記事は、先日の寮会で配布（コピー）されたので大体の内容については把握していると思う。とりわけ2.の中では、私たちが住む此春寮の開放闘争のことについて書かれているので記憶に新しいことと思う。内容的には「（寮に対して）文句あり」というトーンであり、私たちに無関係とは言い切れない。いや、看過しえないと言える。このレジュメに具体的な対応策を記し、提起していきたい。

1）原理研の「知られざる学生寮の実態」記事、新聞配布に対しての此春寮の対応の提起

まず、彼らの情宣に対抗する情宣活動を提起する。これはごくスタンダードな対応である。情宣手段は様々なもの（こと）が考えられるが、ここではビラ情宣を想定している。内容は、原理研が記事を通して行った寮への“悪宣伝”（「見解」）に対する私たちの見解を明らかにするということになる。

一般的に情宣は、次の点の多少、良悪がポイントとなるだろう。

①情宣手段（ビラ）の量　②ビラの内容（説得力があるかない

か）③情宣（ビラを配布する）場所、つまりは人の目に触れやすいか否か。

※単純に考えて、彼らが200部の新聞を配布したとすれば、私たちも200枚まいて五分五分になる（①について）。

※内容的には、まず原理研の意図、その意図に基づいて書かれた記事の論調を見抜き、そして実質的に論破することが必要である。論破するといっても、あくまで原理研の意図を見越してのそれである。例えば、学問上の論争であれば、とことんまで実証に基づいた全面的な論争を組織すべきであろうが、原理研が意図的に寮に対しての不審感を学生、教職員に植えつけようとしていることからすれば、今回の（私たちの）情宣は、原理研とはどのような団体なのか、又、原理研の書いた記事に対して、それを読んだ人が疑問を抱くような（抱かせるような）内容にすればそれで充分であると思う。

2）原理研の意図

端的に言って、彼らの意図は学友会、自治会という学内の自治活動を担っている部分を弱体化させようというところにある。そのため、学友会や自治会のメンバーの住む（全てではない）自治寮に対して反寮キャンペーンを張るのである。

3)「知られざる学生寮の実態2」の記事内容について

彼らの記事内容は、ほとんど全ての部分と言ってよいほど、1979年に発行された『同志社百年史 通史編二』（学校法人同志社）からの論旨（論旨というほどの内容ではないが）展開、引用となっている。

2.では此春寮開放闘争（神学部寮から一般寮へ）が扱われているが、『同志社百年史』を種本にしているため、当時の背景である大学の福利厚生施策の貧困さや下宿難といった事情をふまえていない内容となっている。

実際、1965年5月15日以降行った神学部以外の学生も対象に入れた入選には100余名の応募があったという。（「寮斗争史」や「開放の為に」を読んで考えてはどうだろうか）

概して、彼らの記事は“あらさがし”に終始しており、彼らの言う「祈願 同志社の夜明け」が、いかに方便に満ちているかがよくわかる。同志社大学の自治寮の今後を寮に住んでいない学生とともに考えてゆくことは素晴らしいことであると思う。しかし、この原理研の論旨には、それが感じられないのである。

配布ビラ（文責：三浦）

全ての教職員・学生の皆さんに訴えます !!
原理研による「同志社大学新聞」記事を通しての反寮デマキャンペーンを批判する。

原理研の反寮キャンペーン糾弾

1. 原理研とは

原理研は「世界キリスト教統一神霊協会」および勝共連合の学生組織であり、ここ同志社大学でも田辺、今出川両校地でランチタイムにホワイトボードをもって辻説法を行ったり、「共産主義研究会」名のビラなどを配布しています。彼らの活動の目的は「大学の勝共化」なのです。

この原理研が発行している「同志社大学新聞」の一面に「知られざる学生寮の実態」という同志社大学の自治寮に対しての

誹謗、中傷記事が連載されています。

私たちは、寮に住む住まないにかかわらず、全ての教職員、学生で自治寮を発展させて行くことになんら異存はなく共に考えて行きたいと思っています。しかし「同志社大学新聞」に連載されている「知られざる学生寮の実態」の内容については極めて悪質な意図に基づいて書かれたものと言わざるを得ません。よって、ここに記事についての私たちの見解を明らかにしたいと思います。

2.「知られざる学生寮の実態」の記事内容について

1)『同志社百年史 通史編二』(学校法人同志社 1979年)からの引用である。

彼らの記事内容は、ほとんど全ての部分と言って良いほど、『同志社百年史 通史編二』からの引用となっています。彼らが発行した「同志社大学新聞」の10月20日号(第57号)には「知られざる学生寮の実態2」として此春寮の開放闘争が扱われていますが大学当局が発行した『同志社百年史』を種本にしているため、60年代の背景としてある大学の福利厚生施設の貧困さや、下宿難といった事情を踏まえていない内容となっているのです。

1965年時点で同志社大学は、学生15,000名に対して合わせて500名足らずの寮定員しか保証されていなかった一方で、神学部生に対しては100名程度の学生しかいないのに120名の寮定員が保証されていました。これを神学部生のみの特権と言わずして何と言うのでしょう。(現在は特定の学部学生しか入寮できない寮はない)

また1965年5月以降に行った神学部以外の学生をも対象に入れた此春寮の入寮選考には定員56名に対して100余名もの応募

がありました。これは神学部学生を含めて学生全体がいかに住む場に困っていたか（大学の福利厚生策が不十分であったか）を物語る事実です。このような客観的な背景認識がないところで此春寮の開放闘争※は語れません。

※1964年〜1965年に焦点化した、神学部の寮として此春寮を存続させるという大学側の意向と、他学部生をも入寮できるようにすべきだという寮生の主張の対立。この闘争によって此春寮は全学部の学生が入寮できるようになった。

2）彼らの意図は自治活動の破壊にある

60年代の一時期における大学と寮生の意見の対立について論評しようとするのなら、いったいどういう見解とどういう見解が対立したのかをはっきりさせた上で、それについての自分たちの見解を提示すべきです。しかし彼らの記事は多くの文字を並べてはいるものの、結局言っているのは「寮は紛争の拠点だ」ただそれだけであり、あれがあった、これがあった式の一般的に最も不毛とされる内容なのです。

このことは、彼らが目的を同志社大学の自治寮の存続発展という点においているのではなく、デマを流布し学内に反寮的な雰囲気を醸成する点においていることを示しています。

3. 寮自治への注目と支援をよろしくお願いします

私たちは寮を一人一人の主体的な意見に基づいて運営しています。原理研は、あたかも寮が一つの目的を持って存在し、しかも一部の寮生のみによって恣意的に運営されているかのように宣伝していますが、これほど人を愚弄した話はありません。なぜなら、他者からの強制によって寮を運営しているのだというのは、私たちの主体性と人格を軽視あるいは無視した人の口からしか発せられようがないからです。

私たちは、全ての良心的な皆さんとともに寮自治を深化発展させてゆきたいと思っています。注目と支援をよろしくお願いします。

＊＊＊ 原理研の諸君へ ＊＊＊

諸君らが「祈願　同志社の夜明け」という空文句を掲げ「学寮問題の根本的解決に貢献」しようとするのなら、もう少し同志社大学の歴史や自治寮の歴史、60年代の全般的な寮をめぐる大学と寮生のやりとりを勉強すべきではないだろうか。ただ単に一冊の書物『同志社百年史 通史編二』を流し読みして得た知識と諸君らの先走った思いのみで「学寮問題の根本的解決」をはかろうとするのは、きわめて独善的で危険なことである。さらに言えば、日常的に大学の福利厚生業務に携わっている厚生課職員の方々に対しても失礼極まりないことであると思う。

諸君らが今日「論評」を加えようとした60年代に寮生活を送っていた学生は、間違いなく様々な面で諸君らより勉強していた。諸君らも「原理講論」ばかり愛読するのではなくもっと多くの分野の勉強をすることをお勧めする。そうすればもう少しは社会や大学や寮が見えてくるのではないだろうか。

同志社大学 此春寮

1988.11.26
京都弁護士会人権擁護委員会委員長からの通知

昭和六三年一一月二六日

三浦智之殿

御通知

貴殿が一九八六年一〇月二日付で申し立てられた件につき、昭和六三年一一月二二日に開催された当会人権擁護委員会で審議の結果、「不処置」の旨議決されましたので通知いたします。

1989.2.20&2.21
平成元年二月二〇日宣告

判決　主文
被告人を懲役六月に処する。この裁判確定の日から二年間右刑の執行を猶予する。訴訟費用は全部被告人の負担とする。

平成元年二月二〇日
京都地方裁判所第二刑事部

4.29裁判判決新聞報道
（1989.2.20 読売新聞）
デモ警備警官傷害に有罪 元同大生に判決

デモ行進中に警官の無線機を壊し、けがをさせたとして公務執行妨害、傷害罪に問われた京都市左京区の元同志社大生Ａ被告に対する判決公判が二十日、京都地裁で開かれ、河上元康裁判長は被告側の無罪主張を退け、懲役六月、執行猶予二年（求刑懲役八月）を言い渡した。

判決などによると、Ａ被告は六十一年四月二十九日夕、京都市中京区河原町通御池交差点北側で、反天皇制デモに参加中、学生数十人と警備の警官がもみ合った際、中立売署警備課の警部補の無線機アンテナを折ったうえ、右手をひっかいて一週間のけがをさせた。

Ａ被告は現行犯逮捕されたが、証拠が警部補本人の証言以外に乏しく、「誤認逮捕だ。証言は現場の状況と食い違うなど不自然で、信用できない」などと無罪を主張。しかし、河上裁判長は「証言は、前後の状況を写した写真や、他の警官の証言とも矛盾しておらず、信用できる」と退けた。

また、被告側は事件現場を撮影した府警のビデオテープが消去されていたことについて「被告の反証機会を奪った」などと公訴の棄却を申し立てていたが、河上裁判長は「検察官は、警察が証拠を慎重に保管するよう指示、徹底させるべき義務に違反している」と指摘したものの「証拠隠滅を図ったわけではないし、ビデオ消去の責任は警察にある」とし、主張を退けた。

（1989.2.20 京都新聞）

検察側の証拠ビデオ紛失　公訴棄却に当たらぬ　公務妨害の元同大生に有罪　京都地裁判決

昭和六十一年四月、京都市内で行われたデモの際、警官の無線機アンテナを壊し、けがをさせたとして、公務執行妨害、傷害罪に問われた同市左京区、元同志社大学生に対する判決公判が二十日、京都地裁で開かれた。河上元康裁判長は、元学生に懲役六月、執行猶予二年（求刑懲役八月）を言い渡した。公判途中で、京都府警が、事件現場を撮影したビデオを紛失していたことが分かり、被告・弁護側は公訴棄却を申し立てていたが、同裁判長は「証拠開示の申し立て後、検察官はビデオを紛失しないようにする義務があるが、公訴棄却にあたる義務違反ではない」と、弁護側の申し立てを退けた。

元学生は六十一年四月二十九日午後四時四十分ごろ、昭和天皇在位六十年記念式典反対デモの後、解散地点の中京区河原町通御池交差点で、学生数十人と警官がもみ合いとなった際、当時の中立売署警備課の警部補の無線機のアンテナを折り、同警部補の右手をひっかいて一週間のけがを負わせた、として起訴された。

被告・弁護側は▷被告の犯行と主張するのは、被害者の警部補だけ▷事件発生時、被告は別の場所にいた▷アンテナの折られた場所と落ちていた場所が異なる―などとして、無罪を主張。公判途中の六十二年六月、現場を撮影したビデオを京都府警が消していたことが分かり、被告側は公訴棄却を申し立てていた。

河上裁判長は「ビデオは客観的証拠として重要。検察官に義務違反があるが、紛失したのは警察であるうえ積極的証拠隠滅を図ったものでないことなどから、公訴棄却にあたる義務違反とは認められない」と、判断した。

（1989.2.21 朝日新聞）

証拠ビデオ紛失、府警の責任　天皇在位60年記念式反対デモ
元学生には有罪判決

三年前の春、京都市内で行われたデモの際、警官の無線機を壊し、けがをさせたとして公務執行妨害、傷害罪に問われていた同市内の元同志社大学生の判決公判が二十日、京都地裁であり、河上元康裁判長は「犯行を直接裏付ける証拠は警官の証言だけだが、他の証拠と照らして、その信用性を失うとはいえない」として懲役六月、執行猶予二年（求刑懲役八月）を言い渡した。

判決によると、一九八六年四月二十九日の天皇在位六十年記念式典に反対するデモのあと、解散場所の京都・河原町御池交差点付近で、学生数十人と警備の警官がもみ合い、被告が中立売署警備課の警部補の無線機アンテナを折り、右手をひっかくなどして約一週間のけがをさせた。

弁護側は公判の中で「被告の犯行だと主張するのは警部補だけで、他の警官は目撃していない」などとして誤認逮捕を主張。現場を再現する手段として府警が撮影した写真とビデオの提出を申し出たが、このうちビデオについては府警が「誤って消した」ことが明らかになり、「あまりに不自然。故意に隠したことも考えられる。否認事件の場合、証拠の保管はとくに慎重にするのが当然。公訴を棄却すべきだ」と主張していた。

これに対し、河上裁判長は「検察側は証拠の保管について府警に対し適切な指示をすべきであり、その義務違反であるといわざるを得ない。だが、ビデオの消失責任は警察にあり、公訴棄却にはあたらない」との判断を示した。

被告無実と抗議声明

元同志社大生の公務執行妨害・傷害事件の判決が京都地裁で言い渡されたことに対し、被告を支援する市民グループ「4.29被弾圧者を救援する会」は二十日、「『被告』は無実。京都地裁は真実から目をそむけ、検察・警察のデッチ上げをうのみにし、天皇制に異を唱えるものに対する弾圧のための弾圧、政治的えん罪を追認した反動的判決に強い怒りを禁じ得ない」との抗議声明を発表した。

1989.3月

“軌跡”退寮の辞

流れゆく時は人の顔に深い塹壕を刻み込む
多くの塹壕が刻まれた顔はその満心の笑みの中に生命の源たる輝きを宿し続ける
安堵　平静
流れてゆく時の瞬間瞬間は自分の傍らを何も残すことなく通り過ぎてゆく
迷い　焦り
幾度かの恐怖の中に自分の姿を発見する
切られるシャッター　陽の光の反射する「赤の記号」
資本の象徴たる鉄筋の建造物の取り囲む中を……
虚無　空白
無力ではない　ただ何らかの充足を求めて
寂寞　静寂
静かに　音のない世界へ　ただただ短調の心を持って
胎動　創造
混沌の中へ　ぬかるみの中へと自分を埋没させる
躍動　歓喜
全身の喜びに満ちたるその姿の　母胎から生まれいでたばかりの無の輝きを持って
旅立　出発
僕の目は遠くを見ている

〈第４章の終わりに　今になって思うこと〉

京都・木屋町にある居酒屋『八文字屋』の存在を知ったのは、高校と大学、更に寮の後輩でもあった高Sからの情報によるものであった。店主のK斐さんは有名な写真家で、フォーク歌手の岡林信康、京都精華大学の学長を努めた中尾ハジメ、哲学者の鶴見俊輔とともに『ほんやら洞』という喫茶店（コミュニティとでも言うべきか）（2015年火災で焼失。何てこと!!）をつくったと聞いたことがある。
『八文字屋』自体は、芸術家やら学校の先生やら、ジャーナリストやら、教会の牧師さんやら、多彩な人たちが酒を飲みに集まり、みかん箱を椅子にしてあたかも「解放区」のような場になっているらしい。

裁判費用のカンパ集めのために空き缶をカウンターに置かせてもらったことがあるが、あまりにも店に来ている人たちが個性的で凄すぎたため、学生でしかもかなりの世間知らずであった、単線的で薄っぺらい自分がなじめる場ではなかった。つまり、さほどいい思い出はないのである。ただ一つのことを除いて。

その一つは、人と人との奇跡的な出会いに関することである。

87年だったか88年だったか定かではないが、その日、自分は『八文字屋』のカウンターの椅子に座っていた。何気なくカウンターの上に数冊積み上げられていた『「昭和」の申し子 そのこころ優しい叛乱』（サンブライト）という本を手にしてパラパラと目を通してみた。

すると、いきなり冒頭に自分の祖父母の家の前にある小学校の名前が出ている！　更にページを進めると叔母の名前まで登場している!!　ここで終わっていれば、ただ、こんなこともあるのか!?　と少々驚いただけで何も起こらなかったはず。ここでカウンターの内側にいたＫ斐さんが、
「この本書いた人、あそこにいるよ」と声をかけてくれたことが、奇跡の再会を生んだのだった。

その人と簡単な挨拶をすませて、
「本に書かれているこの子供たちは私の叔母だと思います。私はこの家の長女の息子です」と言うと、この著者は、あとにも先にもこれほど人が驚く姿を私は見たことが無いというくらい驚いて、しばらくは言葉を発することができない様子であった。

あまりにも固まっているので自分は何か悪いことをしてしまったような罪悪感に包まれたが、しばらくして、
「自分は牧師をしている。今度、家に来なさい」と連絡先と住所を私に告げ、再会を約束して店を出て行った。

何が起こったのかわからないが、強く誘われたので、後日、無礼を承知でご自宅に行かせていただいた。お母様もご存命で美味な料理でもてなしていただいた。

聞けば、この人はＹ川Ｓ夫という牧師さんで、若いころ私の祖父母の家の隣の家に下宿して、家の前の小学校で教鞭(きょうべん)をとっていたとのこと。そんなことは祖父母、両親、叔母たちから聞いたことはなく、料理を頂きながら徐々に不安になってきた。

この人は、私のことを、自分が勤めていた学校の前の家の娘の息子だと思っているが、万一の人違いということもありうる。ここまでご馳走になっておきながら、すみません、人違いでしたではすまされない。無銭飲食のようになってしまう。

Ｙ川先生の「電話をかけてみて」との勧めで、今の時代のよ

うにスマートフォンがあるわけではないので、家の電話をお借りして母親に電話をかけた。
「今、Y川さんという牧師さんの家にお邪魔している。うちの家のことを知っているとおっしゃっているが、心当たりある？」
母は母でびっくりしていた。母は長女で、直接は教えてもらっていない。妹にあたる叔母たちは子供の頃、直接、Y川先生にご指導いただいており、先生が小学校を去った後、数十年にわたって消息をずっと気にかけていたのだと言う。人違いではなくて良かったと安堵したが、このような出会いがあるとは露ほどにも思っていなかった。
それから数ヶ月後、京都に出てきた叔母たちは探していたかつての恩師と涙の再会。あらためて人の巡り合わせの不思議を思わざるをえなかった。
まずもって、私は学生の身で、一筋縄ではいかないような大人たちが集まる『八文字屋』にそれほど行っていたわけではない。その日は本当にたまたまだった。そしてカウンター席に座っていなければY川先生の本を手に取ることはなかった。更にK斐さんが、Y川先生が店に来ていてそこにいることを教えてくれていなければ、言葉を交わしてはいない。いくつかの奇跡に近い偶然が重なってこのような運びとなったのである。
京都に来て、しなくてもいいようなことばかりに熱を上げて、家にいい報告が全くできていなかった自分にとって、唯一の「殊勲」ともいえる出来事であった。K斐さんとY川先生にあらためて感謝申し上げる次第である。

「あなたが書ける文章って何？　あなたにしか書けない文章って何？　見せて欲しい」

この頃、運動に関わる中で知り合い、学生時代にただ一人親しくなった女性からよく問われた。自分が作成するビラや資料などの文章は、寄せ集めの文章に過ぎないと内心認めながらも、

「学習会などで使う文章としてはこれが妥当なのだ。これしか書けない」と言い返す。2人の間の溝はそのまま。埋まりはしない。

自分は、本当は何を考えているのか？　ただ、既成の理屈にぶら下がってそれを記し、反芻しているだけではないのか？

自分にしか感じ取ることができないものは何か？　表面だけを削り取ったような薄っぺらい言葉ではなく、自分の心の奥底から絞り出した言葉、生きた言葉……そんなものが自分にあるのか？

取り組むべき政治課題は多々あったが、生活や日常に追われるあまり、政治的主張が自分から分離して、徐々に宙に浮いていくような感覚があった。一人の生きる人間として、言葉を発する主体として、あなたは物足りない……。そのような意味では、彼女の問いかけは正鵠を射たものであったと言わざるを得ない。

中学生の頃、かぐや姫の「あの人の手紙」をよく歌った。自分たちの中ではフォークソングが全盛だった。この曲の歌詞は、召集令状（赤紙）により戦地へ赴き、亡くなった夫が魂となって妻の元へ帰ってくる、そのような内容だった。

ジャンルは異なるが、ケイト・ブッシュの「Wuthering Heights（嵐が丘）」（テレビ番組「恋のから騒ぎ」のオープニングテーマ曲として使用されている。小説の原作者はエミリー・ブロンテ）と併せて、“人間が魂となって、愛する人のところに

会いに戻ってくる”というストーリーはたまらなく悲しく、そして切なく思えた。

生きたくても生きることができなかった人たち、突然の病で亡くなられた人たち、運動や闘争の過程で亡くなられた人たち、天寿を全うしてこの世を去った人たち含め、人の生は有限である。この本の長い文章の中に登場する、お世話になったり、迷惑をかけたりした方たちの中にもすでに逝去された方々がいらっしゃる。ただただご冥福をお祈りする次第である。

しかし、その人たちが生きていた頃の姿や顔、言葉は、生きている限り自分の心の中に残る。静かにお眠りになられているのに申し訳ないことではあるが、私はその人たちの魂を呼び起こして、詫びるべきは詫び、あらためて感謝の意を伝えなければならない。その人たちの声にもう一度、耳を傾けなければならない。

このような意味から、この書のもう一つのテーマは「招魂再生」ということに他ならない。

第5章

89年4月、一人暮らし開始

▶朝鮮問題に関する政治的主張
▶アルバイト生活

寮を出て出町柳で一人暮らしを始めた。この時期、日本でも世界でもいろいろなことが起こった。少し前の1989年1月7日、昭和天皇崩御。6月、中国の天安門で起こった民主化を求める学生デモを当局が弾圧。11月9日にはベルリンの壁崩壊。1990年、東西ドイツ再統一。1991年、湾岸戦争。ソビエト連邦解体。

私はアルバイトで少々の収入を得ながら「朝鮮問題研究会」の活動を続けた。大学のゼミとNGO（非政府組織）の「日本国際民間協力機関（NICCO）」を通じて、89年の1月末にタイへ行ったのだが、その意義についても考えていた。「朝鮮問題研究会」の活動においても、タイで見た難民キャンプの姿からも、アジアの歴史、政治について勉強しようとしていた。

その中で思ったこと。政治党派は綱領があるゆえ、結論は予め決められている。許容枠内であれば認めるが、枠を超えると攻撃する。考えてみれば、企業などでも同じ。組織集団であれば同じ。

ただ、あまりの金欠のため、アルバイトに一層、精を出さざるを得なくなり、結果的に政治的な活動から徐々に遠ざかることになった。考え方が変わったわけではないが、自分で部屋を借りて、収入を得ながら生活するということがどういうことか身に沁(し)みてわかった。

89年夏から働き始めた『祇園Border』は、京都の夜の世界を教えてくれた。客は、祇園で店を経営している人や働いている人たち、元暴走族の総長や吉本興業の芸人さんなど様々。男性、女性問わず、夜の世界には“魔力”があることを実感した。カクテルの作り方を学び、Soul MusicやBlack Contemporary、いわゆる“ブラコン”を聴くようになったのは、この店で仕事をしていたからである。

店に来ていた客の関係で、俗に言う極道が経営しているクラブやラウンジで働いたこともあった。

「親分の早い社会復帰を願って乾杯！」これから刑務所へ向かう親分の壮行会。同世代の若い組員たちと一緒になって動き回る。教科書や六法全書の外側を意識して生きている者同士、妙に気持ちがつながる。この頃の祇園はバブル景気に沸き、不動産屋や極道がかなりの羽振りだったと記憶している。

ある日、店に飲みに来ていた祇園で働く顔見知りのホステスさんが同伴して欲しいと言うので、ださい格好ながら彼女の出勤時に一緒に客としてクラブに行ったことがある。

一度ぐらいはかっこいい姿をと思ったが、ボトルを入れて、少々飲んで、さて支払いの段になって驚いた。なけなしの給料ではあったが、これぐらい持っていれば大丈夫だろう、多少払ってもその後の生活に響かないだろうと思っていた自分は、やはり浅はかだった。

持っていた額ぎりぎりで何とか恥をかくことは免れたが、またしても生活が成り立たなくなり、質屋へ通い詰めるはめとなった。当然、後が続かず、入れたボトルは、まだかなり量が残っていたと思うが、二度と自分が口にすることはなかった。

1989.5.8

下手でもいいから、壁には自分で描いた絵をかけよう。下手でもいいから自分で撮った写真をかけよう。目に浮かぶタイの子供たちの生き生きとした姿。

1989.5.9

ただそれが日常化すること、これだけでそれは当初の輝きを失い、面白くなくなる。全く別の自分を残しながら、他の一つに集中すること。これが必要である。

受動の時期から能動へ。ひょっとすると、何かを発散している時こそ多くのものを吸収している時なのかもしれない。意識が、沈んでいた自己が、顕在化、活性化する。一方で、自己を押し殺すということも存在の一つの在り様であり、結局のところ、他者にどのように意識されようと思うか、見られたいと思うか、による。が、ここでもまた、「しかし」という言葉が浮かんでくる。他者の存在などどうでもよい。少なくとも、国家なる「リヴァイアサン」によって非情な世界へ追いやられている人たちへの同情を除いては……。こんなことをぼんやり考えている春の麗らかな日。尋真館36番教室。

教員は少し離れて教壇に立ち、その後、椅子に座って講義を始めた。50歳ぐらいであろうか。禿頭部分が目につく。タイのポアントゥック村の人たちは元気にしているだろうか？　シスターやポン、レック、エルは今頃、子供たち相手に話をしたり、ボールを蹴ったりしているのだろう。

タイに行ったのは3ヶ月前の89年1月31日。前日の試験を終えて、かなりバタバタとした出発となった。自分にとって初めての海外であり、どういう旅になるのかわくわくしていた。未知の世界に行く。小学校入学前の緊張をともなった喜びの感情に似ていた。

1989.5.19
5.19公開学習会
「1980年5月 光州民衆抗争とは？」
「盧泰愚政権をどう見るか？―韓国の民主化は実現されたか？」
（今出川別館412会議室 19時～）（文責：三浦）

「1980年5月 光州民衆抗争とは？」

1980年代は、光州民衆抗争（民衆蜂起）に始まったと言っても過言ではない。それほどまでにこの光州民衆蜂起の意義と意味は大きかった。

1. 光州民衆抗争（民衆蜂起）の概要
1979年10月26日、18年あまりも政権の座に居座り続けた朴正熙大統領は暗殺された。そして“ソウルの春”と呼ばれる時期がもたらされた。しかし、朴亡き後、アメリカの支援の下で着々と勢力を拡大していた全斗煥国軍保安司令官は“ソウルの春”を圧し潰し、戒厳体制の強化、国会の閉鎖、政治家の拘束（政治活動の禁止）等によって軍事独裁政権を樹立したのである。
そしてこのような支配者層の動きに対して、韓国の学生・労働者・市民は各地で「戒厳撤廃！　維新残党（全斗煥らを指す）退陣！」を叫んでデモンストレーションを展開した。この際、学生の闘いとともに最も戦闘的に闘ったのは労働者・農民であった。彼らは70年代の全期間を通じて、自らの生存権をかけて闘ってきた歴史を持っていた。

1980年5月、光州の学生・労働者・市民は決起した。これは、当初から組織だった決起と言うよりも、学生や労働者の闘いに自然に市民が呼応してゆき、大きなうねりとなったものである。この闘いに対して全斗煥は軍を投入、2,000名以上を虐殺していった。

2. 光州民衆への弾圧（虐殺）
『死を超え時代の暗闇を超えて—光州五月民衆抗争の記録—』より

「午後になって、高等学校でも校内デモが起こった。昨日、自分たちが目撃した空挺部隊の残虐な蛮行に対する話が、クラスごとに拡がっていき、朝から授業を行なおうとしたが、教員も学生もそれどころではなかった。自分たちの、兄、姉そして父母や、おじいさんまでが空挺部隊の帯剣に刺されて倒れていったその残忍な光景を想像すると、じっとしていられなかったのである」

「また、ロータリー付近の戦闘で、頭が割れて腕が骨折し全身血まみれになっていた負傷者を、急いで病院に運ぼうとしていたタクシー運転手に、空挺隊員が負傷者を外に出せと命令した。運転手は、しかたなく『今にも死にそうな人を、病院に運ばなければならないではないか』と訴えると、その空挺隊員は車の窓ガラスを割り運転手をひきずり出して、帯剣で彼の腹を一突きにし無残にも殺害した」

「しばらくして、中にいた空挺隊員が蓋を開けてM16小銃の銃口をつきだした。彼は顔を外に出し、空中に二発撃った後、照準を合わせて一番前列にいた学生に向けて撃った」

「家族の内で、まだ帰らない若者のいる家では、あちらこちらに電話をかけるなど、死の恐怖のどん底に落とされた。彼らは（中略）あの野獣のような人間の皮を被った奴らをこの町から追いだすのだという、断乎たる決意に燃えていた」

「戒厳軍発砲の知らせは（中略）知らせを伝え聞いた示威隊らは（中略）武器を獲得しなければならないという結論に達した。彼らはちゅうちょせずに武器を奪い取り（中略）郊外に進出しはじめた」

この光州の人々の闘いの意志（遺志）は全斗煥・盧泰愚に対する怒りとともに、今も尚、闘う人々の中に、又、韓国内にとどまらず、彼らの闘いへの連帯運動を行っている人々の胸に脈々と受け継がれている。

「盧泰愚政権をどう見るか？―韓国の民主化は実現されたか？」

1. はじめに

87年6月の韓国民衆の闘いの大高揚によって、「民主化宣言」を出さざるをえなかった（出すことによって根底から社会を揺り動かされることを回避した）盧泰愚は、同年12月の大統領選に「勝利」し、大統領に就任した。日本のマスコミは、こぞって「民主化された韓国」を宣伝し、日本政府も同様の言葉を繰り返した。しかし、本当に韓国は民主化されたのだろうか。確かに政治犯の釈放や、マルクス全集・金日成全集等の出版など、これまでの韓国では考えられなかったような「新側面」が見られる。が、一方では、学生運動や労働運動に対するより一層露骨な弾圧が繰り返されているのである。これらのことを考えるならば、盧泰愚政権は、自ら言うところの“民主主義体制”（すなわちブルジョア民主主義）の限界を自らさらけ出した政権であると言うことができる。

以下、盧泰愚政権の持つ問題点についていくつか記してゆきたい。

2. 盧泰愚（政権）登場にあたっての問題点

(1) 1980年5月、光州蜂起虐殺についての責任

1979年10月26日、18年以上に及んだ朴正熙維新独裁体制は終焉を迎えた。しかし、全斗煥国軍保安司令官は“ソウルの春”を圧し潰し、軍事独裁政権を樹立したのである。この動きの中で、韓国の学生・労働者・市民は蜂起した。光州では連日にわたるデモンストレーション、コミューン形成といった“解放”へ向けた歩みに対し軍が投入され、2,000名以上もの人々が虐殺された。この朴軍事独裁政権終息後の動きの中で全斗煥とともに最も強硬な主張を行ったのが盧泰愚であった。しかも、その後の全斗煥軍事独裁政権を支えてきたのも彼である(盧泰愚は全斗煥と陸士第11期同期生で、粛軍クーデターの同志)。たとえ、盧泰愚が言葉の上だけで「民主化」を唱えたところで、この責任は決して消えることはない。

(2) 1987年「6.29民主化宣言」の欺瞞

1987年6月、韓国民衆による軍事独裁打倒、大統領直接選挙制への改憲へ向けた闘いは大高揚を示した。次期大統領候補であった盧泰愚は一定程度の民衆の声を採り入れた「民主化宣言」の発表を余儀なくされた。この措置は、民衆の闘いの高揚によって体制を根底から覆されることを恐れたがために、それを鎮静化させる目的でとられたものである。この「民主化宣言」がいかに欺瞞に満ちたものであるかは、韓国の労働運動が「6.29」以降、大きな闘争として盛り上がったことに示されている。韓国の労働者は、これまで日本やアメリカの経済侵略の中にあって、世界最長の労働時間、最低生計費の3分の2にしかならない飢餓賃金、世界一の労働災害、労働三権の剝奪、御用組合や救社隊による暴力・テロ・弾圧などの中で苦しめられてきた。このような労働者の直面する現実の変革なくして民主化などありえないのである。

(3) 1987年12月16日 大統領不正選挙

「6.29民主化宣言」を受けて、12月には大統領選挙が行われたが、この選挙は、①金権・官権選挙（買収・供応選挙）であったこと、②9月以降、十数件の「スパイ事件」や「容共・左傾事件」をデッチ上げ、学生活動家・労働者を逮捕して反共世論をつくりあげていた（運動を弾圧しながらの選挙だった）、③「大韓航空機事件」を選挙に利用した、などの点からして全くの不当な選挙であった。しかも、この不正選挙に抗議して九老区庁に籠城した市民・学生を虐殺したのである。このような中で「当選」した盧泰愚は“血ぬられた政権”なのである。

3. 盧泰愚政権の特徴と本質

(1) 盧泰愚政権の掲げる「民主化（ブルジョア民主主義）」の

欺瞞とその限界

盧泰愚大統領は「民主化」という言葉をキーワードにして施策を推し進めているが、ここではその中味について考えてみたい。一例を挙げると、冒頭で記したマルクス全集、金日成全集の出版について（これは政府の共和国及び共産圏関係資料の解放方針による）、最近になって盧泰愚大統領は「北を正しく知る運動」の広がりを恐れて出版物の規制に乗り出している。又、10月2日に示唆した国家保安法「改正」についても社会主義国への警戒色を残したものとなっている。政治犯釈放問題について言えば、第五共和国時代の政治犯は全面釈放されてはいない。つまり、盧泰愚大統領がいかに「民主化」の宣伝を繰り返したところでその実質は「反共安保」の“国是”の線を守った中での許容枠が拡大しただけであって根本矛盾（基層民衆の解放）を切開してはいないのである。

この姿勢は、1988年11月26日の「特別談話」にも端的に表れている。盧泰愚大統領はその中で「全氏の政治行為に対し、司法的措置を通じて処罰すれば政治報復になる」と全斗煥前大統領の赦免を訴え、五共非理追及の矛先をかわそうとし、更に「私はいかなる犠牲を払っても自由民主主義体制を守護して法と秩序を確立する」と言った上で、「我々が目指す民主主義とはこんなものではない。私はこのような風潮が歯止めなしに放置される場合、我々の自由民主主義体制は重大な危機を迎えるという点を直視している。この時点で法と秩序を確立することは民主社会の死活と直結した問題だ。政府はこれまでこの問題について社会各分野の自生力が生じるように公権力の行使を自制してきた。今や国民的な合意の下で、この誤った不法な過激行動はひとつひとつしっかりと正してゆく」と述べ、基層民衆の解放と民族統一へ向けた民衆の闘いに対して恫喝を加えている。このような対決色を露わにした政権、それが盧泰愚政権の本質である。

去る4月30日に計画されていた「メーデー記念労働者大会」や、光州9周年の闘いに対する弾圧などを見れば、その性格はより一層はっきりすると思う。

(2)「北方（社会主義諸国）外交」、統一への姿勢

盧泰愚政権は、現在、「北方外交」を展開している。1988年7月7日の「民族自尊と統一繁栄のための特別宣言」（中国・ソ連との政経分離を原則とした上での経済交流を積極的に推進してゆくことを表明したもの）、10月4日の「施政方針演説」、10月18日の「国連演説」を見るならば、その意図はソウルオリンピック単独開催にともなって、一気に朝鮮半島内での統一論議を先導し、中国やソ連、東欧諸国との経済交流を活発化させてゆくことにあるのは明白である。そして米・日・中・ソ・韓国・北朝鮮での「6者会談」から「クロス承認」（すなわち分断の固定化）へと「反共」という線を守りながら38度線を国境化しようとしている。そうであればこそ、学生や在野民衆勢力の掲げる統一へ向けた闘いに対して徹底的に弾圧を繰り返すのである。私たちは韓国民衆の自主・民主・統一へ向けた闘いに連帯してゆかなければならない。

4. 盧泰愚来日のもつ意味

この5月、焦点となっていた盧泰愚大統領の来日は延期された。この来日、そしてそれにともなうアキヒト、日本政府首脳との会談は、1984年9月の全斗煥—ヒロヒト会談の「地平」を受け継いで行われるものであり、盧泰愚—アキヒト会談でアキヒトに日本帝国主義の朝鮮植民地支配についての「謝罪」を語

らせることによって、それを「清算」するものである。又、具体的な協議事項として ①在日三世の法的地位問題 ②在韓被爆者の補償問題 ③サハリン在留民問題 が上がっている。

更に、この来日、会談の持つ意味は深い。この会談は、「アジア太平洋経済圏構想」の中で位置づけられる。「アジア太平洋経済圏構想」とは、日本が韓国支配者層をともなってアジア・太平洋全域への政治・経済・軍事的支配を拡大するものであり、東アジアや東南アジア地域で高揚する反帝民族解放闘争の圧殺を狙ったものである。

盧泰愚の来日は延期されたが、再度、スケジュールが組まれるだろう。私たちはこの来日に反対してゆきたいと思う。

5. 韓国民衆の闘い

韓国の学生・労働者・市民は、このような日本、アメリカの策動、盧泰愚大統領の展開する「北方外交」、更には、「クロス承認」策動、分断固定化策動、民衆弾圧の中で、「全国民族民主運動連合」を軸に闘争を展開している。「全国民族民主運動連合」は、盧泰愚政権に明確に否を唱え、労働者・農民に立脚した運動を展開している（この中で彼らは、既存野党との分岐を打ち出している）。

我々はこの5月、光州9周年の闘争を盧泰愚退陣要求と結びつけて闘っている韓国民衆に連帯し、日韓連帯闘争の発展を克ち取ろう！

（新聞報道より　朝日新聞）

「青年ら3000人 光州でデモ　学生変死を追及【ソウル十四日＝小田川特派員】

朝鮮大学の活動家学生、李哲揆君の変死事件を追及する韓国最大の在野組織『全国民族民主運動連合』などの青年、学生ら三千人余りは、十四日、光州市の全羅南道庁前で集会を開いたあと、約二時間にわたって『李君を生き返らせよ』『盧泰愚処断』などを叫んで市内の目抜き通りをデモした。警察当局は約三千人の警官を動員、道庁前では学生らの投石騒ぎもあったが、大きな衝突はなかった。一方、韓国国立科学捜査研究所は同日、法医学者や国会の事件調査団の立ち会いの上で李君の死因鑑定を行った。その結果、李君の臓器から、李君が遺体で発見された光州の水源地と同じプランクトンが発見されたことや李君の肺の状態などから死因は『水死』と判定した」

「『光州九周年』控え 全国に非常警戒令　韓国【ソウル十六日＝小田川特派員】

韓国治安本部は十六日、光州事件九周年（十八日）をはさんで、各地で学生らの集会、デモが繰り広げられるのに備えて、全国に非常警戒令を出した。とくに、活動家学生の変死事件の追及集会が連日続いている光州市をはじめ、全羅南道一帯では二十八日まで、七十八の臨時検問所を設け、警官七千余人による検問班を動員する。

一方、ソウルの平（※ママ）均館大学では十六日、ソウル市内の十二大学の学生ら約四百人が『ソウル地域民主主義学生連盟』の発足式を開いた。学生らは集会後、街頭デモをして、制止しようとする警官隊に火炎瓶を投げた」

「学生ら3万人『前夜祭』デモ　光州事件9周年【光州十七日＝波佐場特派員】

光州事件発生九周年を翌日に控えた十七日夜、韓国・光州市で約三万人の学生、市民らが市の中心部に集まり、大規模な『前夜祭』のデモを行った。

学生、市民らは午後四時過ぎから全羅南道庁に通じる目抜き通り、錦南路を埋め始め、交通が完全にストップ。夕方には約一・七キロに及ぶこの通り全体が人波であふれた。

学生らは口々に『事件の真相を解明し責任者を処断しろ』『盧泰愚政権打倒』などと叫び、朝鮮大の活動家学生の変死事件の真相究明も求めて声を張り上げた。

光州市内では十日に朝鮮大生の変死体が発見されて以来連日大規模な集会やデモが繰り返され、警官隊が阻止に出て、十六日夜には双方の衝突で、約八十人のけが人も出た。十七日の『前夜祭』は警察当局が錦南路のデモを事前に許可し、道庁前広場を開放して正面衝突を避ける方策に出た。九周年当日の十八日には、事件の犠牲者の追悼式や大がかりな集会、デモが予定されており緊張が高まっている」

「光州事件9周年 決起大会に5万人 真相究明と処罰求める【光州十八日＝波佐場特派員】

韓国の光州事件発生九周年の十八日、光州市で犠牲者の追悼式が行われたほか、市の中心部の全羅南道庁前広場に約五万人の市民、学生が集まって事件の真相究明を求める決起大会が開かれた。盧泰愚政権発足後二度目の『五・一八』だが、この間政府が事件を『民主化運動』と規定し、今回初めて道庁前の集会を正式に許可したため、警官隊との大きな衝突は起こらなかった。しかし、この日の光州は町全体が熱気であふれ、事件は風化するどころか逆に真相究明と責任者の処罰を求める声は高まっており、同政権にとってこの事件は、今もなお大きな重しとしてのしかかっていることを改めて印象づけた。

決起大会が開かれた道庁前広場は九年前、戒厳軍と市民軍が銃撃戦を繰り広げたところ。市民や学生らは午後三時ごろから市内をデモ行進するなどして集まり始め、夕方には広場とここに通じる目抜き通り、錦南路がぎっしりと人波で埋まった。参加者らは『真相究明』『盧泰愚政権処断』などと叫び、朝鮮大生の変死事件の真相解明も求めて気勢をあげた。

これより先、犠牲者の遺体が埋葬されている望月洞墓地で、午前十一時から追悼式が行われ、市民らが早朝から次々と参拝。その数は午前中だけで約二万人に達した」

「ソウルなどでも　学生らデモ展開【ソウル十八日＝小田川特派員】

光州事件九周年の十八日、ソウルはじめ韓国各地でも、学生らが朝鮮大生の変死事件追及や光州事件の解明などを求めてデモを繰り広げた。京畿道烏山の韓神大学では、学生らが火炎瓶五百余個を投げて激しい街頭デモをする騒ぎがあったが、ほかの各地では警官隊との衝突はほとんどなく終わった。

ソウルでは十八日午後、学生ら約二千人が市役所前広場で集会を開こうとしたが、警官隊が会場を封鎖した。このため、学生らは南大市場付近でデモ。変死事件の真相究明を訴えるパンフレットを配るなどして一時、警官隊ともみ合い、数十人が連行された。

このほか、全羅北道、大田市などでも学生ら多数が集会とデモを行った。また、全羅北道の道庁所在地、全州市では与党、民主正義党の支部に学生とみられる数人が火炎瓶を投げつけ、窓ガラスなどを割る騒ぎがあった」

一口に運動と言っても、様々なものがある。党派に属している人は、階級闘争の一環として各課題に取り組んでいくだろう。その中には、映画「REDS」（製作・脚本・監督・主演ウォーレン・ベイティ）で描かれているようなロシア革命時の状況を念頭に置いて、その意義を語る人もいるだろう。また、ゲバラ等の人物を英雄として崇め、その生きざまに憧れを抱く人もいるだろう。ただし、階級闘争、いわゆる資本家と労働者という二分法による対立規定は、「それが全て」としてしまう中で抜け落ちてしまう問題点、欠落してゆく視点があると思う。これは危険なことである。経済的に「豊か」になった日本。言い換えると、それは、ブルジョワジーによる許容枠の拡大。その拡大された許容範囲の中で、自分は生きているのである。レジュメ等を作成すればするほど、記した文言に自らが忠実であろうとすればするほど、自己矛盾が噴出し、運動から離れたくなる、更にオーバーに言うと、日本から離れたくなる。

1989.5.26

B.フランクリンはいいことを言っている。「先の収入を見越して借金をするな」。まさにその通りであると思う。

1989.5.28

自分は努力した。しかし、その努力はいわば空虚な努力、虚飾とでも言うべきものであり、自分に何ができるか？　という中味をともなう実質的努力については回避、いやむしろ逃避してきたのである。自分が先に進んでゆくためには、2つに1つを選ばなければならない。選ばない、選べないのであれば、次の展望は何もないことになる。この運動に残るのか離れるのか、残るとすれば、自分を支える原動力として何を軸に据えるのか？　離れるのであれば、これまでをどう昇華し、具体的に何をするのか？

1989.5.29

近所にジャズ喫茶を見つけた。『Lush Life』という店名でレコードも売っている。全てジャズ。先日、テレビで見たハーレム。黒人の顔、顔、顔。吉田ルイ子の『ハーレムの熱い日々 BLACK IS BEAUTIFUL』（講談社文庫）。黒人、ジャズ、ハーレムという連想が、細かな歴史や文化を知らない自分にも浮かんでくる。ジャズを聴きたいなぁという時がどのような時なのかはわからないが、そのような時が来れば、この店に行ってみようと思う。

よく行く『ワールドコーヒー』の特徴は、老若男女、子供も含めて人が多く集まっているということだろう。店員は皆、優しそうで、適度に放っておいてくれる。だから、気軽に過ごすことができ、レジュメ作成、空想や読書に向いている。当たり前のことではあるが、店に迷惑をかけるようなことは避けなければならない。

昨晩、『いちご白書 ある大学革命家のノート』（ジェームズ・クネン 青木日出夫訳 角川文庫）を読む。今どき読むような本でもないなと思いながら、かなり前だがせっかく買ったのだから手をつけないのももったいないし、読んでいない本を読みつくそうというのが、自分に課した当面のテーマでもあったので、朝まで時間をかけて一気に読み上げた。ジェームズ・クネンという人が生きた状況はよくわかったが、それほど面白くはなかった。日本では、「『いちご白書』をもう一度」というフォークソングの方が知られているのではないか。この曲は、中学生の頃、ギターを弾きながら歌ったことがあった。その時は、学生集会へも出かけたなどというフレーズを何の気なしに口ずさんでいたが、その頃すでに自分の学生生活はある程度決まっていたのかもしれない。

それが出来なかったということ、それをそれなりのレベルではやれなかったということ。それは、「出来ない」という関わり、あるいは「それほどやれてはいない」という関わりを持ったとありのまま素直に考えるべきで、「出来なかった」「やれなかった」は、何ら恥ずべきことではない。関わり方の深浅はあっておかしくないのである。ただし、関わり方においては“本当”を生きなければならない。

1989.5.30

本日早朝、祖母逝去。西南の方向へ向かって合掌。礼。

人には生と死があるだけではないか。体制とか反体制とかどうでもいいことではないか。

祖母は、自分にとって最初から最後まで祖母であった。この走る列車よ。彼女の人生の終わりに、彼女の元へ走れよ。自分には祖母の人生がどのようなものであったかわからない。想像は浮かぶものの、すぐに消えてしまう。それは、自分が年齢の割にあまりにも幼すぎるから。人は寄る年波とともに子供に還ってゆくという。祖母もその例に漏れなかった。私たちが天草の祖父母のもとを訪ね、帰る時はいつも数十円の駄菓子を買い集めて袋に詰め、手渡してくれた心優しい祖母。この走る列車よ、人を越え、駅を越え、山を越え、海を越え、空を越え、彼女の元に走れよ。

今日のスケジュール。賛同人の件で3人に連絡 → 日韓連会議 → 4講英作文授業 → 真学舎に連絡 → 帰省

運動への関わりや社会問題への取り組みは、そこに倒れている人がいて、君はどうするのか？　このような問いかけであるべきだ。

今、『わびすけ』にいる。同志社大学西門の前。この時間午前11時頃でなければここに来たくはない。『ワールドコーヒー』の方が比較的落ち着く。運動に携わる者は、その主張と同質程度のアンチテーゼを自分の中に持つべきである。自分はこれではダメだと思った。これでは……と思いながら、これでは……の中にいた。そして、これでは……の中でレジュメを書いた。何かを摑もうとして浮足立てば立つほど冷静な眼は失われ、自分の言葉は得られない。

どのフィールドにも、そこにはそこの筋があり、人の営みや試行錯誤によって歴史的に作られてきたものがある。その流れの中に身を投じるということは、一旦、その流れに身を任せ、もがいてあがき続けるということなのだ。そして、ゆくゆくは、流れの延長線上に新たなものを付け加え、再創造するのである。そのような域まで到達しなければ面白くない。自分は客観

的に見てフリーである。もはや、寮を背負っているわけではなく、自治会を引き受けているわけでもない。背負うべきものがあるとすれば、それは、自分が他者に対して発した言葉である。

この間、自分は恐れていた。自分が固定化してしまうことを。そしてそれによって、親しくしている彼女との意識の違いが一層、顕在化し、それが決定的になることを。その過程で、自分自身の小ささ、どうしようもない青二才ぶりが露わになることを。

しかし、自分は屈しない。当面、自分の方針（運動への関わり）を貫くことに決めた。周囲の状況に妥協するな！　孤立してもそれはそれでいい。親に対して、寮に対して、大学に対して、知人に対して、そして彼女に対して。彼女が離れていっても、それはそれで仕方のないことだ。行為や行動は言葉である。自分の思想、哲学以外は全て相対的なものなのだ。

1989.6.2

立場を決めるということ自体の意味を考える。人は生きてゆく上で1つに決めなければならない、あるいは2つに1つを選択しなければならない場面に直面することがある。そして、「決める」ことによって得るものがあれば失うものもある。この場合、「失う」というのは、より積極的な意味を持たせれば「捨てる」ということである。積極的な意味を持つかどうかは、選択した人の価値観の在り様や思い入れの度合いによる。

さて、運動の世界は「選択」をかなりの頻度で迫られる。いやむしろ、自分で自分に「選択」を迫ると言うべきか。このようなことが絶えず求められる世界である。

運動なるものは既存のものである。日本の反体制活動は、古くは「秩父困民党」のような集団行動や1922年の「全国水平社」設立や「日本共産党」結党に見られるように、歴史上、既に存在している。また、このような集団や組織に加わることなく、1人で体制に否を唱え続けてきた人たちもいたのである。

1989.6.17

6.17「1987年夏 韓国民衆抗争」上映会にあたって
（今出川別館414会議室 18時〜）（文責：三浦）

1987年6月（今から2年前）、韓国民衆による「軍事独裁打倒、民主憲法争取」の闘争は大高揚を示した。朴正煕、全斗煥と続く軍事独裁政権に抗して闘い続けてきた韓国民衆のエネルギーはこの6月に大爆発し、6月26日に韓国全土で行われた「国民平和大行進」には数百万人もの人々が参加した。

このような盛り上がりを見せる韓国民衆抗争の前に、盧泰愚（当時、全斗煥に続く次期大統領候補であった）は、6月29日に「民主化宣言（内容としては大統領直接選挙制、金大中氏ら政治犯の赦免・復権・言論の自由などを認めるとする8項目から成る）」の発表を余儀なくされた。

民主制改憲	独裁制護憲
60年代、70年代、80年代 民主憲法争取国民運動本部 労働者はこの改憲闘争を生存権獲得闘争と結びつけて闘った	全斗煥軍事独裁政権 「護憲」を主張しながら改憲闘争を弾圧（野党政治家の自宅軟禁、学生・労働者・在野活動家の大量拘束）

この「6.29民主化宣言」が出されてからも、労働者の闘いは高揚を示し、大宇、現代といった財閥系基幹産業を始めとした労働運動は、その争議件数で2ヶ月間（7月・8月）に3,000件を数えた。労働者の置かれている状況は、盧泰愚政権になっても変わってはいない。

1989.6.21

弁当。思わず食べたくなる時というのはあるものだ。飯粒が床に飛んで、その一粒を拾い上げようと、その粒に指が触れた時、感じる感覚がある。なるほど、これが立体というものか、なるほど、これが質量というものか。食べるにつれ、弁当容器の見える“床”の面積が広くなってきて寂しい気分になる。あっという間。ほんの一瞬。空になった容器を捨て、自分は、一体、今何をやっていたのだろうと思っている。

耳かき。広告で見かけたライト付耳かき。一体何故、ライト付であることが便利なのかわからなかった。しばし考え、広告の写真を見てなるほどと思った。人に耳をかいてもらう時があるのだ。あぁ、ひとり暮らし。

1989.6.22

気分が落ち着かない。焦る気持ちがあるからだろう。こんな自分で満足してはいられない。もっとやらねばとはやる気持ちがあること。そしてそれが焦りを生んでいることは自分でもよくわかっている。こんな時は、こんな自分でも、これならできる、あれならできる、そして、これをした、あれをした、とあれこれ思いを巡らせ、強引にでも自分に自信を持たせる必要がある。

1989.6.25
「6.25 反安保国際連帯集会」でのアピール（担当：三浦）
（部落解放センター　主催：6月集会実行委員会）

この場に集まられた全ての皆さんに対し、「同志社大学朝鮮問題研究会」からアピールを送ってゆきたいと思います。

リクルート問題、消費税導入等により退陣へと追い込まれた日帝―竹下は、4月29日からASEAN諸国を訪問した。この訪問の中で竹下は、ASEAN諸国へのODA増額を約束し、とりわけフィリピンに対しては多国間援助構想を実現した。この援助の持つ意味は、基調報告の中に、又、アピールの中で述べられたように明白である。この援助は反革命援助であり、フィリピン共産党（CPP）-NPAの圧殺を狙ったものであることは明らかである。

フィリピンのアキノ政権は、明確にブルジョワジーと地主階級に立脚した政権であり、CPP-NPAへの弾圧を強化している。又、米帝はフィリピンに反革命国内戦争を持ち込み（すなわちLIC戦略）、革命勢力への弾圧を行っている。今秋予定されている「太平洋軍事演習（PACEX）」も、燃え上がる東アジアの民族解放闘争を、とりわけフィリピンの革命勢力に対してそれを抑えつけることを目的としている。この演習には、日帝―自衛隊も同時期、同地域で演習を計画しており、実質的な参加が目論まれている。つまり、日米安保体制が実戦過程を進んでいるということである。

更にこの演習は「太平洋経済圏構想」とともに米帝の、そしてそれに追従する日帝の対東アジアの90年代に於ける戦略の中で位置づけられている。そして、そうであるならば、運動の側からする90年代の闘争基調を、我々は論議してゆく必要があると考える。そしてその中でこの「太平洋軍事演習（PACEX）」を粉砕してゆかなければならない。

この5月、韓国の民衆は、光州9周年にあたり、光州9周年連帯闘争を盧泰愚打倒の闘いと結びつけて展開した。又、5月10日に判明した李哲揆君虐殺にともなって、「光州虐殺真相究明、五共非理追及、李哲揆君虐殺真相究明」をスローガンに、本年1月に結成された「全国民族民主運動連合」を軸に闘争を展開している。5月25日からは明洞聖堂で抗議のハンスト闘争が闘われ、「民主実践国民宣言」を発表した。

更に、昨日のブルジョワ新聞の報道によると、学生たちは「全国大学生代表者協議会（全大協）」を中心に来月1日から行われる「世界青年学生祝典」への参加闘争を展開し、大宇造船においても労働者たちのストライキ闘争が克ち取られている。これらの闘いに対して盧泰愚は、「全大協」の中心メンバー145名に出国停止措置をとり、大宇造船のストライキにたいしても「不法スト」のレッテルを貼って弾圧に乗り出している。

先程の「日韓連帯京都学生連絡会」の仲間からのアピールにもあったように、私たちは先日、「全国民族民主運動連合」の労働者を迎えて交流会をもった。その中で、「全国民族民主運動連合」の労働者は、既成の野党は腰が重い、なかなか話に乗ってくれないと語っていた。韓国の資本主義は発展したとよく言われる。しかも、かつての全斗煥政権時のように「軍事独裁打倒」というスローガン一般が意味を持つ時代ではない。そうであるからこそ、日韓連帯闘争の発展を模索してゆかなければならないのである。

盧泰愚になっても、学生や労働者に対する弾圧は繰り返されている。たとえ、その局面が一時的ではあるにせよ停止した状態があったとしても、それは韓国内から他の地域へとその弾圧局面がスライドしただけである。又、経済面に於ける韓国の発展も、例えば韓国製品が日本に流入して日本製品と競合するという局面があるだろう。しかし、これは、何も日韓の経済体制の構造が変質したのではなく、ある産業分野に於ける特定の製品が一時的に競合するという局面があると考えるべきであろう。更にストレートに言えば、かつての垂直分業体制が、より巧妙な垂直分業になっただけである。

先に述べた「全国民族民主運動連合」の労働者の話からもわかるように、韓国内のどの運動勢力に我々が連帯してゆくのかを考えなければならない。「全国民族民主運動連合」が、明確に、労働者、農民に立脚した韓国史上最大の在野民主勢力であることからすれば、我々の進める日韓連帯闘争は、労働者・農民（プロレタリアート）に立脚したそれであるべきである。

安保粉砕！　日韓連帯！　国際連帯！　で闘いましょう!!

これで、「同志社大学朝鮮問題研究会」からのアピールを終わります。

1989.6月末

朝鮮問題研究会７月方針案（文責：三浦）

(1)　活動テーマの設定

大きくは在日問題に焦点をあてて考えたい。在日朝鮮・韓国人が日本の社会制度上どのような立場にあるのか？

このテーマを選んだ理由：

- 提起するテーマとしての重要性。日本を捉え返すことができる。
- 一人の人間として、一方的な立場ではなく、究極の価値を人間関係に求めるがゆえにサークル活動として定着しやすい。
- 外国人登録法—出入国管理体制改悪の動きがある。
- 人間解放—この社会からの自分自身の解放へつながるという発想をもっている人がいる。人間解放社会のイメージに新たな側面、創造性が付与される。
- 更にアジアの民衆へという視点の広がりをもたせることができる。

(2) 具体的な活動スケジュール
- 7月7日 公開学習会
- 7月8日 映画「潤の街」(監督 金佑宣)京都公開(朝日シネマにて)
  この映画鑑賞を朝鮮問題研究会として呼びかける。
- 7月中旬 大阪鶴橋へ 京都40番地へ
- 7月下旬 集中討議

(3)「38度線」ニュース発行　月3回に

1989.7.1

「7.1 山谷連帯!関西学生集会」でのアピール(担当:三浦)
(同志社大学別館415会議室　主催:釜ヶ崎に連帯する関西学生実行委員会)

本日、この場におられる全ての皆さんに対して、「日韓連帯京都学生連絡会」の僕の方からアピールを行いたいと思います。

先の新聞報道で、本日からピョンヤンで開かれる「世界青年学生祝典」へ出席するために韓国を発った女性の学生がピョンヤンに到着したというのがありました。そしてこれはその記事に付記されていたことですけれども、その学生は家族に「ちょっと韓国の南の方に旅行に行ってくる」と言って家を出、彼女がピョンヤンに着いたという報道を見た家族は泣き崩れている、と。僕はこの記事を見て、改めて、学生の南北統一、祖国統一へ向けたとてつもなく強い意志を認識した次第です。これを見て、我々は断乎、日韓連帯闘争を推し進めてゆかなければならないと思いました。

この5月、韓国の民衆は1月に発足した「全国民族民主運動連合」を軸に闘争を展開しました。5月、つまり光州民衆抗争9周年連帯をスローガンに次のようなことを掲げて闘争を展開しました。それは、「光州9周年連帯！光州虐殺真相究明、五共非理追及、李哲揆君虐殺真相究明！」です。李哲揆君の虐殺は5月10日に判明しましたが、以降、韓国民衆は明洞聖堂でのハンスト闘争を展開、5月28日には「全教組」を、つまり教員の組合をつくって闘っています。また、「全大協」は、先に述べた「世界青年学生祝典」への参加闘争を展開しました。

盧泰愚一合同捜査本部は「全国民族民主運動連合」に対し、「その結成宣言文が北韓の主張に同調している」として全面捜査方針を決定しました。

現在、日帝―米帝は、東アジアへの侵略―再編を目論んでいます。7月3日にはフィリピンの多国間援助構想の会議が東京で開かれようとしています。又、7月14日からはアルシュ・サミットがあります。更に7月6日からのASEAN諸国連合拡大外相会議にはベーカー国務長官が出席しようとしています。これらの策略は90年代を見越した米帝—日帝の東アジア戦略であると言えます。日本国内に於いても、入管法の改悪が、これは在日韓国人の法的地位問題—1991問題と外国人労働者問題を見越した上でのことでしょうけれども、行われようとしています。

私たちは5月20日に「盧泰愚来日阻止！関西学生集会」をもちました。その時には「釜ヶ崎に連帯する関西学生実」からもアピールがあったわけですけれども、一旦、盧泰愚の来日はなかったけれども、再度スケジュール化されるでしょう。その時の、5月20日の陣形で盧泰愚来日を阻止してゆきましょう。そして、「釜ヶ崎に連帯する関西学生実」と我々日韓連帯運動をすすめる部分との質をすり合わせながら、90年代を見越した運動を今の時点からつくってゆきましょう。我々も「釜ヶ崎に連帯する関西学生実」へ連帯してゆきたいと思います。

これで「日韓連帯京都学生連絡会」からのアピールを終わってゆきたいと思います。

1989.7.3

「7.3 フィリピン援助国会議 緊急抗議集会」へ向けた「同志社大学朝鮮問題研究会」アピール（担当：三浦）

（三条河原　主催：6月集会実行委員会）

この場に集まられた全ての皆さんに対して、「同志社大学朝鮮問題研究会」からアピールを送ります。

このフィリピン援助国会議は、先の「6.25反安保国際連帯集会」の場で確認されたように、ブルジョワジーと地主階級に立脚したアキノ政権へのテコ入れを強化するために行われるものであり、フィリピン共産党（CPP）-NPAへの弾圧強化を狙った意図の下に行われることは明らかである。この会議に先立ち、6月29日にアキノ政権は1992年までの4年間に、政府開発援助（ODA）、民間投資を含め、計70億ドルに及ぶ新たな資金援助を日帝、米帝等援助予定国、機関に求める旨の方針を決定した。我々はこの援助国会議を糾弾してゆきたいと思う。

又、シュミット前西ドイツ首相を議長とする「シュミット委員会—賢人会議（グループ）」は、7月2日に「開発途上国へ向けての資金の量を増加させるために世界がとるべき方策」をテーマとする報告を発表し、その中で「先進工業国が供与するODAを5年間で倍額にさせる、開発途上国への大量な資金流入を目的とした融資制度を創設する」等と述べている。更に、「その中での日本のリーダーシップを強調した」上で、日本のODAをGDP比1％に高めることを訴えている。この報告がどの程度、帝国主義諸国への影響力があるかは現時点で分析しきれないが、この「シュミット委員会—賢人会議（グループ）」が、日帝の提案によって結成されたことを考えるなら、その性格は自ずから明らかであろう。このような第三世界民衆の闘いを圧し潰さんとする反革命援助、それに向けた動きを粉砕してゆこう。

韓国での闘いは、1日からピョンヤンで開かれている「世界青年学生祝典」参加を巡って展開されている。韓国の学生、林琇卿さんは、当局の弾圧の中にあって、ピョンヤンに到着し、盛大な歓迎を受けた。これに対し盧泰愚政権は、「全大協」の「祝典準備委員会」を「利敵団体」として徹底捜査方針を決定した。又、先に訪朝した平民党の徐議員にスパイ罪を追加適用し、2日には、新たに秘書、補佐官、カトリック農民会事務局長を国家保安法違反で逮捕している。更に、祝典参加へ向けて漢陽大学で籠城闘争を展開していた「全大協」の学生へも弾圧を加えている。これらは、まさに盧泰愚政権の本質を見せつけるものである。つまり、韓国民衆の南北統一へ向けた闘争や動きの一切を圧し潰し、南北交流—対話の窓口を政府レベルに絞るという反民衆的、国家保安法を振りかざした政権であるということである。

我々は、このような弾圧を許さず、日韓連帯闘争を推進してゆかなければならない。韓国民衆の「自主、民主、統一」へ向けた闘いに、そして基層民衆の解放へ向けた闘いに、断乎、連帯し、反安保！　日韓連帯！　国際連帯！　で闘おう。

1989.7.9

今日、日雇労働のバイトに行った。これを記している時間を正確に言えば、7月10日午前3時27分。徹夜、しかも所持金わずか100円ということで飯場まで徒歩。5時30分頃出発して、6時50分到着。途中でパンを1個買って食べる。当然のことながら、現場（後になって思えば、これは「京都市国際交流会館」の建設現場）の休憩時間に缶ジュース1本買えず、昼飯もない。途中、雨は降るし、足の皮がふやけてむけてしまい、ひりひり痛むし、かなりひどいコンディションだった。

人の生活に興味が湧いている。制度上、階級上、こういう生活なはずだというくくりでは人の生活は捉えられないし、捉えたくない。

1989.7.15

寮自治寮運動の中で言い続けてきたことは、理論や理屈云々というより、人としての感性や生き様という面を背景にしていた。お前は、今、目の前にあることから目をそらすことができるのか？　ということである。目をそらすことは、自分にとっては、困難から逃げることのように思えた。

寮生との間には距離があった。より正確には距離を保った。今の自分は、彼らと話をしていても得るものは全くない。形式上、彼らとの間に残っているものを確認する。何人かに本を貸している。W谷の介護者としての夏の沖縄行きをどうするか？行ってみたい気持ちは当然あるのだが、自分から寮生を誘うのは面白くない。

1989.7.26
「日韓連帯京都学生連絡会」及び「関西大学日韓問題研究会」による四条河原町情宣活動でのアピール（担当：三浦）
（林琇卿さんの韓国「帰還」（平和大行進）―板門店到着を前に）

横断幕“南北統一を願う林琇卿さんを守ろう!!”

現在、四条河原町高島屋前をご通行中の京都の市民、労働者の皆さん！　現在情宣活動を行っている私たち「日韓連帯京都学生連絡会」並びに「関西大学日韓問題研究会」からアピールを送ってゆきたいと思います。まずは私たちの配布しているビラを読んでいただきたいのですけれども、私たちは、本日、林琇卿さん、7月1日から朝鮮民主主義人民共和国のピョンヤンで開かれた「世界青年学生祝典」に韓国から出席した韓国外国語大学の学生である彼女が、明日27日、軍事境界線である38

度線の板門店を通って韓国へ帰るということをテーマにして情宣活動を行っています。林琇卿さんが共和国へ行き、祭典会場へ向かう途中、共和国の人々は、林さんの乗っている車に涙を流しながらすり寄ってきたと彼女は語っています。これほどまでに韓国の民衆と共和国の人々の祖国統一へ向けた願いは大きいと言うことができると思います。林琇卿さんは、韓国政府、盧泰愚大統領の国家保安法適用という弾圧にも屈せず、この祝典に出席し、南北統一へ向けた闘いに起ちました。私たちは、盧泰愚政権によるこの措置を許すことができません。韓国の民衆はこれまで祖国統一へ向けて闘ってきました。今回の林琇卿さんの闘いもこの一環、延長線上にあると考えます。例えば70年代初頭の朴正熙政権時代の「南北共同声明」、それ以後の「南北協商会談」、「赤十字会談」、「離散家族の会談、対話」等、政府の主導する南北統一へ向けた動きはありました。しかし、これによって南北統一へ向けて実現したことは何一つありません。逆に、共和国に対する不信感を煽り、責任を転嫁することに結果してきたのです。そうであるからこそ林琇卿さんは、そして韓国の民衆は南北統一へ向けた民衆レベルでの対話を求めてきたのです。

盧泰愚政権は、一見、民主的な政権を装っていますが、決してそうではありません。朴正熙、全斗煥軍事独裁政権と変わってはいません。盧泰愚大統領は民衆レベルの対話を圧し潰し、「全国大学生代表者協議会（全大協）」や「全国民族民主運動連合（全民連）」に対して弾圧を行っています。私たちはこれを決して許すことができません。

日本政府は、これまで一貫して朝鮮の南北分断に加担し、積極的にその分断を固定化し続けてきました。そうであるからこそ、この京都の地で、そして日本で、彼女の闘いに代表される韓国の民衆の祖国統一へ向けた闘いに連帯してゆくうねりをつくりあげてゆきたい、ゆかなければならないと考えています。

これで私たちからのアピールを終わってゆきたいと思います。

1989夏

紫色をした空間を欲していた。紫色をした世界が好きだった。足取りは重くもあり、軽くもあった。人は誰しもそうであろうが、新しい世界へ足を踏み入れる時というのは、ちょっとしたことで心が重くなったり軽くなったりするものだ。いよいよ生活が成り立たなくなり、夜も働こうと思い、アルバイト情報誌で見つけた仕事。面接に行かなければならない。これまで関与してきた運動とは距離をとらざるを得なくなった。

京都の南部にあるプレハブの飯場から電話をかけた時、「面接は、今日はダメですか？」という質問に、間髪入れずはっきりと「今日はダメだ」と返答した男は、一体、どういう人だろう。年齢は？　人柄は？　などと考えながら、その店が祇園のどこにあるかおおよその見当だけで、人混みの中を歩いていた。

時計はきっかり午後7時を指していた。こういう世界は時間がきっちりしているはずだと思っていた。ようやく店のあるビルを探し当て、エレベーター内の掲示でフロアが確認できると、いよいよ心臓の鼓動が激しくなった。腹をくくり思い切って扉を開けると、そこはさもありなんという飲み屋、PUBであった。自分が来たのは、想像からさほどかけ離れていないPUBであった、ということが気分をやや落ち着かせた。大人の隠れ家、そんな感じがする静かな雰囲気がそこにはあった。やがてこの印象は崩れていくのだが……。カクテルは色と味を楽しむ、こんな世間ではありきたりのことが、自分にとってありきたりに思えるまで頑張ってみよう。そう自分に言い聞かせて、新しい世界へ飛び込んだ。「If We Hold on Together」ダイアナ・ロスの曲が流れている。

店は、自分にとっては、密室感あふれる場であった。
『MAHARAJA祇園』で働いていた男の子のMRは、絶妙のタイミングで、飲みに来た女の子の会話を盛り上げてゆく。自分の眼に、彼の姿は、何物にも代えがたい抜群の能力を兼ね備えた男のように映った。

「それゆけ〜!」今日のH方マスターは、どこか沈みがちな表情を見せながらも、ノッテいる。自分自身とスタッフをリンクさせて、店の雰囲気を盛り上げようとしているのがわかる。自分は、この「それゆけ〜!」に、気分的にノルことができず、言葉を発することなく淡々と仕事をしている。「マルガリータ、いっちょう!」マスターの声がフロアに響き、近くにいた店長のK井さんが、シェイカーのボディに氷を入れ始めた。

「マスター、ほんまかいな?」フィリピンから来ているニューハーフのダンサーが言葉を挟む。その独特のイントネーションに他の客が振り返った。
　京都の夜は、新京極から河原町、木屋町、先斗町、そして祇園へとその灯を移してゆく。

「お疲れさん!」の「さん」にアクセントを置いた閉店の声が響く。今日の営業を振り返るのにはまだ余韻が残り過ぎている店内。ふと頭をよぎるのは、「マスター、ほんまかいな?」と言った時のニューハーフのダンサーの姿だった。その圧倒的なインパクトと存在感。不思議な優しさをもったオーラ。「日本が過去に迷惑をかけ、今もかけている国」という短絡的なイメージでしか捉えていなかったフィリピン。そこから来た、知的で美しい顔をした「女性」。ふと力が抜けて、明日の仕入れ準備など、頭からすっかりどこかに飛んでしまっていた。

1990.9.10

沖縄。そこは線の太いところだった。人の持つ開放感。時として商売を忘れ、店の人が私たちにバナナを差し出す。

米軍基地が広大な面積を占めている。イラクのクウェート侵攻による中東の一触即発の情勢に対処するために米軍機が飛び立ってゆく。パイロットの眼下には、青い海と南国特有の自然が広がり、気分はすでに石油の国々へ飛んでいるのだろう。

脳性まひの「障害」者であるW谷との旅は初めてのことだった。リズムがゆっくりとなる。しかし、この中でしか見えないものがある。彼と一緒でなければ感じることができないものがある。移動に手間取り、階段の前でもたもたしていると、自分の荷物を放り投げて手伝いに来てくれたおばちゃんもいた。真っ黒に日焼けしたその顔は、自分の全てを車椅子を持ち上げるこの一瞬にかける、そんな一途さを感じさせた。

そういう沖縄の人たちの心を“沖縄戦の経験”にのみ求めるのは短絡的だろう。この優しさを生む沖縄の伝統とはどのようなものなのか。この気候と風土。琉球王朝の歴史。複雑なモザイクが頭の中を駆け巡る。

自分は、人工的な公園がどうしても好きになれない。「ひめゆりパーク」のサボテンはなるほど素晴らしいものだったし、珍しくもあった。しかし、その中に自分が溶け込んでゆくことはできない。人は、何故、手を加え、景観を造ろうとするのだろう。そして、人は何故、それを虚構だと知りながらそこに行こうと思うのだろう。その風景はいずれにせよ、誰かのイメージのひとつの表現でしかないのに。それなら「必要」に迫られた、人間の闘争心の現れとして存在する嘉手納基地の景観の方が、何がしか意味するもの、心に迫ってくるものを持っている。

「東南植物楽園」の上空を、軍用機が「俺たちはお前たちのように暇ではないんだよ」と言っているかのように飛んでゆく。沖縄の人が、「沖縄は『本土』の植民地だ。経済的に従属している」と言うのは沖縄が観光地として客をもてなす場になりすぎているからか……。

次の介護者と交代する自分にとっては、この旅行最後の宿泊となった那覇のホテルでのフロント支配人との会話。

「彼（自分のこと）が、今日、仕事で帰らなければならないから……」
「1人で宿泊するということでしょう？　いいですよ」

「ええ、それでトイレの介護を頼みたいんですけど。部屋から電話するので、誰か男の人が来てくれるといいんですけど」

「ちょっと待って下さい。そんなことはできません。はっきり申し上げておきますけど」

「トイレの時だけで」
「できませんよ。うちも人手がなくて困っているんですから。あなたも、１人置いては行けないでしょう。そんな無責任なこと……」

「自分たちは、これまで一緒に沖縄を回ってきたんですけど、沖縄の人は優しくて手伝ってくれるんですよ。それと同じ感覚で。それを、あなた方がホテルの仕事として考えるかどうかは抜きにして」
「できません。私も老人ホームなどで福祉活動をしていますが、経営しているということですけど……ここのホテルではできません。はっきり申し上げておきますね。できることとできないことははっきり言っておかないと。もし宿泊なさるんでしたら、あなた残って下さい。沖縄の人は確かに優しいです。でも、それに甘えたらいけません」
「ですから、次の介護者が来るまで。僕は北海道でも１人で泊まりましたが、ボーイさんがしてくれました」
「そういうホテルもあるかもしれませんが、うちではできません」

トロピカルムード、嘉手納基地、万座ビーチ、ムーンビーチ、ハイビスカスの花、バナナの木、国際通り、アーミールック、シーサー、屋根の上のタンク、うちなんちゅう大会の垂れ幕、祝 沖縄水産高校野球部の貼り紙、ゴーヤチャンプル、原色が似合う街、市場で果物や肉を売っているおばちゃん、ビーチで日焼け止めクリームやサンオイルを売っていた化粧品会社の女の人、「砂っぽい街」と印象を述べたS田君。「にぃにぃ」と言って握手した男の子。そして、仕事の休日にわざわざ自分の車を用意して、ボランティアで沖縄を案内してくれたタクシー運転手のN島さん。大阪伊丹行きの帰りの飛行機の中、これらの断片を繋ぎ合わせたいと思ったが、それぞれのイメージが強烈で、不要なことと割り切った。「沖縄が人の心を熱くさせる。沖縄の人は、人に安心して話をさせる雰囲気を持っている」、宿泊した「コバルト荘」の人たち、そしてN島さんへの礼状にこのようにしたためた。

そして、那覇のホテルのフロント支配人の言葉「沖縄の人は確かに優しいです。でも、それに甘えたらいけません」は、もちろん、私たち2人に向けられた言葉ではあるけれども、基地問題含め広い意味で、「大和んちゅ」への大きなメッセージであると思わざるを得なかった。

1990.12.25

お金が無くなった時、すなわち、ご飯が食べられなくなった時、フィリピン共産党—新人民軍のことを思い出していた。本で読んだことだが、新人民軍の兵士たちは、自分の描く理想社会を求めて、何日間もほとんど食べることなく、政府軍と闘いを繰り広げているという。体制、反体制問わず、戦闘状態であればさもありなんと思うが、「フィリピン共産党—新人民軍への連帯」などの一文をアピールの中に盛り込んでいた自分にとって、これが空腹時の自分の支えとなっている。

今、「グレゴリオ聖歌」を聴いている。教会の床に座っているような気分になる。自分にトンネルからの抜け道を示すのではなく、そっくりそのままそれでいい、自分を取り囲む壁が靄の中で溶けてゆくような感じがする。しかし、壁はなくなってゆくものの靄はたちこめたままである。

教会の鐘の音で思い出すのは、1つはタイのポアントゥック村であり、もう1つは、寮の近くにある「京都American Center」のビデオで観た『Pole's Case（ポールの事件）』（ウィラ・キャザーの短編小説）の中の情景である。

小包の 中の新聞 広げ置き しばし眺むる 故郷の時

1990.12.31

タイ・ポアントゥック村の子供たちに自分の演奏で音楽を聴かせてあげることができれば……自分の夢である。テレビは余り観ない。今、AZTEC CAMERAの「Lost Outside the Tunnel」を聴いている。一時期は、パチンコの利益が主なる収入だった。しかし、負けた時の落胆と生活への影響はしゃれにならないものがあった。

運動や政治は、いや、もっと広く組織というものは、はっきりさせなくてもいいようなことまではっきりさせたがるものである。一方で、はっきりさせるべきものを覆い隠してしまう。

「今が全て」と思ってしまうので、時折、意識の中から抜けていくものがある。例えば、介護活動で、明日の介護者がいない、どうする？　結果的に行くことが多い。しかし、その日に行ける人が誰もいないということはありうるケースで、その人たちのことばかりも考えてはいられない。

1991.1.4

高い場所から遠くを眺めるのが好きだ。博多でも高い所に上ってずっと遠くを見ていた。大阪の関西テレビ報道部でアルバイトをしていた時も、空き時間に、ビルの窓から見える夜景をただ眺めていた。すると、何故か急に心が紫色に染まる。自分は今ここにいる。ただ偶然に。そしてこの窓から外を眺めている……。視界の中心には梅田の高層ビル、点滅している光。そこはただ紫色の世界。自分を飲みこんでいくような紫の世界。

1991.1.27

すごかった。今日、鏡田教室に行き、授業を終えた後、阪急・大山崎の駅に着いて……気がついた。全所持金額2,000円。その2,000円を手帳に挟んだまま部屋に置いてきてしまっていたことに。手元には90円だけ。心を落ち着かせて……考える。どうすべきかを。タクシーで着払い……間違いなく2,000円では足りない。塾に泊まる。最も現実的ではない。泊まったとしても月曜の朝まで入金（給料）はない。しかも、月曜には試験がある。着払いで帰り、誰かにお金を借りる。自分は、プロの金貸し以外からお金を借りたくない。とすると、選択肢はただ1つ。歩いて帰る。

授業を終えて塾を出たのがだいたい21:30。ひたすら歩く。歩く。歩く。寒いが、歩いているので冷たさまでは感じない。国道171号線に沿って、車が横を通りゆくのを見ながら、カードで支払えるタクシーなら止めて……。自分の将来や収入をアップさせるにはどうしたらいいか等、考えながら歩く、歩く。ただただ前へ足を進める。長岡京市街への道を案内する→がついた標識を見ながら、歩く、歩く。煙草を1本吸って、更に歩く。喫茶店、レストラン、暖かそうだ。美味しそうだ。横目で眺めながら、歩く、歩く。人生の道のりと同じこと。ただ、歩く。桂、歩く。桂離宮。七条通。西大路五条。途中、パンを1個買う。72円。所持金はわずか18円に。心新たに、四条大宮、堀川丸太町、烏丸中立売、歩き続ける。烏丸今出川。感動にも似た感情が湧き起こってくる。寺町今出川。加茂大橋。ようやく……到着。足が少し痛む。部屋に入る。日付変わって1:40。のべ4時間。駅数12。距離およそ20km。部屋にあったコーラを飲んで、これを書いている。まだまだ歩けそうだが、足の裏にまめができている。

1991.2.4

パチンコ台を、その台が男性的であるか女性的であるかによって分ける。男性的な台は、自分が女性になったような気分で打つ。相手を誉めながら打つとプレゼントのようにフィーバーがかかる。女性的で繊細な台は、男性として打つ。相手をいたわるように打つと思いがけなくフィーバーがかかる。中には中性台もある。おだてようがいたわろうが、一瞬出すような素振りを見せながらも出ない。1万円ぐらいつぎこんでも出ない。出るような雰囲気だけはあるので、更に1万円ぐらいつぎこむが、結局、自分の完敗となる。でも、このような台が何故か一番好きなのである。

手書きは温かみがある。むしろ、人を感じるといった方が正確だ。「ワープロは何か仮面をかぶったような気がする」と言われたのはゼミの担当教授だった小N先生だ。

日本の社会はワープロのようなものだと思う。ワープロは慣れれば文章作成が速くでき、漢字にしてもいちいち辞書を引く必要がない。ワープロで打たれた文章は、見た目それ自体、整ったものである。文章の内容の深浅を問わず、きちんとしていて立派なものであるかのような印象を人に与える。しかし、ワープロは電気もしくは電池がなければ作動しない。日本の社会は、石油を輸入しなければ産業が存続、発展しない。資源がなく、お金はある。治安は安定していて保たれている。

1991.2.12

夜の店への出勤途中、小さなどんぐり眼がじっとこちらを見つめている。その手には、今時珍しく“がらがら”が握られている。温かそうにブランケットでくるまれて、母親の背中に背負われている。母親は、幼子と私との目を通しての会話に気づかない。少し微笑んでささやいてみる。「温かそうだね」幼子は、相変わらずじっとこちらを見ている。母親は買った物を受け取り、幼子の方を振り向く。「行こうか？」その声に幼子は反応し、親子は四条通に向かって歩いて行った。ふと、自分の母親の姿が浮かぶ。「ほら、ともちん、ぶーぶーだよ」小さい自分は「ぶー、ぶー」と言って喜んでいる。店のおばちゃんが「ああいい子だね。おばちゃんの目を見て笑ってくれたから、コロッケ1個サービスしとくよ！」おばちゃんは、1個多くコロッケを包み、母に渡す。「帰ったらコロッケ食べようね」今もって、私はコロッケが大好きだ。

ソウル系の音楽。客はいない。空席のテーブルとカウンターがいつもより店を広く感じさせる。カウンターに近いところにあるテレビ画面には、映画「Nine Half（9 1/2 weeks）」（監督 エイドリアン・ライン）が映し出されている。ミッキー・ロークがオフィスの椅子に座っているのが見える。

この店はカッコいいなと時々思う。適度に清潔で、適度にアンティークな感じがする。マスターと店長のＫちゃんが少し離れてカウンターに座って画面に見入っている。

「お早うございます」

「お早うさん」

気分良く、自分の口から挨拶の言葉が出る時もあれば、そうでない時もある。店が静かな時は比較的素直に言葉が出るのだが、いかにも水商売、夜の世界という感じの高笑いが聞こえると、少し控え目な挨拶になってしまう。こんな時は、おそらく自分は夜の店にふさわしくない場違いな雰囲気を身に纏って出勤していると思い、一層、場違いな気分に陥ってゆく。

ひょうきんでよく口が回り、しゃべりが上手いMRが、「おう！」と声をかけてくる。ディズニー柄のデニムとトレーナーが、夜の世界を知り尽くしているかのような、彼独特の軽いノリと面白さを引き立てている。厨房でコックの仕事をしているU野は「お早うございます！」とかなり丁寧に挨拶をする。まだ18歳ということもあっておとなしめ。世間ずれしていない。これからどう成長し、変わってゆくかはわからない。

接客でかなり酒を飲む。酔った頭に蘇る、言葉や会話の断片……。

「大学を超える。これが目標だ」
「大学を超える？」
「そう。授業時にいつもきちんと前の方の席に座って、先生が言うことを懸命にノートに書く。そういうことに価値を見出せないんだ」
「じゃあ、なんで大学にいるんだよ？」
「そんな古臭い質問するなよ」

大学教授が言う。「彼らは、僕のことを反動と言っています」教室に小さな笑いが起こる。
「しかし、僕には僕の筋というものがある。その筋とは講義をする、授業をするということです」

「課長、あんたじゃね、話ができないんだよ！　学生部長出せよ！　学生部長！」
「ですから、私が学生部長の回答を持って……」
「だからそれじゃあ話にならないって言ってるんだよ！」

「現在、今出川キャンパスをご通行中の学生、教職員並びに学内労働者の皆さん。私たち此春寮の寮生より、田辺移転粉砕、廃寮阻止のアピールを送ってゆきたいと思います……」

「革命なんてさ、大きすぎて見えないよ」
「そうだな。はやらないよな」
「でも、革命を追い続けている姿はさ、美しく見える時があるんだよね」
「確かにやるかやらないかで、やった方が美しい時があるよな。スローガンの実現が、客観的な情勢から可能かどうかは置いといてさ」

「死んだよ。完遂だとさ」
「えーっ、死んだんですか⁉」
「寮で首を吊ったんだってさ」

「では集約します。残ったビラはここに入れて下さい」
「初めての情宣はどうでしたか？」
「一言ずつ感想を」
「あんまり“はけ”よくないですね」
「友達とか通るでしょ。何やってんねんとか言われて。あんまりいい気分しないですよ」

「何やってもいい。ただ、お前、そんなことしてたら就職先はないけどな」

「もし捕まったら、親父やお袋が来て、勝手に荷物をまとめて博多に送ると思うんですよ。そうなったら、黙ってやらせてあげて下さい」

「やる時はやる！　やらない時はやらない！　今期執行委のスローガンはこれで行こう！」

「何か諸連絡ありますか？」
「あのー、僕の本、勝手に部屋から持ち出さないで欲しいんですけど」

「だから、差別は許さないって言ってるんだよ‼」

「こんな仕事やってんのは、九州から来た田舎もんばっかだよな」

「こんな楽な日はめったにないぞ。ラッキーだよ」

「頑張りなさいよ。コロッケ、サービスね。ここに座って食べなさい」

「よって被告を懲役6ヶ月、執行猶予2年の刑に処す」
「なんでや！」「どこに証拠あんねん‼」

「（笛の音）日韓連帯！　闘争勝利！　我々は闘うぞー！　警察は弾圧やめろ！」
「こちらは松原署、こちらは松原署。君たちのデモ行進は、道路交通法並びに京都府公安条例に違反している。直ちにジグザグ行進をやめ、正常なデモ行進に戻しなさい。即座にやめないと、デモを指揮している黄色の巻きタオルの男、君を逮捕することになる……」

1991.3.10

真空の生活。安易な生活。安易に生きることは好きではない。安易に生きても面白くない。主張は「反社会的」であるとしても、人格や人として「反社会的」であっては意味がない。このように考えて全てに対処していた。

寮には、今も尚、私たちが残した主張に真摯に応え、それを維持しようと苦しんでいる後輩の寮生がいた。私は自らの主張を曲げる気はないし、曲げるわけにはいかない。少なくともその延長線上に生きなければならない。

「権威」を信じてはいないこと。自分で学び、それを教授の講義と擦り合わせることが、唯一、大学で勉強する方法であること。1つの専門領域を研究することにのみ没頭している姿は決して美しくないこと。1人の人間として思考すること。自分たちの訴えに、同志社の教員は、一体何人、反応してくれたか？

世間体なる得体の知れないもの。狭い空間でのみ「基準」たりえるもの。どうぞゴミ箱へ。

何か大きな揺れが来た時に、どういう自分を曝すのか。日本がこのような社会であるのも、実は偶然ではないのか。自分がこのような中に生まれて来たのも偶然ではないのか。相対的にこのように出来上がっている偶然の世界に偶然生まれてきた自分は、自分の好む生を続けていくしかない。貨幣は浮遊物である。社会という空間を人の手から手へふわふわと渡ってゆく。物質もたまたまこのようなかたちで存在し、日本社会の制度に基づいて「所有」されているにすぎない。それが「共有」であるか「私有」であるか、そのようなことはどうでもよい。たまたま存在しているモノに囲まれていたいと思うかどうか、ただそれだけのことだ。自分は、モノと自分との距離を考えずに所有することはできない。モノとの距離は近い方がいいと思うので、つまり、少なく持って、モノに愛着を持つ方がいいと思うので、多くのモノを持ちたいとは思わない。

人は、敷かれた、もしくは自分がイメージした無難な道をそこそこ進んでゆくことに努力し、自らの保身を考えながら、社会が認めた「美徳」に従って生きてゆく。「働き盛り」と言われる世代は、有無を言わさない迫力を振り撒き、一つ一つの言葉や感性を押し潰してゆく。それでも言葉や自分の存在にこだわろうとする人たちは、意識の中から排除される。「資本主義は最高」と言う人には言いたい。「一体、どこが最高なのか？」「社会主義こそ最高」という人にも聞きたい。「一体、どこが最高なのか？」価値観を逆転させれば最高は最低になる。

1991.4.12

「そうさ。人民とともに生きようとすればこんな格好になるのさ。自分は被抑圧階級のために闘っている。人が何と言おうとこれが自分の生き方なんだ」。激情ばかり走り、冷静になれない。言い放った後で、言葉の余韻だけが宙を漂い、やがて煙草の煙とともに消えて行った。軽い言葉。周囲の人から言葉は消えた。

人はそのような単純な言葉によって動くのではない。ただ、その人が持っている迫力や現実感を見るのである。単なる上っ面だけの決意表明の言葉では、何らの風をも起こすことはできない。

「やれば」。あっさり切り返された自分の中に空虚な後悔だけが残る。ぺらぺら、ぺらぺら、次から次に……人の心の奥底に響かない言葉。聞き飽きた言葉。これが力を入れて発せられた時ほど、場が白けることはない。

様々な感情を持った人間の存在を、そのような理屈だけで捉えられるわけがない。もっと多くの土地を見て、社会を見て、文化を肌で感じよう。もっと人間を見つめよう。そうすれば、自分がいかに陳腐な言葉を発してきたかわかるだろう。人ひとり、頭の中で描けるシナリオは、せいぜいネコの額ほどの小さな世界である。特に、自分のような人間は、これまでさほど多くの言葉に触れることなく、体裁だけを整えようと、偏った言葉の世界に居続けてきたと思う。言葉が内面の吐露や表現の手段とならず、政治的道具へと転落してしまうことの寂しさは計り知れない。自己の内面を語ることがダサいと思われる時代。文学も単なるファッション、教養へと転落する時代。もっと血の通った言葉、新しい意識を拓く言葉、コミュニケーションがとれる言葉を学ばなくてはと思う。

ただ、今この部屋にある本を読んで時を過ごす。嬉しくもあり、悲しくもあり。こんな毎日を送っている。ただし、活字を通して得る知識より、身体を動かして働きながら得た知識の方がはるかに頭に残る。

1991春

あの時、同志社のチャペルは改装中で養生用のシートで覆われていた。まさか再び、覆いがとれたチャペルを見ることになるとは思ってもみなかった。アジテーション、決まり切った文句、現在今出川キャンパスをご通行中の皆さん、我々からアピールを送っていきたいと思います……。ハンドマイクから発せられた言葉は、自分の心に空虚な隙間を作り始める。アジテーションの言葉が静かに頭の中に浮かび、滞ることなく口にのぼってゆく。アジテーションを終えた頃には、その隙間は全体に拡がっていて空虚さだけが残る。見上げると青い空と雲。今出川キャンパスは、少々のこだまさえも吸収し、何事もなかったかのように静まりかえっている。残ったビラの重みだけが、自分が今ここにいることを感じさせる。

W谷のところに行った。W谷はすでに枚方で3回目となる住み家を見つけていた。引っ越しするたびにグレードが上がっているようだ。はやりのトレンディドラマにでも出てきそうなマンション。サンライトという名称。どれをとっても、W谷の考えや思いが見える住まいだ。

「わっちゃん、明日、介護行きたいと思うねんけどな、それが……」
「それがって、何や？」
「行こう思うねんけど、金があらへんのや」
「金ぐらい貸したるがな」
「違うねん、行く時の電車賃が足りへんのや。そやし、質屋に行ってからそっちへ行くさかい、そっちに着くのが朝の11時ぐらいになると思うねん」
「お前もハングリーやなぁ。11時ごろまでに来てくれるんやったらええよ」
「OK。そしたら明日な」
「オウ！　お願いします」

W谷の「お願いします」はへりくだった腰の低い「お願いします」ではない。「よろしゅう頼むで！　来んかったりしたら許さへんでー」という感じの「お願いします」なのだ。契約を交わした。そんな感じだ。

1991.5.9

不毛なはなし。隣の台が気になる。その台に座りかけてやめて今の台に座ったのだから。4,000円分ぐらい打っても出そうで出ない。2の目でリーチがかかり最後の目がリズムよく回ってゆく。きっと5,000円ぐらいで出るだろうと根拠なく思っていたので、瞬間的に心に灯がともった。しかし、数字は無情にも1を指し、恐ろしく不安な感情が全身にどっとあふれる。落胆、いやそんな生やさしい感情ではない。勝つ。絶対に勝たなければならない。I play to win. イワン・レンドルのCMの言葉が頭をよぎる。俺は情けない奴だ、と自分を責めながら、"資金"を全て玉に替え、その玉は願いをよそに"良い仕事"をせずに下の穴に入ってゆく。と、その時、隣の台からフィーバーの音楽が流れる。見れば4の数字が3つそろっている。悔しさという言葉では括れない気持ち。自分の台選びの無能さ、ただ3つ数字がそろうのを求めて、何度、こんな気分を味わったことだろう。今日も、とぼとぼではかっこ悪すぎると自分を叱責しながら部屋に帰るのである。あぁ、鴨川を飛ぶユリカモメに私はなりたい。

1991.5.12

ソ連の似非社会主義（本多勝一が言うところの「自称社会主義」）からの独立を求めるエストニア、ラトビア、リトアニア（いわゆるバルト三国）。自分は独立を支持する。ソ連の枠内で存在していても仕方がない、ということであれば、即刻、独立を認めるべきである。

断食めいたこの2日間。明日で3日目だ。

彼女はふっくらとした人で、素直な性格の人だった。彼女が自分の前に立って、何か話そうとする時、その愛くるしさに、畏れにも近い感情を抱いた。全身から何かオーラのようなものを発しているかのような気さえしたものだった。

同じ年の女の子はこんな感じなのか⁉　というのが率直な気持ちで、どう接したらいいかわからなかった。彼女には弟がいて、何らかの「障害」を持っていると話してくれたことがあったが、正確なところはわからない。

ほぼ初めてと言っていい、面と向かって言葉を交わした日は、サッカーの全国選手権福岡県大会1回戦の日。ベスト8をかけた試合。寒い中、対戦相手、東福岡高校のグラウンドだった。彼女は試合後、贈り物が入った紙袋を渡そうとしてくれていたのだが、自分は気恥ずかしくて受け取らなかった。何故、素直に受け取らなかったのか、今でも自分のことを責める時がある。試合には負けたが、自分にとって、新しい高校生活が始まったような気がした。

自分たちは、県大会で負けたことをばねになどという生真面目さは持ち合わせていなかった。ただ、自分の中では、それまで以上に、サッカーに対する、そしてゴールキーパーというポジションに対する愛着が増していた。

次の目標は中部地区の冬のリーグ戦だった。チームは2部リーグに属していたが、2部で優勝すれば1部昇格はほぼ間違いない。冬のリーグで昇格できれば、春のリーグは1部でもう一度、東福岡と戦えることになる。

変わったのは、彼女の姿を眼で追うようになったことだ。同じクラスにいて、席は自分は後ろから2番目。彼女は前の方だったので、授業中、彼女の後ろ姿は自然に視界に入る。以降、頭の中はサッカーと彼女のことだけで占められるようになる。

「町D、もう帰るのか⁉」「まだやるに決まってる‼」「よし、クリア練習50本‼」ボールに触れている時が、自分にとって一番心落ち着く時間となっていた。全体練習後の自主的な個別練習は、どんなに疲れていても欠かさなかった。サッカーのことを考えない自分は、ほとんど“ふぬけ状態”で、生きている気がしなかった。後にも先にもこれほどサッカーに熱中したことはなかった。

11月に入って練習にウインドブレーカーが必要になった。練習はランニング、準備運動、シュート練習と進んでゆく。その間、自分と1年後輩のキーパーは砂場へ行き、ダイビングキャッチの練習を繰り返す。こうしている時も彼女の姿が頭に浮かぶようになった。これが思わぬ力をもたらしてくれているようで、自分の身体は、ステップ軽く、ボールに反応してくれる。

練習はフォーメーションの段階に入り、自分たちはゴールの前に立つ。生のシュートを受けるために。「捕れる！」と思った時はボールに触れることができなかったり、ボールがするりと脇の下を抜けてゆくのに、「ダメだ！　届かない！」と思った時は、逆に、指先にボールが触れて、ボールの軌道をゴールポストから外すことに成功する。

1991.6.27

例えば、共産主義国家では、社会主義・共産主義を絶対の考え方として国民に流布するがゆえに、党の中心に立つ人物が腐敗すれば、国民も腐敗してしまう。自由主義国家に於いてはそうはならない。つまり、人間は他者との関係性に於いて、もしくは、他者と自分との興味や関心の違いを意識することで、自分の存在を認識するのである。

1991.7.4

「障害」者に対するイメージは、「五体満足」、「精神安定」と言った時の意識の裏側にあるイメージを基に作られる。であるから、逆に、「障害」者であるW谷が「自分は『障害』者である」と言う時、その言葉は、社会が「健常」者を望むなら、そしてその流れの中で、「障害」者が圧殺されてゆくのなら、その中で、敢えて自分は「障害」者と言おう、「障害」者であって何が悪い、という態度の表現なのである。自分は、自分が「健常」者である、と認めた上で、数学的にスパッと割り切る社会の中で、そして、「障害」者があたかも否定されてゆくかのような「能率」や「合理性」を追求する中で、「障害」者はその妨げとなる、という考えがつくられてゆくと考えている。そうであるなら、自分は、意図的にせよ、そうでないにせよ、社会が求めている“できる人間像”とは少し違った人間を目指す。「障害」者に思想的におんぶされているのは自分の望むところではないのだが、W谷は、これからもずっと、自分に刺激を与え続けてくれる存在で在り続けるだろう。

1991.7.5

「友泉亭」の入園料は100円だった。砂利道を歩き、曲がった道に沿って進むと、池の前に出る。池では鯉が涼しげに泳いでいる。高校生の自分たちが位置を取るのは、いつも決まって水辺に近いところで、そこにしゃがんで水面を眺めながら、言葉少なく同じ時を過ごしていた。

彼女の黒く大きな瞳に鯉の姿が映っている。一体、何を考えているのだろう。長い沈黙があっても、少しも気にならなかった。知り合いが来ることもなく、外はすぐバス通りなのだが、さほど広いとは言えない「友泉亭」だけは静かに風が流れ、あたかもエアポケットのような雰囲気だった。

時間は時計によってではなく、サイレンや学校のチャイムによってでもなく、ただ陽が夕焼けをつくることによって知った。自分たちが座っているところへ涼しげな風と、決して人が創り出すことができない自然の光が降り注いでいる。彼女の白い頬が橙色に染まり、池に投げ込む小石があたりに見あたらなくなった頃、自分たちは腰を上げる。

成績表が配られている。そんなものは見たくもない。目にするのも嫌だ。当然のことながら、自分の名前が成績優秀者として登場することはない。自分の家の上階に住む彼の名前はしっかり記されており、上位を保っている。これを親に見せたら、堅実で優秀な彼と、また比較されることになると思いながら、それはそれで仕方がないと開き直ることにした。

人との比較や順位を気にするのは、どうでもいいことであり、もうそろそろ捨て去ろうと思っていた。だが、少し後ろめたい気がしてくるのは、自分が、まだそれを超えることができないでいる証左であるし、何よりも、出来が良くないより、出来が良い方がいい、という単純な命題に、自分が明確な解答を持ち得ていないからであった。

練習の最中、フォーメーションプレーのシュートを受けるために、1年下のキーパーと交代でゴールの前に立っていた。キャプテンがセンターからウイングにパスを出す。ウイングは、そのボールを大きく逆サイドのコーナーぎりぎりに蹴り、逆サイドのウイングはそれを追って走る。追いついたボールをセンターへ返し、センターから走り込んできたキャプテンがボレーでシュート。と、これがジャストミート。条件反射でボールを捕ろうとダイビングキャッチを試みるが、ボールは指先をかすめ、ゴールネットを揺さぶった。グラウンドから「ナイスシュート！」の声が上がる。

後輩の1人が「三浦さん」と声をかける。「何？」と振り返ると、「見てますよ」「誰が？」「3年の教室で」。

ふと目を向けると、他のクラスメイトに交ざって、彼女の姿が目に留まった。自分は練習から抜けて、すぐに彼女のところに走って行きたい、と心の中で思いながらも、少し気恥ずかしくなり、「関係ないじゃん」と言って、グラウンドに目を戻した。

「打て、打てー」という声とともに、鋭いシュートがゴールポストすれすれに飛んできた。「捕れる!!」と思った瞬間、彼女の姿が頭に浮かび、力が抜けた。案の定、ボールはゴールの中に転がり、「へいキーパー、今の捕れるぜ!!」とチームメイトから檄が飛ぶ。「OK、OK、わるいわるい」と言いながら、校舎の方に目をやると、彼女の姿はもうそこにはなかった。

「あのね、何か渡したいものがあるって……」
　マネージャーが自分に声をかけた。練習が終わって、泥だらけの格好だったが、何かピーンとくるものがあって、待っているという下駄箱のところに急いだ。
「あっ、こんにちは」彼女は明るい顔で紙袋を差し出し、「これ、美味しくないけど食べてね」「あ、ありがとう」「寒いけど練習がんばってね」「あ、ありがとう」同じ言葉しか出てこない。「今度、いつ試合あるの？」今度ばかりは「ありがとう」ではいけないと思い、いろいろと説明する。「毎年12月から1月にかけてね、冬のリーグ戦があって……たぶん、クリスマスの頃だと思うよ」「見に行くからね」「あっ、そう」自分は嬉しい気持ちを抑えながら、わざと素っ気なく答えた。「だけど、寒いよ。自分なんかゴールの前に立っているだけだから、攻められたら忙しくて温まるけどね」「うん、いいの。いっぱい着こんで行くから。それじゃあ、私、帰る」「あ、ありがとう。気をつけてね。もう暗いから」

　1枚の写真がある。高校2年、修学旅行で長野県の善光寺に行った時のクラス写真だ。たまたま、自分と彼女は1列目と2列目に上下並んで写っている。この時も、自分はどうしようもないくらい情けなかった。ただそれは、君のことが嫌だとかそんなんじゃなくて、自分はどうすればいいか、何を言えばいいのか、恥ずかしながら、わからなかったんだよ。本当にごめん。

　教室の前の廊下をクラスメイトの鶴Tと歩いていると、彼女の姿が見えた。こちらを見ている様子だったが、他の人に用事がありそうだったので、声をかけずに通り過ぎた。そろそろ授業が始まる時刻だったので、教室へ戻って来ると、まだ彼女はそこに立っていて、今度は自分に何か話があるかのような感じだった。「どうしたと？」と聞くと、「ちょっとね」と今にも泣き出しそうな表情になった。「何があったとね？」聞いても、「ちょっと」と答えるだけで、一層悲しそうな顔になった。「聞いたるけん」と言って、彼女を“秘密の場所”に誘った。“秘密の場所”といってもいかがわしいところではなくて、屋上に通じている階段の踊り場だ。ここなら誰からも見られない。と、そこに、何と気が利くことか！　彼女と同じクラスの、クラブのマネージャーが階段を上ってきて、「どうしたと？」と聞く。「彼女は気分が悪いから保健室に行ったとか何とか先生に言っといて」と頼み、その素晴らしいマネージャーは、「わかった」と駆け出して行く。
「話してみなよ」と聞くが、なかなか話そうとしない。
　しばらくしてようやく、「国語の時間にね。家族のことを作文にしなさいっていう宿題があってね。私は弟のことを書いたのよ。そしたら、その作文がよくできてるっていうんで、先生が読んだんよ。そしたら、クラスの人が『えーっ⁉』て顔で見るのよ。私ね、嫌になっちゃってね。それで何となく話がしたくなって。でも、最初、無視して行ってしまうから……」
「そうだったん。それで先生は何か言ったと？」
「ううん、何も言わないで、ただずっと読んでいるだけなのよ」。

　彼女は手で顔を覆って、涙を流している。階段の一番上に座って。
　彼女の弟は、詳しくは知らないが、何らかの「障害」をもっていると聞いたことがあった。
　自分は、何と言って慰め、どうやって励ませばいいのかわからなかった。しばらくして、ようやく口から出てきたのが「それでも君の弟さんだからね」という言葉だった。

この自分が発した言葉に、自分はしばらく悩み続けた。

電話BOXへ急ぎ、彼女の家に電話をした。風邪気味の声で「もしもし、三浦君好き」

頭の中の世界は真っ青だ。１人の人間の言葉が、これほど他の人間の意識を変えることができるとは思ってもみなかった。心の中で叫ぶ。好きだ！　好きだ！　絶対に一緒だ！　しかし、これを言ってしまえば、何故か全てが終わってしまうような気がして、自分から離れるなよ！　と言おうとする自分までも押し殺した。

浪人して高校の補習科にあたる「城南学館」に通っていた頃、昼食を食べに近くの食堂に行く途中、中学生の集団に出くわした。数人が1人の中学生をいじめている様子だった。ふとその時、彼女の、何らかの「障害」を持っている弟が、隣の中学校に通っているということを思い出し、自転車を停めてその集団に近づいた。逆に“ぼてくりこかされる”かもしれないという不安を抱えつつ、「何しとうとや！」と身体をのけぞらせながら声をかけた。こういう時は迫力を出そうと博多弁が出る。中学生たちは逆襲しかけたがやめて、その場を去って行った。いじめられていた1人がそれからどうしたかは分からない。

Ｗ谷が「シャワー浴びるわ」と言う。「そうか」と応えて、温水のスイッチを入れ、浴室まで車椅子を押してゆく。浴室の電灯を点け、まず、自分が裸になる。お互い裸体を曝し、それをお互いが違和感なく受け入れている。Ｗ谷は「少しお湯出して。温かいか？」と聞き、「これぐらいでどう？」と自分は聞き返す。いつものことなので、入浴の段取りは万全だ。

W谷がシャワーを浴びたあと、「わっちゃん、すまん。自分も髪洗わせてくれ」「おお、ええよ」自分だけお湯が入っていない浴槽に入り、ざっと髪を洗い流す。W谷にお湯がかからないように気をつけながら、さっぱりとお湯を切って顔を拭いた時、ようやく、時間が自分とリズムを合わせる。「わっちゃん、サンキュ！」W谷は、「さあ、身体拭いて酒でも飲むか」と、いきなり、頭の中は宴のことでいっぱいになっている。

翌朝、W谷が言う。「俺な、最近、職業欄にな、アイドリアンで書くねん」

「アイドリアンって何や？」

「まあ、アイドル愛好家かな」

「何やねんそれ？」

「俺、アイドル好きやしな」

「そやけど、他の人、それ見て何してる人かわからへんやろ」

「やろうな。そやからいいのやないか」

W谷が言おうとしていることはよくわかる。それは、いわゆる「健常」者に対する彼流の皮肉を込めたメッセージなのだ。

「それで具体的に何してるんや？」

「そりゃあ、お前決まってるやんけ。アイドル雑誌や写真集を集めるのやんか」

「うーん、なるほど」

「なぁ、朝飯でも食おけ」

「おう、そうやな。どないすんねん」

「そうやなあ。金ないし、メモしてくれへんか」
「OK」
「えーっと、パンやろ。マヨネーズ、マスタード、レタス、あとなぁ、安いハム買うてきて」
「サンドイッチ？」
「そうや、これ安上がりやねん」
「どこで買うてこ？」
「レンタルビデオ屋があるやろ。その向かいにスーパーがあんねん」
「よっしゃ、ちょっと待っててや」

夜、「おい、飲もうぜ」「すみません。ウイスキーをロックで」「おい、ほんまけ？」「ははは、わっちゃん、飲む飲む」
介護に来ている石Ｄ君が冷やかす。
「酒飲まずして、何がＷ谷よってな」
自分もＷ谷の冷やかしに加わる。
Ｗ谷は、少し酔いが回ったのか頬を赤らめ、「お前らも飲めよ、飲めよ」
即座に、二人して声をそろえて「わっちゃん、ごちそうさん！」
「待て、おごりちゃうよ！」
「わかってるよ、わっちゃん」
だけど、お前のそういうところ、好きやねん。二人して心の中で思っている。

Ｗ谷と同じように施設から出て自立生活を送っていたＹ岡さんが壮絶な自死を遂げた。
「障害」者が生きづらい社会に対する抗議の意があったものと

推測する。

「Y岡さん!!　何で死ぬねん!!　何で死ななあかんねん!!」
　W谷が涙を流すのを初めて見た。
「何でや!!　何でや!!」
　自分には彼の涙を受けとめることができない。
　かける言葉も……ない。

1991.7.8

　人生はよく川に例えられる。自分も自分のこれまでを川に例えてみる。
　高校の一時期、自分の原点とも言える彼女との出会いと別れは、あたかも澪標【みおつくし】のように、川に1本の竿を刺しているようなものだと思う。自分も年齢を重ねながら、刺している竿をここ数年間ずっと河畔に立って眺め続けてきた。ずっと眺め続けていても何がどうなるというものではないが、原点であるその竿の地点から、自分はどれだけ進んだのか？　成長したのか？　を冷静に見ることができる。ただ、いよいよその竿も川の流れの勢いに抗いがたくなって川に飲みこまれようとしている。もし、何か変わったことがあるとすれば、その川は、かつて、か細く、濁りに支配されていたが、今は、以前より、太く清らかであるということだ。

　高校の体育祭の直前、彼女が小走りで自分の方にやって来た。校舎の新館と旧館の間の踊り場で、「脚は見ないで」と顔を伏せる。何て可愛らしい。彼女は自分にとって、これほどまでに愛おしい存在なのか。自分は応援団の練習で黒く日焼けしていたが、彼女の姿はそれとは対照的に白くそして美しかった。自分は、余りにも映えるその姿に、他の一切のものを近づけたくないと思った。

今でも、他の様々な情景が、昨日のことのように鮮明に蘇る。しかし、博多の街が自分にその時と同じ風を感じさせてくれることは、もはやない。

ただ、自分は目の前のことから逃げてはいけない、何が起ころうとも、それを受け止めることができる自分にならなければいけない。強く深く心に刻んだのである。だから、京都へ来てからも、飛び込んだ寮の世界から目を背け、逃げるようなことはできなかった。逃げてしまえば、短いながらも彼女と共にした時間が全て無駄になってしまうような気がしていた。

1991.7.27

収入が増える見込みがなく、その上、支出が減る見込みもなければ、限られた金銭それ自体を増殖させるか、それ自体の価値を高めるしかない。焦りを感じている。おぼろげながらイメージは出来ているのだが、果たしてそれが上手くいくのか鮮明にならない。動いていなければならない。人は人との関係の中で自分を自覚することができるのだから。頭を下げたくないことで、頭を下げたくない人に、頭を下げることもある。それを笑って乗り越えることが大切なのだ。かつて運動に携わっていた自分から、今に至っても離れられない自分がいる。

1991.8.15

“生き恥”を曝しているような気分だ。頭の中のギアが変なところに入っている。全てに精通しているようでいて全てに精通していない。何という中途半端な状態。教科書は無く、ただ参考書しかない人生。入ったことに意味ある4年。出たことに意味ある4年。“浪花節”的な時間。どうしようもない不安。

お盆は、魂を迎える行事。プラスチックなどの燈籠で迎えるのではなく、木製の燈籠で迎えたい。木に魂は宿るのだから。

How do you plead, guilty or not guilty?

今の自分を常に言葉によって表現する。

1991.8.17

SOUL Ⅱ SOUL「Keep on Moving」、GUY「You Can Call Me Crazy」、Bobby Brown「Don't Be Cruel」引き続き聴いている。

川沿いを2人乗りの自転車が走ってゆく。自転車の後ろには麦わら帽子を被った女の子が乗っていて、陽射しの中、妙にまぶしい。

降り注ぐ太陽。自分の中の湿気を少し取り払ってくれ。自分の身体の骨と肉の間に何か溜まっているような感じ。大きく背伸びをし、ストレッチ体操の真似ごとをしてなまっている身体をほぐす。

近くで鴨川の自然を撮影していたおじさんが、「ウーロン茶でもどうぞ」と買ってきたばかりの缶を差し出す。「すみません。いただきます」「いいえ」おじさんは四条からここまで歩いてきたと言う。「昨日の『大文字』でゴミが多くて」「そうでしょう。ここも朝、ゴミ集めしていましたよ」と言って、おじさんが抱えている望遠レンズ付きのカメラを見つめた。

「いつまでも鳥が来るといいですね」
「そうだね」
「下流の方は、洗剤の泡で汚れているでしょう？」
「少し下流はね。ここより上の方じゃないとダメだな」
　おじさんは、明日も来るのだろうか？

　今日もこのベンチで横になっている自分のことを、いい若いもんがこんなところで何してるんだ、という様子は全く見せずに微笑んでいる。
　Rod Stewartの「アイム・セクシー」が頭の中をかすめる。博多のパブ『飛行船』での情景。自分のすぐそこに全く別の世界が広がっている。酒に酔ったおぼろげな意識の中、どうも違うんじゃないか？　自分はどこか間違った生き方をしているのではないか？　もっと知らなければならない、知っておかなければならないことがあるのではないか？　そして、それはすぐ手の届くところにあって、単に自分が手を伸ばすかどうかだけにかかっているのではないか？　と思っていた。
　ベンチの上でシャツを脱いで、手を太陽にかざしてみる。太陽、空、自分の腕。これらは絵画に描けても、この陽の光は、誰も表現できないだろう。

1991.9.6

正確に言えば、既に7日。映画「ダイアモンドは傷つかない」（監督 藤田敏八）をテレビで見る。田中美佐子が新人で出演、予備校の講師役として山崎努が登場する。1982年の作品だから、もう9年前ということになる。予備校の講師も捨てたものではない。山崎努のたんたんとした口調が面白い。2〜3日前には、同じく石田純一が新人として出ている映画「鉄騎兵、跳んだ」（監督 小澤啓一）を見た。映画そのものは、深い感動や感銘が生まれるようなものではなかったが、新人時代の役者を見るのが面白い。誰にでも、先が見えず、迷い続けた時期があったということをあらためて実感する。

テレビの画面は、今は、いわゆる“砂の嵐”。部屋には、YAPOOSボーカル・戸川純の歌う声が流れている。「森に棲む」「棒状の罪」

学習塾で“死んだ授業”だけはしてはならない、したくない。

1991.9.28

明後日のその次の日の給料（アルバイト代）で、NTT、関西電力、大阪ガスへ支払いに行かなければならない。更にローン代も……。貯まらない。これでは。

1991.9.30

まず、部屋の掃除をしよう。浴室も気合を入れて磨く必要がある。

自分の人生を振り返って充実していたと思えることが大切なことだと思っている。充実していたとは、つまり、その時期にしかできないことを、その時期に満足がゆくまで行ったということだ。

人はひとりである。人が集い、一見きらびやかに見える世界も、実は空虚なものであったり、その裏側は聞くに堪えないものであることが多い。

「自分らしく生きる」とは「自分らしさ」を見つけ、自分を創造し、表現してゆくことだ。今の自分は、小手先の判断、他者からの働きかけ、本から得る知識によってのみ成り立っている。受動の季節が続いている。

「真学舎」での1年目。新しい場で、ただ自分の位置を探していた。いたずらに自分を落とさないように注意していた。2年目。2つの仕事のバランスを取りながら、生徒たちに受験のための英語を理解させようとしていた。3年目。学籍を気にしながら、自分のプライベートはあまり明らかにせず、自分のやり方で、合格を勝ち取らせようと思っていた。

宗教的、精神的なことを主張する人たちに奇異の眼を向けてはならない。文化的、文明論的に社会を眺めることによって頭の中を整理しよう。「政治的」なことに関わっていた自分。革命家のように大胆に。バーテンダーのように颯爽と。

世間で設定されているスケジュールとは大幅に乖離してしまっている。少し時間に差をつけて生きよう、と思っていたことはあったが、少しどころではなく、強烈にズレてしまっている。ズレ過ぎ。

自分に対して懐疑心を持ちながら、悪しき懐疑主義には陥らないこと。自分が他者に対して発した言葉に対してこだわりを持つこと。

人は原罪を持って生きる。自分は高邁な倫理を説こうとは思わない。ただ、自分の中にどのような倫理性を持つかが問題なのである。

「過去」を意識して生きている。但し、「過去」の見え方は、思い返すその時点、あるいは未来の自分がどのようにあるかによって変わり、そういう意味では「過去」は変えることができる。そのようにできない要素があるとすれば、それは、他者が持っている自分との関わりに於ける「記憶」である。いずれにせよ、全ては“今”この瞬間にこそある。

もっと簡単に、単純に生きようと思っているが、「過去」とは、「ほな、さいなら」というわけにはいかない。

「大衆の温和な反応は、中庸な芸術家にとっては励みとなるものだが、天才にとっては侮辱であり、また恐るべきものだ」（ヨハン・ヴォルフガング・フォン・ゲーテ　ドイツ・詩人）

1991.10.10

高校、大学の後輩で、此春寮に住んでいるI水が来て寝ている。

周囲から風を受けない自分がいて、これは寮に住んでいた時からあまり変わってはいない。頭痛がし、歯が痛む。やはり、狭い世界に意識を集中し過ぎると良くない。

数年ぶりと言ってよい。百万遍から東大路通りを北に上がったところにある『MICK』に行った。雰囲気は、別段、変わっていない。かつて、オスカー・ワイルドは、自分の死の直前に長期滞在していたホテルのマネージャーにシャンパンを所望した。拒むマネージャーに彼は、「自分は身の程知らずな生き方をしてきた。だから、身の程知らずな死に方をしたい」と言ったそうだ。この話、多少のインパクトあり。

1991.10.15

家庭と社会に没頭し、その結果、知的独立、作品の芸術性を失う……。

1991.10.26

全ては政治の中に。その枠の中で苦しんでいる。

岩Sさんが泊まって帰る。「πウォーター」なる不思議な、しかし、素晴らしいであろうに違いない物を置いて帰る。説明を聞くまではどこがいいのか分からない物を持って、恐らく他人から見てかなり変わった生き方をしていると思われている人だと思う。全共闘、秋田明大、山本義隆の名が頻繁に出る。青年のにおいを残し、にこやかに、力を入れて話をする様は、彼の高校時代を思い起こさせる。真面目に、非真面目を通した人なのだ。

早稲田全共闘OBが赤坂プリンスホテルで同窓会めいたもの

を企画しているとの話にひどく憤慨していた。「たったそれほどのものでしかなかったのか！」と吐き捨てるように言う。

R.E.M.の「Losing My Religion」を聴いている。アコースティックギターの音。中学3年時の文化祭。ギターがはやった。

人の心の中に“陽”と“陰“は同居する。心が外部の環境から何らかの刺激を受けた時、“言葉”が生まれる。

『祇園Border』の扉を開ける。中は真っ暗だ。客が吐き出した憂さや言葉では表し得なかったものが隅々に散らばっている。照明を点けるとそのもやもやしたものは一斉に退散し、しばし、沈黙の空間をつくる。木のカウンターにはグラスの跡や剝げている部分があり、かえって、シックな重みを印象づけている。足元にはチャームとして出したカシューナッツが転がっている。このカシューナッツはどこからやってきた？　などと思いながら、テーブルの上に掛けていた椅子を下ろし、布でカウンターをふきながら、オープン準備を始めている。

社会科学的に考えている中にあって、神の存在の下で書かれた英文学を自分が理解しうるはずがない。

1991.12.11

“平和”などという実体のない言葉を用いない闘争を展開していた。客観的に見て、それのどこが闘争なのか？　どこで展開されているのか？　という疑問はあっただろう。自分にとって、熱い中、どことなく冷めた日々であった。余裕はなかった。隙間もなかった。

タテ看板を作って出す。当時、自分たちの中では、田辺町移転問題が最大の課題だった。教育の帝国主義的再編を粉砕する。勇ましいスローガンがコールされる。太陽の光がハンドマイクに反射している。“優しさ”そんな甘いものではなかった。結局のところ、“正義感”そんなかっこいいものでもなかった。文化的にかなり不毛で、創造性を欠いた無機的な活動だった。軍手にヘルメット、アーミーを着た自治会のメンバーが順に前に立ち、アピールを繰り返す。ワンレン・ソバージュの学生が、友人たちと話しながら、明るく楽しげに横を通り過ぎてゆく。時代錯誤という言葉が浮かぶ。何という無力感……。

自分の底には、何が横たわっているのか？　横たわっているようなものが無さそうなので、底に何らかの枠を設定したということ。生の限界。必ずや老いるということ。

「これは陰陽道で、時間と空間を表しているのよね。人の心の中にも陰の部分と陽の部分があって、それは同居するものなのよ」

「党に入ったらついてゆけない」「党に入る気はないよ」。日本酒を飲んでいる。何という会話だろうと内心思いながら、彼女の横顔をそっと見た。彼女の頬は少し赤くなっていた。自分は、自分の本質的なもの、心の芯にあるものに触れられると、無言の楯でそれを拒むようなところがあった。レボリューションにまつわる話なら本気でできただろうが、レボリューションそのものについては、とてもではないが、自分には何も語れなかった。

“悔しさ”をばねにしている人に興味はない。自分は“悔しさ”をばねにすることに抵抗を感じる。

社会から距離を置いて考えれば、どのような真理に近づけるか？　この地球は、ひょっとすると巨大な生物の一部にすぎないのかもしれない。

1991.12.24

クリスマス・イブ……。何をするともなく、明日からの冬期講習の準備と聖書を読むつもりだった。夜の7時頃、I水から電話がかかってきて『ワールドコーヒー』でコーヒーを飲んだ。

思想に縦の軸を設定すること。自分たちにとって、安易に「神」なるものにすがり、容易な「解決」を求めることに意味はないこと、価値観は、全ては有限であるという認識から生まれ、宇宙の生成は何らかのズレにその源がある、等を話した。人とコミュニケーションをとるということは、人に自分を曝すということである。

1992.1月初頭

我々の祖先は“サル”である。今年は、人間が、人間として、原型を探る年である。繰り返し言おう。人間の祖先は“サル”なのである。

表現　—　宇宙　—　芸術　—　言語　—　人間

どうも、W谷とも合わない面がある。31日は介護で枚方へ行き、夜は何人か集まってカニ鍋を食べた。W谷の新しい恋愛の話。どうなってんねんという感じ。

久しぶりに『ワールドコーヒー』に行く。天井が高い。フロアが広い。だから行く。

芸術家は人に感動を与える。美しい気分にさせる。

他人を気にすることなく、と言ったところで、人は他者との関係の中で自らを自覚する存在である。他者との競争があることによって、自分の内面が切り開かれる。もちろん、競う限りは、勝者と敗者が生まれることになる。勝てば大きな満足感を得ることができるだろうし、自分は選ばれた者であるとの優越感に浸ることもできるかもしれない。一方、負ければ、敗者としての無念、時と場合によっては、その後の悲惨な生活をも引き受けることになる。いずれにせよ、競争自体は悪ではない。ただ、競争には覚悟が必要なのである。

愛情を抱く人にしか気づけないもの。気がつかないものがある。

かつて、日大全共闘の秋田明大が「機械はうそをつかない」と言ったとのこと。岩Sさんの話。「夏は全部休み。そういう会社を俺はつくりたいんよ」と岩Sさんは言う。大阪にある彼の部屋は家の2階にあり、そこにはベッド以外、ほとんど何もなかった。

阿倍野に買い物に行った。岩Sさんは宮崎に住む知り合いの女性に贈るマリリン・モンローの絵を買い、自分は、今年の

datebookを買った。Isabelle Dervauxのもので、ディスプレイされているのを見て、今年の手帳はこれでいこうと決めた。

「俺は温泉につかっている時が好きだ。温泉につかるために働いているようなものだ」
「岩Sさんは自由が欲しいと言うけれど、自由一般は意味のあることではないのではないかと僕は思うんですよ」
「実は会社辞めたんよ」煙草のパッケージをポンポンポンと3回たたいて、中から1本取り出した。背広姿は、お世辞にも似合っているとは言えなかった。ビールを自分でコップに注ぎ、水のように飲む。
「えっ、そうなんですか」
「同じ職場にまた悪い奴がいたんよ。まぁ、社長とぶつかったんやけどね」

こんな話を聞けば、なかなか気性が激しい人のように思えるかもしれないが、ほとんど違う。

「秋田さんに会いに行ったんよ。そしたら、新宿のゴールデン街にいるよって言われて。行ってみたんよ。一度、秋田さんと話がしたくて……」

高校生かそれぐらいの頃の岩Sさんは、結局会えなかった秋田さんに何を聞きたかったのだろう？　どんな話をしたかったのだろう？

思えばほんの偶然だった。自分が働いていた『JEYSEE』というカラオケスナック（『祇園Border』の2号店）の扉を開けて、いかにもサラリーマンという風体の人が入ってきた。いきなりビールを注文したが、どうやら入る店を間違えたらしかった。「お間違えですか。でもいいじゃないですか」と柔らかく引きとめて、話をしたのが始まりだった。

飲むにつれ、身ぶり手ぶりが大きくなる。声が大きくなる。ただ、それは単なる酔っぱらいの姿ではなく、何か懐かしさのようなものを感じさせる雰囲気を持っていた。

聞けば、いわゆる大学闘争華やかなりし頃、高校でそのような活動を行ったらしい。大学生ではなく、「高校生の時に」というのがミソである。

「80年代は、やっぱり60年代とは、ある意味、全然違ったんですよ」
「そして70年代はまた違った」

「名ゼリフが生まれたね。『連帯を求めて孤立を恐れず』とか、『力及ばずして倒れることを辞さないが、力を尽さずして挫けることを拒否する』とかね……」

岩Sさんのネクタイは曲がっている。白髪は多いが、きれいな髪だと思う。

「僕は写真が嫌いでね」
「今日、せっかく京橋の駅でフィルム買ってきたんですよ」
「いやぁ、ええわ」

眼がついていかない。一点を見過ぎているからだろう。少し身体と頭を揺らそう。

1992.1月

1週間前、「成人の日」、マスターH方さんの父のご仏前にお参りに行った。混み合う電車の中、着飾った女性たち。まるでどちらが綺麗か比べあっているかのように。そして、ごく普通に当たり前の生き方をしていれば、当然、自分の娘にもこのような時期が訪れるのだ。このギャップ……。一方では笑い声が響き、他方では線香を焚く。

自分は未だ「普通免許」も取得しておらず、大学の卒業すらおぼつかない身なのだ。27歳。自分に一体何ができるのか？

H方家から阪急・西京極駅までの道。少し冷たい風を受けながら、うつむきかげんになる。曇った日だった。塾のかつての生徒たちは成人式に出席しているだろう。

「自己否定に自己否定を重ねて最後にただの人間——自覚した人間になって、その後あらためてやはり一物理学徒として生きてゆきたいと思う」、東大全共闘山本義隆の言葉だが、自己否定を重ねる自分をしか肯定できないとは、つまり、最終的に行く着く先は死、ということになるのではないか。そのすれすれまで進んだ時、人はいかなる境地に達するのか？　人は全てを受け入れ、全てをこなすことはできない。全ての論理を体現することなどできはしない。

何かを巡って争い、奪うということに自分は足を踏み出せないでいる。社会はお互いの利害によっていがみあい、戦いながら成り立っている、この見方は受け入れる。頭の中では理解しながらも、自分がその中で振る舞うことに抵抗感があり、距離を置いてしまう。
“言葉”によって生きる。余りにも危険な綱渡りだが、“言葉”を磨き、“考え方”を学ぶ。永久に自分の“あるべき姿”を追い求める。ただし、これは今の自分の生活には無いと言える。明後日までにどうやってお金を準備するか？　どうすればよいのか？

1992.1.24

正確には25日。とりあえず、悪しき現実を見つめることから始める。気分を少し変えれば先は開ける。何をしていようとも、文字を書いてゆこう。絵を描いてゆこう。それが時を過ごした証である。

通常であれば「教授と学生」つまりは「先生と生徒」、「指導する者と指導を受ける者」という関係にあるものの、それとは別の顔で教授と話をし、極端な言い方をすれば、大学の在り方を巡って“対決”しなければならない場面に出くわす可能性を容易に想定することができた。故に、教授に対して心を許すことがない、そのような緊張関係と距離を保とうとしていた。そして、実質的にそれを超えるために、それだけの学問的内実を自分の内に持とうとし、それがかなり困難というより完全に不可能な作業であることを認めた上で、敢えて自らに課し、挑もうとしていた。

「ごく当たり前であれば」という想像上の自分の姿と「このようなところまで来てしまった」今の自分。両者の間のズレと距離を常に感じながらも、自分中心、自分勝手なまま進んできてしまった。これまでもそうであったが、自分で選んで進んできたものの、もはや自分の許容をはるかに超えてしまい、収束できない事態となっている。あるべき自分と今の情けない自分、2つの筋の上に乗って漂っている。これが自分の「位置」なのである。前にいくつかの門がある。どの門に向うべきか？　あるいは今のまま漂流し続けるべきか？　選択が迫られている。

貪欲、争い、競争、自分もこれらと無縁ではなく、避けることができない存在であることを悟らせようと、自ら、自分を隅に追いつめ、時折、路肩から脱輪する自分を横目で見ながら、さらに窮地へと陥らせる、矛盾に満ちたサディスティックな自分と、すべき義務をニグレクトする、かつマゾヒスティックな自分。そして、自分を押し込め、自分の姿を奥へ奥へと隠そうとする「秘密主義」的な自分。宇宙は見えたか？　断じて否。創世の謎は解けたか？　断じて否。宗教は宗教であり続けることによってしか宗教たりえない。

今日の生活。朝8時15分起床。岩倉の自動車教習所へ。12時半ごろ部屋に戻る。少し昼寝。暖房器具がないので寒い。夕方18時頃、河原町今出川のゲームセンターで麻雀。『ワールドコーヒー』でアイスコーヒーを飲む。その前に『コスモスの里』でお好み焼きを2枚買って1枚食べる。帰ってきて塾に連絡を入れ、今、これを書いている。

頭を悩ませているのは、ローンの支払い4万円をどうやって捻出するかである。

1.着ぐるみ劇団にギャラ約2万円を取りに行く

2. 質屋に質入れし、受け取ったお金を口座に入れておく

3. 人に借りる
4. 今の手持ちを膨らませる（ギャンブルで増やす）
5. 家に借りる

3と5については、とりわけ5については100％避ける。両親にこれ以上負担や心配はかけられない。3についてもダメである。やってはいけない。４も心もとない。儲かる可能性があるということは、全てを失う可能性があるということだ。とりあえず、１と２の複合技でいこうと思うが、１はなかなか連絡がつかないので、明日、取りに行けるか心配だ。そして、2についても、何を質入れするかが問題になる。いつも親切に対応してくれる「竹内商店」。すでに「実績」はつくっているので信頼だけはある。相手はお金を貸すプロフェッショナルだと考えれば、自分も割り切ってふんぎれる。

明日の円明寺教室での補習のことも考えなければならないが、教材として何か重たいものを準備するのではなく、朝早く塾へ行って、同志社大学・京都産業大学・関西大学の入試から抜粋した問題演習プリントを作成し、さらに英作文の演習をやろうと思う。Ｗ谷から電話がある。彼女と別れる等と言っている。自分の過ごしたここ数年は、Ｗ谷との関係、ここにもあるのだなぁと思う。

1992.3月

例えば、１羽のカラスが１羽の鶴に恋をしたとする。カラスは、美しい鶴はカラスが嫌いだろうと思い、自分も鶴のようになりたいと思っている。そしてカラスはひょっとしたら自分も鶴になれるかもしれないと思って、自分を鶴に装ってしまう。鶴は、カラスが変装した鶴からの愛に応え、カラスは自分が本当はカラスであることを隠し続ける。

しかし、やがて、カラスは装うことに疲れ始める。いつかはばれるのではないか？　鶴が気づきはしないか？　お互いの会話も深く立ち入ることがなくなってしまう。カラスは完璧に鶴を装ったが、鶴にはなれないからだ。また、自分をカラスだと知っている他のカラスとの接触も、そのカラスを通して鶴にばれることを恐れて、最小限のものに留めることになる。カラスはこのままでは窒息しかねないと思い、次の行動に移る。

1992.3.26

ペンを探しても見あたらないので、鉛筆で何か書こう。昨晩、博多へ帰って来た。帰るという感じより、旅をしているという気分だ。

卒業した。複雑な気分。さほどの感慨なし。正直なところ、結局、卒業できないのではないかと思っていた。その覚悟はあった。だから、大学を卒業したというよりも同志社大学は自分を卒業させた、卒業させてくれたとの思いが強い。様々なend（終焉）はあるものだが、endは次のstartであって、それ自体で何かを作るものではない。

「日本信販」で後先考えずに15万円もの超大金を借りて、新幹線で博多に着いた。両親にプレゼントを買って、母親が大好きだと言っていた京都銘菓「雲龍」も買ってと、4月からの節約、倹約の毎日を心に決めての帰省である。

〈第5章の終わりに　今になって思うこと〉

86年の秋だったと思うが、大学の田辺新キャンパスにある広いグラウンドで体育会サッカー部が練習しているのをたまたま目にした。

私が入学した頃、ラグビー部は強かったがサッカー部も強かった。自然と目はゴールキーパーへ向く。すごかった。体格、身体能力、プレーの迫力。全てにおいて自分とは大人と子供ぐらいの差があった。

それもそのはず、当時の体育会サッカー部のゴールキーパーは小島伸幸。後にJリーガーとなり、日本代表にも名を連ねる超大物GK。95年のインターナショナル・チャレンジ（アンブロカップ）、対ブラジル戦で見せた彼のゴールキーピングは、歴代日本代表ゴールキーパーのパフォーマンスの中で最高のものだったと今でも思う。

福岡県・福津市にある宮地嶽神社。この神社が全国的に知られるようになったのは、ジャニーズの「嵐」（活動休止中）が出演した「JAL」のCM「光の道」。

玄界灘に沈む夕日が、年に2回だけ2月と10月に神社と参道を一直線に結び、この奇跡的な光景は「光の道」と呼ばれている。それはあたかも、陽の光が全ての雑念を洗い流し、人が歩むべき道筋を照らし出しているかのよう。私は宮地嶽神社に何回か足を運んでいるが、残念ながら、まだこの光景を一度も見たことがない。

自治寮での生活は「余計なこと、無駄なことをあれこれ考えただけではないか」と言われても抗弁できないようなものではあった。そして、寮を出てからも、人に迷惑をかけながら、そして助けられながら、何とか歩みを進める日々であった。

そんな日々ではあったが、何度振り返っても、その道はその後の自分の人生の基盤となる、まさに「光の道」であったようにも思えるのである。

人に迷惑をかけておきながら「光の道」とはどういうことか！　と叱責を受けるかもしれないが、とにもかくにも、「恵まれた者のたわ言」と言われても仕方がないようなことを可能な限りやり続けたこと、そしてその中で自分の非力さと無能さを痛感し、自覚したこと、このような意味で「光の道」であったと思うのである。

第6章

92年4月～93年3月
卒業後の1年

▶水道工事　▶マスクプレイヤー
▶剪定作業　▶日雇飯場

鮎川の町は、一見、何もないような町に見える。鉛色にセピアがかった工場や畑がところどころにある。安威川にかかる橋から生駒の山や高槻の民家が見える。夕方は、学校帰りの制服姿の生徒の姿もあれば、土木関係の仕事を終えた労働者の疲れたような姿も目につく。ダンプカーがよく通る。一時期、そんな一角のアパートに住んだ。

砂や土で少しざらついた廊下はひと昔前のたたずまい。共同便所に共同の洗濯機、前の通りを10トン車が通行しようものならかなり揺れて、おいおい大丈夫かと思ってしまう。この不安定なアパートが自分の綱渡りのような生活を象徴しているように思えてならない。曲芸の猿の方がもっと上手に綱を渡るだろう。

京都・祇園で働いていた時に来店していたお客さんの誘いに乗って、92年3月から大阪の茨木で水道工事の手伝いをすることに決めた。大層に言えば、インフラの整備、環境の整備。ひと昔前の言葉を使えばムスケル（ドイツ語、筋肉＝muscle）労働。タイの寒村で見た日常の不便さが頭をよぎっていた。現場への車の運転含め、これまで全く接点がなかった仕事。鈍くさい自分を曝すことになるのだろうと予想していたが、まさにその通り。

「おやっさん」と一歩踏み出したとたん、右足の脛（すね）に激痛。溝にはまって転がった。足元をよく見ていなかったからである。車輪を側溝にはめて大迷惑をかけたこともある。恥ずかしいやら、情けないやら……。

「滑剤を持ってきて欲しいな」
「滑剤って何ですか？」
　とにかく慣れない。自分が自分で信じられないぐらい全く役に立っていない。まさに、喜劇“踊る水道管”とでも言えそうなトンチンカンなことを繰り返している。

　聞いたことがある単語もあるにはあるのだが、次から次に、しかもいきなり、耳慣れない単語が耳に入ってくる。VP、スタッフ、しの、45（ヨンゴー）、22（ニーニー）、直管、ボーズ、ナイロン、ひらおし、とくおし、セメン、ゴム輪、キャップ、混合、タンピングランマー、ごうざい、まさ、どの。突然、「持ってきて」と言われて、頭に浮かぶだろうか？　漢字でどのように書くのか全く想像もつかない。
「掘って、管を入れて、埋める。簡単な作業や」とは先輩の言葉。どこが簡単⁇　と自分は思う。

　角スコ、剣スコ、それぞれに持ち方がある。きちんとした掘り方もある。現場はいわゆる3K（きつい、きたない、危険）。手を抜けば2Kになるが、手を抜いた分だけ危険度が増すので、3K－1K＋1Kでやはり3Kになる。水で足がびしょびしょになるので、長靴を履く。

「競輪や！　まだ、最終レースに間に合う！」
　阪急電車に乗って、茨木から西宮北口へ向かう。

レースの合間、突然、おやっさんの昔の顔なじみと思しき人が話しかけてくる。
「なぁ兄貴、頼むよ、4月から」
彼なりの職探しか、あるいは仕事の依頼か何かか……。いずれにしても、おやっさんと「兄貴」と声をかけた男との会話は、どうもうまくは進まない様子。
「えーい、負けた！」滝澤の連勝ストップ。新婚早々の郡山が勝つ。帰りにホルモン食べて、ビール飲んで、キャベツ食べて……。家に帰って焼肉。ボリュームたっぷり！　濃い日曜日！なんだか嬉しい。
会社の人たちは、いつも強くて優しい、時に厳しい、そんな人たちだ。
社会に水道は不可欠だ。業界として、経済の変動や浮き沈みの影響を比較的受けない。抽象的観念の世界に腰を据え過ぎた。プラクティカルかつフィジカルなフィールドで……自分を鍛えよう。有限であるからこそ価値が生じる。
今、目の前に広がっている自分の世界のみを絶対のものとして、この中でうまく賢く生きていこうとしている人たち。それはそれで悪いことではないのだが、そんな一人一人の底流には何が流れているのか？

1992.3.27

W谷が写真を撮った。「健常」者と「障害」者の視界の違いをはっきりさせるのが目的なのだそうだ。ただ、何もその時のW谷の介護者が「健常」者全員の視野を網羅できるわけではない。そして、W谷自身も、「障害」者代表ではないのだ。

そう、自分が「健常」者全員を代表できるわけがなく、もちろん、「日本人」を代表できるわけもなく、更に「男性」を代表することもできない。そう考えると、やはり「全体の中の個」という発想から、「個から全体を見る」という構えに変わってゆくべきだと思う。少なくとも、自分の中では、そのような領域が広く占めつつある。「個としての自分」に一体、何ができるのか？

市街地を見渡す。感じるべき風はもっと近くに吹いている。この間、新しく経験したこと。①ドライブ・スルー ②車のレンタル ③信販会社でお金を借りること。

1992.4.1

4月1日になった。Time to Cleanということで出町柳の部屋の掃除をして心を休める。明日は、7時30分に茨木市鮎川の置き場に行かなければならない。気分は“ただ漂っている”という感じ。脱力感あり。「卒業」というものが、あらためて自分には複雑なものとして受け止められる。

1992.4.6

今日、久しぶりに塾へ行く。講師控室に残していたプリント類を整理し、博多で買ってきた土産を渡す。何故、塾を離れるのか？　これといった理由はない。

金曜日、7時30分かなり前に茨木の置き場に着いたが、仕事はなし。午前中、近所の家の玄関前にセメントを塗る。セメントは略してセメンと言う。セメントの粉と砂（まさ）をおよそ3：7の割合で混ぜて水を入れる。スコップでこねてコテで塗る。

午後から、琵琶湖に競艇を観に行く。競艇は観に行くというか、しに行くというか、とにかく200円、500円ぐらい賭けて8レースから12レースまで過ごす。約2,000円の負け。帰ってきて置き場で焼肉、そして麻雀。

翌日は、朝から琵琶湖へ。名神高速道路を初めて運転した。途中、梶原トンネル、天王山トンネル付近でかなりの渋滞。1レースから9レースまでやって、1人早く京都に戻った。部屋で、塾で3月に行ったテストの解答を作成して、塾へ向かって出発したが、九条通り渋滞のため、途中で引き返し、戻って来る。21時過ぎごろから、今度は劇団の仕事のために大阪・十三へ行き、徳Dさんと話をして2時ぐらいに寝た。徳Dさんから極道の話を聞き、少し自分のことを話す。

朝5時30分起床。十三の駅へ向かう。山M君と、電車を乗り換えて兵庫県の三木へ行く。「マンシングウェア・デサント・クラシックゴルフ」の入口でペンギンの着ぐるみを着て、子どもたちや他の客の「接待」をする。テレビにも映っていた。

京都に戻って来て、部屋で横になっていると、I水が遊びに来て、彼が以前住んでいたという西大路八条へ行く。眠くて仕方がない。『タナカコーヒー』に入り、寝てしまう。

「物理の法則」に従ってみよう。そこには、人の力ではどうすることもできない冷静な世界が広がっている。

1992.4.7〜4.12

今日は、交野市の家屋の下水工事。昨日に続いて同じ場所。壁と家の間の狭い所に口径100のビニールパイプを通す。軽自動車の運転。下手だがまずまず。

学んだこと。ロープの結び方、レミファルト、アスファルト、ポリパイ、ビニパイ、管の切り方、セメントの練り方、止水栓、マスタイト、急結エキタイト。曲がり45にも幾種類かある。口径20から異口径の13に接続するのを「オチ」と言っている。

4月6日と10日、連続で「駐車禁止」罰金。15,000円×2＝30,000円。不本意極まりなし。尼崎競艇の12レースで39,800円儲けたからまだよいものの、この勝ちがなければスッテンテン。夜の麻雀で8,000円ぐらい勝って、なんだかんだで、とりあえず10,100円の浮きとなっている。めちゃくちゃ……。

1992.4.13

今日の一日。朝５時過ぎ起床。車を停めている京都大学の西部講堂へ歩き、茨木の鮎川に向かう。着いて着替えてドアを開ける。今日の現場は四条畷。「Ｋ口工業」からの請けの仕事。京阪奈丘陵は寒い。関西文化学術研究都市の一部で、開発が進んでいる。あの関西文化学術研究都市……。本管を５本埋設して、夕方16時には作業を切り上げた。

口径150の管で指を怪我する。大した怪我ではなかったが、強烈に痛かった。身体の末端ほど痛みが激しくなるようだ。人差し指の機能と役割の大きさを再認識する。このような時ぐらいしか意識することがないのは遺憾である。

おそらく、明日も四条畷だろう。とりあえず、お金は使わない。朝のパン代と昼飯代。昼食と言うよりも“めし”と言うのがぴったりの店。夕方帰ってからは煙草代、缶コーヒー代ぐらいか。

遊びは、麻雀、競艇、競輪。意識の中では面白い。自分はこのような生活が好きなのか？　何故か、いわゆるサラリーマン、会社員には興味が湧かない。

学んだこと。150のひらおし、はつり、インパクター、リード、ラジェット、スタッフ、箱尺。日中は“踊る水道管”、今は“眠る水道管”。失われゆく職人たちの技術、土木の知恵への惜別の情。これは一つのカウンターカルチャーなのだ。

1992.4.15　10:00 p.m.

今日の仕事のことを考えている。京阪奈丘陵で、いわゆる“れんらく”の作業。四条畷水道局の担当者、「K口工業」の現場監督、おやっさん、よしのりさんにあれこれ言われながら、なんとか仕事をこなす。いや、自分で勝手にそう思っているだけで、こなせていないのだと思う。

ダンプ荷台へ載せる位置は、前部に自社のもの、後部に他社のものを載せる。リラックスできるのは、帰りの車中のみ。

着ぐるみショーの仕事は、次回は5月か？　前回はゴルフ場でペンギンの格好だった。

1992.4.19　午前

朝に「こんばんは」という感じ。旅行から帰って来た。「O合設備」主催。“物”に思い出と人を貼り付けている。

ユンボが掘る。舗装をはがす。スタッフで測る。別の管が出てこないかよく見ておく。

- ビニパイ—“つなぎ”をはめる。
- 鋳鉄管—“とくおし、ひらおし、ゴム”をはめる。

つなげて、かいしょ掘り、滑剤、逃げる、はねる、次の場面を頭に描いて準備。この繰り返し。剣スコ、角スコ、ちびスコ。技術の凝縮と言うより、経験や知恵の集積。

- 配管工—青い響き。水は全ての基本。

1992.4月末〜5月

日頃、朝5時には起きているので、ゆっくりできるという意味で、9時がこんなに遅い時間だとは思わなかった。朝5時から9時までの間がこれほど長いとも思っていなかった。

風が吹き、雨が降る。天候に対して人は無力である。人は、地球上の物理の法則に楔を打ち込み、それに従いながら、文明を築き上げてきた。学校で習ったいわゆる4大文明—ナイル、チグリス・ユーフラテス、インダス、黄河—どの文明に於いても、生きるための術、交通路含め生活の基盤として川や水は用いられてきた。水は清い対象として存在し、H_2Oの流れと循環の中で人は自分を悟る。水を得るために、人は井戸を掘る。掘って地下水が湧き出るところを探す。砂漠が“死”をイメージさせるのと同様に、水は“生”を思い起こさせる。

水が覆っている。学生たちを……。水の勢いとはこれほど激しいものなのか。放水車から放たれた“鎮圧の水”は、思想を一気に押し流そうとしている。
水は火を消す。放水車から放出されるその水量に、火炎瓶ははなはだ無力である。

この体制が全てではない。そして、資本主義、社会主義に二分されるものでもない。どのような考え方が基礎となっているか、が問題なのだ。

尾崎豊の死。彼のことはあまりよく知らないが、世間では大きな衝撃として受け止められているようだ。

P.M.DAWN「Set Adrift on Memory Bliss」

カンボジアも「和平」の階段を登っているようですね。キャンプの人たちや子どもたちも遠くない将来に、母国で暮らすことになるのでしょう。(“派閥”の政争でしばらくは混沌状態も見られるでしょうが)
日本を含め、世間では“ボーダーレス”等という言葉が発せられていますが、東南アジアを見ていると、“民族”とか“祖国”とか“国境（ボーダー）”とか、日本人が忘れてしまいがちな「本当」を意識させられます。仕事の方はどうですか？　では、また。
(89年に一緒にタイに行った同級生へあてた手紙)

I水が福岡に帰るらしく、京都市内を少し巡った。嵐山の川岸に佇み、少しだけ横になる。川の水は流れている。少し濁った水に何かを見ようとするが、言葉は何も浮かばない。ただ漫然と眺めているだけでは何も生まれない。

今日は下水、溝の下ごし。VUの100のパイプ（VU ϕ 100）。家の狭く細いところをはつりながら掘る。ブレーカーでコンクリート部分をはつって、ガラとして置いておき、剣スコで掘る。アースと給水管を見つける。おやっさんは溝のコンクリートをはつり、下水槽に穴をあける。管は、曲がりの45で繋ぎ、雨どいのパイプを入れて流れるようにしておく。勾配は1/100。ミリ単位の心。春を春と感じ、夏を夏と感じ、秋を秋と感じ、冬を冬と感じるまで……がんばろう。明日は本当に雨が降るのか？　雨だと嬉しいが、先のことはどうでもよい。あまり構えずに。今が全てだ。

余りにもふがいないと、今の自分を思う。落ち着かない。その場にすんなり打ち解けてゆくことができない。やはり、今も尚、狭い理屈の世界、その枠内にいる。理屈などさしたる力を持たない。ただ、自分を誤魔化して、言いたくもないことを言っている自分に気づくと本当に嫌になる。自分は、細く長い“生”より太く短い“生”を好む。“生”は有限である。有限だからこそ価値があり、選択を求められるのだ。

競艇。頭の中で万札が乱れ飛んでいる。勝つ可能性があるということは負ける可能性があるということだ。勝者がいれば敗者がいる。価値あるものがあれば、価値なきものがある。これが「世の道理」というものである。

新世界、阿倍野を歩く。人がそこにいるのをただ感じるだけだ。疲れているから“絶対”とか“全て”という言葉が口から出るのだ。硬い頭から出てくるのはどうしようもなく創造性に欠ける言葉や聞き慣れた言葉の単なる組み合わせ。企業社会の中での生存競争、そんなものを吹き飛ばし凌駕するような言葉を。

水道管で指をつめ、しばらく触れていなかった指先に久しぶりに触ってみる。なんともくすぐったい感じ。この爪は、これからどうなるのだろう？　目覚まし時計をセットする。アラームをONにして、まだ夜の9時だが、すでに明日のことが気になっている。きちんと起きることができるか？　朝7時（7時30分でいいのだが）に茨木に着けるか？　仕事はどうなるか？　そして、ローンの支払日までにお金をどうやって準備するか？　今は、とにかく静かに。ただただ静かに。どうすることもできない無能な自分への苛立ちを抑えること。自分の能力のなさは、前からわかっていたはずだ。

1992.5.18

O場さん、山Zさん、結婚。H方マスター、K井さんに続いて……。

自分は全く余裕なし。とにかく余裕がない。何故、腹を割らないのか？　割っても仕方ないのだ。自分の「これまで」を自分で整理しない限り。腹の底に横たわっている「これまで」の数年間が自分にブレーキをかける。物事は何とかなるのではない。自分で何とかするのである。

明後日に迫った初心者運転講習をどうするかが問題だ。費用

10,500円也。自分には1,000円もない。また「竹内商店」に質入れするしかないのか。スポーツ新聞の競艇についての報道。まくり、まくり差し、ツケマイ。3号艇は全速ターンの失敗で“飛ぶ”。④－⑥ 4,060円の波乱。金は天下の回りもの。しかし、“今という時”は、今しかない。せめて、負けた分を言葉として取り戻そう。今の自分は貧しいのだから。

夕方からビールを飲んでいる。以前、誰かが言っているのを聞いた。「男が堕落する要因は3つ。酒、博打、異性」何となく当てはまってしまいそう……。

「隊列」の中に自分を隠し、自分自身が問われることを避ける。そんな中には何もない。大事なのは、険しくても、そこに分け入ろうとする一人一人の“生き様”だ。これでビール750ml飲み干してしまった。何だ、これは⁉

茨木の「セカンドハウス」、つまりアパートでの出稼ぎ生活に向けて：

生活必需品リスト　①歯磨き粉 ②歯ブラシ ③シャンプー ④石鹸 ⑤タオル ⑥バスタオル ⑦爪切り ⑧耳かき ⑨布団 ⑩コップ ⑪鏡 ⑫炊飯器 ⑬冷蔵庫

食べる。寝る。仕事する。三拍子揃った生活をすることだ。

ボートで勝ったらカンパしなければ……。

1992.5月〜6月

人との勝ち負けには執着しない。だが、「取らなければならない」のではないか。取らないと、「ただ取られてゆくだけ」ではないか？　取ったり取られたりする中でバランスをとる、これが大人なのだ。頭の中の意識は横に拡がるだけで縦に伸びようとはしない。今日もまた、お金を無駄に使い、時間を無為に過ごしたような気がしている。

それぞれの場で「できる」人間と「できない」人間がいる。自分は表層をなめているだけ、だから心の襞が少ない。感情を表現する語彙も少ない。時代は世紀末。何と切れの悪い生き方をしていることか。自分のどうしようもなさを抱えて、今日も寝床に入るのだ。

思想的な営みを大切にしたいと思う。狭く入った門は、少しずつ先の道幅を拡げている。自分は「自分の世界」に就職したのだ。自分は自分の世界で生きる。自己の芸術性。どこまで行けるか。

ENYAの「Caribbean Blue」を聴いている。

京都と茨木の二重生活。気力が勝っている時、京都の方が面白いと思う。人はご飯を食べていればそれで満足するものではない。ゴキブリたくさんの“セカンドハウス”、どこが文化的？久しぶりに京都の部屋でゆっくり寝ることができる。

舗装の上に寝ころぶ。ここで空を見たっていいじゃないか。もらった麦酒券を売ったこともあったな。今の自分にタイは近いか遠いか？　お金で買えないものを心に描いて、破産すれすれで生きている。渦の上にかかった橋を渡っているかのよう。

給水とは「必要な所に水を供給する」こと。上水とは「鉄管などを通して導く、飲料用のきれいな水」のこと。上水道とは「飲料・工業・消火用の水を管で導いて供給する設備」のこと。

下水とは「家事などに使った汚れた水」のこと。下水道がなければ、どこかに溜めて汲み取るしかない。

1992.8月

車でどこまで走っても同じ。同じ袋小路の中をさまよっているようで気分転換にはならない。明日はまたこの置場に来て軽自動車に道具を積み込み、時間を気にしながら元請の会社に向かうのだ。元請に着くと必要な材料や追加の道具をそろえなければならない。道具で注意すべきは、舗装カッターやランマー、ホルソーなどである。給水の本管敷設の場合は、鋳鉄管なのでボルト、ナット、押し輪、仕切弁、消火栓、ます等を準備する。ユンボで掘った時にHIVPのφ20、φ13が出てくると困るのでHIVPも少々持って行く。穿孔機が必要な時もある。組合にますを取りに行くこともある。標示テープも準備しておく。曲がり（ベンド）も図面を見てそろえる。A型、K型（K型のほうが大きい）の区別も必要。給排水衛生設備。日本では当たり前のことだが、さて東南アジアではどうなっているのだろうか？

1992.11.12

水道工事の手伝いの仕事を離れ、京都に戻って来た。午前10時頃起きて、道路を隔てて向かいにある中華料理店『百楽』に朝食を食べに行く。出町柳駅前の『小川コーヒー』にモーニングを食べに行こうと部屋を出たがあいにくの休み。『百楽』のおばちゃんが「久しぶりね」と声をかけてくる。「ちょっと出稼ぎに行っていたからね」と答える。顔を覚えられていたことが照れくさく、うつむき気味に店を出た。秋の空。涼しい。

部屋に帰ってスイートピーを植える。花言葉は、「優雅な快楽、会って下さい」。高校時代、松田聖子の歌「赤いスイートピー」がはやったことを思い出す。

1992.11.23

着ぐるみショーの仕事で22日は岐阜羽島へ。中日ハウジングの住宅販売会場で、先週に引き続き「キテレツ大百科」の強盗の役。「何故、自分はこんなことをしているのだろう？」さしてお金にもならず、これによって将来を切り開くとか全く頭にないのに。自分の余力の部分でやっていた“ぬいぐるみ役者”が今の唯一の収入源。このギャラ（この業界ではアルバイト代とは言わないのだそうだ）が手元に入るのは2ヶ月後。明日の生活費の捻出に苦慮している自分にはメリットが少ない。

強盗の“ブツ”は着るのにさほど苦労しない。ボディを身につけ、靴をはいて、上にコートをはおり、内面をつけ外側の面をかぶり、カバンを右手に持てば強盗役の出来上がり。所要時間約5分。「ふーふー、ここまで来れば大丈夫だろう」が最初のセリフ。カバンをきちんと開けることができるかが最初の不安。パトカーのサイレン音に反応して、「しつこい奴らだ」、と同時に立ち上がり、焦りながらカバンを隠す。「誰にもしゃべるなよ」というセリフとともに退場。

“Mask Player（マスクプレイヤー）”を職業として社会に定着させることが自分の夢だと語るのは劇団代表の豊Oさんだ。

1992.11.24

「ゾウさん、ぼくのたんじょうびはね……」「とうきょうからひっこしてきたんだよ」「おねえちゃんはね……」「うしろからね、おとうさんとおかあさんがついてきてるよ」「ねえ、ゾウさんのたんじょうびはいつ？」つぶらな瞳が上を向いて話しかけてくる。今日はゾウの着ぐるみ。兵庫県伊丹市稲野のパレードでのワンシーン。

1992.11.29

造園の手伝い。あくまでも手伝い。さほど力はいらない。水道経験の応用。静かな仕事。道具は両手バサミ。

最近、特に頭が痛い。風邪のせいか？　自分では風邪をひいているという感じは余りしないのだが。

どうしたらタイに行けるか？　今のところ道は二つ。勉強して「NICCO（日本国際民間協力機関）」の試験を受けてスタッフとして現地へ行く。もう一つはお金を貯めて、自費で短期間の旅行として行ってくる。どちらも現時点では困難である。

今日、パチンコで35,000円負けた。うち15,000円はここ数日のパチンコで稼いだ分だが……。どうしようもない。同じことの繰り返し。進歩と成長がない。情けない……。どうしよう、口には出せない言葉。対外的には、落ち着きをかろうじて保っているような感じだが（「対外的」などという言葉は、堅苦しくてもはや好きではないのだが）、心の中は寒くて寒くてしかたがない。あぁ、美味しいものが食べたい。温かいコーヒーが飲みたい。米はあるからご飯は炊けるが、おかずがないのだ。

タコの干物を出汁に、味噌、醤油、塩、胡椒、すり胡麻、日本酒を加えて炊くとどうなるか？　只今、実験中。具は何もない。あえて言えば、ゆで上がり何となく元の姿に近づいたタコ。何と言う贅沢……。お金はゼロ。

味をみる。辛い。濃い。何だかちょっと変な味。いっそのこと冷蔵庫にあったパルメザンチーズも入れてしまおうかと思うが、余りにも邪道な気がして踏みとどまっている。午後10時45分。

Sade「Pearls」を聴いている。
JAZZもいい。Helen Merrill「Don't Explain」

一部の人たちからは行方知れずになっている自分。

「クリエイトライフ」のO場社長（どこが社長やねんという感じの人）との会話。
O場「一体、何がお前の仕事やねん？」
自分「決まった軸となる収入はマスクプレイヤーの仕事。造園の手伝いも店の営業も、そこからお金を取ろうとは思っていない」
O場「何がしたいねん？」
自分「会社とか企業とかいわゆる法人は実体がない。そんな実体のないものに身を捧げて働けますか？」

変な会話。更に……
自分「宗教者とか僧とか、そんなものに憧れる」
O場「いつからそんなふうに思うようになったん？」
自分「高校の時からけっこう根があったと思う」

来月17日は「白雪姫」の熊本公演だ。小人の中の一人ピョコタンの役だ。パチンコのホームグラウンド、出町柳駅前A1で負けた。こればかり……。

阪急沿線アルバイトの旅
河原町―Border, JEYSEE
長岡天神、大山崎―真学舎
茨木市―水道設備会社
十三―着ぐるみ劇団
梅田―関西テレビ

1992.11.30

11月1日、甲子園競輪初日第10レースでの奇跡的な大勝利に始まった11月も今日で終わり。水道工事の仕事を離れて京都に戻り、マスクプレイヤーとして「白雪姫」の大津公演に出て、「NICCO」の手伝いや『祇園Border』と『JEYSEE』の営業、「ライフアート緑化」剪定作業の手伝いなどばたばたとした時を過ごした。

「社会改革家か―だが、やつらは生きるってことに深く食いこんでねえから、ほんとのことがわからねえんだ」（『怒りの葡萄』スタインベック 大久保康雄訳 新潮文庫）

1992.12.3

Arthur Millerの「セールスマンの死」を思い出す。過去の実績なるものを引きずり、今という時にもそれを持ち込まずにはいられないセールスマン、そしてその死。無情とも言える結末に心が寂しくなった。

今朝、スイートピーの芽が出ているのを発見。素晴らしい！早く成長してほしいと願いながら水を撒く。足元には今出川通りの車の流れ。バスも行き交い、かなりの音。近く自動二輪も排ガス規制の対象になるとのこと。結構なことだがもはや手遅れか。とにかくこの環境での発芽に乾杯！　花言葉「優雅な快楽」をこの部屋にもたらしたまえ。

1992.12.7

昨日から続けて、「泉北高島屋」での「お願いサンタさん」イベント。朝10:00から夕方5:30までぎっしりのスケジュール。コーナーに来た子供たちに4つの質問をする。「○○ちゃんはいつも何をして遊んでいるのかな？」が最初の質問。次は「○○ちゃんの一番好きな食べ物は何かな？」多くの子が「いちご」とか「みかん大好き」とか「チョコレートが好き」と答える中、「一番は、ごぼ天」と答えた子がいた。更に今日は、「こんにゃく」とか「りんごといちごとお豆」との答えも。3つ目の質問は「○○くんは将来何になりたいのかな？」「パトカーになりたい」との可愛らしい回答あり。最後の質問は「クリスマスプレゼントは何がほしい？」というもの。これがメインとなる。ファミコンの普及で「ゲームソフトがほしい」と言う子が多い。

1992.12.10

質屋のおばちゃん、ありがとう。僕のようなどこの馬の骨とも分からない奴に。利子をつけて返さなければならないのは前提だが、ドライヤーとウォークマンで5,000円も。僕にとって5,000円は必要額に比して多額ではないけれど、明日の「泉北高島屋」のサンタクロースに行くのには十分な金額だ。本当にどうもありがとう。この3年ぐらいよくお世話になった。ただ、全て利子をつけて返し、質入れした物は全部、出している。「竹内商店」のおばちゃん、本当に長生きしてほしいと思う。

「泉北高島屋」にて。「こうちゃんは、クリスマスプレゼント何が欲しいかな？」「こうちゃんはね、お星さまがほしいの」「う～ん、そうだね。お星さまはきれいだからね。だけど、お星さまは地球に持ってきたらお星さまじゃなくなっちゃうんだよ」
　近くで会話を聞いていたお母さんは笑っている。

1992.12.20

　きれいにラッピングされ、装飾をほどこされた花が、自然の中に咲いている花に、美という点でかなうとは思われず、それに利潤を限りなく小さくしたとしても、花という生命に金銭的価値を持ちこみ、この花はいくら、その花はいくらという値を決める作業がむなしく思われて仕方ない。
　資本主義社会では、利潤につながらないものをあえて作ろうとするならば、よほどの何かが必要であり、流通という網に引っかからないものは消費者のもとに届きにくく、生産者と消費者の間の距離はかなり遠い。

　このような単発のアルバイト生活も今年いっぱいまでとしよう。そうしなければ自分はわけのわからない単なる漂流者として、少し太いものに巻かれているだけということになってしまう。漂流していても、せめて筏に最低限の自分のプライドぐらいは載せておかないといけない。

1992.12.22

クリスマスも正月もほとんど関係ない。明日は全国的には休日だが、剪定の仕事に行く。明朝はかなり寒いそうだ。明後日は劇団（着ぐるみ）の仕事。サンタクロースの役で神戸・三宮へ。クリスマス気分には浸れるかもしれない。

自分は何か大切なものから逃げているのではないか。もう28歳だからな。もう一度、整理して部屋を掃除して片付けて、再スタートしよう。

1992.12.25

昨日は、サンタクロースをするために三宮へ行った。12時、14時、16時の3回、それぞれ30分ほど、「同僚」のトナカイと一緒に子供たちや通りゆく人に風船を配り、なくなるとティッシュを配る。三宮はカップルでいっぱい。手にクリスマスケーキなどを持って通り過ぎてゆく。そんなカップルたちに少しおどけたしぐさで風船を手渡す。

今日は「ライフアート緑化」での剪定作業。朝7時頃起きて、京阪電車に乗って深草へ向かう。O場さんの会社「クリエイトライフ」の事務所を兼ねているアパートから車で「ライフアート緑化」へ。蹴上の現場。所持金がないので昼食を食べないでいると、「昼ごはん食べないの？」との声。昼飯代がないとはかっこ悪くて言えないので、「腹の具合がおかしい」とか何とか言ってごまかす。仕事を終え、戻ってきた事務所から出町柳まで歩いて帰ってきた。途中、伏見稲荷駅付近で持っていたカメラを質入れしようとするも、「うちは貴金属しか扱っていない」とけんもほろろの対応。切って捨てられた気分でひたすら歩いた。

所持金20円。明日の交通費なし。理由をつけて休もうかと思うが、行くと言ったものは万難を排して行かなければならぬ。それぐらいのプライドや意地しか今の自分を支えているものはない。茶でも飲んで早く寝よう。明朝、歩いて出町柳から深草へ2時間半の“行軍”が待っている。当然、昼は食べられない。

1992.12.26

草木に触れる日々。思想や哲学の世界に生きようと思いつつ、枝や葉を拾う。店の営業、劇団の着ぐるみ、剪定。このアルバイトの取り合わせは面白くはあるが、ことごとく自分の無能さを自覚させられる。何か言葉が見つかるかと思いきやなかなか見つからない、何も生み出せない。

1992.12.27

テレビは92年のニュースハイライト、スポーツハイライトなどの番組が目立つ。「バブル」崩壊、佐川急便事件などで内政は困難な状況のようだ。自動車産業も「バブル時代」の過剰な設備投資がたたっている模様。「いすゞ」は乗用車部門からの撤退。「ホンダ」もF1から撤退。デパートやスーパーも、のきなみ減収。暖冬（本当にそうなのかはわからないが、地球温暖化には違いない）の影響でコートなどが売れていないとのこと。

水商売も「バブル」の影響あり。祇園の街は表面的にはきらびやかさを保っているが、内情はかなり大変だと思う。

1993.1.1

93年のスタート。今、天皇杯全日本サッカー選手権の決勝、読売ヴェルディ対日産マリノスをテレビで見ている。Jリーグ開幕を控え、確かに以前より面白いサッカーをしていると思う。ユニフォームがカラフルになり、外国人選手も目立つようになった。スター選手も現れ、第一にプレーが上手い。オシャレな感じもする。ボールを追い続けている彼らは素晴らしい。

1993.1.2

他人が作った筋に帳尻合わせをしながらのっかるということを繰り返した。そこに知恵を求め、自分の内に蓄積しようとした。そして自分をその集積体としてどこかに思いっきりぶつけたいと思った。しかし、胸をはだけ、自分を思いっきり解放するということがこれほどまでにも勇気がいることだとは思わなかった。

夜の祇園に雨が降り始めた。自分が乗っている軽自動車のフロントガラスに雨のしずくが次から次に重なり、片方しか動かないワイパーが懸命にそのしずくをぬぐっている。左側のバックミラーもそこに映っているはずの詳細を雨粒に覆い隠されてしまって、店のネオンや看板もおぼろげにしかその意味をなしていない。花の配達に行ったO場さんは帰ってこない。複雑なのか単純なのかよくわからない彼は、今日オープンする店へ向けて贈られた花を届けに行っているのだ。

前にベンツが停まっている。黒いシールドで後部ガラスを覆っているその車は、“その筋の人”を容易に連想させた。

1993.1.4

練習のため、2日の夜から劇団の事務所へ。その後、倉吉市内のスーパーへ向かった。「ドラゴンボールZ」ショー。自分の役はザーボン。ステージは13時と15時の2回。サンタクロースやゾウ、クマの着ぐるみなら、周りから評価されるかどうかは別問題にして、自分で動きが作れるのだが、マンガやアニメのキャラクターはそのイメージに沿った動きやしぐさが求められるので、マンガやアニメなどほとんど読まない見ないの自分にはかなり難しい。自分一人が下手だからステージ全体がだらしないものになるのは本当に不本意なので、想像力を最大限に働かせてその役をこなそうとしているが、恐らくうまくいっていない。

1993.1.5

今年始めて「NICCO」に年賀状を出す。うまくいけば今年はカンボジアで選挙。新しい政権が誕生する。ただ、政権に対するポル・ポト派の攻撃は、たとえその政権が選挙で選ばれたものであったとしても続くことになるのではないか。それでも最終的にはポル・ポト派は「和解」の道を選ぶ、いや、選ばざるを得なくなると思われる。内戦はもうやめたほうがいい。かつてポル・ポト派を支援していた中国も、もはや援助は行わないだろう。ポル・ポト派は孤立する。国連やUNTACを敵に回すのは、「世界」を敵に回すのと同じことである。ポル・ポト派は必ずや敗北することになる。

1993.1.6

社会党の委員長に山花さん就任。皇太子の妃が決まる＝小和田さんの婿が決まる。街角で「皇太子の妃が決まりましたが」とインタビューされれば、自分は何とコメントするだろうか？「自分にも誰か相手を見つけてほしいと思います」（自分で見つけろという話にしかならない）「他人のことだから自分には関係ありません」（確かにそうだが余りにも素っ気ない）「天皇制及び皇室の存在自体を認めることができないのでノーコメントです」（教条主義的で面白くない）「先にプロポーズされてしまった」（かなり変）

1993.1.8

四条河原町から四条川端へ歩き、四条大橋から「南座」を眺める。その存在感にほっとする。一緒に「明治湯」に行ったH方マスターとそこで別れ、「Big Egg」でパチンコをしているであろうMRの姿を見に、賑やかな街中を歩いている会社員たちの北へ向かう足取りに逆行しながら、南へ向かう。銭湯で温まった身体が少し冷えてぶるっときた。先の困難さに対する武者震いか、単なる寒さの故か。

今の部屋に根を張っている限りは何も進まない。外へ出ていかなければ動きも作れない。一つの動きが次の動きを生み出す。そして全体としての動きが何らかの軌を刻むのである。

1993.1.10

今日は1993年1月10日。午後、BGMはTKA「Louder Than Love」。

このノートの最初の部分は東南アジア関係の勉強のための筆記である。僕は新しい文化というか、そういうものに触れたくて仕方がないのだが、そこに自分で足をふみいれることを恐れてもいるのだ。『D's』は、女の人だけでやっているのだろうけど、カウンターだけで、よくはわからない貴金属類も並べてあったりして。ここから今出川通りをずっと東へ歩いて、百万遍を越えて、更に銀閣の方へ歩くとある。何を意味しての『D's』かはわからない。

スカの音楽が流れていたが、マスターが頼んでマービン・ゲイの「I Want You」がかかる。「踊らなければ……」等と言って、古今東西のゲーム。

アメリカでは共和党のブッシュが敗れ、民主党のクリントンが大統領に。時代は動いているのだ。

昨日、朝5時30分頃、強引に起床。前日に、『將』と『D's』でけっこうビールやウイスキーを飲んでいたためか、逆にすっきりした寝起き。お金をどうしようかと悩み、飯場へ行こうと思って、『ファミリーマート』でパンを買って京阪電車に乗る。ただこの部屋に居るというだけで水道・電気・ガス代、それに家賃がかかるのだ。人は生きている限りお金を使う、ということはまた、お金を得ることができるということだ。

東福寺で降りて、ほとんどまだ暗く人通りがない道を北へ行こうか南へ行こうか迷う。北へ行けば「労務者募集」という看板のあった「SS商事」、南へ行けば「光産興」。どちらもあまり気乗りがしない。結局、北へ歩き「SS商事」の前に出たが、胸が何となく騒いで歩いて部屋に帰ってきた。

前日のH方マスターとの約束（営業活動の励みとして）：
「三浦智之がイタリヤード（三協アルミ付け加え）の受付の女性をお客様として店に連れてきたら、VIP待遇でお迎えし、H方Y伸は三浦に金10万円払っちゃいます。平成5年1月8日から2月末まで」
を思い出し、烏丸御池付近へ向かい、大同生命ビルの「三協アルミ」をのぞいてみる。土曜日だから皆退社した後なのだろう。フロアというかビル全体が閑散としている。

心の中で予期していた通り、誰とも会わず、付近をうろうろして烏丸今出川まで帰ってきた。同志社大学の近くを歩くのは余り好きではない。顔を知った大学の教授や職員の目に触れるのが嫌だからだ。学生会館にはDeath of Policeというスプレーでの文字。「自治貫徹」という文字も青い色でペイントされている。何だか“子供の遊び”のような感じがしている。余り何の落書きがないのも嫌な気がするが……。“人間の解放”を説こうとする場に閉鎖的な風が吹いている。
その後、相国寺の中を通り、上立売通りを歩いて「薩摩藩士之墓」の前を通り過ぎると、寮母さんと愛犬ボギーの姿が見えた。以前に通り慣れた道だった。
思わず、「寮母さ～ん」と声をかけた。寮母さんはすぐに気がついて「あら～」といつも見ていたあの笑顔を向けてくれた。偶然と言えば偶然に出会った。そのまま寮へ行き、しばらく話をする。

「助けてくれー」と言いたくても言えないのが“組織・集団の長”であったものの宿命で、そんな素振りも見せられないとあらためて自分を戒め、最近の寮について話をする。

私が寮長をしていた頃、やはり、ちょくちょく寮母BOX（寮母さんの部屋）でOBが寮母さんと話をしているのを見かけた。そして私もその会話の中に参加していたのだが、OBが「昔の寮は……」「俺たちの頃は……」と話すと、昔と今を比べて「昔は良かったが今は良くない」というニュアンスに聞こえてあまりいい気がしなかったことを覚えている。

きっと、やれ寮自治がどうだ、大学当局はどうだ等と「偉そうな」ことを口から吐いていたに違いない彼ら自身の中で、「かつて吐いていた言葉」と「現在の彼ら」とはどうつながっているのか？　それを垣間見ることができればまだしも、そんなかけらさえも見られない人々に私は嫌悪の念さえ抱いていた。「理想と現実のギャップ」、「吐いた言葉とそれに基づいて動きたいがそうは動けない自分とのギャップ」に矛盾を感じながら、頭一つ抜き出ようと揺れ動き、もがいている人間の誠実さをそこに見たいと思った。そのまま革命家への道を選んだ人々もまた、人生の一つの型としては以前をきちんと背負っているということになるのだろうが、それもまた考えられるかなり安易な選択肢であるように思えた。そんなことを考えながら、私は自分自身の成り行きの恐るべき先を見ていた。

寮は、水光熱費を払うという方向に傾いているようだった。それはそれでいいと思う。これは、1960年代から気が遠くなるほどの時間をかけた闘いである。寮生側、大学側お互いが認識している経緯を巡る主流派争いとも言える。「真実」はどちらにもあり、そしてどちらにもない。
寮を後にし、部屋に戻るときはいつも気分が沈んでいる。自分にはいくつか守りたいもの、あるいは、現在の寮生に対してそのように見せておきたいものがあるのだけれど、果たしてどれくらいなら表が剥げてもいいものか。そんなことに細心の注意を払うことになってしまっている。自身の中身は空っぽなのに、それをカモフラージュすることに精神のエネルギーを費やし、それだけが目的になってしまうのだ。
創造するということは、出来上がってしまった世界観、自己完結してしまっている意識を崩すことの危険を承知の上で次を切り開くということなのだ。恐れて縮こまっていては何も進みはしない。「転向」という言葉が浮かびはするが、自分の場合は、そのようにレベルが高い話ではない。ただ単に「意識転換」しようとしているだけである。

夜、I水が来て、河原町今出川付近や百万遍を徘徊(はいかい)して、クレジットカードを利用して夕食を食べようと思ったが、カードを利用できる店は全くなし。I水が220円出して、缶コーヒーを2本買って、一緒に部屋に戻った。
BGMはStingの「The Soul Cages」。いつもかけているアルバムだ。「Why Should I Cry for You?」I水も口ずさんでいる。

明日からの生活費と、現在、所持しておかなければならない額、家賃2ヶ月分、電話代、ローン合わせて10万円以上を捻出しなければならない。故に、ローン会社、信販会社にカード作成、融資を受けるために動かなければならないのだ。「働かざる者食うべからず」とは余りにも当たり前の言葉だが、敢えてこれに挑戦していると言いたい。しかし、かなり細く危険な道。

踏み外せば一気に転落の道へ。

　こんなに小さく狭いところで窒息しそうなほど何かを抱え込んでいる。一体、自分が抱えている石のようなものは何なのか。希望か、過去か、天使か、悪魔か、全く分からないまま頭だけ痛くなっている。自分の内に尋ねてみても、それは全く言葉にならず、空虚なものが自分を支配している。“空”なのに“空”（ソラではないカラだ）ではないような素振りの仕方を身につけてしまっているというか、何というか……。今再び「革命の亡霊」が頭をもたげ、それとは全く別の「快楽の神」が自分を全く別の方向へと引っ張っている。

　空腹感。昨日と今日で口に入れたもの。パン、カツ丼（寮で）、ご飯のみ。余裕のない生活。内部に凝縮された何かが外へ弾け出ようとするが、外部からの圧力はそれをも上回る力で更に押し込めようとしている。意識が解放される時が無い。外の世界との接点が全く感じられない。漠たる世界が、砂漠のような、生命体の存在を拒絶してしまう不気味さで広がっている。自らの作った怠惰なベッドの前では、全てが色を失ってしまう。

1993.1.12

　部屋を訪ねてきた同世代の宗教者TJさんとの会話。

「いやぁ、お酒飲んでるわ、この人」

「仕事の関係で……」

「明主様に失礼になるしなあ」

「そうやと思うし、浄霊はできへんのとちゃう？」

「まだ考えてんの？」
「あぁ、真理に到達するまではなあ。自分なりの」

「そんなん、あらへんて……一度、来てみいな」
「そういう結論になるのもわかるねんけどな」

「そうやろ。そやし、前から一度話を聞いてみいなって言ってるやんか」
「まぁ、そうかなあとも思うねんけど」

「そうやろ」
「そやけどな、例えば、今、テレビとかで見るとな。ソマリアとか本当に悲惨やんか。だけどな、彼らが必要としているのは、宗教とかそんなもんと違うのちゃうか、と思うのやんか。具体的に食糧であるとか、医薬品だとか、医療器具であるとか。そういう類のもんちゃうかと思うねん」
「そりゃそうや。そやし、皆でそういうことをしようと思ってるのやんか」

「明日、飯が食われへん。今日も昨日も食うてない。ひょっとして自分は、明日死ぬんちゃうか？　という人が信仰する心なんて必要とするやろか？　それは、例えば、『忍耐の精神』とか、これもまた、神が何かを自分に対して示しているものだから、食糧のない現実にも自分は文句を言ってはいけないとか、そういう類の考えを持つことによって、実は唯物論的世界に解決の手がかりがあるにもかかわらず、そういう世界と要因から目を逸らさせることになりはしないかと思うねん。だって、今、苦しんでいる人を目の前にして『祈りなさい』なんて言えへんもん」
「そやし、皆でやろうとしているのやんか。明主様は必ずしてくれるって」

少なくとも、今の自分に“力なるもの”を与えてくれるのは“明主様”ではない、と思っている。

〈アルバイト三景〉
『SOUL & EATS 祇園Border』外回り営業と店内

今日という日は暮れて、また、今日と同じような朝を迎える。この連続を日常と言うのなら、「今日の朝」が「明日の朝」であり、頭が痛く、人を悩ませる「今日の朝」が「明後日の朝」でもあるなら、その日常に「退屈と苦悩」という言葉を贈る。
政治の動きが全てではない。それとは全く無関係の世界も存在している、と考えたが故に、自分は運動から離れ、今、このように無能な自分を曝している。自分には原動力となる“ノリ”が存在していない。苦しむべくして苦しみ、はまるべくしてはまっている。

木屋町から祇園へ歩くにつれ、徐々に女性のヒールは高くなり、スカートの丈は短くなっていくようだ。

「頼むから来てーな」
「え〜？」
「いや、1回だけでもいいねん。15分か30分でも、一度、足を運んでくれたらそれでええねん」
「友達が……」
「うん、みんなで来てーな。このチケット、お金は要らへんし」
「危ないんちゃう？」
「そんなことあらへんて。送り迎え付きやし」
「え〜」
「ほんま、来て来て！　今週どう？」
「友達待ってるし……」
「じゃ、友達みんなでおいで〜な」
「はいはい、それじゃ」
「お、ほんじゃ待ってるで！」
（於：大同生命ビル5F「三協アルミ株式会社」前）

京都へ来て9年目。俺は何故、こんな会話をしているのだろう??? 「全学連」も「全共闘」も、結局、ほとんど何も変えはしなかった。とすると、80年代の闘争は、その両者を乗り越えた、それをも上回る“何か”を持たなければ、対権力上、何かを創り出せるわけはない。その“何か”を持っているのが、いわゆる「新左翼」であるとはどうしても思えなかった。この現実を否定することに何らかの原動力を感じるのが革命家であるのなら、何と厳しい現実であるかと思う。何故なら、革命家が生きているのもまた、この現実であるからだ。

人が抱えるごたごたしたねちっこい核心に迫ろうとしていた。外の空気は酒に少し酔った時にのみ感じられる。その日の店の雰囲気に慣れ、ほんの一瞬だけでも自分が“光”を発するためには、酒が8オンスタンブラーに3杯ぐらい必要だ。

黒いカウンターは気づかないうちに満席になっている。自分が発したことのない、なじみのない言葉が次から次に繰り出されている。笑い声も笑い方も違う人たちが一つの言葉に心底から笑っている。

自分には言葉のキャッチボールができない。ここ数年、あえて野球に例えれば、ピッチャーとバッターの会話しかしたことがないような気がする。言葉は、考えに考えた上、思想を語るものとして口から発せられる。しかし、ここにある会話は、対話ではなく、語るものでもなく、ただ、なんとなく面白いという雰囲気を作るためになされている。

『SOUL & EATS 祇園Border』店内にて

Tracy Chapmanの曲「Fast Car」が流れている。

「『fast car』って、何を表しているのだろう？」
「この現実から突き出て行く、抜け出して走り去って行くその原動力となるモーターみたいなものだろう」
「そう、なるほどね」
「黒人の歴史には、そう思いたい時があったはずだ。いや、絶えず『fast car』を心に持っていたのだと思う」

珍しく“文学や詩”についての話がカウンターの2人の男性の間で交わされている。知性を感じさせられると何となくほっとする。いわゆる“下ネタ”ばかりでは飽きてしまう。ある人たちにとっては非常に興味深く、面白い話として重宝されているが……。

みんな疲れているんだなぁと思ってしまう。大体は、理屈っぽい話をする人の方がそういう印象を持たれるのだろうが、

“下ネタ”に興じている人たちは、仕事の疲れから、そういう単純かつ直截的なノリを歓迎するのだろうと思っている。

キャッチボールとしての会話ができない人間にとって、接客ほど骨の折れることはない。

そしてまたそういう人間は、水商売の世界、特にこういう店では、極端に無能な人間と化してしまうのである。

暫くして、『赤いシャーク』の“姫”がやって来た。カウンター席に座って、キューバの首相、カストロがかぶっているような帽子を頭に載せている。服は作務衣。何か変わった個性を出しているこの女性に興味を持った。

「いらっしゃいませ。何にしましょう？」と、とりあえず、ドリンクの注文を聞いた。

「ワイルドターキーをロックで」と彼女は答え、連れの男性に「あなたは何にする？」と聞いた。男性は「ビールを」と答え、カストロ帽がその注文を私に伝えた。「はい、かしこまりました」堅苦しい返事をして私は厨房に入り、チャームと一品の準備をして、カウンターに並べてあるワイルドターキーのボトルとロックグラスを手にした。

ロックグラスとビアグラスを手に「すみませーん」と2人の前に置く。少しその場を離れ、2人の会話が途切れたのを見計らって「初めまして。こういうものですが……」と自分の名刺を差し出した。接客で一番緊張する時だ。相手の反応によっては、一気に暗黒の雰囲気がそこに出来上がってしまう。そんな時は、再び自分の頭の中に空白が出来て“革命”の二文字が大きく立ち現れる。余裕のない頭は石と化し、多少どころか大きな質量を持って、その石は自分の身体全体を床に釘づけしてしまうのだ。

カストロ帽は「まぁ一杯どうぞ」と言って、２人の会話に私を入れてくれた。ここで私の中の石は蝶に急変した。「はい、いただきます」と言って、ビアグラスを取り出し、ビールを注ぐ。ビアタンクがあるところから慌てて２人の前に戻り、「いただきまーす」と“ま”と“す”の間を少し長めに言ってゴクリと最初の一口を喉に入れた。

ふっと気が抜けたような気がした。安心したのだ。この人は難儀な人ではない、との直感が自分の金縛りを解いたのだ。
「その帽子、キューバのカストロのようですね」と言うと、カストロの帽子は少し驚いたように「へー、カストロ知ってんの？」と言った。
「じゃあこの服は？」と聞いたので「作務衣でしょ」と答えると、「ふ〜ん」と珍しそうな眼差しをこちらへ向けた。自立的社会主義があるべき姿だと彼女は言う。

私はこの時、ああ、この人は世代から言って“あの頃の人”なのだと思った。“あの頃の”ことを多少なりとも知っているのは、自分の学生としての友人にとっては当たり前のことなのだが、“あの頃の人”は世間に多くいるようでいないというのがその頃の実感で、嗅覚を鋭敏にしておかなければわからない。
“あの頃”とは、つまりは60年代後半あるいは70年代、「炎と水」が強烈な印象として記憶された、いわゆる学生運動真っ盛りの時代のこと、マルクスや毛沢東、「帝大解体」や「造反有理」、そういう言葉が落書きにもステッカーにもマスメディアにも頻繁に登場していた時代のことなのだ。

劇団の着ぐるみサンタクロース

雪が降ってきた。サンタクロースは空を仰いだ。少し暗くなった夕方に、サンタクロースは自分の髭に手をやりながら、今度は目を下に落とし、ふーっとため息をつくとさっきの表情に戻り、風船を手に取った。

街灯がともり、植栽に巻かれてあるネオン電球も点滅活動を始めた。雪をあしらってところどころにちりばめられている白い綿の上に本物の雪が落ちてゆき、「降誕祭」と大きく書かれた看板が空の色を背景により大きな質感をもって迫っていた。

「サンタさん、風船ちょうだい！」と、つぶらなどんぐり眼がこちらを向いている。

その頬は、雪のせいであろうか少し赤みがかって見えた。上着のボタンが一つ外れている。

サンタクロースは「はい、風船だよ。メリークリスマス！」と子供に風船を手渡し、ついでに外れていたボタンを留めてあげた。

子供は、「ありがとう！」と高い声を出し、はしゃぎながら母親の方へかけて行った。見ると母親が「良かったね～」と言いながら、こちらを見て会釈している。

サンタクロースは手を横に拡げ、腰を少し落として、大きな声で「どういたしまして。メリークリスマス！」と言った。

神戸・三宮に降る雪はその翌日も降り続き、ホワイトクリスマスになった。日頃、何となく見過ごしてしまう電線の上にも雪が積もり、白い線をはっきりと刻んでいた。

知恩院の門前から円山公園に入る。すでに閉まっている屋台の露店には「フランクフルト200円」という宣伝のための紙が貼られ、暗くなった公園の夜がその安全を包んでいるかのようだった。時計台の前まで歩き、ふっと山の方を向いた。空に残っている雲の切れ間が夜の深さを一層意識させた。絶望の中にわずかな希望を見出すのを、希望が見えない中に次の一歩を踏み出すのを勇気と言うのなら、まさに今の自分に必要なのは勇気なのだとあらためて思った。

夜の11時30分、周囲に人影はない。枝垂桜の解説を照らしていた電灯は、ただ義務的な感じで冷たい印象を与えた。

数年前の「ワッショイ、ワッショイ」という声が、今にも、野外音楽堂の方から響いてきそうだった。時折、キーンという耳障りな高い音を出すハンドマイクや、少し頬を紅潮させた友人たちが、ここぞとばかりにデモンストレーションに繰り出していく光景が眼に浮かんだ。デモ指揮の合図に従って、おそらくは四条河原町付近で行うであろうジグザグデモやフランスデモの練習を繰り返している。「日韓連帯」というやや説明不足なコールと「闘争勝利」というお決まりのコール。公安警察がメモをとる姿。

私は、黒いコートの襟を合わせ、手をポケットに突っ込んだ。舗装されている足元を少し見つめ、再び時計に目をやった。時計は11時40分を指していた。枝垂桜は花をつける季節ではなかったが、それでもやはりその圧倒的な存在感を漂わせている。

この間、京都の街をかなり歩いている。懐かしのセンチメンタルジャーニー。貧乏というより赤貧状態。部屋の寒さがそれに追い打ちをかけている。

この風景を抱きしめたい。枝垂桜の木の前でそう思った。かつて大学5回生の時、大阪・梅田の「関西テレビ」でのアルバイト中、ビルの階段の途中にある窓から見えた梅田の風景や茨木の安威川の橋の袂から見た“フジテックの塔”、そして十三にある劇団の事務所近く、淀川の堤防から目にしたビル群の姿を自分は決して忘れはしないだろうと思った。

いつの時でも、見上げたビルは、自分にこの社会の質の並大抵ではない重さと明確な厳しさを示し、自分の思想にごくごく単純な線や輪郭を与えた。

何故、水道工事の仕事を離れて茨木を去ったのか？　と思う時がある。自分で自分に問うというのも何となく変だが、もともと去ることになると思っていた、としか言いようがない。

こたつの上には、空き缶が5本、『祇園Border』のFree Ticket、長渕剛の「巡恋歌」のCDや「NICCO」から今日届いた封書、小N先生夫妻から頂いた年賀状、ペンとノート、耳かき、『ラウンジ舞』でもらったライター、電気料金の請求ハガキ、昨日、K井さんと行った『焼肉天壇』の謝恩券、「高島屋」からの通信販売カタログ等が雑然と転がっている。休みの度ごとに会社の車で大阪や京都を走っていた時がうそのように思えて仕方がない今の生活。

どうすればこの『祇園Border』のFree Ticketを売ることができるか？　そして、O場さんから委託されているこのコーヒーメーカーは、何故、これほどまでに不評なのか？　値段が高すぎるからか？　考えてばかりいてもいい案は出ない。

大きな広い荒野で踊り歌う、そんな生活を夢想する。大地に寝ころび、動物たちもそこにいてローンも家賃の支払いも全くない。気にすることが全くない世界を！「ブルジョア」とか「プロレタリアート」とか、そんな言葉や区分けが全く通用しないような自然の大地の中で、どうしようもない、全く人の役には立たないであろう隙間だらけの自分自身の核の部分に、そこの空気を思いっきりぶつけてみたかった。

私は、尊敬する小Ｎ先生と「NICCO」代表の小Ｎさんから受け取った年賀状の一文「いろいろと楽しいことを一緒に考えたいと思います」という言葉に、再び前に一歩を踏み出す勇気を見出そうとしている。以前、「NICCO」を通じてタイのポアントゥックに行き、難民キャンプを回った。自分の眼にその時のことがいつも浮かんでくる。この部屋の机の中にしまっているこの時の写真は、これまで以上に大きな意味を持って迫ってくる。

自分が関わった活動は「ヒューマニズム」や「民主主義」、このようなことを前面に出しはしなかった。この社会の構造をこそ、何らかの主張を持って逆転させ、矛盾を解消することこそが求められていると思っていた。「近代の主権国家」という人間が作った「リヴァイアサン」は、資本主義という強力な思想的バックボーンを背景に、一人の人間に圧倒的な力をもって迫ってきている。「戦争反対」という人間の願いも、「戦争」を日常不断に生みだしている社会の隙間にすら刺激を与えてはいないのではないか、と思ってしまう。アスファルトの上に立ち、ビルディングの中に入って1日を過ごすのが俗世の真理なら、別の真理もまた存在するはずだ。今の自分には、まだ米がある。米を炊く炊飯器もある。塩もある。それで生きることができる。

1993.1.16

テレビで「がんばれレッドビッキーズ」を、今、観ている。AM 8:38と画面に時刻が出ている。

一体、今から何年前だろう。東京に住んでいた頃、確か金曜日夜19：00から「キャンディキャンディ」が放映されていて、19：30からこの「ビッキーズ」が始まった。世田谷区桜新町の社宅で、東京の空気を一身に受けながら素直に生きていたような気がしている。弦巻中学校で隣のクラスにいたS・Mさんが、「ビッキーズ」に出演していたように記憶している。

自分がその時、何かに向かって努力していたということは、今でも桜町小学校の雰囲気や弦巻中学校の空気が蘇るということからも窺える。何かプライドのようなものを持って、ポニやテツヤ、トウちゃんなんかと野球やラグビーをしたり、「村山英数学院」で勉強したりとけっこう充実した日々を送っていたと思うのだ。

その充実とは、別に自分の考えがあってとか、一つのことに突き進んでというものとは少し違っていたが、少なくとも、首都東京で、国立競技場や秩父宮ラグビー場に「日本代表対オックスフォード大学」や「早稲田大学対中京大学」などのラグビーの試合を観に行き、後楽園球場や神宮球場にプロ野球を観に行ったりしたことが、自分の心の中にかなりの部分の意識を形成していると思われる。当時、さほど強いとは言えなかった「大東文化大学対日本体育大学」のラグビーの試合を日体大グラウンドで観たこともあった。

博多での中学校生活はそんな雰囲気とは全く異なった泥臭い空気の中で過ごしたのだが、自分が何かにぶちあたって悩んでいる時はいつも空を見上げた。そして空を行く飛行機を見つめ、東京へ帰りたいと思っていたものだった。

弦巻中学校のサッカー部は弱かったが、皆がサッカー大好き少年で、上下関係はあったが、暴力的なものではなく、いうなら、先輩がかなり“大人”に見えたものだった。懸命に練習し、勉強にも力を入れるという感じで、親から野球部入りを断念するように諭され、テニス部入りを勧められたものの気が乗らず、結局、入学後半年ぐらいして入部したのだった。黒と白の、五角形と六角形の貼りボールは、初めて蹴るには固くて重かった。性格的にゴールキーパーというポジションに憧れていたが、なんとなくフォワードに入りそうな感じだった。

結局、父親の仕事の関係で、秋が終わるころには東京から博多へ引っ越すことになった。

1年G組の「1・G」というバッジも、クラスの皆とも、そして弦中サッカー部とも、「村山英数学院」ともお別れなのだ。

丁度、中学1年の自分の誕生日に、両親は4号球のサッカーボールとスポルディングのスポーツバッグを買ってくれた。社宅4階の部屋のベランダ近くで、東京を離れる悲しさから、不本意にもそのサッカーボールにポタリポタリ、涙がとめどなく流れ落ちたのを覚えている。いろんな友人がいる中で努力してきて、よくはわからないが曲がりなりにもできてきたものが全て崩れてゆき、またゼロからスタートしなければならないという落胆。ベランダから見えていた「グレラン製薬」の建物や国道246号線の上を走る首都高速、社宅前の「小金井造園」、「帝人ボルボ」、「UNIVAC」などを、もう同じ視点で見ることはできないのだ。雑嚢やブレザーの制服も必要なくなってしまう。都立青山高校、新宿高校入学の夢もまたついえてしまった。二子玉川の「高島屋」も、渋谷の「東急」も、碑文谷の「ダイエー」も、何もかも自分の眼からなくなってしまう。この寂しさの全てが涙となって溢れ出た。

1993.1.21

今日は何もない一日。昼ごろ起きて、浪人時代の終わり頃、博多で購入した時代遅れとも言える『二・二六事件 青春群像』（須山幸雄 芙蓉書房）をだらっと読み、「いきなりコーヒー」でコーヒーを入れ、ぐっと一気に飲み干して営業活動に出かけた。“いざ出陣！”といった気分で歩き始めたが、そして、そこそこ意識も集中させていたのだが、昨日も営業に出たこともあって、途中からどうしようかと迷い始めた。あまり日を空けずに行くと、嫌気をさされそうな気がするし、昨日と全く同じ感じで行っても、自分でも物足りないような気がして、三条六角や四条烏丸あたりをうろうろして、寒さがかなり身に沁みてきたなと思い始め、テナントが入っている近くのビルにポスティングだけして、一旦、丸太町通りまで戻ってきた。その後、再び気を取り直し、御池付近まで歩いたが、ええーいと弱いトーンで思いなおして、結局、何もすることなく部屋へ戻ってきた。

財布の中には20円くらい。白ご飯を一杯食べて、炬燵に入り、「ニュースステーション」を見ている。ためらい、逡巡、気弱、腰砕けといった言葉が自分に対して浮かんでくる。ほとんど自虐の世界。

昨日の「イタリヤード」の受付嬢の笑顔が浮かんでくる。最高の対応。しかし、次の展開を考えなくてはなぁと思っている中で、頭の中がガヤガヤと騒がしくなってくる。それを一刀両断に捌く言葉は今のところ……ほとんどない。風を起こせ。実際上の動きが無くなればその時点で営業活動は止まってしまう。今までの企業・オフィス回りの意味が無くなってしまうのだ。

飯が食えないのだけはかなわん。今の状態ではカードを使うしかないのだが……。もちろん、煙草も130円の「echo」。貧乏暮らしから抜け出せない。

宮沢首相が「政治改革を決意」と言っているが、一体どこから何をどう変えていくのかさっぱりわからない。「単純小選挙区制」を導入すると言っているが実感が湧かない。「二・二六」の志士たちが今の政治状況を見たら何と言うだろうか。やはり日本は腐っていると言うだろう。そして「平成維新」を声高に叫ぶだろう。いわゆる右翼にはやはり賛同できないが、社会を変革していかなければならないという意識は理解できる。ただ今の自分には直接的にそれを訴えたり、活動したりといったことをする気はない。

今、炬燵にあぐらをかいてこれを書いている。ごろんと横になった時、眼に留まった「新左翼」の機関誌。読んでも頭の中にすっと入ってこない。自分の経済のこと、直接的に収入源となるもののことが、思想に対して、興味として勝っているためか、それとも自分の思想の中ではすでに消え去ってしまった一部であるためか、単に関心を失ってしまったからかよくわからないが、1ページぐらい読んで炬燵の上に投げ出してしまった。一面には「プロレタリアートの国際的結合を強めよ」との見出しが躍っている。党建設という大いなる「使命」に苦闘している人たち。そういう道を選び、今も尚、続けている人たち。話をしてみたら、今でも自分との接点はあるだろうか？　どこにでも転がって行きそうな自分がいる。

自分の営業活動は「イタリヤード」と「三協アルミニウム」に限られている。広い展開も考えるべきだが、これはマスターとの賭けであり、全く収入にならないボランティアワークなのだ。この割りの合わなさはない。寒くても食事がとれない。コーヒーも部屋に帰らなければ飲めない。明日は煙草も吸えないだろう。意識は比較的澄んでいるものの、気分はどん底まで落ちている。かなり孤独。書いているうちに「echo」は残りあと2本。

テレビから情報を得、（新聞はとっていないから）以前に買った本や雑誌を読んでいる。そしてこのノートに取り留めのないことを書き連ねている日々。

水道設備会社の旅行で行ったグラバー邸やハウステンボス、佐世保の街等を思い出しながら「飯が食える」ということの有り難さ、素晴らしさにあらためて思いをはせている。博多の

「冷泉閣ホテル」、佐世保の「ホテル明賀」、劇団の公演で泊まった熊本の「WOODLAND HOTEL」。今思えば、もっと食べておけばよかった。食いだめなど出来る話ではないと思いながらも。鮎川に行って『たぬき』や『BANBAN』で思いっきり食べて飲みたい。「イレブン」でパチンコを打ちたい、考えるのはそんなことばかり。思い出に浸っている自分。もう戻れはしないのに。コンクリート枡の感触もキャンターのハンドルも、「日誠建設」のおっちゃんの顔も、徐々に忘れていってしまうのだろう。自分から何かが失せるということに大きな寂しさを感じてしまうのだ。

皇太子が外交官の小和田雅子さんと結婚する。あるいは、外交官の小和田雅子さんが皇太子と結婚する。小和田さんが29歳ということで自分の歩みと今の姿、彼女の姿を重ね合わせてみた。別に外交官がどうだとか皇室がどうだとかいうのではない。ただ、一人の人間としての能力めいたものを考えるなら、自分の今の姿は、はなはだ悲しむべき姿であると思わずにはいられない。京都へ来てからの9年間、自分は迷いに迷い、ためらい、その中でそれなりの決断を下してきたのだが、もっと早く動けたはずなのだ。いや、後悔はやめよう。いかにしてこの9年間を活かすのかを考えることが大切だ。いつかどこかで、蓄積された何かがひょこっと顔を出すのだ。また一杯、コーヒーを飲んだら煙草が吸いたくなってきた。しかし、残る「echo」は2本なのだ。

間もなくクリントンの大統領就任式が始まる。これをリアルタイムで観ることができるのも人間の英知の賜物だ。副大統領宣言、大統領宣誓、21発の号砲。その後、大統領就任演説と式は進んでいくらしい。第42代大統領の誕生。あまり関係はないが、政治的、経済的な面で何か新しいことを言うかなという関心と具体的なことを話す場でもなさそうなので、一つのセレモニーとしてAnglo-Saxonの熱狂をでも観察してみよう。戦後生まれの初めての大統領、共和党のブッシュに代わる民主党のクリントン。ブッシュの前は……そうそうあのレーガンだったな。レーガンに対しては何となく思い入れが違うな。自分にとって。

「reunion」が彼のキーワード。現時点の懸案。イラク問題やハイチからの難民への対応。ボスニア・ヘルツェゴビナの内戦、ソマリア、対ロシア、対中国方針等、様々な問題がある。アメリカ国民の期待はかなり大きいようである。「reunion」に加えて「change」が彼のキャッチフレーズ。ゴア副大統領の宣誓。「合衆国憲法を守り、内外の敵に対し、この憲法をもって対処し、全力で副大統領職を遂行することを誓う。神よ、そのために力を貸したまえ」。

「になる」時を迎えようとしている。「次期大統領」から「大統領」になる。「皇太子妃候補」から「皇太子妃」になる。「被疑者」から「被告人」になる。何かが変わる。見る目が変わる。権力の度合いが変わる。生活が変わる。そんな瞬間。

就任演説は何か物足りない。「新しい秩序」、「新しい我々の世代」。一体どのようなことなのか全くわからない。「アメリカ再生のための新しい季節が来た。再生のために勇気を持とう」「そのために犠牲や努力が必要だ」アジテーションの域を出ない演説。こういうものだろうか。名言らしきものは全く無い。結局15分で終わり。

1993.1.24

最近、今日が何曜日か、どころか何日なのかすらわからない時がある。ぼーっとして何を考えているのか、これからどうしようとしているのか、自分で皆目見当がつかない、といった状態だ。

部屋の真ん中には、炬燵が（確か、寮の先輩で、ヨットの達人であるM島さんが引っ越しする時、手伝ったお礼としてもらったもの）でーんとしてあり、ただでさえ狭い部屋を一層狭くしている。炬燵の上にはコーラ1.5Lの瓶、『土地問題総点検』という本、スタインベックの『怒りの葡萄』文庫本、PADDINGTONメモ帳、ノートが数冊と『関西道路地図』やパチンコ景品のチョコレート、そして今、注いだばかりのVODKAコーラ割りが入ったコーヒーカップ等がごちゃごちゃと積み上げられている。緑色の下地が見える面積はごくわずかといった状態である。一方、この机の上は比較的スッキリしている。前に並べた数冊の本とその上のぬいぐるみ達。その中のムサ公とクマ公は、先日の「イタリヤード」への営業戦略で手放す対象になっていたのだが、結局、今もなおここにある。

少し前の曲、店でもよく聴いたダイアナ・ロスの「If We Hold on Together」をテープで流している。前にゼミの同級生O江さんと大阪の鶴橋に焼肉を食べに行った時のことを思い出す。確か、帰りに日本橋の電化製品ショップに立ち寄って、その時フロアに流れていたのがこの曲だった。これを書いている途中で「大阪有線社」のM本さんから電話がかかってきた。とりとめのない話をして、31日の午前中にこの部屋に有線の機材を取り付けてもらうことにした。金もないのにどうするつもりだ、と自分の中の声が言う。なんとかなるさ、ともう一人の自分が答える。しかし、経済的にはほとんどパンク状態。有線放送を聞くのに3万円も!!　そしてそれ以降毎月6,000円も払っていけるのか?　8割方できもしないことを思わず「約束」してしまう自分。見栄っ張りなのだ。それにしても、静かで美しいピアノの音。ダイアナの声。

今日は、朝10時ごろシャワーを浴びて、髭を剃って、宗教団体の「講話」を聞きに行った。TJさんが最近よくこの部屋の玄関（小さい入口）に来る。
「明主様ありがとうございます」一体、何度、口にしただろう。私は宗教に対しては構えてしまう。まず、垣根を作ってその垣根の中でしか話をしない。ただ、足しげく訪れる彼女の信心深さ、パワーには本当に感心する。そして、「講話」を聞きに行って、多少なりともほっとするという気分にとらわれたのもまた事実なのだ。何故か宗教者と話をしたり、そのような人たちが集っている場（正式な集会や何かのイベントなどの時はNo, thank you.なのだが）にいると心がなごんでしまうのだ。おそらくそれは、彼女ら、彼らがこの社会の、そしてこの宇宙（もちろん地球も含めて）の、恐ろしいことではあるが、事実としてある地獄絵を知っているから、あるいは知っているはずだという、私の一方的な思い込みが的外れなものではないからなのだと思う。

天災ではなく人災として、死ぬほど辛い目にあっている人たちがいるのだ。この思いは、もはやその方面の活動を何もしていない自分にとっては内へ内へとしまい込むものでしかなくなっている。そして一人ここで生活していると、しまい込む過程でかなりの無理が生じていることに気づく。発散したいのだけれどその方向が見つからず、何かに活かしたいのだが、これまた難しいことであり……と難儀な状態に陥っているのである。だから、カミ（神）だとか霊だとか、キリストやマホメット、釈迦だとかそんな話に興味が湧くのだと思う。宗教に安易にすがりたくはないし、ましてや信者になろうとも思わない。だが、話としては実に面白い。

日雇いのアルバイトで、滋賀県の山に、とある宗教団体の施設をつくりに行ったことがあった。所持金はなく、何も食べずに重い鉄の棒をひたすら運んだことを思い出す。そしてそれとはまた別の日に、同じ現場で「どこから来た？」という話から、「こんな仕事やってんのは、九州から来た田舎もんばっかだよな」と話してくれたおっちゃんの姿も浮かんでくる。あとで分かったことだが、その施設は、TJさんと一緒に「講話」を聞きに行っているこの宗教団体の宗務棟で、神聖な場として信者が集うところになっているらしい。

何となくつけていたテレビも終わってしまった。「日の丸」がたなびき、音はつけていないのでわからないが、「君が代」が流れているはずだ。Sloe Ginのコーラ割り。甘ったるくて歯が痛くなってきた。同時に頭も痛くなってきた。

自分はこの年齢（28歳）になって貯金はなく、当然、結婚などもできそうになく、ただ、生活に追われ、家賃だのローンだのと支払いに追われ、時間だけが経って、髪の毛もだんだん薄くなってゆくのだとやけ気味の日々を送っている。だが振り返ってみて、「一体いつお金を貯めることができたか？」と自問しても「できなかった」と自答するしかなく、頭髪が薄くなるのはもはや致し方ないこと、その上で、そんなことを吹き飛ばすだけの何かを自分の中に持つことが大切だと思うしかない。

GILBEY'S LONDON DRY GINもなくなりつつある。瓶を持って底を覗いてみたがもうない。『祇園 Border』で一緒に働いたサダが持ってきたJohnnie Walker Black LABELもすでになく、空き瓶だけを並べている。

近くにあった『いらかの波』（河あきら 集英社）というマンガを見てみた。一番最後のページに13 OCT 84と購入した日を鉛筆で記している。これは「三里塚闘争」に参加するために成田へ向かう日に、駆られる不安から逃れようと、『京都書店』で『あぶさん』（水島新司 小学館）と一緒に買ったものだ。あの「三里塚」。いわゆる「過激派」と機動隊がゴチャゴチャしている闘争の最前線といったイメージを持っていた。何だか自分自身を無くしてしまいそうで不安だった。昔の自分を忘れたくない。だから昔読んだことがあるマンガを買ったのだ。「三里塚闘争」と『いらかの波』。なんという組み合わせ。しかし、自分の中ではこの組み合わせが矛盾なくセットされてしまうのだった。自分は援農（農業の手伝い）をして、その後、「三里塚」の農家の人とカラオケまで歌いそうになったのだが、自分と「三里塚」とのつながりは、寮自治の中にこそある、つまり、それぞれの現場で闘うべきだという考えが最後まで自分の中を占め、「三里塚」の農家の人たちへの自分の思いは寮自治・寮運動の中に凝縮されることになった。

購入した2冊のマンガは結局、京都南部の労働組合を出発したマイクロバスの中で読むことは出来なかった。その時に受けた警察権力による検問にひっかかったわけではなく、バス車内は消灯され真っ暗だったからだ。

先日、オードリー・ヘップバーンが亡くなった。「ティファニーで朝食を」（監督 ブレイク・エドワーズ）、「ローマの休日」（監督 ウィリアム・ワイラー）ぐらいしか彼女が出演した映画は浮かんでこないが、I'm traveling. という名刺を持つホリー・ゴライトリーを演じた（彼女がオードリーそのものなのかもしれないが）名シーンは忘れることができない。映画と小説ではその結末が全く違うのだが、どちらにしてもその快活で洗練された明るいイメージは心を和ませ、楽しませてくれた。

年を重ねてからのオードリーの姿は余り見たことがない。イングリッド・バーグマンは「秋のソナタ」（監督 イングマール・ベルイマン）という映画で年輪を刻んだ姿を観た。

テレビでの話の中で、オードリーにこのようなCMの依頼がきたという。それは、かつて出演した「ローマの休日」での姿を背景に、年を重ねた今のオードリーが語るという設定のもので、彼女はこれを断ったとのこと。理由は「『ローマの休日』に出演した時から数十年が経ち、自分も老いた。しかし、それは前よりも美しくなくなったというのではなく、自分は内面から出る美しさを身につけたのだ。だから、やるからには今の自分を前に出してやりたい。かつての『ローマの休日』のイメージとだぶらせるのはやめにしてほしい。そういうCMはやりたくない」というものであったらしい。

なるほどなと思った。年をとるというのはそういうことなのだ。髪の毛が抜けていくこともそういうこととして受け止めなければならないのだ。なんなのだ。オードリーの話から、頭髪の話に落ち着いてしまったではないか！

1993.1.28

今日は、昨夜の“忘れ物”のマフラーと手袋を取りに来たI水が泊まっていて、彼よりもすこし早く目が覚めた。夜は『一般常識パズル』という以前買った本で問題を出し合い、頭の訓練のようなことをしていた。I水の表情にも少し活気が戻ってきたようだ。

途中から哲学的な話になり、たいていはこのような話になるのだが、単に自分が使ってみたい言葉を、その含意をさほど考えることなく口にし、かなりの照れくささや青さ、未熟さをお互いに自覚しながらの会話となるのが常である。

I水は「自分が簡単に落ち着く。今の自分の社会的な立場とか位置を端的に示すものとなっているからやはりマルクス主義だ」と言う。自分はふ〜んと思う。

その後、いつものSting「Island of Souls」をかけてお互い眠ってしまった。朝、目覚めると、I水は炬燵で布団をかぶって眠っていた。僕は、塾へ“家庭教師”をしに行くために出かけた。以前、英語を教えていたMハルが大阪大学を受験するということで、期間限定で個別指導を頼まれたのだ。京都は雪が舞う午前であった。出かける時も雪が降っていて、煩わしいなと思いながら傘を持って、バスで四条河原町へ出て、阪急電車に乗り込んだ。今日は向日町競輪が開催されているらしく、急行であるにもかかわらず、東向日にも停車し、間もなくして長岡天神に到着した。昨日の夕方以降、シャワーを浴びていないので、髭が少しはえかぶり状態。知った人に会いたくないなぁと思いながらタクシーで円明寺へ向かう。

「BOSS」の缶コーヒーを買って、誰もいない教室に入ってゆく。「大阪大学の2次試験対策」として14時過ぎから16時頃まで、英文解釈と英作文中心の演習と解説。教える感覚は残っているが、失った感覚も大きい。スーッと奥深くまで入って、いくつかの例文なり、例題なりがパッと頭に浮かんでこない。連続性を持たせるという感覚はなくなってしまった。

ホワイトボードにマーカーで、まだ英語が書けるというか自然に手が動くのは少々驚きではあった。講師控室（悪く言えばたまり場）で、後輩のＫ藤先生に「祇園に茶でも飲みに行こうか？　十三でもいいけど。暇な時にな」と言うと、「そうですねぇ～。僕まだ祇園や十三で飲んだことないんですよ」と言う。

「俺な、祇園の店のおやじと賭けしてんねん」
「どんな賭けですか？」
「イタリヤードっていうアパレルの会社の受付の人か、三協アルミニウムって会社の人を店に客として連れてゆくと10万払うって言ってるねん」
「何すかそれ？」
「そんでな、2月末までに連れて行けへんなんだら、来年度から塾でどうこうとかとんでもなくなるねん」
「えっ、指でもつめるってことですか？」
「いや、それほどのもんでもないねんけど」
「1人じゃあれやし、協力して2人で行ってみましょか？」
「受付となぁ、おばちゃんがいてんねん」
「終わる頃に待ち伏せかましたらどうですか？」
「そやなぁ」

そもそもの話に少し誇張はあるけれど……何という会話

……。

Mハルが阪大に合格すればいいなぁと、にわかに思い始めている。

やはり、89年、90年、91年と3年間やった、それなりに自分の仕事としてやった英語講師の血が自分の中に残っていたのだ。いや、意識的に残していたものか。

円明寺教室付近は、相変わらずの様子で、たかだか1年ぐらいでは何も変わらないよなと思いながら、竹林が風に揺れるのを眺めていた。隣のパン屋さんももう一方の隣の本屋さんも、バスの車窓から見た西乙訓高校の校舎も変わってはいない。バス停がきれいになって道路が舗装されているぐらいか、目に映る変化は。住宅地で大きな団地もあって静かでいいところだなぁと思う。

懐かしいテープ。「神田川」（かぐや姫）、「旅の宿」（吉田拓郎）、「心の旅」（チューリップ）等が入っている。このテープは確か、寮に住んでいた時に同じ84年度生の安Dとか小Gとかいて、偶然、FMから流れてきたので、録音しようということになって……とったテープだ。

こういうフォークソングを聴きながら、中学校の頃、博多で勉強していた。『マイコーチ』という学研の参考書兼問題集（毎月、定期的に家に届けられた）で、落ち着いた夜を机に向かって過ごしていたのを思い出す。と、これを書いているうちに、井上陽水の歌声が響いてきた。今、93年1月29日 2:05 a.m.。

フォークの洗礼とでも言うべきか、それを聴いた、聴いていた世代は、最も遅くて自分たちの世代ぐらいか。I水は4歳年下だが、知らない、聴いていないと言う。個人的な好みはあるのだろうが、やはり、年齢の違いによるところが大だろう。

だから、84年度生までは運動に対してそれなりの“関わり”を示したのではなかったか。
“旧式の変革”を志向し、そしてそれに“これではダメだ”の烙印を自分で押すまで、あるいはダメかどうかはわからないけれど、“革命はロマンであり、そしてまたロマンでしかない”ということに気がつき、自分で“次”を見つけた時は、改めて“旧式への離別”を告げなければならないという覚悟めいたものを自分の内につくるまで、やるだけはやった……それが自分たちにとっての寮自治寮運動なのだ。

曲は「母に捧げるバラード」（海援隊）に変わった。

母から聞いた後日談。「『智之が京都に行かせてくれ』って言った時、本当はお父さんと2人で困ったとよ。あの時はお金もあまりなくて、寮に住めるってことと、智之も1年頑張ったけん、地元の学校に行けとは言いにくかったけんね……。新しい布団ももたせられんで……。そして、智之がもう明日、京都へ行くって言った時、夜、寝てて涙が止まらんかったと。あぁ、あの子も行ってしまうんだなぁって。生まれてからずっと一緒に生活してきて、あぁ、行ってしまうんだなぁって」

懐かしいグレープの「精霊流し」。

小学生の時に見た長崎の「精霊流し」。そして、去年の夏、水道設備会社の旅行で見た佐世保の「精霊流し」。

それぞれの歌が様々なことを頭に蘇らせる。中学校時代にかなり聴いた。

この“寂しさ”が堪らない。快感とか共感というものではなく、“寂しさ”なのだ。東京から博多に引っ越して来て、最初は、筑肥線がすぐ近くを通る荒江の一軒家に住むことになった。「赤ちょうちん」(かぐや姫) の歌詞の中に出てくるように、電車が通過する度にガタガタ揺れるような家だった。

結局、この家にはほとんど住まず、室見団地に再度、引っ越し。その後、同じ団地内で高層の35棟から29棟へまた引っ越しをした。この頃には、原北中学校にも慣れ、心も少し落ち着いたと記憶している。室見団地35棟に住んでいた頃は、北側を流れる室見川をただただ眺め、愛宕神社を見つめていた。サッカーの練習で帰りは遅く、勉強はする気になれなかった。

出かけた後、室見橋でバスを降りて川沿いを歩いて帰って来る時、右手に母子寮があり、濃紺の空にそびえ立っているという感じの高層ビル35棟と36棟に冷たさを感じ、その姿に自分の不安を重ね合わせていた。東京の中学校とは異なる博多の中学校の耐え難い激しさに、全身に一層の“冬”を感じていた。サッカー部の明日の練習はきついだろうか？　先輩たちに殴られはしないだろうか？　文句を言われないだろうか？　そんなことばかり考えていた。

親は、暗黙にも公然にも、その学区で最難関の修猷館高校に入ってほしいとの希望を持っていたが、その頃の自分にはそんな自信は全くなく、2年後に必ずやって来る高校入試は、大人になるために避けることができない登龍門ではあるのだが、とてもではないが、太刀打ちできそうにない高く大きな壁のように思えた。

2年後、迷った挙句に修猷館高校ではなく、城南高校を受験し、ここに入学することになった。迷いなくサッカー部に入部し、他にゴールキーパー経験者がいなかったこともあって、2年になって3年生が引退した時には、レギュラーとして城南のゴールの前に立っていた。冬のリーグ戦は2部リーグで優勝。1部リーグ6位の糸島高校と対戦するも2－2で引き分け、1部に昇格できず、2部残留となった。3年時の春のリーグ戦は、2位ということで1部リーグ5位のこれまた糸島高校と戦った。結果は0－0で再度引き分け。

2年時の全国高校選手権大会予選では、北九州高校、八女高校、戸畑工業と勝ち進み、県大会で前回全国大会出場の東福岡高校と戦い1－4で敗戦。

3年時のインターハイ予選では、西福岡高校、九産大附属九州高校に勝ち、県大会で豊国学園とあたり3－4で負けた。

高校時代もいろいろあった。スキー研修や体育祭の応援団(2年、3年とやった)、鶴Tや森Tたちと学校をさぼったり、2年時には自宅謹慎処分（停学）にまでなってしまった。大K先生には3年になったとたんに、問題の解答を求められた際“あてずっぽ”で答えたにもかかわらず“あてずっぽ”ではないと言い張って張り飛ばされ、加T先生には“窓際の大物”と言われ、あの厳格で皆から一目も二目も置かれていた海H先生からはある時「さすが！」などと気持ち悪い程の“ほめ言葉”を頂き、OK先生からは「お前、生徒会長やるのか？」とにこにこした顔で親しみに満ちた言葉をかけてもらい、星K先生からは“剣道の心”について教えてもらい、大S先生からは「一体、何読んでるの？」と英語の授業時にもかかわらず、夏目漱石の小説を読んでいた自分に気づかれた上に、漱石との対話に水をさされ、岩T先生からは「一生懸命やっていれば何とかなる」という訓を学び、大N先生からは「実力テストと校内定期テストの結果でこんなに差がある生徒は珍しい」と言われ、桑T先生からは「お前、ちゃんとやると言ったじゃないか！」とグラウンドで諭され、生活指導担当で、ある意味超有名であった斉T先生と「三浦、お前キャプテンか？」「いいえ、キャプテンは毛Rです」という会話を授業中、2回ほどして……。あげつらえばきりがないほどの出来事を体験した。

『ボイガル』（学校のそばにあった店）の焼そば、うまかっちゃん、“じじばば”（おじいさんとおばあさんがやっていたのでこのように呼んでいた）のパレード・サイダー。学校の食堂ではカレーばかりを注文し、立ち入ってはいけない屋上で鶴Tとジュースを飲んでパンを食べて。体育の授業中、同級生のTMと激突して怪我をさせ、卒業式の答辞の原稿作成に悩む彼女にやきもきしながら、結局、卒業式の当日、彼女の隣に座っている同級生に席を替わってもらって彼女を励まし、「卒業生を送る会」では、ステージの上からサッカー部の後輩にお礼を言いつつ、「3年は情けない」とか、偉そうなことを言い、卒業式の日の夕方近く、彼女を初めて抱きしめて“離れたくない”と心の中で叫んで、私の高校生活は終わった。

と同時に、かけていたテープも終わってしまった。

現実に帰ろう……。

1993.2.1

「あるとき、やつは自分の霊を見つけるために荒野へ出かけたんだそうだ。そして、自分だけの霊なんてものはないということに気がついたんだそうだ。ただ自分は偉大な霊の一部分をもっているだけだってことがわかったんだそうだ」（『怒りの葡萄』スタインベック　大久保康雄訳 新潮文庫）

「女は自分の生活を腕に抱きかかえているのさ。男は生活をすっかり頭のなかにもっているだ」（同書）

「男ってものは一区切り一区切りのなかに生活してるのさ―赤ん坊が生れる、人が死ぬ、これが一区切りさ―農場が手にはいり、また自分の農場をなくす、これも一区切りさ。ところが、女はね、おしまいまで一つの流れなんだよ。小川みたいな、渦みたいな、滝みたいなとこもあるけんど、やっぱり川なんだよ。ただ流れつづけるのさ。女って、そんなふうにものを見るんだよ。あたしたちは死に絶えやしねえだ。人間は生きつづけるだ―そりゃ、すこしは変化もあるだろうけんど、やっぱり、ずうっと生きつづけるだよ」（同書）

1993.2.5

　昨日は、部屋に来て泊まっていたI水と一緒に13時30分ぐらいに部屋を出て、マスターH方さんとの待ち合わせのために指定してあった四条大宮の嵐山線前に行った。

　かなり寒かった。この間続いている心の寒さも追い打ちをかけた。ふと見上げると、「レタスカード」とか「JCBカード」、「アイフル」等の金融業の看板が目につく。

やはり「貧すれば鈍す」の言葉通り、自分の今の顔のどうしようもない不健康さに苛立つ。しかし、苛立っても何も変わらない。

15時30分を少しまわったくらいにマスターはやって来た。宝くじをチェックしてもらっている。15,000円分。結局、7,500円ぐらい当たっていた。

例によって「五香湯」に行った。窓から差し込んでくる光が湯の表面に反射し、湯気とともに美術的空間、しかもかなり日本的なプリズムをつくっている。塩風呂、サウナ風呂、水風呂と2階をうろうろした後、1階に下りて薬草風呂に入り、脱衣場があるフロアに出た。「ええなぁ、風呂は！」お互い同じような感想を言って、ちゃんこを食べに行こうということになった。あいにく青果市場付近にある『両国』は満席だったので、御幸町あたりのもつ鍋『与っ謝』に行く。初めてもつ鍋を食べた。ビールをぐいぐい飲んで、もつ鍋をがつがつ食べた。途中で、I原さんという女性も加わり、思う存分食べた。

その後、歩いて祇園へ向かう。『祇園サンボア』でカナディアンクラブを4〜5杯飲み、顔は真っ赤。ふらふらだが何となく意識はあって、気分はちょっと悪いという酩酊状態。

更に、『祇園Border』に行って、ヘネシーの水割りを数杯飲んで、この頃にはほとんど酔っぱらったおっさん状態。やれ、三島由紀夫の市ヶ谷駐屯地でのことやオスカー・ワイルドの話や大学入試の試験の話など、とりとめのない理屈をごちゃごちゃ口にしていた。I原さんは美術学校の先生ということで、なんとなく話に乗っているだけという感じだった。

結局、『祇園Border』では自分がカードで支払って、四条河原町のタクシー乗り場まで送っていった。彼女はこれから大阪まで帰るそうだ。
　話の焦点が合っていたとは言えないが、それなりに密度のある話だったような気がしている。ただ、自分は単なる酔っぱらったおっさんであったわけで、カッコいいとは冗談にも言えない姿だった。

　一昨日の宗教団体の「講話」、第2講での話。いくつかひっかかる点があった。
　その最初は、身体「障害」者も前世での関係でそうなっているのだという話で、また1つには、男だったらぐだぐだ言わずに入信申し込みを早くしなさい、という言葉であり、また、あなたは今、崖っぷちに立っている、だから入りなさい、という言葉であり、ほとんど文句に近い感情が湧いてきた。

　何故、もっと寛容さや慈母愛のようなものを見せてはくれないのか？　何故、霊界でかなり高い地位にあるという人がそういう光を身にまとっていないのか？　根本的な疑問が残った。俗世のトリヴィアルなことを超越し、凡人とは異なる一段高いところから世界や社会を見渡すことができるなら、何故、「男だったら……云々」そのような俗っぽい男像を口にするのか全くわからない。

　自分の中に宗教に対して構えのようなものがあることは自分自身認めるところだ。しかし、現実の世界と霊界がどのような関係にあるのか、についての理論的根拠は、創り上げるものでしかない。つまり、宗教は宗教であることをもってしか宗教たりえない。故に、宗教性を感じることができない宗教には素直になることができないのだ。

先日、購入した「求人ニュース（旬刊）」で、アルバイト（仕事）を探す。日払い可能で、そこそこの収入が得られる、という点から、やはり建築関係を選んだ。このような情報誌を見ていると、本当に多くの会社があり、様々な事業が展開されているのだなぁと思う。教育関係は破格の給与。これが現実。

京都は中小企業が多い街。自分はこの中でとりあえず生きていかなければならない。

「NICCO」に電話をかけて真Dさんと久しぶりに話をする。「自分はもうそこそこ年をとっている」「この1年で英語はほとんど忘れてしまった」「日雇労働のようなことをしている」等の話をする。

ダイヤルQ2で少し遊んでみる。電話代が気になり始めて、かけてはすぐ切り、かけてはすぐ切りを繰り返した。

テレビは、NHK「歴史発見」。織田信長と明智光秀の「戦い」、本能寺の変がテーマである。いるとすれば光秀の黒幕は誰か？　あるいは光秀の単独説を採るべきか。このような枠組みで討論は進んでいる。歴史は面白いと思う。これを面白いと思う感覚は、自分の中の保守性と繋がっていると思う。

玄関先にあったTJさんのメモ。
「明主様ありがとうございます。こんにちは三浦さん。いっしょに参拝に行こうと思って来ましたが、いないので帰ります。又、夜に来ます。では。TJ AM11:50」

明後日からこの部屋を離れた生活が始まる。10日契約で。いつまでやることになるのか、よく考えなければならない。

俗世の真理と宗教的真理、俗世の笑いと高尚な笑い。
“人の顔を持った社会主義”は建設可能か？

1993.2.6

この部屋は“ジュリアナ東京”になっている。流行したディスコは、今は、“クラブ”とか“クラブディスコ”とか言われている。DJの黒っぽい声が4つのスピーカーから流れてくる。黒い空間、ドラムのハイハット奏法、太いリズム。

「アイドル歌手はアルティザン（職人）で、松任谷由実とかサザンオールスターズ、中島みゆきたちはアーティスト（芸術家）だと思う」何かの受け売りでこんなことを話したのは『祇園サンボア』。

「老成している」かつて、『八文字屋』のＫ斐さんから言われた言葉。確かに自分は、かなり落ち着いてしまって固まっていた。「老成」という言葉を辞書で調べてみると、①経験を積んで人間として出来上がること、②若いのに、言ったりしたりすることが分別くさいこと、と書いてある。紛れもなく、Ｋ斐さんは②の意味で言ったのだと思う。自分は、自分に新しいテキストを取り込もうとしながら、別のベクトルでものを考えている一方で、かなりの重さをもって、“常識”を大切にしようと努めていた。このことは今でもさほど変わらないのではあるが、たかだか23歳ぐらいで「老成している」とはかなりの皮肉であるが、致し方のないところではある。高校の時も「じいさん」と呼ばれることがあったが、これもまた核心をついていたと思われる。

昼から参拝に行く。TJさんが来て、バスで東大路を越えて、白川通りを下ってゆく。今日は暖かく春を感じさせる。空に雲はなく、上着も薄手のもので十分だ。ゆっくりとした時が流れている。自分が狭い自分の頭の中で考えているほど、世間の動きはせっかちではない。ゆっくり、しっかりした時と行為の積み重ねが人生を刻んでいくのだ。

“お玉串料”として100円入れる。「明主様ありがとうございます」と3回繰り返して、一拝、二拝。ただ霊界と現実界との繋がりを漠然とイメージし、その中に自分を置く。
“浄霊”を受けても、熱は感じない。しかし、たとえ“奇跡”は起こらなくとも、何かが少しゆったりと和らげばいいのだ。TJさんに感謝。

激しくも静かに沈んでいる意識の中で過ごした11月、12月、1月。焦り、不安、崩れてゆく自分を意識し、言葉に神経をとがらせていた季節に、一旦、終止符を打たなければならない。人の意識にはっきりとした“区切り”などつけようがないのだが、“行う”ことによって次のステップを踏み出すことにしよう。仕事がないわけではない。仕事を余り積極的にはしていなかっただけなのだ。

再び、俗世的感覚の中で落ち着いて過ごそうと思う。どうにもならないことは、あがいてもどうにもなりはしないのである。

とりわけ、金銭的な面については、「枠」が存在し、有限である。だからこそ価値があるのである。自分の生も有限である。故に価値を持っているはずだ。その価値に新たな価値を加えるのは自分自身である。そのためには、多少の勇気が要る。「沖へ漕ぎ出せ」という言葉が質感を持って迫って来る。漕ぎ出せばどこへ向かうべきか？　が見えてくるはずだ。その際のオールとなるものが“知恵”である。

空（カラ）の自分が露呈するのを恐れている。“恐れ”という感覚はそれ自体、悪いものではない。しかし、“臆病”であることは、遠慮していても仕方がない人間社会の中では評価に値しない。“臆病”によって得られるものは無いと言ってよい。そこから一歩を踏み出すのを“勇気”と言い、“勇気”は人が持っている美徳の中でもかなり素晴らしいものであると思う。

春一番が吹いた今日。有線放送が部屋にひかれた今日。“甘ったれた”理屈の中で生きている。これはもはやprotest（抗議）ではない。自信に裏打ちされた“余裕”でもない。崩壊寸前である。この年齢でこんな奴、余りいないのではないか？

いいか！　お金を貯めるということは意識的な、しかもかなりの辛抱を伴うことなのだ。よほど倹約して計画性をもたないことには全く残らないのだ。いいか、自分は父親のお金で大学へ来ることができ、しかも人の2倍も、父親や母親に負担をかけた。その代償としての中味は……全くない。ない、ない、づくしの今なのだ。あるのは焦りと不安だけだ。じっとしていて何かが変わるというものではない。この間、全く仕事をしていなかったわけではない。庭の木の剪定をし、白雪姫のピョコタンとサンタクロースをやり、倉吉へも行き、『祇園Border』の営業活動も展開した。父親と母親にお金を返すこと。そのためにも動くしかないのだ。自分は頭だけ使って生きてゆけるほど賢くはない。幸いにして、自分の周囲には、このような自分でも、存在を認めてくれる人たちがたくさんいる。自分の内面は自分にしかわからない。他人になめられたり、誤解されたりするのはご免だ。行くぞ！　ほんの少し勇気を出し、多少なりとも孝行しようではないか。血の繋がりに伝統の型を見出し、これを尊ぶことだ。

宗教の世界へ歩み、進むことは、今の自分にとっては逃避でしかない。かっこいい意味での逃走ではなく、何かに対する敗走なのだ。

「法人」というのは実体なく、実体なきものの枠の中で必死になって働く。しかしまた一方で、人間は一人で全てをやり切ることができる存在ではなく、指針と枠のない、何か不明なものに向かって走ってゆくことができない存在なのだと思う。

自分の殻を破る……どうすればできるか？
何かを捨てなければ……一体、何を？

とりあえず、もっと面白いことを考えよう。
自分は、本当の努力と闘いを避けてしまっている。

1993.2.7

今日の午後、最後の1枚となったバスの回数券を使って、京都外国語大学の前にある「中辻建設」にやって来た。所在を確かめるために付近をうろうろした後、かかっている小さな表札に気がついた。事務所は鍵が掛かっていて入れず、向かいの「待合室」と書かれた部屋でしばらく待った。おっちゃんが2人、ビールを飲みながら何やら話をしている。そこにあるテレビは、「プロ野球珍プレー・好プレー」をテーマにしたバラエティ番組を放映中。自動販売機が数台並んでいる。つまみや日本酒、ビールや軍手等も売られていて、昔風のストーブの火が、懐かしさを醸し出している。

社長か、専務か、事務員か全く分からないが、金曜日にかけた電話口で対応してくれた人と思われる人が契約書を差し出し、風呂のこと、食事のこと、あれこれ丁寧に説明してくれる。その後、部屋に案内してくれた。ここはいわゆる飯場。バブルが弾けて、仕事は“住み込み”のみ、“通い”や“アルバイト”の仕事はないとのこと。

食事は、ご飯とおでんと汁物。漬物や佃煮がテーブル上の皿に盛られていて、「ご自由にどうぞ」である。お茶を2杯、ワンカップのビンに入れて飲み、食堂を出た。

すぐ近くにある京都外国語大学。自分の中に“学問”への思いが湧いてくるのを禁じ得なかった。学ぼうと思い京都に出てきたものの、ズレてゆく自分。とにかく前向きにと思い直し、この飯場の中で、再び語学を勉強する時間を作ろうと思った。自分には自分のプライドがある。気掛かりなことはあげつらえばきりがない。それにひとつひとつ決着をつけてゆくことより他に乗り越える術はない。

「仕事がない」ということは、当たり前のことだが「収入がない」ということで、「収入がない」ということは「生活してゆけない」ということで、まれに自給自足の生活を送ることができる人はいるのだろうけれど、少なくとも今の自分は「仕事がない」＝「収入がない」＝「生活してゆけない」のパターンがあてはまっている。いや、仕事を選びさえしなければできること、やれることはある。

この部屋のテレビで、夜、「ドキュメント'93」を見た。チャンネルを回すとカンボジアがどうだこうだとやっていたので、隣の部屋で寝ている人を起こさないようにボリュームを小さくして……。報道カメラマン・一ノ瀬泰造という人をとり上げていた。クメール・ルージュ、ポル・ポト派に"処刑"された。アンコールワットへ到着するわずか手前で挫折せざるを得なかった彼の無念さは容易に想像できる。FBS福岡放送が制作したらしい。

その前21:00からの「知ってるつもり?!」も印象深い番組だった。日本人である長谷川テルという女性がエスペラントを通じて平和を説こうとするが、戦争直前の日本で警察に捕らえられ退学処分。中国人と結婚して中国に渡り、国民党の「提案」により、それは2つに1つの究極の選択であったらしいが、日本語による、いわゆる"TOKYO ROSE"と同様の放送を日本軍向けに行った。戦火の中、逃げまどう生活の果て。35歳で亡くなってしまう。最後の言葉「日本に帰りたい……お母さん……お母さん……」。

2人とも戦争の悲惨さを目の当たりにし、その中で、写真やエスペラントを通して、自分の思いや夢を貫き続けた。

1993.2.8

朝6:30　飯場（寮）の部屋にて

おそらく去年の今日ぐらいから、つまり、運転免許を取得した翌日にあたる今日ぐらいから（記憶に定かではないが）茨木に行き、夕方頃、“おやっさん”の家に向かい、食事をご馳走になり、その日は、よしのりさんのところで一泊し、翌日は新世界に一人で遊びに行き……という一日だったと思う。

今日は、結局、この間の生活パターンそのままで、ほとんど眠れずに朝を迎えた。漬物と味噌汁とご飯という飾り気のない朝食（朝飯といった方がしっくりくる）を頂き、歯を磨いて部屋で一服している。7時頃、下に降りてゆけばいいのだろう。

山本義隆や秋田明大がただ黙して何も語らないのは、ただ、秋田明大は、比較的最近、といっても1年ぐらい前か、テレビのインタビューに応じているが、言葉では伝えることができないところまで行ってしまったことも、その理由の一つにあると思う。

元来、私は、過激なものやことを余り好まない性格である。自分が何をしていたかなんて、そもそも愚問だが、これに直接的に答える、答えとなる言葉はほとんど無いも同然なのだ。無いので、変に言葉を作ろうとすれば嘘で塗り固めてしまいそうだし、人によって、その言葉の意味や受け取め方も異なるだろうし、そもそも口にするのが億劫である。言葉を慎重に選ぶなりなんなりして、多少の努力をしてみた上で口にしたところで、「ふ〜ん」とか何とか、あたりさわりのない反応が返ってくるだけなら、拍子抜けもいいところで、ただ、もともと拍子抜けみたいなことしかしていないのだからそれはそれで悪くはないだろうが、かけた労力とこの種の会話の結末のアンバランスの度合いには脱力感しか残らず、それで口にしたくはないのだ。

何故、仕事の前にこのようなことが頭に浮かぶのだろう。ただ、頭の中は比較的スッキリしている。

1993.2.10

夜、飯場（寮）にて

今、22:00少し前。「中辻建設」での仕事は3日過ぎた。現場は全て四条河原町の高島屋新築（あるいは増築）工事。2月8日の初日は、俗に言う“タタキ”（この業界、建築や土木では俗語を使用することが多い）。ミキサーから生コンをホースを通して流し込んでいる間、下で枠を形成している板（コンパネ）を叩くのである。比較的楽な作業ではあるが、本当に一生懸命にやればしんどい仕事である。その後、階段のフロアに余分に溢れ出ている（流れ込んでいる）生コンをバケツリレーで上に除去する作業。最後に“生コン打ち”の手伝いをして終了。

2日目は、午前中、スラブの解体（私は、今でも一体何を解体したのか一向にわかっていないのだが）に伴って鉄板の掃除とスラブの上の清掃。これで終了。

そして3日目の今日は、午前中、再び、スラブの上の清掃。午後からはボルトからナットを“アンギラス”で取る作業。水道工事と比べると、退屈ではあるが楽な仕事。ただ、寒さとの闘いが一番きつく、辛いものがある。

起床時間は午前6:00。目覚まし時計のアラームをセット。ぱっと身づくろいをして、食堂でご飯、味噌汁、漬物を食べ、歯を磨いて、一旦、部屋に戻る。そして、しばらく煙草でも吸って、7時頃、スポーツシューズを履いて、長靴と軍手と財布を持ち、コンタクトレンズを入れて下へ降り、食堂で昼の弁当をもらってバスに乗り込むという流れ。高島屋へはだいたい7:30前後に到着し、始業の8:15まで待機、ストーブにあたって暖をとるという感じ。仕事は夕方16:30には終了する。バスで迎えが来て、知った人には誰にも会いたくないなぁ、特に前の学習塾の生徒には、と思いながら、飯場（寮）に戻り、前借りをして食堂で夕食を食べて、という毎日である。

初日から、「三雲政治」という、一見、「何やねんコイツ⁉」、話をすると更にそう思わずにはいられない奴（30歳になりたて）と一緒に動いている。この男、かなり変わっていて、ファッション含めセンス等というものとは全く無縁で、自分の目から見て、現場ではろくに動いていない。前の水道設備会社なら、ものの5分で「要らんわ、こんな奴」と言われそうなほどで、土木仕事には向いていないのだ。そのあたりを自覚して小さくなっているならまだしも可愛らしいと思われたり、まだ4日目だから（彼は仕事を始めて10日経っていないらしい。中辻では自分と同期のようなものだ）慣れていないのだろうといった寛容の目を向けられるのであろうが、とにかくよくしゃべる。他の会社の人や、いわゆる“人夫出し”から来ている人に対して、「ねえ、兄さん！」とか「社長！」とか平気で話しかけ、日中は「昼間のパパは土方だぜ～♪」と歌を歌っている。

初日は、三雲も自分も全くお金を持っておらず、他の人が昼休みにお茶やコーヒーを飲んでいると、ああ、自分も飲みたいなと思ってしまうのは仕方のないことで、それが自分一人なら我慢できるのだろうが、その三雲が、「ちょっと金借りようぜ！」とか言って、自分の同意を得ないうちに、同じ中辻から来ている奴に「おい、ちょっと金貸してくれへん？」

頼まれた奴も「何なんやコイツは！」と思ったに違いないのだが、もともとむっつりした表情をしているそいつは500円ぐらい貸してくれた。三雲は、煙草を1箱、ジュースを2本買い、気分上々でまた「昼間のパパは土方だぜ～♪」と歌っている。

「こいつを何とかしてくれ！」と思っていたが、意外といい奴じゃないかと思うようになったのは夜からだった。8日昼の“三和銀行からの引き出し作戦”に失敗した自分たちは、前借りにかけるしかない。前借りは初日は2,000円までという決まりがあるらしく、とりあえずその額を受け取り、その日までに支払わなければ電話を止められるので、NTTへ車をとばした。三雲は軽自動車を持っていて、飯場（寮）の横に不法駐車している。その車で連れて行ってくれたのだ。七条営業所は開いていたが、12月の支払い額は3,100円。足りない。他の手段をあれこれ頭で模索しながらぼーっとしていると、三雲が「自分の部屋や」と言う東九条の住み家、ただ寝るだけのところと言った方が妥当、へ入れてくれた。その狭さと言ったら自分の部屋の狭さの比ではない。

あれこれ話をしているうちに、やれ国民健康保険がどうだ、雇用保険はこうだと、そういう話になった。「これは絶対、誰にも言うなよ！」と、繰り返し念を押されたので、これから記すことは誰にも言う気はない。このノートに“証拠”は残ることになるが、このノートは誰にも見せないし、いや、もし、自分が何かのきっかけで逮捕されて家宅捜索にでも入られたらやばいな……。だからやはり、これから先の話は書かずに心の中にしまっておくことにしよう。

とにかく、お金に対して、今の自分もそうであるが、追いつめられている男だ。これからは、変な奴だが、単なる変な奴ではない変な奴として、つきあえる範囲でつきあってゆこうという気分になっている。

翌9日、5,000円前借りしてNTTで支払いを済ませ、“三和銀行からの引き出し作戦 その2”を決行した。途中、印鑑を800円で買って、職員通用門のチャイムを押した。が、何の応答もない。“その2”も失敗。

帰りに彼は、1,000円ぐらいパチンコをして、そんな小額でフィーバーがかかるわけもなく、当然、敗退。部屋へ帰ってきて、寒い部屋（暖房がない）で寝た。ただ、寝たといっても、7日、8日、9日と夜はほとんど眠れていない。1月の生活習慣だった明け方眠り、昼頃起きるというサイクルから全く抜け出せない。家賃の支払い、更新料の捻出、ローンの支払い等幾つかの不安が睡眠を邪魔している。お金がないのは、何と情けないことだろう。人をどうしようもない虚脱感と無気力に落ち込ませてゆく。

そして、今日もまた10,000円前借りして銭湯へ行き、三雲の背中と両肩の彫り物に、意外とは思ったが、さほど驚くこともなく、自分は髭もそらずに、仕事で着たジーンズをそのまま穿いて銭湯を出た。その後、出町柳に車を回してもらい、三雲に喫茶店でコーヒーをおごり、パチンコへ行って予想通り、6,000円から7,000円ぐらい負けて、いんけつ故、帰って来た。三雲は、途中、明日の仕事を探すとのことで「明輝建設」に寄って「仕事あるか？」と尋ね、「とりあえず来てみて」という、仕事はあるようなないような口調の、何となくの回答をもらっていた。そう明日は、建国記念日・紀元節で、あると思っていた仕事がないのだ。パチンコで勝っていれば、ここまで切羽詰まることはないのだが13日夜の京都のミニ同窓会のことも少し気になっている自分にしても、とことんまでパチンコにつぎ込んで、しかも、サラリーローンの厳しい取り立てが“ここ”にまで来ている三雲にしても、明日の現金は切実なものなのだ。

とりあえず、明日6:00に起きることをお互いに約束して飯場の下で別れた。

出るはため息ばかりなり。繰り返し何度も、ため息をつき、頭を巡らせても、とりあえず、お手上げなのである。今日の昼休み、弁当を食べながら2人で話して笑っていた。1億2,000万円の宝くじが当たって、CIMAに乗って仲間に電話をかける。「お～い、お前、まだ生コンのスイッチ係やってんのけ～～」陽が沈んだ今、夢物語を話す余裕、気力すらない。

ここでご飯だけは食べられることを“希望と光”として寝ることにしよう。立松和平がテレビの「ニュースステーション」に出ていて、例の独特のイントネーション、現代風とは言えないが、温かみのある口調で話をしている。隣の部屋（10号室）とは板1枚だからボリュームを小さくしていて、具体的に何を話しているのかは全くわからない。このノートを見ているので、画面もよくは見ていない。でも、立松が話しているということだけはわかる。この人は、口調が印象深いばかりでなく、深い見識を持った凄い人なのだろうと思う。

1993.2.12

今日は“待機”。「祝日」の昨日、突然回ってきて偶然ありつけた仕事。残業までして生コンを打ったのに、今日が収入なしでは話にならない。

三和銀行東向日支店で銀行印の変更を届け出たが、手続きに数日かかると言われ、結局、劇団のギャラをおろせず。パチンコは多少勝ったが、家賃にはほど遠い。

途中、散髪をして、飯場の待合室でビールを飲んでいると、例の社長だか事務員だかわからない人が来て、「おい、三雲が帰ったぞ」と言う。「えっ？」と聞き返すと、「ヤクザみたいなんが来て連れて行った」と言う。驚いて「いつですか？」と聞くと、「今日の15:00ごろだったかな」とのこと。「サラ金の取り立ての電話もけっこうかかってたしな。今日も取り立てに来て、『え〜っ、逃げられた！』とか言ってたぞ」と言う。「あれ、もろこれだったよなぁ」と同じく事務所で作業にあたっている人に、ヤクザを示す、指で顔の傷をつくる仕草で話しかけた。「ああ」とその人は答え、「調子のいい奴だったからな」と「社長」は付け加えた。

自分は、三雲がどうなっているのか、急に心配になった。

「明日、新聞に載っているかもしれんな。水死体で発見とか……」あれこれ話は続いていた。「銭湯に行った時、背中と肩に彫り物が入っていたから、昔やってたんやろうな、と思ってましたけど」と、いかにも三雲のことを余り知らないといった顔で話に加わった。

自分が彼のことを知っていると言っても、ほんのささいな一部分にすぎないことは間違いない。しかし、話をしてみると何となく似たような考え方をしているところがあって、大声で同じことを繰り返すのには閉口したが、今の自分にとって、現実を忘れる瞬間をもたらしてくれる唯一の存在だった。

三雲が部屋に訪ねて来るかもしれないと待っていても来ないので、何かあったのか？　とは思っていたが、「駐禁のステッカーを貼られたから、もう車では来ない」と言っていたので、きっと遅くなるのだろう、と勝手に想像していた。

急に、何かほうっておけない気がしてきて、バスで彼の部屋に行ってみた。部屋には、半分破れかけのローンの請求書がソファの上に放り投げられており、裏にはメモがあった。関西風に言えば、どつかれて顔や身体があざだらけになった三雲の姿が脳裏をかすめていたので、どうなってんねん、どこにおるねん、と気が抜けて、仕方なく、バスで帰って来た。どこかに連れていかれて、ただ怒られているだけならいいが、ボコボコだったら悲惨……である。

部屋に戻って来ると、テレビでは、明後日のバレンタインデーを意識してか「東京ラブストーリー」が放映されている。鈴木保奈美が「カンチ！」と呼びながら、織田裕二ににこにこした顔を向ける。少しはにかみながら「カンチ」である織田裕二は振り返る。都会的な２人。20代の恋愛。これと三雲や今の自分をだぶらせてみても、同時代を生きているその接点が……全く見えない。

明日、同窓会があるらしい。自分は出てみたいとも思うが、今の自分を知人の前に曝したくはない。「全て」の中に入って行きたいと思いながら、「全て」から逃げ出したいと思う自分がいる。この“日雇労働”からも“故郷”からも、自分で選んだにもかかわらず、この“今”からも……。

今、財布の中に9,000円。伏見信用金庫に3,000円。８日、９日、10日、11日と仕事して、今日は“待機”で働いていないので、40,000円－(2,000円＋5,000円＋10,000円＋8,000円)＝15,000円。これからゴム長靴代の1,000円と今日の宿泊代3,000円を引くと、結局11,000円しか残っていない。有効に使ったお金は、NTTへの支払いの3,100円ぐらいのもので……そうすると、3,100円＋9,000円＋3,000円＝15,100円。あっ、そうそう散髪代が3,400円だ。故に、18,500円。印鑑と印鑑入れで1,800円だから20,300円。残っている11,000円を足すと31,300円。

他に使ったお金は	銭湯代　500円×2＝	1,000円(三雲と)
	喫茶店コーヒー	800円(三雲と)
	軍手	90円
	東向日への交通費	320円
	バス代　200円×2＝	400円
		2,610円

仕事中や帰ってきてからの缶コーヒー等、

1日3本として330円、4日で330円×4＝1,320円

ビールは今日初めて1本　250円

煙草代がけっこうかかっている　250円×6＝1,500円

トータルで、5,680円。これでもうすでに1日平均1,000円を超えている。

本意からどんどん逸れてゆく。しかし、今はこれしかない。家賃の支払い、ローンの支払い、部屋の契約更新、Mハルの入試。頭はこれでいっぱいだ。

三雲とはしばらく会えないだろう。あいつが部屋にいれば、会えるのだが。とにかく元気であの調子でいろよな、と言いたいところだが、お金の問題だから、力を貸したいとも思うが自分は情けないかな全く無力……。自分も彼と似たり寄ったりの火の車。悔しいが、どうすることもできない。どうしようもない。

今、たまたまいるフィールドが違っているだけ。人間、そう簡単に変われるものではない。明日の同窓会、行こうか行くまいか。とりあえず、部屋には戻らなくてはならない。Mハルの補習も日曜日にしかやってやれないしな。

お金が無いということが、様々なことを壊してゆく。言葉、記憶、孤独。未来はどこにある？

1993.2.14

今日はバレンタインデー。ここ「中辻建設」の飯場の部屋で何となく寂しい雰囲気。赤茶色、セピア色の気分。

昨日は伏見の方の現場で、矢板入れ。作業自体はさほど疲れるものではなかった。仕事を終え、飯場に帰ってきて、食堂で食事をし、風呂に入って、西大路四条から203系統のバスに乗って出町柳駅前まで戻り、2、3日ぶりに部屋に帰って来た。13日の夜にミニ同窓会があるということで連絡が入る可能性があったのと、上着のコートを替えようと思ったからだ。どうも、ここに来る時に着ていたスプリングコートが合わない。薄手で寒いので、ジーンズのコートに着替えるのだ。部屋の有線放送を東京・DISCOのチャンネルに合わせ、しばらくの間、郵便BOXに入っていた郵便物を開封しながら、流れてくる音楽を聴いていた。郵便物は、「JAF」、「NICCO」、「韓統連（在日韓国民主統一連合）」、そして母からだった。今の自分については、ほとんど誰にも話してはいない。

夕方、「中辻建設」の「社長」から、「明日、仕事があれば行くか？」と聞かれた。瞬間的に、ひょっとすると今晩、飲みに行くことになるかも、と思ったので、「仕事のあるなしは、いつわかりますか？」と聞き返すと、「あるにはあるんだ」との回答。間髪入れず、「行きます」と答えた。今の自分に一番必要なのは現金なので、7:00にはここに戻って来なければならなくなった。

部屋は寂しさいっぱいだ。孤独……。しかも家賃は2ヶ月分＝88,000円滞納している。「NICCO」の真Dさんからの手紙を読み、母からのハガキを読み、「JAF」の新しい会員証を切り取って財布に入れた。少しでも何かしっかりした落ち着きを求めたくて、有線放送の端子を外し、CDプレイヤーの端子をチューナーに差し込んだ。

以前作成して、宗教団体のTJさんが表紙をつけてくれた「英文を理解するために」シリーズをあらためて眺め、同じく、彼女が持ってきたMAYUMIという人のCDをかけ、一層静かな中に、自分を浸した。

ダイヤルQ2で、卑猥なくだらない話を、結局最後まで聴いてしまい、切ると即座に電話が鳴った。サダからだった。四日市に居ると言う。「三浦ちゃん、何やってんの？」と例の口調で聞くので、「土方みたいなことやってるよ」と答えると、「ええ感じやん」とこれまた例の口調で言う。これからバスで東京に帰るらしい。

テレビをつけて、シャワーを浴びて、スイートピーに水をあげて炬燵に入る。23時ごろだったか、豊O氏から電話が入り、宗教や思想の話、劇団の話、先生という職業についての話などを何と深夜2時ごろまでしてしまう。他から電話がかかっていたとしても、キャッチホンの機能は無いので、全くわからない。お互い「寝ようか」と言って電話を切った後、空腹だったので、「ファミリーマート」にパンを買いに行き、2個食べて布団にもぐりこんだ。

朝5:46の203系統のバスに乗るために、目覚まし時計を5:15ぐらいにセットした。「土方」という仕事のいいところは、服装や顔（例えば髭など）にさほど気を遣わなくてもいいところだ。本当はそういうところにも気をまわさなければならないのかもしれないが、逆に、そんなことに気を揉んでいてはできない、この仕事は。“汚れてなんぼ”だから。

もっと寝ていたいと思いながら、やっとの思いで布団から出た。睡眠時間はおそらく2時間から3時間ぐらいだろう。

この1週間は、ほとんど熟睡できない日が続いた。寝過ごしてはいけない、と気が張っていたのと、お金をどうやって支払うか、期限に間に合うか、それまでに貯まるか、という心配が重なって、おまけに来年度のことも気掛かりで眠ることができなかったのだ。

まだ暗い中、自分の他にはたった1人しか乗っていない始発のバスに乗って、西大路四条で降りて、そこから飯場（寮）まで歩いた。簡単に着替えを済ませ、朝食を食べて、遠い遠い滋賀の現場（「ロイヤルリゾート琵琶湖」）までやって来た。雪が降り、風も冷たく、やることは、とりあえずゴミ拾い。軍手は濡れて、“もうやめた”と言いたくなるくらい手や指がかじかみ痛んだ。作業をしながら、これまでの寒かった体験を思い出していた。

1993.2.15

〈「中辻建設」でのこれまでの仕事〉

- 2月7日（日）契約
- 2月8日（月）高島屋（タタキと生コン打ちの補助）
- 2月9日（火）高島屋（スラブの上の清掃）
- 2月10日（水）高島屋（スラブの上の清掃とナット外し）
- 2月11日（木）待機から、八条の生コン打ち（残業）
- 2月12日（金）待機～三和銀行へ、パチンコ等

・2月13日（土）伏見のシャトー本多（矢板入れ）
・2月14日（日）ロイヤルリゾート琵琶湖（清掃・ハツリ・サンダーによる切断）
・2月15日（月）伏見のシャトー本多（矢板入れ）

〈前借り〉
・2月8日（月）3,000円
・2月9日（火）5,000円
・2月10日（水）10,000円
・2月11日（木）8,000円
・2月13日（土）8,000円
・2月15日（月）5,000円
手にした現金＝39,000円

長靴代1,000円、7日分寮費3,000円、12日分寮費3,000円

ジュースとか煙草とか銭湯とか1日1,500円使ったと仮定して、1,500円×7＝10,500円
有効利用　3,400円（床屋・散髪）、3,100円（NTT）、1,500円（ぬいぐるみ）
2,000円（印鑑と印鑑入れ）
18,500円＋2,000円＝20,500円
伏見信用金庫に3,000円入金　23,500円

1日平均やはり1,500円ぐらい使っている。

★煙草 250円（220円）
★朝 缶コーヒー 110円　昼 缶コーヒー 110円　夜 缶コーヒー

110円
★軍手 100円
銭湯 1,000円　喫茶店 800円　約2,000円として7で割ると約300円
680円 + 300円 = 980円
菓子類、パン類≒2,000円ぐらい 再び約300円
980円 + 300円≒1,300円

《12日の行動》
起床 ⇒ 缶コーヒー（110円）⇒ 西院―東向日（160円）⇒ コーヒー（350円）⇒ 銀行 ⇒ パチンコ（小勝）⇒ 東向日―西京極（160円）⇒ 床屋（3,400円）⇒ 煙草（220円 Mild Seven Menthol）⇒ パン等（300円）⇒ 飯場へ ＝ 出費1,070円

《13日の行動》
飯場（食事・風呂）⇒ 西大路四条―出町柳（200円）⇒ パン等（500円）＝ 出費700円

寒い!!　寒い体験
a）原北中学校１年の時のサッカー部（部活）雪合戦と“原北ファイト”
b）去年の今頃、四条畷（？）の山（京阪奈丘陵）本管工事（H井水道工業）
c）高島屋の生コン打ち、琵琶湖付近の清掃も寒くて寒くて……凍える程であった

ここにはいろいろな人がいる。昨日の滋賀の現場で一緒だった人は、「俺は京都とか尼崎とか滋賀とかあちこちまわってい

る。気楽だからな」と言う。

三雲はどうしているのか？　という話で、「下手打ちよったんか？」「いや、よくは知らんのですけど」「2、3発弾かれて……いやいや、片輪（差別語だと思ったが、そのままの言葉を記す）にされとるかもしれんぞ」こんな会話をしたおっさん。

この間、使った道具：ホウキ、ちりとり、アンギラス、タタキ、サンダー、ピック（ブレーカー）、コンプレッサー、セットウハンマー、バール、剣スコ　これぐらいかな。

1993.2.16

現場は昨日と同じ。伏見の「シャトー本多」（藤木工務店 → 西田組）での仕事。捨てコン（？）をハツったり、地をレベルに合わせてならしたりという作業。15時半ごろから山科の方に応援。前借り5,000円なり。

「だいせん国体」で、皇太子が“お言葉”を述べている。人間は傲慢な動物だから、その存在の小ささを意識させるようなものが必要だ。そのように考えた人たちが天皇という「神」を創り出したのではないか。テレビのニュースでは、ほんの一瞬ではあったが、煙草を吸いながら聞いている人の姿が映った。いかがなものか……。Anglo-Saxonなら、イエス・キリストという大いなる存在がいる。日本にもキリストが必要であると考えたのではないか。人間という難儀な存在を、その性格を知っていたが故に、統治する制度として天皇制を作り上げた、と考えるようになった。

今日のテレビニュースから。
「森林交付税」実現へ向けてのフォーラムが和歌山で開催された。社会党はシャドーキャビネット Shadow Cabinet（影の内閣）を発足。山花書記長の挨拶。「より現実的な政策を。そして政権を担える党づくりを」と強いアピール。

国連事務総長ガリ氏来日。日本に対して「アジアへの自衛隊派遣が他のアジア諸国に反発と摩擦を生じさせることになるのなら、ソマリアやヨーロッパへの派遣でもいいから協力してほしい」という旨を述べる。
「佐川急便事件」で、竹下氏の証人喚問は明日。現職議員の喚問ということで、静止画像と音声のみでの放送になるとのこと。

現場は少し小高いところにあって、ふと眺めると、向島ニュータウンが眼下に見えた。横を流れる宇治川。宇治川の河畔を走る道路。12月に剪定の仕事でＯ矢さんと走った道。花の配達で、Ｏ場さんと軽自動車で走った道。そして数年前、宇治の太陽が丘へ、サークルの試合で通っていた道、が見える。

比較的穏やかな１日であったが、夕方頃から曇り始めた。明日の降水確率は、京都50％〜10％。雨が激しければ中止かもしれぬ。それは困るが、少し身体が疲れ気味。休みたい気もする。

前借りする時、「社長」が「どう、三浦君。水道屋と比べて？」と聞くので、「まぁ、水道の時はバタバタしていましたからね」と返した。「とにかく頑張って下さい」「はい、頑張ります」少し心がほっこりする。

1993.2.20

“待機”ということで少しがっかり。何故なら、今の自分に必要なのはお金だから。だが、少し身体を休めたいとも思っていたので、しばらく寝ていようとうつらうつらしていると、ドアを叩く音がする。何かと思って時計を見ると9:00過ぎだ。

中辻から行った2人が、現場でケンカして1人が帰ってしまったらしい。だから、急に自分が起こされたというわけだ。寝ていても仕方がないので、急いで服を着替えて車を待つ。現場は前に行ったことがある八条。残業までして生コンを打ったところだ。今日は、砕石ならしとのことだった。残った人に話を聞いてみると、スコップは投げるわ、人に指図するわ、てんやわんやだったらしい。

ただ、現場でゴチャゴチャ言われると、確かに「オラ、うるさいわ！」という感じがする。ただでさえ、余り面白くもないことをしていて、身体を動かしてしんどいのに、その上、ああだこうだと言われてはかなわん！　ということになってしまう。自分だって何かやれることがあるし、考えながら懸命にやっているんだ！　と思っていれば尚更のこと、人の小言がやかましく聞こえて仕方ない。

一緒に作業している人も、確かに、バタバタしていてうるさい人だ。「怒らんでええやん」自分は、今日の朝だけで2回もその人に向かって言った。自分のペースを保ちながら、現場全体のペースにどこまで合わせるか考えながら仕事をする、これが自分のスタンスだ。

誤解を恐れずに言うと、この世界、どれほどケンカしても構わない（もちろん、自分もその気はある）と思うが、トンコしたら負けだ。飯場に帰りづらい（「中辻建設」はそれでもその人を飯場に置くらしいが)。金にはならない。現場から帰るといっても交通費はあるのだろうか。挙げれば多々マイナス面が浮かんでくる。人同士のケンカ、それ自体に勝ち負けはあるようでいてないのだが、トンコしてしまえば、トンコした方が負けである。一方的に悪いと判断されるようだ。

せっかく今日、仕事にありつけたのに、雨で現場からの帰りとなり、大宮と東大路丸太町でパチンコの大敗を喫したため、どうにもならない沈んだ気分を抱えることになってしまった。昨日の夕食はカレーライス、今日はおでん。肉体労働の後のご飯はうまい。何を食べても……。しかも、12月、1月とあまり精のつく食事をしていなかったのでよけいにうまい！　と思ってしまう。

夜、飯場の入り口のところで煙草を吸いながら前にある『ハミング・バード』というカラオケボックスの方をボーッと眺めている。学生らしい男女が楽しそうに歌っている。やって来た中辻の「社長」が声をかけてくる。「今日、協栄の人から電話があって、いい人が来てくれて……と言っていたよ」と言う。誰のことかと思ったが、今日代わりに行ったのは自分だから、自分のことだろうと思う。「どこの出身？」と聞くので、「博多です」と答える。「強力な助っ人だ」一体、誰のこと？　この自分が……“強力な助っ人”とはねぇ……。

ぼちぼち歩いて、コンビニエンス・ストアに行って、どうしても甘いものが食べたかったので、97円のチョコレートバーを買い、散歩しながら食べて戻って来る。ここへ来て3本目となるビールを買って飲んで、テレビを観ながらこれを書いている。

昨日で「満期」だったが、滞納していた家賃を1ヶ月分（ようやく！）払ったら、残りは1万円ぐらい。パチンコして全部スッて、どうしようもない。

『祇園Border』のマスター、H方さんとの賭けの期限も迫っているし、「NICCO」に顔を出したいし、ただ、何よりも、家賃を早く払わないとかなり大変なことになりそうで、と、“ないないづくし、かつ、ねばならない攻撃”で、自分でまいた種とはいえ、余裕の余の字もない。自分は、一生、金のない生活を送るのか?!!

短く切った鉄筋を、ハンマーで叩いて地中に入れ、その上に棒を立ててレベルで測定、砕石天を決める。これに合わせて砕石を敷きつめ、ランマーで叩く。これが今日の作業。

1993.2.21

ラッキーにも、今日も仕事あり。ここ「中辻建設」の食堂の改装で荷物の運び出し。作業は、引っ越しのアルバイト（前に、堺（サカイ）引越センターと日本通運に行ったことがある）のようなもので、昼過ぎには終わった。

新しく（以前も中辻にいたらしい）入ってきたベテランから、この人はこの道で数十年の年月を過ごしてきたらしいが、人生新しくやり直せ等と、待合室でストーブにあたりながら、懇懇と諭される。自分は、仕事の無い間を埋め、現金収入を得るために1ヶ月程ここにいようと思っている、ただそれだけなので、内心、違うんだよ、と思いながら話を聞いていた。

中辻の社長かもしれないし、事務員かもしれないと思っていた人が、実は番頭さんのような存在で、本当の社長は別にいることが今日わかった。「1年ぐらい辛抱するんだったら、新しい寮もあるよ」と言うが、自分にとって、これは3月半ばまでの仕事なのだ。

すぐそこにありそうで遠い“東南アジア”。激しく生きよう1993年。熟睡できないこの間の日々。

鶴Kとかいう奴が、協栄の現場でスコップを放り投げてトンコ。若い奴らしい。そいつに代わって自分が現場へ。

（ノートにビール缶の絵を描いて）こんなものを飲みながら、NHKのテレビ番組を観ている。やはり、勉強している時が一番落ち着く。しかし、自分の好きな分野だけ、自分の思うままにやっていれば、どうしても不安がつきまとう。ひょっとすると、今出来上がっているものを全てひっくり返さなければならなくなるような……そういうことすら起こりうる、求められる。そういうことなのだ。勉強し、研究するということは……。故に、大学や研究機関等、何か土台となるものやハードウェア的な場が無い中での、自己中心的かつ誇大妄想的、時として孤軍奮闘的な思想の営みほど、危険かつ人を不安に陥らせるものはない。

本物の学徒であれば、本とペンとノートと自分の学問分野に関わる何がしかがあれば満足しうるはずなのに、自分の場合は本物ではないから、俗世的かつ刹那的な、逃避的快楽に気を紛らわしている。これは疑いなく、一般的には“甘え”や“幼稚さ”という言葉によって括られるものだと思うし、それを認めるのではあるが、ごくごくわずかながら、その括りに抗いたい自分がいる。

“日本的金稼ぎ”にどうにも素直になれない自分。しかし、“日本的金稼ぎ”とは他国の“金稼ぎ”との厳密な比較の上で初めて理解しうるものであるはずなのに、“他国的金稼ぎ”を全く知らない自分が、勝手に頭の中に作っているイメージ、根拠が薄い思い込みによって、嫌悪感を抱いているに過ぎない。

この飯場（寮）には、いろいろな人生を抱えている人たちがいる。数年、数十年とここで働いている人がいる。家庭もなく、子供もなく、パートナーとしての女性もいない。現場に出れば“おっさん、にいちゃん”の世界。表札が無い、匿名の不特定多数の中に逃げ込んでいるとも言えるが、自分は今、こういう生き方しか選択できないという判断と諦観を持っている。

冷静に残り少ない将来を設計しようとしても、上限は見えているのだ。今日から入った人もここに数十年いる人も、日当は13,000円だ。食費と宿泊費併せて3,000円引かれて手元には1日10,000円と決まっているのだ。一生懸命にやっている人ほど、かなり疲れる現場へと回され、ちゃらんぽらんな人はそのような現場に行っている。

自分は、ここでそれほど熱心に働こうとは思っていないのだが、作業に集中することなく現場にいるのは、かえって時間が長く感じられ、より一層疲れてしまう。

どこの世界でも厳しい。あとは自分がのめり込んで行けるかどうか、ということだろう。それが選択ということなのだ。有限であるからこそ選択が必要となり、そうであるが故に、価値が生じる。あらためてこのように考えている。

「鶴Ｋいうのはどいつや？」
「青ちゃんにスコップ投げつけた言うとったで」
「えっ、青ちゃんに？」
「そんな厳しいこと、青ちゃん言わへんやろうに」
「若僧やんけ。そないなこと言うたら、俺やったら逆にスコップでたたき割ったるわ！」
「Ｋ村とかやったら、その場でバコバコにいきよるで！　埋められとるわ‼」
「おう、まぁ鶴Ｋゆうて覚えとくわ」
「仕事いろいろ知っとって言うならええけど、知らへんくせに文句ばっかり言いよる奴はなぁ……」
「まぁええわ。覚えとくわ」

こんな会話が待合室で交わされている。

自分が“待機”の日のことを話さなければこんな会話にはならなかっただろう。今となってはどうしようもない。その鶴Ｋとかいう奴が“いわされそうに”なったら助けてやるぐらいのことしか自分にできることはない。

“Ｙ本の利さん”、“Ｓ藤の武ちゃん”、“政やん”と“青ちゃん”は、顔と名前が一致する。“Ｙ本の利さん”は、穏やかな人で、同じことを何度も繰り返して言うのは、年配の人によくあることで仕方ない。自分にとっては、感覚的に一番落ち着く。“Ｓ藤の武ちゃん”は、前頭部が禿げ上がっていて、よくしゃべり、よく笑う。パチンコとカラオケが好きなようだ。元漁師とのこと。“政やん”はいつも目をギョロつかせて、いかにも土方という感じ。人の話では40代ということだが、もっと年をとっているように見える。何故だか、今日、自分にビールを奢ってくれた。「いいですよ」と遠慮がちに言うと、「俺の酒が飲めんのか？」とたたみかけてくる。“青ちゃん”は、元サラリーマンらしい。この人も穏やかな人のようだ。

土方には土方のプライドあり。いや、人間として1人1人にそれぞれのプライドあり。そのプライドが、時折、見え隠れしている。

以前、「朝鮮問題研究会」というサークルの学習会レジュメとして“韓国経済の「明」と「暗」”という文書（文献の寄せ集めによるレポートのようなもので、内容は取るに足りない）を作成したことがある。

YAPOOSのアルバムに「相反するものの一致」と書かれていた。“明と暗”、“陰と陽”、“聖と俗”、“親と子”、“大人と子供”、“唯物論と観念論”、“資本家と労働者”、“表と裏”、“喜びと悲しみ”等、様々な分野で二分法によって整理しうることがある。自分は、「相反するものの一致」ではなく、“相反するものの隙間”にこそ真理を見ようとするのである。

名前は知らないが、「俺は飯場がらす」と言ったおっさん。いわゆる“旅がらす”にかけての言葉と思われるが、飲みに行ったスナックで他の客とトラブル。アイスピックで目を突かれ、片方の目はあまり見えていない。子供が2人いて、「ランドセルを買ってあげなあかん」と言っている。

ひと昔前の風景が拡がる。古臭く、逃げ出したくなるような気分に襲われる。この場から早く立ち去りたい。あまり深く突っ込んではいけない。何故なら、からめとられてしまうから。これほどまでに「繁栄」している日本の中で、敢えて“プロレタリア意識”を持とうとすることは、ひどく疲れ、自分に年を取らせる。

汚れたジーパンを穿いて、その汚れや破れが見えないように上着のコートで隠しながら歩いている。“夢なき世界”、“絶望的渡世”だ。

今日、たまたまテレビ番組「報道特集」で山谷のことを特集していた。高度経済成長を支えた「下層労働者たち」が高齢になり、駅からも締め出され、2℃、3℃という寒さの中に放り出される。いわゆる“アオカン”状態のおっさんたち……。その理不尽さと窮状を語り、訴え、闘っている「山谷争議団」のメンバー。一方で、サッカー日本代表チームのイタリア遠征のニュースも報じられている。インターミラノ（現在イタリアリーグ2位）と対戦。0−3で負けた。現地では、去年初めてアジアの頂点に立ったことでテレビ中継。サッカーはこれからスポーツの花形、メインになってゆくだろう。日本代表のGKは引き続き松永。

飯場（寮）は、受益者負担。石鹸も、洗剤も、髭そりも、長靴も、全て購入しなければならない。もはや当たり前のこととして捉えている自分がいる。

今日の夜、『からふね屋』で飲んだアイスコーヒーはほとんど無駄な出費であった。

★ SOCCER SHOP KAMOシューズ入れの絵

この中には、手帳が3冊（1991、1992、1993年用）、銀行の通帳と印鑑、「NICCO」からの手紙と満期の明細書（中辻）が入っている。

最高裁判決で、「連合赤軍（共産主義者同盟赤軍派+京浜安保共闘）」の永田洋子と坂口弘に死刑判決。スタートラインは弱者救済。この世の矛盾を改革せんとする心優しき試みだったはずなのに。行き過ぎた革命路線。凝縮しすぎた革命運動。規律、粛清、総括としての死。「計17人の殺害」と新聞・マスコミは言う。何か寂しいものがある。

1993.2.22

現場は叡山電車・元田中駅の向かい。“請け”の仕事。「協栄土木機」の人夫（＝土工）として。“政やん”と一緒に。掘削、ステコン打ち。残業。周囲が見慣れた風景だったので、比較的疲れは少なかった。

今、自分の隣に中辻のネコが来ている。布団の中に入ってゴロゴロいっている。いつもは待合室の前にいるのに、誰かに追い出されたのか、散歩のつもりで2階に上がって来たのか、とにかく丸くなってゴロゴロ、音を立てている。

今日もまたパチンコでもしてみようかと思ったが、とつおいつ考えた挙句に、ようやく踏みとどまることができた。そうだ、それで良いのだ。かなりの可能性で、今日の日当がものの1時間も経たないうちに、何事も無かったかのように消えてゆくのにはもう耐えられない。金銭的にも精神的にも余裕のある時にしか勝てないのだ。どういうわけか。

1993.2.23

現場は、京都駅前の「Century Hotel」。同級生のたーちゃんが仕事をしていた頃、コーヒーを飲みに2回ほど中に入ったことがある。

仕事はいたって簡単。ただ、自分は16時30分を過ぎてもまだ仕事をしていて、人より終業が遅れた。皆で帰るバスを待たせてしまって、「気にするな」とフォローの言葉を頂いたものの、「きちんと終われ！」と、あれこれゴチャゴチャ言われた。仕事はほどほどでいいんだと言われているようで変な気分になった。それほど気を悪くしたわけではないが、これがある意味でのチームワークなのだろうか？　合計10人ほどで行ったのだが、皆、バスに乗り込んでいて、1人が自分を捜しに現場に戻ったということだった。仕事をして、すみませんと頭を下げるのは、嫌と言うより、どうにも変だ。だが、本当にそこそこでいいのなら、そのようにしよう。

同じことの繰り返し。今日、部屋へ一旦帰ろうと思って飯場（寮）を出たのだが、部屋の鍵を忘れているのに気がついて、パチンコをしてしまい、18,000円ぐらい負けてしまって、うなだれてバスに乗って飯場（寮）まで帰ってきた。これで家賃の支払いがまた遅れてしまう。ほとんど“自棄”になりかけながら、“犯罪者”の風貌をしてビールを飲んでいる。昨日の我慢も今日の節約も一切がパー。

パチンコをする心理――。

家賃を払わなければならないと気が焦り、手元に現金が欲しくなる。当たり前に学校を卒業しているわけではないという変な力みがあり、何とかして副収入を得たいと思っている。しかし、それほど勝てるわけはないとわかってもいる。
ちょっとだけやってみようと思って、3,000円から4,000円ぐらいで出なければやめればいいと自分を甘やかす。とりあえず勝てそうな台を探す。座って打つ。4,000円ぐらい入れて、出ないと焦る。その時に、出なければやめると思っていたではないかと自分に問う声がするが、もうちょっと、もうちょっと、出れば挽回できるとその声を軽く退けてしまう。同時に、徐々に泥沼にはまってゆく自分を意識する。
7,000円ぐらい負けていると、明日に"負け"を持ち越したくないとの思いが強くなり、必死になって一気に逆転することを狙って、結局スッテンテン……という負ける時のおなじみのパターン。これはもう"お決まり"になっている。
パチンコ屋では、気分が高ぶったり沈んだりしているが、店を出ると沈みっぱなし。自分をなじり、けなす言葉しか浮かばない。明日への"気持ちの張り"がなくなる。いや、正確に言うと、張りをなくさないと心のバランスがとれなくなる。他のことが冷静に考えられなくなる。誰にも会いたくなくなる。周りのものを壊したくなる。人間関係もおろそかになる。"お金"のことしか頭に浮かばなくなる。他の楽しみや、一つ一つ、事をきちんとこなすことが、何かどうでもいいことのように思えてくる。特に負けた今は。
そして、最終的に自分が見えなくなってしまう。

ゼロであるのにゼロであることを認めたくない自分。事実を事実として、現実を現実として認める冷静な目を、今の自分は完全に失っている。"時"は、自分の姿勢によって、どれほどでも意義深いものにできるのに、愚かな自分は、そうではない無機的な"やりすごし"の対象にしてしまっている。思想や哲学、文学やそれらを織り成す言葉といった人間の偉大な営みさえも、どこかに追いやってしまっている。

1,000円節約して、パチンコで10,000円負ける。何なのだ、これは。結局、「負けた」「負けている」ということが嫌なのだ。

1993年2月23日、家賃を1ヶ月滞納し、ローン支払いの目途も立たず、親に対しても、学費等を返済しなければならないのに……何らの展望も見出せていない自分がいる。中辻建設 飯場（寮）9号室。布団に寝そべっている28歳。何も……ない。

ノートに絵を描いた。

★UFO catcherでとったバナナ・コング（Made in Korea）の絵。

★目の前にあるCoca-Cola空き缶の絵（アルミニウム缶だが、今は灰皿代わりになっている）。

★夕方買ったCASTERの絵 220円なり。

★中辻建設9号室の図（朝・昼・晩の食事代と部屋代、共同の風呂もある。3,000円／日）床にはゴザみたいなものがはってある。隣の部屋は板を隔ててすぐなので、テレビのボリュームは極めて小さくしている。今は2月。布団に寝そべっているしかない。寒いから。

★茨木でも自分を起こしてくれたCASIOのALARM付き時計の絵。
(一体、いつから一緒に居るのだろう……？　買ったのは出町商店街の『厚生会』というスーパーだが）明日の朝もよろしく頼む。

★今年の手帳の絵　出町商店街の『白谷紙店』で購入したも

の！

★その厚みを表現しえていない自分の財布の絵。

「出てゆくことが多いから—金銭のこと—注意しなさい」と梅田の占い師に言われた通りの昨今……。今年は、水道・建築・土木と砂まじりになることが多い。（正確には今年度）

1993.2.24

部屋に帰って本を2冊持ってきた。『タイの僧院にて』（青木保 中公文庫）とエンゲルスの『イギリスにおける労働者階級の状態』（全集刊行委員会訳 大月書店）。どちらも古典的。まぁ、後者は古典だろうが……。

とにかく今の20代前半の人は、全く知らないのではないか、という本である。

『タイの僧院にて』は、89年にタイへ行く前に買ったものだろうと思う。数年前、木屋町にある『八文字屋』のK斐さんから、「青木保って知ってる？」と聞かれて、自分は、今考えれば運動のこと以外はほとんど何も知らなかったので当然なのだが、「知らない」と答えると、「えーっ、知らないの⁉」と驚かれたのを思い出す。『イギリスにおける労働者階級の状態』は、これをテーマにゼミ論文を書こうとしていたのだが、結局、ポシャっている。

活字を読んで、身体を動かした後の時間を過ごすのも悪くはないので、本当は、最近の新しい本を読むのが良いのだろうが、お金を節約するために、以前購入していた本を読むのが良かろう。

京都外大前ー出町柳	200円 ×2
煙草	220円
ライター	100円
パン類（×2)	180円
菓子	140円
缶ジュース	110円
切手	330円
	1,480円

今日の現場「京都市立芸術大学」。雪が降りつける中、足場板の掃除や単管等の片づけ、ガラ出しに終始する。とにかく寒くて仕方なかった。こんなところに大学があったのかと思う。五条通をずっと西へ行ったところ。迫っている山は雪化粧。足元がぬかるみ、顔や耳は荒れ放題になってくれと言わんばかりのさらしよう。サークルのBOX棟か何かの建物の側面に「学費値上げ」、「不当」と読める文字。白いペンキで消されている。

出町柳の部屋は、この外大前の飯場（寮）の部屋にいるが故に映えて見える。猫の額ほどの狭い部屋なのだが、自分はかなりの愛着を持っている。

Mハルの前期試験は明後日だが、これ以上、何もしてやれそうにない。ただ合格を祈るのみ。

北陸の人たちや東北、北海道に住んでいる人たちは、今日のような雪かきのスペシャル版をいつも行っているのだろう。自分はやはり九州人。寒いのだけは嫌で仕方ない。

自分はスコップで掘るのは好きだ。水道工事のダイナミックな掘削に立ち会うことは余りないが、たまにスコップを使って掘ると身体が温まるし、ほっとした気分になるのは不思議としか言いようがない。明日も寒くなりそうだが、"待機"になりそうな予感。

1993.2.25

地下鉄堺町工区。はっきり言って好きになれなかった現場。朝は御池通の北側、南側、現場周辺のごみ集め。そしてラジオ体操に朝礼。「足元よいか！」「足元よいか！」「足元よいか！」に「足元よし！」をそれぞれ1回ずつ連呼し、最後に「ご安全に！」で締めくくる。

8ブロックだの9ブロックだの、地下にもぐれば、迷路のようでかなりややこしい。現場を仕切っているのが、かなりのプロフェッショナルで何かとうるさい。早口の人、どこの方言かわからないような日本語を話すので、どうにも聞きとれず、「Pardon me?」と聞き返したいが、その人たちも仕事で気が入っているだろうから、余りしつこく聞くといらいらが高じて、怒り出されても困ると思い、そこそこのところで、「ふん、ふん」と理解を示そうと、こちらはこちらで努力していた。午前中は、長方形に切られて表に170と数字が書かれたダンボールに針金を通したり、Hの形をした鉄骨（H鋼）に、鉄棒をねじで締め込むという工作の時間のような作業をしていた。あたかも"鰻の蒲焼き"のように針金を通された"ダンボールの串刺し"を折って、鉄骨と壁面の間につるし、昼からその中に生コンを入れた。途中から、6ブロックで、鉄筋工が組む鉄筋の下の煙草の吸殻等を手ばさみでPP袋に入れるゴミ拾いを16:30過ぎぐらいまで行った。他の人と離れてのんびりやっていたが、かなり退屈な作業で、途中、上から雨がポタポタと降り込んでくるし、気が入らない1日だった。帰りのマイクロバスは、ちょうど「NICCO」の隣を通って、付近で一旦停車。車内で運転手以外にビールが振る舞われた。思わず、窓を開けて「NICCO」のスタッフに声をかけたくなったが、その衝動を抑えた。

飯場（寮）に戻り、食堂で夕食を食べ、いつものように風呂に入り、その後、散歩に出かけた。チョコレートを2個食べ、パチンコ屋でトイレだけ借りて、ぐるっと回って、24時間営業の喫茶店で、店員の女性が素敵だと思いながら、ブレンドコーヒーを飲んでいると、懐かしいBOSTONの「Don't Look Back」が店に流れる。高校生の頃、よく聞いていたので、次のメロディーやリズムが浮かんできて、380円のコーヒー代は高くなかった。

財布の中には、それでも2,500円ぐらいある。パチンコに打ち興じなければ十分楽しめるのだ。100円、200円の世界をきちんと自覚すれば、おのずと頭の意識も落ち着くのだ。家賃の支払いと更新、ローンの返済に気が急いていたが、幸いにも部屋の更新期限は3月22日。てっきり2月25日前後だろうと思っていたので少し余裕ができた。と言っても、2ヶ月分入金しなければならなくなる。ひょっとすると10万円以上請求が来るかと思っていたNICOSカードのローンも5万円ぐらいだった。残りは3月末の支払いということになる。いずれにせよ来月末は再び苦しくなるが、時間的な猶予ができて少しだけほっとしている。

もともと“待機”だったところに仕事が回ってきた。明日はどうなるかわからないが、ここで寝ていても仕方ないので、今は「真学舎」のことやマスターとの賭けには目をつぶって、稼げる時に稼いでおこう。マスターとの賭けの期限まで、実質的にはあと2日。これはもはや望みなし。Mハルのことも大きな気掛かりとしてあるが、今だけは……どうしても動けない。布団は相変わらず冷え切っている。

★ SKIPPY帽子の絵　今日は、この帽子をかぶって、現場への行き帰り、昼を過ごした。ヘルメットだと髪がめちゃくちゃなのが目立つし、自分はこんな帽子もかぶるのだと他の人に見せつけたかったからだ。

1993.2.27

“待機”。10時過ぎまで寝ていた。西院付近で絵ハガキを購入（180円）し、家と妹に送る。その後、出町柳の部屋で洗濯し、夕方、「三協アルミニウム」に営業に行った。パンフレットとチケットを対応に出た女性にすんなりと渡し、喫茶店でコーヒーを飲み、『紙小屋』でゴッホの絵ハガキを1枚買って、「イタリヤード」にも行こうと思ったが、すでに閉まっていたので歩いて部屋に戻ってきた。青木保の『タイの僧院にて』を読んで、東南アジアにまた行きたいなぁ、とあらためて思い、3番松尾橋行きの最終バスで戻ってきた。“営業”関係でうろうろしている途中立ち寄った本屋で「NICCO」について書かれた記事を載せている本を発見。「NICCO」がクメール・ルージュ（ポル・ポト派）の「解放区」に援助を行っていると「NICCO」を批判する内容だった。かつて小Nさん（NICCO代表）が、「『アカ』呼ばわりされたり、クメール・ルージュを支持しているとか、いろいろ的外れなデマがあって大変だったのよ」と言われたことがあったが、なるほど、こういうこともあるのだなとあらためて認識した次第だ。小Nさんは、「子供たちに、大人や親の思想がどうだこうだ……関係ないでしょ」と言っていた。確かに難しい問題だと思う。

今の自分に言えることをあれこれ考えてみたが……。クメール・ルージュがカンボジア和平を妨げていると言えるかどうか。また、「援助の思想」をどこに求めるか、という点。そしてまた、和平へのプロセスと、そもそも和平とはどのようなものなのか、どことどこの、誰と誰の和平なのかという疑問。政権ができればそれでいいのか……。政治思想に対してもっとnativeなものを対置する。もっとnatureに迫るもの。政治思想を超えるものは何か？　そういう思想はどのようなものとなるか？トランスモダン。生きる知恵としての伝統。

うまく行けば、5月（1993年5月）にはカンボジアで総選挙が国連・UNTAC監視の下に行われ、新しい政権ができる。

ここにいると自分が自分でないような気分になる。周りと自分のこれまでの時間との繋がりが全くないような気がして、寂しさを感じる。隔絶した世界とでも言おうか、とりわけ、夜になって雨が降り出して雨音が聞こえているので、その感はいっそう募る。せめて、自動車が行き交う音とか、同世代の人の声がするならまだしも、音と言えば隣の人がごそごそ寝がえりを打つ音とボリュームを小さくしたテレビから出る音。何より一番耳に入って来るのは雨の打つ音なのだ。待合室ではおっさん達が酒を飲んでいるが、騒がしいということは全くない。静かに飲んでいる。前にこの部屋を訪れて、この布団に寝そべり、まぁるくなって目を閉じていたネコは、きっとその待合室のストーブの近くの椅子の上で横になり、おっさん達の会話が耳に入るのを少々うるさいと思いながら、それでもけっこういい気分になっているのだろう。

子供にランドセルを買ってあげなければならないと言っていた、あの目が不自由な熊Iさん（ようやく名前がわかった）は「ここは、今風に言えば“人材派遣業”。昔風に言えば“人夫出し”。そして、今風に言えば“寮”。昔風に言えば“飯場”だ」と、酒をくらって繰り返している。

I駒さんは、西成に部屋を借りている。今日、現場が一緒だったが、ここに帰ってきてしばらくすると「部屋に帰って来るわ」と言って、颯爽と出て行った。酒を飲みながら、「黒岩重吾の本を読むのが好きだ」と言っていた。パチンコや競輪、競馬等、博打はやらない。I駒さんは愛嬌のあるおじさんで「こうしていれば時間が稼げる」とか「監督の前では、ハイハイって言っとかないとな」とか言っている。「西成が好きだ。通天閣を見ると、これが俺の故郷だ。あぁ、帰って来たなあと思う」と何度も言っていた。

自分は、西成の三角公園で行われた夏祭りに行き、冬の「越冬闘争」にも、何となくではあるが参加したことがあって、この地域との関わりは皆無ではなかった。I駒さんの口から、加藤登紀子とか、事実とは異なるように思えるが、あの全共闘の藤本敏夫という名前が出てくると、この人もいろいろ見てきた人なんだなぁ、と思ってしまう。「釜日労（釜ヶ崎日雇労働組合）」の存在もおそらく知っているだろう。大学6年目、お金が無くて、伏見の飯場（「光産興」）で夏を過ごしていた。お盆に精算して、西成の三角公園の夏祭りに行った。写真集を1冊買って、ビールを飲んで、「釜ヶ崎に連帯する関西学生実行委員会」のメンバーが集まっているところへ行って、盆踊りが始まると、子供の１人を肩に乗せて、その雰囲気に打ち興じていた。「釜の子って人懐っこいやろ」と関西大学の学生活動家が言い、「そうだね」と妙に納得しながら……。

冬になると必ず「越冬闘争の突入集会」があり、ところどころで機動隊と小競り合いをしながら、デモンストレーションを繰り広げ、センターへ向かって行進を続けていた。安いお好み焼きを食べ、まるで別世界に来ているかのような錯覚に陥りながらも、雑然とした中に安心を覚えていたのを思い出す。整然としすぎていて、取り繕ったようにきれいに清掃された場には、何もありはしないのだ。時に激しく、時に静かに揺れ動いている流動的でしかない現実に、固定的な枠をはめようとすると、乾燥した味気のないものになってしまう。表層の利害に行動のモチベーションを求め、それに当てはまる人に興味はない。いかなる言葉をもってしても、それで括ることができない人に興味を持つ。言葉を当てはめられることを拒否する人が好きなのだ。

1993.2.28

テレビ朝日「SUNDAY PROJECT」で「アルカリ骨材反応」によるひび割れの特集をやっている。「アルカリ骨材反応」に関する基礎研究は、アメリカでは行われていたが、日本では、これまで事例がなかったので、あまり注目されていなかったとのこと。日本はアメリカと違って、固定費（人件費等）を削りづらい。つまり、即刻、合理化や人員削減というアクションはとりにくい。自ずと、比例費（電気代や材料費等）を削減することになる、といった内容。興味深く見入った次第。

昼頃、「中辻建設」にある100円／20分のコインランドリーで、ズボン2枚を乾燥機にかけ、待合室で煙草をふかしながら、テレビを見上げ、前に現場が一緒だったことがあるおっさんがビールを奢ってくれて、「一緒に飲みに行こうや」と声をかけてきた。

コンビニエンス・ストアで買ったチョコレートとシュークリームを歩きながら食べて、喫茶店で新聞や雑誌を読みながらコーヒーを1杯飲んだ。新聞の国際面に出ていた、タイにいる難民たちが船でカンボジアに帰っているという記事を流し読みして、その後、『パピルス書房』に立ち寄り、『格闘する現代思想 トランスモダンへの試み』（今村仁司編 講談社現代新書）を600円で買った。帰る道すがら、「林天文台」を発見。今度、見せてもらいに行こうと思う。

地球的規模で考えるとか、宇宙的規模で考えるとかは、天文学者や宇宙飛行士達にしてみればごく当然のことだったはずで、さして新しい態度ではない。

「『労働に応じた分配』の原理（ふつう社会主義的と言われる）は、まさに『等価』の正義である。マルクスの言う『社会主義』とは、等価性原理が貫徹する社会として構想されたのだが、そうだとすればマルクス的な『分配原理』とは、資本主義が骨ぬきにした『市民社会の原理』を実質的なものにすることであったと言わねばならない」（『格闘する現代思想 トランスモダンへの試み』今村仁司編 講談社現代新書 P31 今村仁司論文）

「自由、平等、等価、をとりまとめていける高次の原理があるのだろうか。ここに、社会哲学の現在的課題がある。今はまだ

解答はない、けれども探求しなくてはならない」（同書 P32 今村仁司論文）

「すなわち、何よりも均質であることを尊ぶこの社会では、ひとたび異質と公に見なされたものにたいしては、社会の均質性を保持するため一刻も早くそれを排除し、みずからを浄化しようとつとめる」（同書 P44 渡辺一民論文）

「そしてそのような挑戦をまえにして何よりもまず必要なことは、外国人労働者の問題をたんなる経済上の問題としてではなく、他者との共棲という、われわれが今日までなおざりにしてきた文化、思想の問題としてとらえなおすことにほかなるまい」（同書 P46 渡辺一民論文）

「ボクシングはタイの国技であるばかりでなく、タイ人にとっては神聖なる競技なのだ。国王や仏教と並んでタイ・ボクシングはタイ民族の統合の象徴であるといってもよいくらいなのだ」（『タイの僧院にて』青木保 中公文庫 P274 タイ人・チャイニミトーの言葉）

2年ぶりに「米韓合同軍事演習」が行われる。横須賀を実質的な母港としている空母「インディペンデンス」が佐世保に入港。

テレビ「知ってるつもり?!」
ヨーゼフ・ゲッベルス（ドイツ宣伝相）
ナチス総統 アドルフ・ヒトラー
1936年 ベルリン・オリンピック（ナチ・オリンピック）

☆ゲッベルスが行った演出効果
- 世界初のテレビ放送
- オリンピック記録映画製作
- 聖火リレー

☆小児麻痺で足が不自由
- 第1次世界大戦 兵役不合格
- ハイデルベルグ大学も拒絶
- 文学・出版界からの拒絶（小説）

☆ユダヤ人に対する嫌悪　アドルフ・ヒトラーの出現
☆原始的群衆本能（単純、繰り返し、火や旗の使用）
☆闇による不安、火による興奮 ⇒ 演出・儀式化
☆反ユダヤ主義 国民ラジオ 水晶の夜事件
ヒトラー自殺の翌日、ゲッベルスも自殺

1993.3.1

松ヶ崎にある（できる）マンションの現場。今日も、てっきり地下鉄の現場とばかり思っていたのだが。

やったこと。スラブの掃除。砂のPP袋詰めと運搬。桟木の片付け等。比較的簡単で楽な作業だった。周辺は、川端通と北山通が交差する北東角。寒さもほどほど。途中、雪がちらついたが、動いていたので、寒い！　という程ではなかった。高所での作業だったので、景色を眺めたかったが、ボサッとするな！　と誰かから言われそうだったので、下ばかり見て掃除していた。鉄筋工の人たちは休憩時間になると、おいちょ株に100円、200円のお金をとびかわしていた。16:30頃には、「もう帰ろ！」の一言で帰り支度。マイクロバスは数ヶ所他の現場を回って、中辻の人たちを乗せ、四条通に入った。

夕食は、肉じゃがとご飯。熱いお茶が身体に沁み渡る。美味しい。

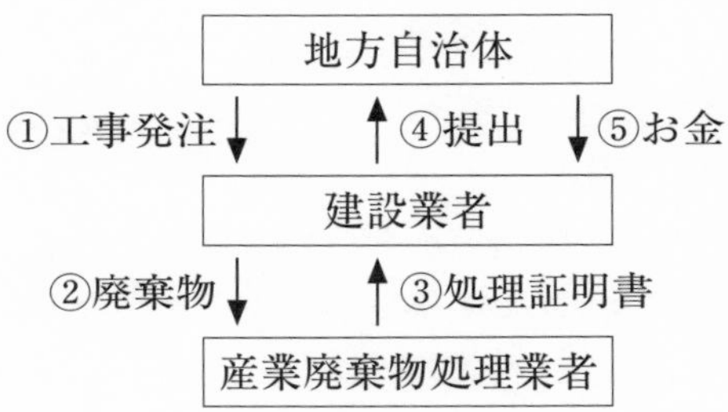

※テレビで「産業廃棄物の問題」を取り扱っていたので上図を書いた。

今日でトータル18日目。明後日、雨による中止や“待機！”がなければ2回目の満期を迎える。

1993.3.2

早朝、頭の中に浮かんだ“生き方”図。もぐっては出て、もぐっては出て……。何回も繰り返したところは、柱あるいは鉄筋が太く、高くなっている。

現場は、「京都市立芸術大学」。足場組みや建材の運搬等。朝は雪が降っていて、若干遅れて現場に到着した。建わくに脚柱ジョイントを付け、ベース金具を設置する。アンチ板をかけて、足場板ものせる。鉄筋差しもあったし、砂山にシートをかける作業もあった。砂山の左右に、大ハンマーで杭を打ち込んで、番線を山を越えるようにかけ、シートの穴に紐を通してシートを固定する。

朝は寒かったが、先日ほどではなく、昼には太陽も輝いて、その時点で寒さは感じなかった。しかし、やる気はいまひとつ。ボーッとして、次の段取りが全く浮かんでこない。土工だから仕方がないことだ、これでいいのだ、と自分に言い聞かせる。

自分の経済観念（金銭感覚）を極めて小さくしている。だから、時にその反動で一気に使ってしまうことになる。

「ひとり部屋に落着く。ほっとするよりも想い出すのは、チャオクンの眼のやさしさばかりだ。いつの間にか、涙が頰を伝っている。頰をぬぐう間もあらばこそ涙はあふれてくる。いくらでもいくらでも涙は尽きなかった。私はいい知れぬ感動の中で全身で泣いていた。それは説明しようにも理由のつかぬ、表現しようにも言葉のない感動であった。私のこれまでの生の中で、物心ついてからあのような訳のわからない涙に泣きぬれたことはない。これが、僧修行のもたらした最大のものであった」（『タイの僧院にて』青木保 中公文庫 P333）

水道設備会社と「中辻建設」の違い。a）やや専門的な知識の必要性 b）労働時間 c）作業内容 d）責任意識 e）見られ方 f）労賃 g）共に働く人 h）将来性（向上の度合い）

トータルに言って、水道設備会社ではかなり気を遣い、「中辻建設」でも気は遣うが、自分が思うように気を配っている。共に働く人は水道設備会社では固定化しているが、「中辻建設」では朝にならないとわからない。日常生活（プライベート）の面では、当然、「中辻建設」の方が気が楽である。しかし、気が楽ということ自体は、良いことでもありうるし、悪いことにもなりうる。水道設備会社でも「中辻建設」でも多くのことを学んだ。人間が持っている知恵、様々な人生の様相、そして金銭感覚。自分の“鈍くささ”も痛感した。そもそも、この世界で生きていこうとは思っていなかったが、そこそこ節約すれば、そして公共事業への投資や経済全体がいくぶん上向きになれば、少しずつではあるが賃金が上がり、この場でお金を貯めることもできるだろうと思う。

学問の世界ははるか遠く。父母の顔が眼に浮かぶ。今、自分が持っているものを確認したいという気持ちが自らを出町柳の部屋に帰らせたがっている。手帳類等手持ちのものを少しまとめて、3番北白川仕伏町行きのバスに乗って部屋に一旦帰ろうとここを出たが、バスが来ないのと、往復400円にもなるバス賃を考えて、結局、バス停の近くにある酒屋でCoorsの500ml缶とつまみのポテトチップスを買って、四条通の横断歩道がないところを車が途切れたのを見計らって渡り、飯場（寮）に戻って来た。NHKの番組「現代ジャーナル」で興味深いテーマを扱っていたが、何分、ボリュームに気を遣うため、出演者が何を言っているのかほとんど聞きとることができなかった。Coorsをぐびぐび飲んだので顔が火照ってきた。缶には次の記載がある。

Brewed according to the quality standard of the Coors Brewing Company, Golden, Colorado, U.S.A. Aged slowly for that legendary Rocky Mountain smoothness and character.

1993.3.4

この1年を大きく振り返って……水道、剪定、建築・土木。

いわゆる先端技術とは違う人間の知恵に気づかされる。各分野の「先端」であることは間違いないが、それでも社会全体の「先端」ではない。例えば、水道管にしても、重い鋳鉄管ではなく、もっと軽く、水圧にも耐えることができ、地中に埋めても腐食しない材質のものが考えられてもいいのではないかと思う。しかし、そのようなものは採算が合わないのだろう。収益に繋がらなければ実現されない、商品化されないという、これまた大上段に振りかぶれば、資本主義の弊害とも言える。

昨日は、滋賀県まで行って生コン打ち。タタキや鉄筋下に落ちた結束線やゴミを拾う作業の後、角スコで生コンをならしたり、バイブレーターのスイッチ係等をしていた。残業の上、京都東インターから名神高速に入ったまでは良かったが、降りるはずの京都南インターを運転手がすっとぼけて降りそこない、結局、その次の茨木インターまで行ってしまう。再度、反対方向の高速で帰るお金もなく、一般道を時間をかけて帰って来た。

久しぶりに“フジテックの塔”を見ることができ、その上、国道171号線も通ることになった。高槻の八丁畷の交差点や井尻の新幹線下など懐かしさでいっぱいになる。時間は遅くなったが、ドライブをしている気分で腹が立つことはなかった。

そして、今日の現場は十条のマンション。北側には京都タワーやAvantiのビルが見え、新幹線も姿を見せる。東側には「任天堂」の看板。そして南側には松ノ木団地、少し遠くに東寺も見える。はるか遠くではあるが、桃山城も眼に映る。すぐ足元に東九条40番地の家屋が並んでいる。カメラがあれば、この風景を写真におさめたいと思ったが、そんなものを持ってはいないので眼に留めることにした。

比較的暖かかった一日。飯場に身を浸すのも悪くない。飯場ではあるが、建築関係の仕事をしているというのが、自分の気分だ。朝、昼、夜と3回の食事がとれて風呂にも入ることができて、出町柳には400円のバス代で往復できるし、これはこれで良しとしよう。

バスガイドさんと恋に落ち、バス会社を解雇されてここに来たとの噂がある人、自衛隊レンジャー部隊出身の人、廃材を利用して作品を作る芸術家の卵もいる。この人は、個展まで開き、自分も足を運んだ。時折、話をしたあの番頭格の人も、どうやら、外国為替法違反か何かでやむなくここに来たとのこと。挙げればきりがない個性的な面々。徐々に名前と顔が一致してきた。

自分含めて、世間的にはほとんど「評価」されないであろう面々が、何の縁があってか、ここで同じ飯を食べ、同じ風呂に入っている。ここで過ごしている年数の長い短いはあるし、別の飯場にすぐ移って行く人もいるのだが、経験のあるなしや深浅にかかわらず、皆同じ13,000円の日当。Y本の利さんは、今日、バスで隣同士だったが、前にこんなことを言っていた。「みんな同じだけ金をもらっているのだから、奢りあったりせんでええがな」。30歳も40歳も50歳も、皆13,000円なのだ。コンパネを1枚運ぼうが、2枚、3枚運ぼうが、足場板を1枚運ぼうが、2枚運ぼうが、皆、受け取る金額は同じなのだ。「同一」労働、同一賃金。労働に「同一」と括弧をつけるのは、年配の人に30代の人と同じ動きとパワーを求めるのは理不尽なことだと思うからである。実際に現場でも、自分と彼らは少しだけ違った作業量になることがある。しかし、このような飯場は珍しいという声も聞いた。もちろん、仕事をこなせる奴は威張ってはいるのだが、年功序列なんて関係ない……というのが、ここ「中辻建設」なのだ。
ここにいることができるのは、あと何日か？　ひょっとすると最後の10日契約になるかもしれない。そうなれば残り9日。建築業、当然のことながら、街は人間が造ってきたのだ。幸運をもたらしたまえ。おっさん達に、そして我に。（1993年3月4日 午後10時59分「中辻建設」の寮・9号室にて）

1993.3.5

ノートを買ってきた。気分は上滑り状態。
今日も現場は十条付近の「山田マンション」。ケレン棒でなんだか綿のようなものを取り除いて、あとはシートを畳んだり、掃除したり。
バスガイドさんと恋に落ちたT瀬という人がコーヒーと、仕事が終わってビールをご馳走してくれる。たぶん、同じぐらいのお金（作業員送迎バスの運転もしているので、少し高いかもしれないが）しかもらっていないのに……と少し複雑な気分であるが、「いただきます」と言ってもらって飲む。
少し疲れている。昨日のセメント（40kg）運びで一気に疲れが出てしまった感じ。11日までに入金しなければならないので、気ばかり焦る。焦って焦って仕方ない。
ここの面子も少し変わったようだ。あの「ランドセルを買ってやらな」と言っていた熊Iさんや定Nさんの名前札がない。
時間は夕刻6時42分。風呂に行かねば。

余りこのノートに書いておきたくはないけれど、とにかく残そう。お金を残そう。銀行に入れておこう。ひるむな。逃げるな。全く別の現実など、ことお金を貯めるということについては、ないのだ。

1993.3.6

土曜日なので、部屋へ帰ってきた。「中辻建設」から西大路四条まで歩いて、もし、三菱銀行か伏見信用金庫のキャッシュサービスが開いていたら入金しておこうと思ったが、やはり土曜日は閉まるのが早い。そのまま四条通の北側を歩いて、「デルタテクニカルセンター」（自動二輪教習所）を横目で見ながら、『SANSHIN』の前を通って、『からふね屋』も通り越し、203の循環系のバスに乗って一気に部屋へ帰ってきた。バスは混んでいるかと思っていたが、幸いにも座れた。

今日は暖かかった。春なのか……。出町柳の部屋にも「中辻建設」の部屋にも暖房器具がないので、とにかく冬は寒い。寒いと眠れないし、寝ようと思ってビールを飲んでも、これがすぐ小便となるので、お手洗いに行くことになり、いずれにしても熟睡できない。

バスの中で七分ぐらいの力を出して“パチンコ病”を抑え、ようやくこの机に向かっている。サッシを開けて外の空気を入れることができるのも暖かいせいだ。この冬は、落ち着いて机に向かうことができなかった。それほど寒いということ。凍えそうなくらい。例年になく寒い思いをしていた。しかも、全くお金がないといってもよい中で、虚脱感というか、無感覚な状態に陥っていた。身体と心に沁み入るこの“冷たさ”はどうしようもなく、ただじっとして耐え忍んでいた。

洗濯しよう。洗濯するということは、今の自分の等身大を見つめることなのだ。世の中から隔絶して生きている。コインランドリーは100円。普段着を洗っている。乾燥機は30分100円。1時間（200円）ぐらい入れておかないとほどほどに乾かない。

茨木の鮎川で缶ジュースを飲みながら、コインランドリーで汗や泥など気にせずにそのまま洗濯槽に入れて洗っていたことを思い出す。狭い狭い世界へ自分をわざと閉じ込めて集中していた印象が残っている。

どうも自分には少し急くところがある。そしてその一方で、ギリギリのもう後がないところまで自分を追い詰めるというか、大事なことをほうっておくというか、自動二輪の免許取得の時もそうだったし（ただこの時は、警官ともめて全治3週間の怪我をしたというブランクがあった）、普通免許取得の時もそうだった。大学も、もうダメだというところで、どういうわけか、他力というか温情によってとでもいうか、何とか卒業の運びとなった。

大学の存在そのものを問うたその代償のようなものとして、自分は自分にスレスレを課した。卒業か除籍か、全ての判断は先生方含め大学の“胸の内”にあった。

同志社大学は自分を卒業させた。自分のような者を卒業させ、卒業証書を準備し、「文学士」という「学位」を与えた（与えてくれた）。卒業記念にもらった「THE WILD ROVER 1864」と刻まれたペーパーウエイトの解説に次のような文字が並んでいる。

「新島の夢と決意を乗せて、帆船は荒波を越えながら進む。水夫となり労役に服すこと約1年、1865年7月20日ボストンに到着」

新島襄の脱国が1864年陽暦7月17日。あらためてこの解説を読んで気がついた。自分のこの1年を振り返って、「人夫」として過ごした時間、そして今も尚、「人夫」である自分をこの言葉が応援し、再び勇気を与えてくれているような気がしている。熱いものが湧いてくる。

洗濯を終えてSOUL Ⅱ SOULの「Get a Life」をかけていると突然、玄関のブザーが鳴る。1回だけブザーを鳴らすこの鳴らし方は、これまでの記憶にない……山Z氏だった。

僕はどうもビジネスマンや科学者に対して、いやもっと正確に言うと、合理的に全てを割り切ってしまう人間に対しては少し構えてしまう。人としてのゆらぎとか傾きとか、そういうものに魅かれているのだ。山Z氏のようなタイプはまだよい。ゆたーっとしているところがあるからだ。

サダから電話がかかってくる。なんというタイミング。波長が合っているのか。僕は久しくこの部屋でゆっくりしたことなどなく、他からの電話はおそらくかかっていても不在ということで、対応なしになっていただろうに。

有線放送のB30チャンネル、東京のクラブ。『東京MAHARAJA』のDJが叫んでいる。急にバラード調の音楽に変わった。チークタイムということか。

1993.3.7

造ったり建てたりしたものは、そのままおそらくは数十年、自分が生きている間は残るだろう。その建設にほんの少し関わったということは、目に見える形で、自分が居た、働いた証を社会に刻むということだ。

建築について詳しいことは知らない。昨日も“トロ詰め”とか言われて何のことか全くわからなかった。が、聞いてみるとごくごく簡単なことだ。セメントと砂を混ぜて（これをモルタルというのかちょっとよくわからないが）鉄のドア枠の下部に詰めてゆく作業。そしてハツった後の掃除とガラ出しの手伝い。養生シートの取り外しと片付け。「山田マンション」の現場で。

早く目覚める習慣がついているので、日曜日の今日も、少しゆっくり寝たなと思っても8時30分。「FM大阪」を流しながらこれを書いている。外はあいにくの雨。天気予報は当たりということだ。

散歩がてらコーヒーでも飲みに行きたいと思っている。どこかお寺にでも行ってゆっくりしようと思っていたが雨だからなぁ。この間、京都の街もあちこち廻った。

①公共料金

ガス料金（大阪ガス）、電話料金（NTT）、電気料金（関西電力）

部屋代―水道料金

②カードローン

借金、コーヒーメーカー代

③税金（府民税と市民税〈地方税〉・所得税〈国税〉）

国民健康保険、厚生年金、生命保険

- 現在の所持金約20,000円、たったこれだけ。支払い不能状態が続いている。
- 今の自分は自動車もバイクも持っていない。しかも、税金を納めていないので①と②だけである。

- 納税の義務は生じているが、どうしてよいのかわからない。

飯場にいる人たちの中で特に高齢の人は、収入といっても、もはや上がる見込みはないし、手元には一律10,000円／日しか入ってこないし、だから金銭的な夢実現のために、競馬、競輪、競艇、パチンコへと走るのである。「ドカンと一発」という言葉を何度も聞いた。「競馬ブック」やスポーツ新聞を手に、現場へ行く途中のバスや車の中で熱心に予想を立てている人もいるし、JRAのWINSへいつも行っている人もいる。ただ一人の無名な一労働者として、現場の掃除をして帰ってゆき、やがては、もし身寄りがなければたった一人で死んでゆくのだ。身体が動くうちはいい。しかし、そうでなくなった時、彼らはどうするのだろう？　どうなるのだろう？

しかし、「土方」しかできないのも、また事実なのだ。彼らは、別段、「土方」であることにどうこうというものをもっていないように見える。気が荒く、筋金が入った男が多いと思う。しかし、社会的には全く無力な彼らの存在。

自分は今も恐れて焦っているのに、彼らは一体、何を見ているのだろう？　次の人生展開は考えているのだろうか？　日本の社会に社会主義革命、共産主義革命が起こっても、彼らにとっては全く無関係なこととして映るのではないだろうか。

何一つとして進んではいない。まあいい。とにかく辛抱して辛抱して、もう一つ辛抱して乗り越える。根性と自律。湧き出てくる欲望に蓋をする。

家具屋の通り、夷川通りを散歩した。とても目を引く家具の数々。今のこの部屋ではどうしようもないし、第一に先立つものがない。寒々とした気分になるが、ウインドウショッピングも面白くてよい。

『D's』や『將』にも行こうと思うし、「イタリヤード」でスーツでも買おうとも思うし、「クリエイトライフ」のO場氏にコーヒーメーカー代を早く払おうと思うが、とにかく今は動けない。身動きがとれない。

再び、「中辻建設」へ向けて出てゆかなければ……。気は、やはり重い。何故か？　余裕がない中での就労だからだ。どんな仕事をしてもそれなりに熱中はできる。当たり前のことなのだが。自分で自分が嫌になる。嫌で情けなくて、どうしようもなくなってゆく。厚ぼったい眼をして焦点の合わない視線。これが今の自分の姿。有線放送から尾崎豊の「卒業」が流れてくる。

労働が終わった後の夕方の解放感。周囲は薄暗くなる。風呂に入った後、気分はサッパリ爽やかだ。“通い”の人やもう一つの寮に住んでいる人たちは自転車に乗って帰ってゆく。しばしの間、待合室では酒飲み談義が続く。仕事着よりほんのちょっと小奇麗な服装をして出かけていく人もいる。

何故かほっとする夕方。向かいの『ハミングバード』にはもう客が入っていて、蒸気が窓ガラスに水滴をつくっている。カラオケの画面が下からでも見える。『ブルー・トレイン』のネオンもまた目立つ。京都外国語大学の校舎も部分的に見える。

時折、政やんの声がして、K村さんの大らかな笑い声も耳に入ってくる。周囲の雰囲気など全く関係ない、日雇いの労働者稼業。同じく飯場の「光産興」で過ごした夏の半分より、今の自分はこの生活に馴染んでいるなあと思う。いや、決して心底浸っているのではない。ただ、水道の仕事をしたせいで、分野は違っても、現場でなんとなくこうするんだなとか、ああした方がいいなとか、頭に浮かんでくるのだ。確かに「中辻建設」の方が、皆、いろいろ話をしたり、通じ合える部分が多いような気がする。外国為替法にひっかかり、日本に帰ってきてガチャン（手錠）の人は、社長ではなく（全くの誤解）番頭格の人らしい。スペインにいた頃の話を聞いたことがある。
「同世代」の人たち、I田さん、青K君、鶴K、K出さんらは、どういうことをしてきて、何故、現在ここにいるのかはわからない。鶴Kというのは、以前、例のトンコした奴だが（その後、どつきまわされなくて良かった）、夜はサックスの学校に通っているらしい。たまたまバスで隣り合わせた時にちょっとだけ話をしたことがある。僕の座席の前には、鶴Kがトンコした時、彼がスコップを投げつけた相手、青ちゃんこと青Yさんが座っているので、皮肉と言えば皮肉だが、全く関係ないという感じで少しだけだが音楽の話やお互いの“これまで”の話をした。食堂のおじさんは物静かな人だ、穏やかな顔をしている。ゆっくりと動いて、僕たちが食べた後の食器類を洗っている。

入口近く、やかんが二つ並んでいる上に、勤務地を記したワープロ打ちの表がはり出されている。朝一番に頭に浮かぶのは、今日はどこの現場だろうということと、ひょっとして待機だったら困るな、ということぐらいだ。その後、温かい味噌汁が浮かんできて、食べたいなと思う瞬間に布団から出る。朝ご飯が食べられるということはなんと素晴らしいことだろう。ご飯と味噌汁と漬物だけだったとしても“納得ゆくまで”食べられるということが、これほどまで人を落ち着かせてくれるとは。

ここ３日間は、マイクロバスの運転手T瀬さんと一緒で、現場へ向かう途中、京都駅前の中央信用金庫建設現場や四条河原町の高島屋の現場に寄って皆を降ろしてゆくので、最後は2人になって、話をしながら、あの松ノ木団地が見える十条までバスをとばすのだ。

三雲はどうしているだろう？　いや、三雲は偽名で本当の名前は三雲ではないかもしれない。中途半端な彫り物が入った彼の身体。「気、遣わせて悪いな」「関係あれへんて」「そうか」西院の銭湯で交わした会話を思い出す。ただの変な奴と思っていたのだが、彫り物入りの元、あるいは現役の極道とは、何というか変な気分。

「電気ブラン」を飲んで、有線（Usen）放送を流している。『JEYSEE』で忍が歌っていたLOOKの「シャイニン・オン　君が哀しい」やサリーちゃんが歌っていた爆風スランプの「大きな玉ねぎの下で」が流れる。「玉ねぎ」とは日本武道館の屋根の上にある「擬宝珠（ぎぼし）」のことである。

自動販売機で缶コーヒーを買って、食堂から弁当を持ってきて、ヘルメットの中にゴム手袋と軍手を入れて、煙草をふかしながらどの車に乗ればいいか指示を待つ、というのが毎朝の自分の姿である。

『パピルス書房』の店内にあるパピルス紙の、ツタンカーメンをかたどった額縁にしばし目を奪われた。15,000円で売られている。今日、『ふたば書房』で見たタイの写真集もいいなあと思った。3,000円だった。

さて、突然に『格闘する現代思想 トランスモダンへの試み』（今村仁司編 講談社現代新書）の読書へと入ってゆく。経済学における新思想、レギュラシオン派は市場だけではなく、「調整（レギュラシオン）」の制度も“見えざる手”として捉えるのだとか。「こうして資本主義の歴史的変化は、特定の蓄積体制と特定の調整様式との組み合わせいかんによって規定されなおされる」（同書 P51 山田鋭夫論文）「その経済学のなかでは、新古典派とまっこうから対決する一方、ケインズ派とは部分連合の姿勢を持しているが、しかしレギュラシオニストは自らをマルクス主義の系譜に位置づけている。とはいっても、正統派マルクス経済学やそれによる現代資本主義論に対しては、きわめて批判的である」（同書 P52 山田鋭夫論文）

有線（Usen）放送から「Bad Communication」が流れてくる。B'zの曲だ。

「NICCO」の小Ｎさんが「お金か権力か、どちらかないとだめですよ」とおっしゃられたことがあった。核心をついた名言だと思う。NGO（非政府組織）を取り巻く国際環境の厳しさが伝わってくるようだ。

これまでの社会との関わり方、それは例えば『祇園Border』や『JEYSEE』に於けるバーテンダーであったり、水道設備会社での「配管工」であったり、そして現在の「中辻建設」での「土工」ということであったりするのだが、そんな一切をごちゃ混ぜにして包み込むような音楽。今、聴いているとそんな感じがしているTJさんが持ってきてくれたMAYUMIの「Garden in the Sky」。

目覚まし時計を5時過ぎにセットする。アナログのいいところは、感覚としてあと何分というのがわかることだと気づく。

つまり円の中心から角度としてあと何度、長針が移動すれば絶対起きなければならないかがわかるということだ。“移動”という、視覚によって確認できる動きは、自分の内部にけっこうな印象を刻む。その印象（あとどれくらい寝ていられるか）が、自分の中に刷り込まれてやっぱり起こされる。

1993.3.8

出町柳駅前5：46発203白梅町循環系バスで飯場（寮）に帰ってきた。即座に着替えて食堂へ。“待機”が多い中で、僕は今日もT瀬さんと十条の「山田マンション」建設現場。養生シートの貼り付けやガムテープによる養生、ガラ出しや資材の余りを下へ降ろし、ガラ置場へ捨てるといった作業。

金泳三韓国新大統領、揺れまくりの船出。1987年民主化闘争の盛り上がりの中で拘束までされた金泳三も実際に政権のトップに立つと大変なようである。米韓合同軍事演習（チームスピリット93）が、今年は行われている。

11日の夕方までに必ず入金しておくこと。意地でも。博打があって自分の経済があるのではない。購入したものや飲んだりしたものを自分の枠内できちんと清算する。その後の余力、余裕として博打はあるのだ。何度も何度も自分に言い聞かせている。それほど、この間ハマってしまっているのだ。

金丸前副総裁、脱税容疑で逮捕される。

1993.3.10

今日の現場は、中一日あいて再び十条の「山田マンション」。モルタルを壁と床の間に詰めてゆく作業。計5人で2人、2人、1人と仕事を分担して16時25分頃には終了。

僕はこの間、10,000円ずつ前借りして9,000円ずつ三菱銀行に入金している。明日、“待機”だったら、最後の段階で日本信販の引き落とし（2回目）のために、また慌てて不足分を段取りしなければならないところだったが、明日もT瀬さんと鶴Kと3人で同じ「山田マンション」の現場のようだ。

夕方、寮に帰ってきて、即座に食堂で夜食を食べて風呂に入り、前借りして、5000円、口座に入金した。この時点で43,000円ぐらいの残高になった。そして、西大路五条からバスに乗って烏丸七条まで行き、NTTで1月分の電話料金（2,811円）を支払った。

鶴Kはサックスをやっているらしい。そして昨日、梅津の現場で一緒になった“新人”I神は小説を書いていると言っているし、滋賀のロイヤルリゾートの現場にずーっと行っているI藤は、彫刻か何かをやっているらしい。14日には個展を開くとのこと。素晴らしい奴らだと思ってしまう。I神は現場でアイディアが浮かんだと言って、帰りの車の中でメモをしていた。風呂でも一緒になったが、「構想を練っている」とか「あの場面とこの場面がつながらない」とか言っていた。

鶴Kは律義な奴で、2、3本煙草をあげたら1箱返してくれた。東山の清水寺の近くに部屋を借りたらしい。いつまでこの仕事をするのか知らないが、持っていた『祇園Border』で働いていた時の名刺と紹介のカードを渡すと喜んでくれた。

東九条が川を隔てて広がっている。「40番地」の自治会館も松ノ木団地も「光産興」の飯場も全て視界に入っている。Avantiの建物や京都タワーも、1枚の写真に収まってしまうぐらいの密度で風景としてまとまっている。

京都なんだな。京都にいるんだなあとあらためて思う。京都へ来て9年。名古屋よりも博多よりも長い9年という年月をここで過ごしている。

関わったことに対して、けっこう懸命になってしまうので、どうも“切れ”が悪い。しかし、何事もそこそこまでやってみないと何も残りはしない。

出町柳の部屋に電話がかかってきても出ないので「どうしているのだろう」とか「連絡がつかず難儀やな」と思っている人がいるだろう。申し訳ないことだ。

お金には本当に困っている。いつも金欠病、万年金欠でゆっくり気が休まる時がない。4月も5月も、そして水道の仕事をしていた10月末まで、そして、11月1日の甲子園競輪での奇跡の“③－④”によって一時的に余裕ができたが、弁護士費用の支払いや茨木の部屋の引き払いなどでそのゆとりもつかの間、11月末から12月、そして無職というか無仕事状態であった1月と、どうしようもない金欠、貧乏暮しを送っていて、以降、そのまま銀行にでも預け入れておけばいいものを、パチンコで今日こそ勝つやろ、今日は負けへんやろという愚かさの繰り返しで、明後日、口座から引き落とされるとこれまた所持金額はどうしようもなくゼロに近くなってしまう。しかし、それでもこの現実から目をそらすわけにはいかない。一気に社会的生命を失ってしまうような気がするからだ。それほどまでに今の自分にとっては、お金が必要なのだ。「中辻建設」に来てからも、“待機”や日曜の休みはあったが、自分から休んだことはない。何故、11月頃からここで仕事をしなかったのだろうと、できた話でもないことが頭をよぎる。

今月も22日までに部屋の更新料と家賃を持っていかなければならないが、とてもじゃないが捻出できそうにない。どうしよう、どうしようと思っても、ただ“待機”にならないことを願いつつ、１日１日の仕事をきっちりこなすことぐらいしか、今の自分に対応策は浮かばない。財布の中には794円。明日の前借りは即座に全額入金しなければならないので、万一、明後日、“待機”ということにでもなれば、どうしようもなくなってしまう。幸いにもここにいれば三食食べられるので、それだけは心強い。十三の劇団事務所に行ってギャラを5,000円取ってきてもいいが、行くのにも交通費がかかる。やはり、毎月毎月支払うべきものはきちんと払うという癖をつけないと、全てが火の車で、小回りが全く効かない状態に陥る。これが自分の姿。抜け出したいが抜け出せない。

1993.3.11

今日も10,000円前借りして、53,800円が三菱の口座に入ったことになる。散髪代が2回分、寺町今出川の「理容ワールド」と四条烏丸東入ルの地下に降りてゆくところの店で散髪した代金と、祇園の四条縄手上ルで飲食した４人分の一時立て替え代金等しめて50,000円、更にワープロのローン代の3,100円がその内訳だ。こんなとてつもなく無謀なことがよくできたなと思いながら、仕方なかったのだと即座に答える自分がいる。

昨日、付近の公衆電話から山Z氏のところ、鏡田教室に電話をしてスケジュールを確認した。しかし、22日からだと残る労働日は3回目の満期を迎えたとして、20日、21日が連休なので、結局10日には満たない。

“昨日見し人今日はなし”の世界なので、あの藤Oさんも、熊Iさんも、定Nさんもいつのまにかいなくなってしまったし、I駒さんもしばらく休んでいる。プラス3日ないし4日ぐらいはここにいてもいいのだが、朝、事務の人が起こしに来て、誰もいないもぬけの殻だったというのはいやである。慣れてしまえば住みやすく働きやすいところだが、春期講習としてスケジュールを組んでしまったのであれば、それに合わせなければならないだろう。部屋の更新も迫っているので、ここをどう切り抜けるべきか。困っている。カードを使った残りは『天壇』で2回(30,000円)、『LIPTON』(3,000円)、『祇園Border』で2回(25,000円)、タクシー(1,000円)、ワープロのローン(3,000円)、他(15,000円)、計80,000円ぐらい。割り勘で数名で食べに行き、自分がカードで全員分支払い、その場で他の人から割り勘分を現金で回収し、これを当面の生活費に充てている。

1993.3.12

“待機”。ある程度は予想していたことだが、金銭的にどうしようもない窮地に陥っている自分にとっては痛打だ。という訳で、部屋でごろごろしている。外へ出てゆくにも無精髭だし、病人の気分と床に伏している空気を身にまとっているという自覚もあり、更に220円ぐらいしか手元にないという例の苦しさ故、ずーっとここにいる。昼頃、待合室で弁当を食べて、テレビ番組を見てというより眺めて、どうしようか、どうしようかと出ぬ案を何とかひねり出そうとしている。

北朝鮮が「核拡散防止条約」からの脱退を表明。一方、アメリカと韓国が、朝鮮半島有事を想定した「チームスピリット(米韓合同軍事演習)」を行っている。

もっと勉強したい。もっと様々な文化に触れたい。マスターのＨ方さんの顔が、瞬時、浮かんで消えた。『八文字屋』のＫ斐さんの顔もだ。『祇園Border』と『八文字屋』では、客層が全く異なるが、かつてちょっとした縁があった『八文字屋』にも今、懐かしさを感じる。

「そしてゲール語学校がそのことばを保存するために建てられたが、ゲール＝ケルト族の慣習や言語は、イギリス文明の進出のまえに急速に消滅しつつある」(『イギリスにおける労働者階級の状態1』フリードリヒ・エンゲルス 全集刊行委員会訳 大月書店 P74)

「六〇年まえ、八〇年まえには、それは、その他のすべての国々と同じように、小さな都市と、すこしばかりの簡単な工業と、まばらではあったが比較的大きな農業人口をもつ国であった。それなのにいまでは、その他の国に例のないような独特の国になっている。すなわち、二五〇万の住民を擁する首都と、巨大な工場都市と、全世界の需要をみたし、またほとんどすべてのものを複雑きわまりない機械で生産する工業と、勤勉で知的で稠密な人口とをもっている国である。そしてこの人口は、その三分の二が工業にとられ、当時とはまったくちがった諸階級からなりたち、またちがった慣習とちがった欲望をもつまったくちがった国民を形成しているのである。産業革命がイギリスにたいしてもつ意義は、政治革命がフランスにたいし、哲学革命がドイツにたいしてもつ意義と同じである」(同書 P76)

「かつての親方と職人にかわって、大資本家と自分の階級からぬけでる見込みのまったくない労働者とがあらわれた。手工業は工場式にいとなまれ、分業は厳格におこなわれ、大企業と競争できない小さな親方はプロレタリアの階級に追いおとされた。しかし、それと同時に労働者は、これまでの手工業経営の廃止によって、小ブルジョア階級の絶滅によって、自分がブルジョアになる可能性をまったく奪われてしまった。これまで労働者は、定住する親方となってどこかにおちつき、のちにはおそらく職人もやとえるという見込みをいつももっていた。ところがいまでは、この親方そのものが工場主によって駆逐され、ある仕事を独立して経営するためには大資本を必要とするようになったので、プロレタリアートは、以前はしばしばブルジョアになるために通る一つの門にすぎなかったのに、いまやはじめて人口のなかの真実の、固定的な一階級となった」(同書 P77)

「人口も資本と同じように集中される。これはきわめて当然のことである。なぜなら、工業においては、人間すなわち労働者は、ひとかけらの資本としてしかみなされていないからである」(同書 P83)

機械の採用 → 工業の急激な膨張 → 人手の必要性 → 労賃の上昇 → 農業地区から都市への労働者の移動

「このような巨大な集中、このような二五〇万もの人間の一つの地点への堆積は、この二五〇万人の力を一〇〇倍にした。この堆積は、ロンドンを世界の商業上の首都に引き上げ、巨大なドックをつくりだし、いつもテムズ河をおおっている数千の船舶をよせ集めた」（同書 P86）

「そして、たとえわれわれが、このような個人の孤立、このようなおろかな利己心が、いたるところでわれわれの今日の社会の根本原理となっていることを知っているにしても、ここ大都会の人ごみのなかほどあつかましくも露骨に、意識的にあらわれるところはどこにもない。人類を、それぞれ独自な生活原理と独自な目的とをもつ単子〔モナド〕へ解消すること、すなわち原子の世界は、ここではその頂点にまで達している」（同書 P88）

「したがってまた、社会戦争、すなわち万人の万人にたいする戦争が、ここでは公然と宣言されている。友人シュティルナーのように、人々はたがいに相手を役にたつ奴としてしか見ない。だれもが他人を食いものにする。そしてそのことから、強者が弱者をふみにじり、少数の強者、すなわち資本家があらゆるものを強奪するのに、多数の弱者、すなわち貧民には、ただ生きているだけの生活も残されない、という結果になる」（同書 P88）

「そして、ロンドンについてあてはまることは、マンチェスターや、バーミンガムや、リーズにもあてはまり、あらゆる大都市にあてはまる。いたるところに野蛮な無関心、利己的な残忍が一方にあり、言語に絶する貧困が他方にある。いたるとこ

ろに社会戦争があり、どの個人の家も戒厳状態にある」（同書 P88）

「私は、ロンドンのすべての労働者が上記の三家族のような貧しい生活をしている、と主張しようとするのではない。一人が社会によってめちゃくちゃに踏みつけられているときに、一〇人はもっといい暮しをしていることは、よく知っている—だが私は、ロンドンのすべての金持よりもはるかに有能で、はるかに尊敬すべき数千もの勤勉かつ有能な家族が、このように非人間的な状態におかれており、またどのプロレタリアも、一人の例外もなしに、自分に罪はなく、またあらゆる努力をしているのに、同じような運命に遭遇するかもしれない、ということをはっきりと述べておきたい」（同書 P98）

「ロンドンでは、今夜はどこに自分の身体を横たえたらよいかわからない人が、毎朝五万人も起床する。この五万人のうち、夕方までに一ペンスか二、三ペンスをうまく残したいちばん幸運な連中が、いわゆる木賃宿（lodging-house）に行く。このような宿は、すべての大都会にたくさんあって、ここではお金をだせば一夜の宿にありつける。しかしなんという宿であったろうか！　その家は上から下までベッドでいっぱいで、一部屋にベッドが四つ、五つ、六つと入れられるだけいっぱい入れてある。どのベッドにも四人、五人、六人と、同じように収容できるかぎりの多くの人間がつめこまれている—病人も健康な人も、老人も青年も、男も女も、酔っぱらいもしらふの者も、手あたりしだいに、すべてのものがめちゃくちゃにつめこまれる」（同書 P99）

「では、このような宿賃を支払えない連中はどうなるのか？そのときは、寝場所の見つかるところで、通路でも、アーケードでも、どこかのすみでも、警察や持ち主が文句を言わずに寝かせてくれるところで眠るのである」（同書 P99）

1993.3.13

現場は、琵琶湖付近の「立命館大学びわこキャンパス」。こんなところに立命館が校舎を建設中とはまったく知らなかった。この近辺は、「びわこ文化公園都市」とかなんとかいって様々な文化施設がつくられていた。湖面が近くに見え、完成の暁にはなかなかの勉学環境が整うものと思われる。しかし、とてもではないが、車か何かなければきにくいところだ。同志社の田辺キャンパスが浮かんできて仕方なかった。

コンクリート枠の中に土というか粘土を入れ、その上にコンクリート砕石を撒いてランマーで叩くという作業の繰り返し。10時も3時も休憩はなく、ただその場で煙草を1本吸っただけ。若い現場監督が年のいった職人から「こんなんじゃできんわ」と言われている。

比叡山の山頂付近は雪が積もっている。吹き付ける風は、頬にたまらなく冷たい。首筋のあたりから入ってくる空気が身体全体をくすぐる。ゴム手袋をして角スコや剣スコを持ってならしたり、土を「切ったり」していると温まるが、それでもやはり寒い。缶コーヒー1本出さないのだ、この現場は。2階建ての学生会館らしいが、どのような出来上がりか、今の状態では見当がつかない。

この状態からスタイロフォームを敷いて、捨てコンを打ってと工程は進むらしいが、建築については無知無学なので、今、この目の前の段階で何をしようとしているかぐらいしかわからない。わからないので、一緒に現場に来ている人の言うことは仕方なく、素直に聞いているが、やはり時々、偉そうに言うなという気持ちが湧いてくる。

トンコする若い奴について、「だから長続きしないんだ」という言い分も当てはまるだろうが、逆に言えば、「あなたの言うことを聞いていても、どんなに偉そうに僕に向かって文句を言おうと、結局、“不本意な”人生を送っている人からの“たわごと”にしか聞こえない」という反発もまたあるのである。

ただ、様々な“難儀”を抱えている人たち、もしくは、“難儀”を抱えることを途中で放棄してしまった人たちがここに集まっているのは事実のようだ。いずれにしても、もはや人生の折り返し点を過ぎてしまった人にとっては、残された時間もまた“難儀”なものであり続けるだろう。それを承知で、朝、食堂で飯を食い、土工として働き、夕方には帰ってきて（今日一緒だったおっちゃんは「（夕方）5時になったらやめるで」と言いながら砕石をならしていた）、ビールや酒を飲み、休みにはカラオケやパチンコ、競輪、競馬、競艇に行き、「負けた」と言ってはまたスポーツ新聞のオッズに目を光らせるのである。

今日もネコは健在である。悠々と寝そべっている。夜、待合室を覗くと誰もいなかった。ワンカップの空いたグラスがテーブルの上に残っていて、テレビの画面だけがただ音を出していた。

寮の9号室で、フリードリヒ・エンゲルスの『イギリスにおける労働者階級の状態1』を読んでいる。自分の中の全てが満たされるわけではない。むしろその反対である。もう少し違う本を読みたいと思うのだが、今の自分にはお金がないので、手元にある本を読まなければ仕方がないのだ。

現在、アメリカの南部で、南北戦争時に南軍の軍旗として採用されていた旗を州の旗に採り入れることに黒人たちが反発。週末ごとにデモが起こっているらしい。南部の白人たちはこの旗を南部の伝統として捉えていて、そのまま残したいと主張している。つまり、黒人たちにとっては“差別されたことの象徴”である旗が、白人たちにとっては“南部の伝統の象徴”であり、両者の溝は埋まらないということなのである。

1993.3.14

うららかな日曜日。テレビで「NHK杯争奪将棋トーナメント・準決勝」加藤一二三九段と中原誠名人の対局を見ている。

さっきまで、武やんと食堂で朝ご飯を食べて、その後、待合室でストーブを囲み、“先達”の“武勇伝”を聞いていた。

荻Hさんは、お調子者のような感じで、少し“ずるさ”みたいなものが見え隠れしている。東京にメリヤス工場を営んでいる父親がいるらしいが、やれ借金だ何だかだで工場の経営から離れ、10年ぐらい家には帰っていないらしい。父親が死んだ後の相続の分け前にあずかろうとあれこれ考えている様子だった。もう一人の“師匠格”の人はなかなかきれいな顔をしている。北陸から来ている人のようで、田舎の封建的な空気の中で、こちらは、やれ博打だ何だかだで父親から勘当されて、これまた家には帰れないらしい。TBSでひと悶着起こしたこととか、おいちょ株のいかさま師の話など、下手な漫才なんかよりずっと面白い。旧制中学の途中で戦争が始まって軍隊に入り、終戦後の混乱の中ですることが何もなく、博打ぐらいしかやることがなかったのだと言う。これまでを思い出して、後悔の念はあるらしいが、自分の過去について、これほど「面白かった」と言って大笑いが出来るのは、本当にいろいろあって楽しかったということなのだろう。刺青はしていないようだ。ただ、あと1年ぐらい続けていたら入れていたと言っていた。何を続けていたらなのか詳細はわからないが、おそらくその筋のことを、ということだろう。

この飯場にいる人の中に、刺青をしている人はけっこういる。しかし、どれもこれも完成されたものとは言いにくく、外の輪郭だけ、足の腿の部分や上腕部に入れている人が多い。思い直したためか、金銭的に行き詰まったか、その他の理由かはわからないが、本来は色鮮やかであろう皮膚のファッションは、少し貧相に映った。

「おっ、今日はどこにも行かんのか？」と園Dさんが手洗い場付近で声をかけてくる。「えぇ、競馬とか行きたいんですけどね。金がないもんで」と答える。「そうやな、どこにも行かんのが一番。金も使わんでええしな」と、そのあたりの心情はわかるよといった感じで言う。川沿いの柵には洗濯物が掛けられている。暖かな日差しが降り注いでいる。待合室では荻Hさんと正やん（政やんだとこれまで思っていたが、正やんが正しいようだ）の声がしている。

この頃、“待機”の人が多い。幸いにも、自分は明日、「西田組」の現場での仕事らしい。こうやって何か書いているとその頭を維持しようとして、現場での仕事のノリが今一つになってしまう。今一つの気分で仕事をするというのが、実は一番しんどいのだ。とりあえずこの「中辻建設」での仕事の「収穫」は、家賃を1ヶ月分払ったこととカードの2月引き落とし分を支払ったことと、NTTへ電話料金を２度払い、あとはぬいぐるみが2個とトレーナー1着、ノート１冊と新書1冊、ざっとこんなもので当初の予定とはすさまじく異なっている。ただ、100円、200円という小銭の有り難さを身に沁みて感じたというか、生活の、主には経済上の緊縮財政で、生きることの落ち着き、「清貧の思想」ではないけれど、人が落ち着いて一歩一歩着実に生きてゆくということの意味の一端をでも感じることができたと思っている。

別に「イギリスにおける労働者階級の状態」とここをだぶらせているわけではない。時代と国家が違うというようなことではなく、全く異なっているのだ。何故この仕事をしているのか、何故この飯場にいるのかの理由が、そしてこの飯場との縁の在り様が全く違うのである。もちろん、仕事と生活を取り巻く環境の自由さも比べものにならない。

「労働者は、このようなみすぼらしい小屋に住むことを強制されるが、それは労働者がもっと高い家賃を支払うことができないからであり、あるいはもっとましな小屋が自分の工場の近くにないからであって、おそらくはまた、これらの小屋が工場主のものであって、工場主は、労働者がこのような住宅に引越す場合にだけ仕事をあてがうからである」（『イギリスにおける労働者階級の状態1』フリードリヒ・エンゲルス 全集刊行委員会訳 大月書店 P144）

「この地域で、私は、牛小屋に住んでいる六〇歳ぐらいに見える一人の男を見つけた―彼は、窓のない、床板も張ってなければ壁塗りもしてない四角の箱に一種の煙突をつけ、一台の寝台をもちこんで、そのなかに住んでいたが、そのくさって、こわれた屋根からは雨がしたたり落ちていた。この男は、あまり年をとり、弱りすぎていたので、規則正しい労働はできず、自分の手押車で糞尿を運搬したりして、暮しをたてていた。肥えだめが、彼のほったて小屋のすぐそばにあった」（同書 P150）

「アイルランド人はまた、以前イングランドでは知られていなかった裸足あるきをもちこんだ。いまでは、あらゆる工場都市において、多数の人たち、ことに子供と婦人が裸足であるきまわっているのが見うけられ、そしてこの習慣は、しだいに貧困なイングランド人のあいだにもはいりこんでいる」（同書 P158）

「文字どおりの原子に解体した社会は、労働者たちのことなど考えもせず、労働者が自分自身とその家族の面倒をみるのは、労働者にまかせておきながら、こうした面倒を、有効かつ永続的にみることのできる手段を、労働者にはあたえないのである」（同書 P168）

「われわれは序説において、工業上の激動が始まるとすぐに、どのようにして競争がプロレタリアートをつくりだしたか、ということを見た。それは、織物にたいする需要が増加するにつれて、競争が織り賃を高くし、そのため農業の余暇に布を織っていた農民をそそのかして農業を放棄させ、織機によってもっと多くかせぐことができるようにしたためである」（同書 P170）

「ブルジョアがたがいに競争するように、労働者もたがいに競争する。機械織布工は手織工と競争し、失業した手織労働者や賃金の低い手織工は、仕事をもつ手織工や賃金の高い手織工と競争して、これを押しのけようとする」（同書 P171）

「その他のすべての商品とまったく同じように―もし労働者が少なすぎると、その価格すなわち賃金は上昇し、労働者の状態はよくなり、結婚はふえ、いっそう多くの人間が生みだされ、いっそう多くの子供が成長し、ついには十分な労働者が生産されることになる。もし多すぎるならば、その価格は下落し、失業、貧困、餓死、およびその結果である伝染病が生じ、そして『過剰人口』を奪いさる」（同書 P179）

途中で読書をやめて、Usen放送も止めて、テレビで「キリンカップ・サッカー」日本代表対アメリカ代表をみている。アメリカ代表は、様々な国から選手を集めて帰化させるという方法でチームをつくってきた。94年ワールドカップの主催国。

前半22分、アメリカがボレーシュートで先制。前半36分、日本が同点に追いつく。6万人の大観衆。第1戦で日本代表はハンガリー代表に0−1で負けている。後半半ば、思わぬ1点が日本に転がり込む。アメリカのバックパスはキーパーがジャンプする上を越えてインゴール。オウンゴール。3点目はKAZUのドリブル。キーパーをかわしてのシュート。3−1で日本の勝利。

がらっと変わって「報道特集」。『コスモスの里』に例の260円のお好み焼きを食べに行って、缶コーヒーを買おうかなと思ったが、欲を抑えてテレビをみている。テーマは「金丸副総理の逮捕・起訴」についてである。脱税額はかなりの額になっている。金丸副総理と県知事の強いパイプでつながった体制が山梨県にはあったらしい。

金泳三韓国大統領が、「従軍慰安婦」問題について日本政府に対して真相の究明を求めるが、金銭的な補償は求めないという意向を発表。

今日も終わってゆく。23:00過ぎ、「Music Fair」を寮の9号室でみている。茨木にいた時は明日、雨が降らないかなぁと願っていた時もあったが、ここでは雨は降らないでくれと思っている。疲れてボケたような顔をして……これで教壇に立てるのかよ。

1993.3.15

「西田組」の二条城近くの御池現場。埋め戻し。雨天の中での作業。警備の女性も寒そう。自分も寒かった。

「中辻建設」での仕事は19日まで。この話を今日の夕方にした。20日、21日は連休で、翌22日から再び「真学舎」へ。

自分はやはり関西人ではない。出身は博多です、と言う方がしっくりいく。

中国の「市場経済」導入。つまり、「社会主義市場経済」。労働市場、技術市場、不動産市場の確立。

1993.3.16

現場は同じ「小森貫」という会社。埋め戻しと砕石ならし。特記することは……別にない。ただ、頭の中の“気”と身体の動きがどうもちぐはぐで空回りしている感じ。あれこれと集中して仕事をしてやる気を引き出そうと努めたが、どうもダメ。

頭の中に気掛かりなことが山積みになっているからだ。これが解消されない限りアンバランスな状態が続きそう。

飯場（寮）に帰り、明日の勤務表を確認し、雑誌を1冊買って、『からふね屋』でコーヒーを飲んで再び寮に戻ってきた。今日で3回目の“満期”だったが延ばしてもらう。3月19日、3回目の“満期”。「中辻建設」から去る日。

「『多文化主義』の名のもとに民族を混ぜ合わせ、それによって民族共同体の『自然』な自己防衛機構を発動させてしまう、コスモポリタンな普遍主義者」（雑誌「SAPIO」浅田彰とスラヴォイ・ジジェクとの対話 小学館）

1993.3.17

急に現場が変わって「船越病院」へ。手掘りで、残土を一輪車でひたすら運ぶ作業。そう、ただひたすら。うるさそうな「山田建材」のおっさんが、時々現れては何だかだと言う。それを聞き流しながら、意地になってひたすら運び続けた。

一日の作業が終わって寮に帰る車中、筋肉の張りを感じながら、同じ現場で仕事をしたM根とかいう兄ちゃんに“今日の戦友”のような親しみの感情を初めて抱いた。

1月4日の“ギャラ”を受け取りに十三に向かうが、他の人が“ギャラ”を取りに来たために、その人の分に回してしまったとのこと。カロリーメイトを食べて、十三の商店街をうろついた後、阪急駅前の公衆電話から「真学舎」へ電話をかけ、春期講習のスケジュールを確認し、忙しくて塾になかなか足を運べないこと、詳細については後日、HR先生と話をして調整すること等をＭ木先生に伝えた。

4月から5月、そして梅雨時にかけて、とりわけ、バブル崩壊の中にあっては、ここ「中辻建設」でも3日に1日仕事に出ることができればいい方、という状態になるらしい。
「2,000円から3,000円で3日ぐらいもたさなあかんのやもんな」とＹ本の利さんが言っていた。計算上、3日働けば30,000円、5日働けば50,000円貯まっておかしくない。3食は天引きされて食べられるのだから。しかし、そうはいかないのだ。何しろ寒くて寒くて仕方がない中、比較的温かい布団から起き出さなければならない。そして、仕事だ！　と自分に気合を入れ、朝食を食べて迎えや出発のバスを待つ間、どうしても煙草を吸いたくなるし、熱い缶コーヒーを1本飲みたくなってしまう。10時と15時の休憩時にも、人が飲んでいればやはり温かいものを飲みたくなるのだ。人が飲んでいるからそれに合わせて飲むということではなく、本当に、ついついでもあるのだけれど、1本だけならという欲求が湧いてきて……こんな始末である。

ここを去ってから、もっと些細なことや目にした風景をふと思い出すのだろう。あと2日。地に足のついた状態を思い出さなければ大変なことになる。

1993.3.18

同じ現場、「船越病院」。手掘りの土を一輪車で外へ運び出す作業や昨日運び出していた土を2トン車に積み込む作業など。最後は生コン打ち。隣で水道関係の作業員が排水管や給水管の配管作業を行っている。枡を埋設し、そこに管を入れる。勾配をつけた既設管が見える。その光景に数ヶ月前の自分の姿がだぶる。

今日のメインの作業は、昨日ならしていたところに砕石を一輪車で運んで撒き、プレート（ベータランマー）をかけ、更に鉄筋を組み、生コンを打つ、という工程（内容）だった。“慣れ”というのはあるもので、一緒に行った人たちはこなれている。自分にはとりあえず“パワー”しかない。

職業というのは感性に圧力を加えることが多い。もっと感性を自由にできないか？　規制はあって当然。ただし、極度に圧迫されることを自分は嫌っている。右からの「圧力」、左からの「圧迫」。それを避けるために自分で安全地帯を作ろうとしている。

皆、同じところに還ってゆくのだ。人間は皆、同じところに還ってゆくのだと思う。この意識が、人と人とのつながりということではないか。このようなレベルに立てば、どこで何をしているかなど、どうでもよい。ただ、人には考える力がある。その人が何を考えているかについては、非常に興味が湧く。

これから先、自分は何とかなるだろうか？　いや、何とかしなければならないのだ。何が何でも、絶対に。

1993.3.19

「中辻建設」での最終労働。「船越病院」で手堀り。入口のところ。寒かったが、汗をかくくらいの作業。帰り道、車はたまたま今出川通りを走った。車窓のシールドを通して同志社大学の正門に校旗が掲げられているのが見えた。そうか……今日は卒業式か……。

最終労働日に再び校旗を目にするとは……。単なる偶然ではあるが、静かに込み上げてくるものがあった。今日ようやく自分は長かったトンネルを抜けて真の意味で卒業を迎えたのだと思った。同志社の校舎と校旗が自分を祝福してくれているような気持ちになった。途中の抜けはあるものの肉体労働の現場仕事に出て1年、はるか前、入学式の時のあの事件から約9年が経っていた。

〈第6章の終わりに　今になって思うこと〉

この26年後、私は短い期間ではあるが「東日本大震災復興支援」の仕事で福島にいた。南相馬と飯舘（いいたて）村の現場で、放射線量測定や除染作業にあたっていた。水道工事や飯場住み込みの日雇労働以来の、今再びの肉体労働である。

郡山の宿舎に住んでいた頃、休みの日は自転車で近くの「安積図書館」に通って、一日を過ごしていた。ある時、少し館内を歩いてみて、同志社大学や山本八重、そしてパートナーである新島襄に関する本が多く並んでいる棚があることに気が付いた。

自分の不徳の致すところにより、離婚まで経験し、パートナーを当時、奈落の底に突き落としてもいた自分にとって「情けない」「ふがいない」「迷惑をかけた」「本当に申し訳ない」という感情は日常のものであったが、京都で過ごした日々のことを深く思い返すようなことはほとんどなかった。

軽い気持ちで、新島（山本）八重について書かれた本を手にとると、そこには同志社ゆかりの建物の写真が数多く掲載されていた。数十年の時を超えて、懐かしかった。そして、はっと気がついた。なるほど、八重はここ福島の会津出身だったのだ！　すっかり忘れていた。だからこの図書館に彼女の関連書籍が多くあるのだ！　それから新島襄と八重の本を読むようになった。

除染作業は容易なものではなく、休日のこのひと時だけが楽しい時間であった。思えば同志社は、明治期、そしてアジア・太平洋戦争時、キリスト教主義であるがゆえに国の弾圧を受け、苛酷、あるいは過酷と言えるほどの苦難の道を歩みながら、それを乗り越えてきたのであった。

読みながら、自分の昔が、学生時代の自分の姿が浮かんできた。と同時に、この仕事が終わって関西に帰ったら、離婚時に持ち物はほとんど全て処分してしまったが、自分が以前書いていたノートは捨てずに残しておいたはずなのでそれを探して、あの頃の自分と腰を据えて向き合ってみようと思うようになった。そうしなければならない、妙なる責任感や義務感のようなものまで湧いてきた。これがこの本を作成することになったそもそもの発端である。

この「東日本大震災復興支援」の仕事へ自分をつないでくれた社長は、元力士である。角界から離れた後は「パンクラス」という格闘技団体で「活躍」していたらしい。ある時、「猪木さんに会わせたろうか？」と聞かれたが「いいです」と断ってしまった。中学生の頃、金曜夜8時にわくわくしながら観ていた「ワールドプロレスリング」。いつも中心にいたスーパースターの猪木さんはもうこの世にいない。ご存命のうちにひと目会わせてもらって「闘魂注入ビンタ」でもくらって（頂いて）おけばよかったと今になって思う。

終　章

新たな世界へ　今思うこと

1993.3.28

劇団の単発アルバイト。大阪・今宮戎神社での「大阪商工会議所祈願祭」の仕事。手に鯛を持ち、えべっさんの扮装をして、「おおさか、いきいき、繁盛」などと連呼しながら、大阪ガスの大西会頭、芸人さん、戎神社の福娘の人たちと戎橋商店街を練り歩く。NHKや新聞社から大勢の取材陣が来ていた。

（新聞報道より　1993.3.29朝日新聞）
「景気回復もう神頼み　えべっさん、景気回復を頼みます—。大阪商工会議所の大西正文会頭ら役員が二十八日、大阪市浪速区の今宮戎神社で神妙にお祈りした。

大商が展開中の『いきいき大阪・元気はつらつ』キャンペーンの一つ。この日の祈願祭は『景気回復・えべっさんにまかせな祭』と名付けた目玉行事だ。小雨の降る中、神社でおはらいを受けたあと、仮装したえべっさん、福娘らが加わった『好景気招き隊』が戎橋商店街を練り歩いた。『商売繁盛でササもってホイ』と声をかけながら商店主に福ザサを渡して激励した」

◆

この偶然の、光栄とも言えるおめでたいえべっさんのアルバイトを経て、以後、約15年にわたって子供たちに英語を教えることになる。ちなみに、『祇園Border』のマスターH方さんとの営業活動での賭けには負けたが、Mハルは見事、大阪大学に合格した。

ここで、若かりし頃の主張に触れておかなければならない。学生時代に、ただこういうサークル活動をした、こんな恋愛をしたといった内容であれば、単なる回想で済むのだが、振り返った内容が内容なだけに、年を重ねた今どのように思っているかをある程度記すことが義務であろうと思うからだ。

何を今さらなのだが、私は学者でもジャーナリストでも作家でもない。文章を書くことがなりわいでもない。言葉の定義含め、緩いところがある（すでにあった）かもしれない。この点はご容赦願いたい。

まず寮についてである。

寮には84年4月の入学から89年3月まで5年間住んだ。およそ30年以上前のこととはいえ、当時同じ寮に住んだ寮生にも本当に様々な意見があった。

寮運営の中心部分にいることが多かった自分に、寮生一人一人の意見を尊重するという点で至らなかった面があったかもしれない。また、我々は寮を経済的に恵まれていない学生やいわゆる勤労学生にとっての、大学からする福利厚生、奨学援護の一環として捉えていたが、寮の在り方として、根本的に異なる在り方もあったかもしれない。

実際に商学部の教授は、

「寮建設こそ田辺を活性化する一大事業だと思うのである。寮とは学期ごとに契約し前払い制のもので、休暇中は日割料金制として学会、諸会議、そして入試時のホテルとして活躍する。テーブルクロスつきの食堂、シャワー、電話の完備したこのホテルは下宿より高いのが当然であり、同年齢の多数の人々との起居を共にしながら知的・道徳的涵養（かんよう）を身につければ、かつての洗練された同志社学生のイメージを再び作り出す大きな源となろう」との意見を大学の公報物に記していた。

ただ、たかが当時の“洗練されていない”学生に過ぎない身で、偉そうに言えたものではないが、その頃を何度振り返っても、やはり、寮は、大学が望むと望まざるとにかかわらず、ここで長々と記してきたような寮でしかあり得なかったと思う。

それほどまでに、先達の試行錯誤や努力により長年にわたって培われてきた、ずっしりとした重みがあった。そしてそれはやはり意味あるものとして、一旦その渦の中に入り、もがきながら、寮の在り方の是非や社会問題への取り組み方を自分自身で考え、判断し続けていくしかなかった。

「軽薄短小の時代」、「大学レジャーランド化」という言葉が巷に溢れていた時代、先にも書いたが、実際に寮を出たい、逃亡したいと思ったことは2度や3度ではなかった。寮から出て1人のいわゆる下宿生活に入っていれば、もっと気楽に、そして気軽に過ごすことができたかもしれない。そうしていれば、これほどまで両親や周囲に迷惑をかけることはなかったと思う。そしてその後の人生も、世間的にはもう少しましなものになっていたとも思う。

ただ、一つだけ言い訳がましく言わせてもらえるなら、自分としてはくぐり抜けなければならない時間だったとも思うのである。

当時、一世を風靡（ふうび）した浅田彰の『逃走論』（筑摩書房）のように軽やかにたわぶれてスタコラサッサというわけにはいかなかった。自分に学業と両立できるほどの能力があればまだしも、どちらかというと愚鈍な私は、目の前に突きつけられた問題に軽やかに取り組むなどという芸当はできなかった。逃げる自分を許すことができなかった。逃げなければ逃げないほど、寮や集会などで発言やアピールを繰り返せば繰り返すほど、ビラを書けば書くほど責任が生じた。それは、自治を標榜（ひょうぼう）している以上、大学の組織上、寮を担当している厚生課の職員の方々に対する自分の責任をも含んだ。

たかだか二十歳そこそこの、特別な能力など全く持ち合わせていない青二才が、ほどほどにしておけばいいものを、行けるところまで突き詰めようとしてみたのである。散々な結果になったことは今さら言うまでもない。

自治寮である以上、大学の窓口である厚生課との交渉は不可避であった。ただ、交渉の場における私たち学生の態度は、ハンドマイクでがなりたてる、大声を出すなど、概して紳士的であったとは言えない。

厚生課の職員の方々は職務とはいえ、何故、学生とこれほどまでにやり合わなければならないのか、嫌になることも多々あったことと思う。私たちは私たちの責務として懸命に取り組んだ結果ではあるが、職員の方々には、ただただ非礼をお詫びするしかない。

その間、結局、大学の言う「舎費」は払わなかったのか？と問われれば、「大学当局との歴史的経緯、『確約』に基づいて払っていない」と答える。ただし、個人的には、通常の倍にも及ぶ学費（施設管理費を含む）を大学に払ったことで帳尻は合うはずだとも思っている。

その学費を誰が払ったのかと言えば、両親である。特に父親である。しかも、冒頭で記したように、この段に及んでも自分は親に返済できてはいない。浄土の世界で父親は思っているに違いない。「息子がこんなことをするために俺は身を粉にして一生懸命働き、仕送りをしていたのか」と。

寮を出てからは寮のことを考えることはなくなった。寮の後輩が部屋を訪ねて来たり、散歩途中で寮母さんに偶然出会ったりということはあったが、徐々に自分の意識から薄れていった。

93年1月に寮の後輩が、自分が住む出町柳の部屋を訪ねて来て「大学に舎費を支払い、名簿を提出することが決まった」と言う。その存在を疑問視していたために「舎費」と「」付きで記していたものが、「」がとれて舎費となったのである。

支払うか否か、提出するかしないかはもはや自分にとって遠い世界のことであった。そして、長い歴史を持ち、此春寮とは一線を画していた大学の全学自治組織学友会が、2004年4月30日をもって解散したことを偶然に知ったのも、その解散後10年以上が経過した頃だった。

1993年4月から約15年にわたって、本格的に、京都、大阪、滋賀、そして兵庫の予備校や学習塾で、小学生から高校生まで英語を教えた。

英文学科ということもあり、寮にいる間も、そして1人暮らしを始めた後も英語の勉強は続けていたが、心して英語という言語に取り組むようになったのは、この頃からで、それはただ単に生徒の喜ぶ顔が見たいからであった。

今になって思い返してみても、職場には恵まれていたと思う。O形先生をはじめとする「真学舎」の先生方が自分を受け入れてくれていなければ、英語講師としての15年はなかったかもしれない。

生徒たちにも恵まれた。闊達(かったつ)ではっきりと言いたいことを言う生徒ばかりだった。ただし、これは一方的に自分が思っているだけで、もっとこんな教え方をして欲しかった、こんな知恵も授けて欲しかったなどの不満はあったかもしれない。92年に山Ｚさんから連絡が入ったりしていたのは、89年から約3年間、「真学舎」で非常勤講師をしていたからである。

その間ずっと学生時代のことは自分の心の中にしまっておいた。身体の奥の深いところで、芯の部分だけが引き続き静かに燃えているような感覚だった。

英語教育の現場を離れ、輸入販売の会社で働いていた2018年のある日、残業で帰りの電車がなくなり、始発を待つためにインターネットカフェで過ごしていた。

YouTubeでいろいろな動画を見ていた流れで、自衛隊観閲式の動画をみた。BGMの音楽は編集されていたが、隊員たちが整然と行進する姿が映し出されていた。この映像は、自分の中で戦中の「学徒出陣」の映像と重なった。

その時、あらためて心底思った。あってはならないことだが、もしこの国が外国から攻撃を受けた時、国民と国土を守るべく、受けて立つのは、そして真っ先にその攻撃の対象となるのは、若くして凛(りん)とした姿勢を保ち、動きを合わせて行進している彼らなのだと。

若かりし頃の自分の、ある意味、強引な主張に決定的に欠けていたのは「国防・安全保障」という観点である。歴史認識においても同様である。意図的ではあった。「国防・安全保障」という視点を主張に持ち込むと「国の論理」にからめとられる、自分にはそういう感覚があった。だから、あえてこれには触れなかった。日本は、意図的であるか否かにかかわらず「新植民地主義の一翼を担っている抑圧国家」であるという大前提の認識から、「抑圧国家」の「国防・安全保障」など不要であると考えていた。

ただ、今になって思うのは、その国が「抑圧国家」だろうと、「被抑圧国家」であればなおのこと、「国を守る」意識はそれが過剰にならない限りは国家として必須である、ということなのだ。

日本国憲法前文に、

「日本国民は、恒久の平和を念願し、人間相互の関係を支配する崇高な理想を深く自覚するのであって、平和を愛する諸国民の公正と信義に信頼して、われらの安全と生存を保持しようと決意した」とある。

そうなのだ。「恒久の平和を念願し、人間相互の関係を支配する崇高な理想を深く自覚する」のである。

しかし、「平和を愛する諸国民の公正と信義に信頼して、われらの安全と生存を保持」することが可能かという疑問が残る。「諸国民」が、我々が「公正と信義」だと信じているものとイコールのものを持っているかどうかは、はっきりいって分からない。

あの戦争を「侵略戦争」だと言い切っていた。これには、究極的につきつめたエッセンスの言葉のみを使用すべしという自分なりの判断があるにはあったが、年をとるにつれ、あの戦争を「侵略戦争」と言い切ってしまっては本質を捉えきれていないと思うようになった。

「東日本大震災復興支援」の仕事を経て、2019年、新東名高速道路建設の作業に携わるために富士山の麓、静岡県の御殿場に初めて行った時、ポンポンポン……近くで大きな音が響いているので、「花火大会でもやっているんですか？」と先輩の職人に聞いたことがある。

違うのだ。近くに自衛隊の駐屯地や演習場があり、ポンポンポンは演習の砲撃音だったのだ。滝ヶ原、板妻、街中でこれほど多くの自衛隊員を見たことはなく、これほど多くの自衛隊車両が公道を走る姿を見るのも初めてだった。

彼ら一人一人の意識がどのあたりにあるのかはわからない。だが、そんなことはどうでもいい。ただ、万一の時、攻めてきた敵がまずもって攻撃の的とするのは彼らで、彼らが日本を、そして国民を守ろうとするということなのだ。あの若い彼らが国を守るために戦う……。職業だから、そのために訓練を重ねているのだから、もちろん、それはそうなのだ。しかし、そのようなことを超えたところで、何か胸に迫るものがあった。「雲仙・普賢岳噴火」、「阪神淡路大震災」、「新潟県中越地震」、「東日本大震災」、「熊本地震」、「九州北部豪雨」などの災害派遣活動に献身的に取り組む彼らの姿に、ある種の感動と感謝を覚えたのは言うまでもなく、有事の際、国民である私たちを守る。命を賭して。名誉あればこそ命を賭けることができる。

国は、国民は、自衛隊の規模を拡大するか縮小するか、増強するか削減するかにかかわらず、彼らにもっと名誉を与えなければならないのではないか……。

とすれば、話戻って、あの戦争は、夜郎自大的意識に基づく傲慢な侵略色を帯びた好戦的祖国防衛戦争とでも言うべきではないか。そして「靖国公式参拝」が、簡単には超えることができない難しい問題をはらみながらも、つつがなく行われることは、政治的主張や宗教的立場の違いを超えて、為したその行いを肯定するにせよ批判するにせよ、人間の感情として自然なことであると思うようになった。「靖国で会おう」と言い残して「散華」していった兵士たちの魂を放置し、ましてやつばをはきかけるようなことなどできはしない。

御殿場で過ごしていたある日。車で県道を走っていると、道端で苦しそうにへたりこんでいる3人の若者たちがいた。1人がこちらを向いて必死に何か呼びかけている。一度は通り過ぎたものの気になってUターンして戻って来ると、3人とも駆け寄ってきた。全員、外国人であった。

聞けば、自分たちはアメリカ海兵隊・キャンプ富士の隊員で、今日も早朝からランニングをしている。すでに4時間ぐらい走り続けているが、疲れてしまって途中で動けなくなってしまった。キャンプ富士のゲートまで車で送ってくれないかとのことだった。

見ず知らずの外国人3人。何か危害を加えられれば、1対3だが応戦するしかないと腹をくくり、車に乗せた。たわいもない会話をして、ほどなくキャンプ富士のゲートに着いた。彼らは最後に一言「You are a saver.（あなたは救助者だ）」と言い残して、ゲートの中に入っていった。彼らもまた、命令が下れば、実際の戦場に駆り出されるのだ。そう思うと彼らの幸運を祈らざるを得なかった。

今住んでいる家の近くに「中津浜線高架下北児童遊園」という小さな公園があり、私は、この公園のベンチに座ってぼんやりしていることが多い。

ある日のこと、向かい側のベンチに座っている母親とおぼしき女性が、小さい子供に絵本を読み聞かせている。子供は嬉しそうにその周りを飛び跳ねながら、次のページを早くめくるよう、母親にせがんでいる。また別の日には、父親が子供をブランコに乗せて、何か話しかけながら、優しく子供の背中を押している。ネパールから来たという子供（兄と妹）がゴムボールで遊んでいるときもある。地域自治会の人たちが作ったきれいな花壇の花々がこの温かいひと時を見守っている。こののどかな光景は、おそらく世界の誰もが、世界で最も大切で美しく、守るべきものの一つだと感じることと思う。

戦争はこの全てを破壊してしまう。この風景を根こそぎ奪い去ってしまう。コロナウイルスとの闘いで人の命を救おうと医療関係者が必死になっている一方で、ロシア軍の侵攻から始まったウクライナでの戦闘は、いまだやむことを知らない。

Nothing comes from violence.（暴力からは何も生まれない）

しかし、人間は未だなお、戦争と縁を切ることができていない。もちろん、我々も無縁ではありえない。

天皇制については、反対の根拠の一つとして「貴あれば賤（せん）あり」という人間の差別意識を端的に表す言葉があった。

ただ、国には物語るべき歴史が必要で、日本に於いては天皇制なしには民族の歴史をつむぐことができないのではないか、と思うようになった。そして、「貴あって賤なし」の社会を作ることができるのではないかと考えるようになった。

ただし、「愛国心」や「道徳」といった点については、政治家や教員から指導されたくはない。これは理屈よりも感性の問題だと考えており、日常のふとした瞬間に感じ、学ぶものだと思うからである。

更に言えば、今の政治家や教員に「愛国心」や「道徳」を、説得力を持って示し、語れる人はまずいないのではないかとも思っている。

私が迷惑をかけ続けた父はこの世にはいない。2008年5月18日、癌（がん）との闘病の途中、旅立った。

幸いなことに母は健在である。父と最後に言葉を交わしたのは、福岡の「和白病院」に見舞った時のこと。私が聞いた最後の言葉は、関西から新幹線でやって来た私の労をねぎらう「おい、シャワーでも浴びろ」だった。

思い返せば、漠然と社会福祉方面に進もうと思っていた私に英語を学ぶよう勧めたのは父であった。それは、まさに『新島襄とその妻』（福本武久 新潮社）に出てくる、兄である山本覚馬から八重への言葉「これからの世は英語を学ばねばならん」と全く同義なのであった。

他の家の息子や娘たちがきちんと定職に就いて、社会へ出てゆく。知り合いなど周囲の声を聞きながら、毎年毎年、「卒業できません」と頭を下げて報告に来る息子の姿を、両親はどのような気持ちで見ていたのだろう。あらためて深くお詫びする次第である。

長々と振り返ってみた。ノートの日付を見ると、そこには確かに過ごした日々があった。与えられた時間があった。

感情に振り回されず、史実に基づき、良識によって判断された主張や批判はそれ自体、大きな価値がある。ただし、単なる思い込みや強引な史実の歪曲に基づいた強弁はやはり許されない。

何故なら、日本は自分の両親、祖父母、曾祖父母……が生まれ、暮らしてきた、土地、国であり、この国の歩みを軽々に批判するということは、彼らを軽視するということになるからだ。他国や他民族に対してはなおのこと、あらためて言うまでもない。

浄土真宗の要「悪人正機」、「他力本願」、「往生浄土」。ネッ

ト法話で聞いた言葉を借りて最後に一言付け加えるならば、
“自分で勝手に道をふみはずし、人に迷惑をかけました。しかし、ふみはずした道もまた仏の道でございました”
　ということになる。

あとがき

30数年前の、本気モードでの「非行」の日々……。その後も、大麻所持で逮捕された知り合いとの面会に拘置所へ赴くなど、社会規範から外れた者たちとの縁はしばらく切れませんでした。

長々と（だらだらと）したこの本は、写真のない文字によるアルバムのようなものです。「共感」を得られる内容とも思われず、ただただ皆様の心の中のアルバムを開く、ささやかなきっかけになることを願うばかりです。

記した内容は、全て私個人の見解や認識であり（文責は全て私個人にあります）、間違いがないよう細心の注意を払いましたが、それでも記憶違いや記述の誤りがあるかもしれません。ご容赦頂ければ幸いです。

本書に出てくる自治寮のほとんど、店舗の大半は、今はもうありません。幸いにして、2023年時点で此春寮は存続しており、寮内は和気あいあい、大学との間に特に問題はなく円満な関係にあるとのことです（今の寮のことを教えてくれた酒井君、有り難う！）。

原稿を作成し始めたのは1回目のコロナワクチン接種の翌日でした。このあとがきは、5類感染症へ移行された後、5回目のワクチン接種日に記しています。時間が経つのは、本当に早いものです。

この場を借りて、建設現場でお世話になった名古屋の横田さん、静岡の前田さんに感謝の意を表します。また、書籍化への道を開いて頂いた株式会社文芸社の飯塚孝子さん、吉澤茂さんに心からのお礼を述べたいと思います。本当に有り難うございました。

そして、「ぱなしはダメ！（何でもやりっぱなしは良くない）」「人生という舞台は、生き方教室そのもの」など、ことある度ごとに身をもって、人のあるべき姿、人の道を教えて頂いた株式会社かりんの村山惠美子会長に、心からの敬意と感謝の意を述べさせて頂きます。

最後に、今回の出版の件含め、ずっとずっと私を支え続けてくれている浩子さんに心からの愛を込めて……。

三浦　智之

著者プロフィール

三浦 智之（みうら ともゆき）

1964年、福岡県北九州市に生まれる。
東京都世田谷区立桜町小学校、福岡市立原北中学校、
福岡県立城南高等学校、同志社大学文学部英文学科卒業。
京都創政塾第２期卒塾生、消防設備士（乙種）。

謝罪 — Partial Apology —

学生運動に明け暮れた、無鉄砲過ぎた若き日の私に、
そして両親、妹に捧ぐ

2023年９月15日　初版第１刷発行

著　者　三浦 智之
発行者　瓜谷 綱延
発行所　株式会社文芸社
〒160-0022 東京都新宿区新宿1－10－1
電話 03-5369-3060（代表）
03-5369-2299（販売）

印刷所　株式会社フクイン

ISBN978-4-286-24217-0